风流河

贾九峰——著

U0911516

北京联合出版公司
Beijing United Publishing Co.,Ltd.

图书在版编目（CIP）数据

风流河 / 贾九峰著. -- 北京 : 北京联合出版公司, 2018.4

ISBN 978-7-5596-0947-2

Ⅰ. ①风… Ⅱ. ①贾… Ⅲ. ①长篇小说—中国—当代 Ⅳ. ①I247.5

中国版本图书馆CIP数据核字(2017)第219052号

风流河

作　　者：贾九峰
出版统筹：精典博维
选题策划：王晓楠
责任编辑：李　红　徐　樟
装帧设计：博雅工坊・肖杰

北京联合出版公司出版
（北京市西城区德外大街83号楼9层 100088）
廊坊市长岭印务有限公司印刷・新华书店经销
字数270千字　710毫米×1000毫米　1/16　17.5印张
2018年4月第1版　2018年4月第1次印刷
ISBN 978-7-5596-0947-2
定价：39.80元

未经许可，不得以任何方式复制或抄袭本书部分或全部内容
版权所有，侵权必究
本书若有质量问题，请与本公司图书销售中心联系调换。
电话：010-82061212转8050

一

盐河平原的漫天大雪，借着暮色的掩护无声飘落。这其中似有阴谋，它企图蒙混过关。

再有三四天就是除夕夜了，良家镇的空气里弥散着爆竹特有的硫磺和硝土的混合味道。李家院子里那十几盏高高悬挂的红灯笼闪耀着人的眼，格外喜庆和热烈。

李家高大的门楼紧闭着，院子里有两个用人不停地扫着厅堂前的雪，而那条甬路在他们的身前身后捉迷藏似的忽隐忽现。那些来来往往的丫鬟都找出自己最新鲜的衣裳，依照太太们的吩咐，有的到膳食房传唤菜肴，有的到寝室去拿皮毛坎肩和手炉，每个人脸上都含着笑意，连眉梢也向上翘着。她们在布置得如同戏台一样华丽的房间里穿行，走着小而快的云步，仿佛舞台中央的主角。只可惜周围没有观众，那两个没有情趣的扫雪用人也把她们忽略了。

“福来，”老爷在厅堂里喊，“都进来吧。”

院子里一个人直起腰来，把手中的扫帚靠到门廊角上，低低地说：“福二爷，咱们略歇一歇。”福来到李家已有二十多年了，年节一过，饺子一吃，他就四十四岁了。福兴年岁小一些，来得稍晚两年。福来和福兴都是老爷给他们取的名字，两个人都很老实、忠诚，深得主家之心。福来管理内宅各院，一大家人的吃穿用度全由他一人操持。福兴分管外宅花园、疏沟浚渠、添花补草、修葺亭台，大的地方老爷出了预算之后，就靠给他去办理。两个人在良家镇娶了家眷，过着自己不错的日子。

福来他们在门廊里抖了抖身上的雪，撩开门帘侧弯着身子进到堂屋里。他们各自的老婆也早过到这边来，帮着摆弄物品，这会儿正陪大太太聊着闲杂家常。二太太从不参与这些没有品位的话题，含着一种特殊的笑容望着她们。这两个媳妇都很会说道，一边听着一边恭维地赔着笑。只要是大太太一瞅哪个人，她们就会赶紧把耳朵递过去，生怕漏听一个字似的。

“福来，你略歇一会儿，喝杯热茶，就去后院把三爷请过来。”老爷说道，“福兴，你也去看看二爷家的人。”

“我也去。”从老爷左手边的椅子上站起来一位少年，有十五六岁的样子，面庞清秀，眉宇间透着一股英武之气，声音虽稍显稚嫩，但口气非常坚定。他一边说着，一边携着福大爷的胳膊出门了。

刚才跑出去的少年就是老爷的大儿子李伯涵。要说老爷还有不遂心的事，只怕就是这一件了。老爷的两房太太先后几次有了身孕，但不出五个月都莫名其妙地流产了。眼看着到了望五的年纪，还没有点着一线香火，于是大太太对菩萨祷告，二太太对月光悲怜。直到福来有一天外出办事在途中捡到一小口袋红豆荚，背回家熬到太太们的莲子羹里。半年之后，两位太太奇迹般地都怀孕了，并先后为举人老爷生下贵子。大少爷取名伯涵，二少爷取名仲良。第三年天高云淡大雁南飞的时候，大太太又生下一位小姐，乳名真儿，大家都喜称她“真小姐”。福来可谓立下了大功，两位太太都对他敬爱有加。大太太姓方名淑勤，清凉江北名门之女，祖上立下过战功，德荫子孙。人如其名，她性格贤淑勤谨，相夫教子，颇有风范，年幼时读过家学，至今牢记着《女儿经》《列女传》，凡事恪守大家规矩，处处维护名门尊严。相比而言，二太太若玉恰似小家碧玉，她的年龄要比举人老爷小十多岁。她的父亲白先生是举人老爷的家师，学生中举之后，他见自己年事已高主动请辞回家休养。举人老爷常常去看望恩师，也非常喜欢和怜爱这个玲珑乖巧的小师妹，他教她写文章、作诗填词、对对联、破灯虎儿，给她带来最新鲜的水果和点心。恩师病故之后，他去得更勤了，对师母、师妹的体贴和照顾更加细心周到。与大太太在一起，他更多的是相互尊重和关怀，可面对柔弱文静、言谈话语间那样招人怜惜的师妹，他总有一股拥有她、守护她的冲动。几十年过去了，二太太还是那样矜持、高洁，她从不拉扯家长里短，性情全在诗词之中。她向往牡丹的雍容华贵，可她是一枝亭亭玉立的白莲，只固守着自己的清香，并将它无私地馈赠给爱莲人。

福来提了一盏灯笼，牵着大少爷的手出了门楼。

雪又大了一些，胡同里铺上了厚厚的一层白絮，在人的脚下反射着暗淡的光。北风夹着雪粒，斜打在人的脸上似有灼痛。可怜的灯笼在人的手上飘摇不定。好在不远，三爷家的门楼隐约可见。二爷在外做事，中院便闲置了多年，用人们定期过来清扫房舍和院落，只走花园东门即可。福来半侧着身子，多少为大少爷挡着寒风。两个人低着头，手藏在袖子里，跟在灯笼的后面快步走着。

“福大爷，门楼下有人。”大少爷紧紧拽住了福来的衣袖。灯笼慢慢地移上去，二爷家的门楼里确有两团黑影拥在一起，一动也不动。待他们走近些，方看清是一个妇女斜靠在门框上，耷拉着头。一个小女孩儿脸上凝着晶亮的泪珠，睫毛长长的，伏在妇女的怀里睡着了。

“少爷，人还活着。”福来把手指依次放在她们的鼻翼下，感觉到游丝一样细弱的呼吸。

“打开门，把人抱到屋里去。”伯涵果断地说，他甚至想都没想就把那个小女孩儿抱了起来。

屋里一切都是现成的。久无人居虽觉清冷些，但总比外面暖和多了。福来把刚刚点着的火盆端进来，放在床边，然后自然地退到了少爷身后。

“福大爷，你快找我三叔去吧，然后只叫苇儿送些热汤热水过来，再不要告诉别人了。咱也不能待太长时间，免得人们都知道了。”他像是早已明白事情应如何发展。

借着烛光，伯涵细细地端详。这一对可怜的母女是冻僵了。就要过年了，她们没有饭吃，没有衣穿，生活该是怎样凄楚和辛酸啊！她们是谁？她们又来自何方？

观津口有一王姓人家，兄弟二人，摆船为生。妯娌俩带着孩子在家做些针线，相处倒也和睦。可叹好景不长，兄长病死，留下寡嫂孤女度日。天长日久，渐生嫌隙。多是弟媳风凉话语，白眼冷眉。嫂子善良温纯，处处忍让。每每听到“一人挣钱，百口吃饭”的话时，便想起自己那短命的冤家，只有向隅而泣。可是顾及弱女，思前想后别无他路可寻，只得栖身檐下，含泪吞声。这一忍竟又惹恼了那没良心的弟妇人，不分家吧，明摆着是累赘，分家吧，又舍不得那一半家产。于是她下了狠心要将这母女扫地出门，以绝后患。第二年久旱无雨，收成大减。年景不好，串亲戚的少了，渡口上没了生意，集市也跟着萎缩，再好的针线活儿也卖不出去。小院里的吵骂声一日紧似一日，那妇人趁着与男人吵架，借机指桑骂槐。渐渐地，小村里的女人开始谈论她如何勾引挑担卖货的男人，而男人落在她身上的目光也越来越不老实了。她不敢出门，别人的目光像刀子一样剜割着她的心，她更不敢去死，怕留下女儿一人背负着母亲的耻辱活命。

在一个初冬的早晨，她带着女儿逃出了家，那个早已属于别人的家。她们常常是吃一顿、饿一顿，但拼命地向前逃着，仿佛身后有一张滔天大口，随时会将她们吞没。她们没有珠宝首饰，甚至没有衣裳可当，有的只是一点残余的生命供她们慢慢消耗。有一段时间，她们在一个财主家里做短工，浆洗衣服、纺线织布、推米磨面，为了有饭吃，过着牛马不如的生活。深冬里依旧穿着薄衣单衫，腊月头上她忽然痨咳不止，吐血成缕。主人家怕受传染，发了“善心”，三个菜窝窝就一把将人推出了门外。过年了，她们却无家可归，相互搀扶着走向生命的终点。

“娘，你快吃了吧，吃了病就好了。”女儿说。

“闺女，娘都快不行了，吃了也白吃，还是你吃吧。别怪娘心狠，撇下你一个人。”母亲说。

凿冰捧雪，啃着窝头，一步一步挪了七天。在这个风雪黄昏，她们来到了良家镇，晕倒在这样一个少有人行的门口，遇到热心助人的大少爷伯涵，也许正是天意吧。

二

天晴了，地上找不到吃食，麻雀聚集在树枝上喳喳地叫着。起落之间，雪粒纷纷跌落，在阳光里闪着钻石般的光芒。大路上有两条深深的辙痕，平行着伸向远方，仿佛雪本来就下成这样，谁也没来打扰过它。

穿越漫长的风雪之夜，福来他们一路乘车搭船赶往小姑娘的家。小姑娘呆呆地守在死去的母亲身边，拽着母亲冰凉的手，却不说一句话。她早已哭干了心中的泪水，亲人的离去仿佛瞬间让她长大了许多。在她的眼前，母亲睡得如此安详，没有尘世的惊扰，没有生活的辛酸，她一件件脱去了饥饿、寒冷、贫穷、屈辱的外衣，把女儿独自留在世间，静静地离开了。车到观津口的时候，天已经大亮了。整个村子里只有一两户人家的屋顶上飘荡着缕缕的炊烟，在晨风中依稀可辨。周围的世界里最多地除了雪，就要数坟场里的小丘了，像大禹治水遗漏的息壤，高低不一，连绵起伏。这里是那样静寂，距村庄只有一步之遥。

小姑娘的叔叔扯着两个孩子来了，他们羸弱的身体表明从家门走到村外应该是个奇迹。她的婶子不愿来也不敢来，正躲在炕头上极度兴奋地数着福来差人送的棺材钱。她的叔叔刚开始并不清楚事情的原委，及至小姑娘说明白之后，他拉着两个儿子一同跪在了福来的跟前，口中哭喊着“大恩人”之类的话语。福来急忙上前扶起他们。

福来从口袋里抓出一把零钱，让小姑娘捧在手里。他把小姑娘交给家里人就放心了。马车在远远的地方等着，马驹子不停地打着响鼻，或许是冷得有点不耐烦了。福来郑重地道了别，转身朝马车走去。在这一刻，时间仿佛静止了，空间也像是凝固了，在小姑娘的思想里，除了那一对渐去渐远的脚印，就什么也没有了。

小姑娘走到叔叔跟前，果断地说：“叔，人家救了我的命，还拿出这么多钱，我得去报答人家。这钱安葬我娘后，你留着好好养家吧。”她把手中的钱向叔叔怀里一推，顺着雪中的脚印跑了。

“大爷，你等等我。”小姑娘高声喊着，深一脚浅一脚地踉跄前行。

李家花园里，有两个小丫鬟陪着二少爷和真姑娘玩雪。他们一会儿藏到亭子里，一会儿躲在树后面，用小雪球朝别人投着，有时追着摔倒了，就干脆在软绵绵的雪地上打几个滚儿，不时地发出夸张的尖叫。在这样一个冬日的早晨，他们是最无忧快乐的人了。

昨夜伯涵回到前院时，屋里像是在谈论着苇儿的事。

“我看就让苇儿去吧。这丫鬟稳当，会说话，识调理，心眼也活泛。”老爷一副商量的口气，大太太微笑着点头。

“苇儿要去哪里？”伯涵转过身来，悄悄地问福来。

“二爷家来的人说，二奶奶的贴身丫鬟生病回家了，一时又找不着合适的，二爷愿从家里再要一个过去。”福来小声说。

老爷的六十寿宴早在半年前就定下了，老三这儿不用说，一个大院里住着。二爷那里，福兴一个月前就报过信去，说老爷愿让二爷回来，弟兄们一块儿过个年，好好地叙叙情义，再说二爷已有好些年没回家了，人老思亲，非常想念。当时二爷感动得很，说定了回来。有官职在身就是忙，过了腊月二十又说被公务扯住了，脱不了身，只好派家人送来寿礼，把赔情的话写在了两张纸上。大哥虽然有些失望，可又怎能不谅解他呢？老三从小对二哥好感就不多，自从他做了县太爷的乘龙快婿，更是很少回家，生怕别人知道他是乡下人似的。

“不能来就算了，说是派人来送寿礼，那点儿东西谁稀罕？哪回进家门不要东西？这回倒是不要东西了，嘿，要人哩。”三爷拍着八仙桌子角，“还能有什么急事。”他的嘴撇了撇，很厌恶的样子。

“你少说一句吧。”老爷喝止了他。当着那么多妇人和孩子，他不愿再提这件事了。

伯涵的心根本没在这儿，一会儿就走神了。他的手有点凉。

“涵儿，你是不是觉着冷？”母亲关切地问他，“让苇儿去拿个手炉来？”

“没事，刚才在外面冷，一会儿就能暖和过来。”他这边说着话，福来那边倒了杯热茶，交给他双手捧着。他忽然想起，那个女孩儿的眉毛和真儿妹妹的几乎一模一样，又细又长，中间离得特别近，紧蹙在一起。这时他不明白了，她们相似的年龄，同样的可爱，为什么没有相同的生活呢？一个锦衣玉食，享受着全家人的爱，另一个冻饿在风雪之中，无人关怀。

福来提高了嗓门说道：“老爷，时辰快到了，人也齐了，您老快入座吧，好让我们给您拜寿啊。”人们纷纷站起身来，簇拥着举人老爷向外面走去。庭院里响起了一阵欢快热烈的鞭炮声。

“苇儿到哪儿去了？”大太太在整个寿宴过程中都非常激动，高兴时笑逐颜开，伤心处泪眼婆娑，好似一名十分老到的演员，挥洒自如又恰到好处。她没有受过这方面的训练，或许是生来就有的天分。当寿宴完毕，丫鬟们端上漱口水时，她才注意到站在身边的原来不是苇儿。丫鬟们互相看着，有的低头，有的摇头。

“我刚才在外面碰到她，她不大舒服，我让她回房歇息去了。”伯涵连忙说道。福来在少爷身后轻轻地点头。

“福来，待会儿到库里选两块上好的料子，为苇儿裁身衣裳，赶夜做出来，明儿上路好穿着。苇儿跟着我不容易，咱是读书人家，不能让县里人说笑话。”大太太吩咐着，福来就站起身来，给老爷行了礼、道了安，退身出来了。

三

老盐河边的货场上空荡荡的，平日川流不息的人群如同幻影一般，消失在夜的长幕里。铸钟蹲在角落里，如一位黯然和孤独的老人，身上披着一层厚厚的白锈，醉眠在青春与繁华的梦中。露天的戏院子里断断续续有几声喝彩，裹着浓浓的夜色传到岸边来。

唱堂会的隆兴戏班是从清凉江上来的，腊月底还在外地漂泊挣钱，可见他们的经济状况实在不甚理想。尽管戏唱得很一般，但班里有一个女戏子长得可真不错，因嗓子破了被大戏班裁了下来，但在这小戏班混口饭吃还有富余。她的艺名叫红翠衫，听着虽不响亮却是头牌花旦。有时喜欢摆摆谱，那也是从大戏班里带来的毛病。她还有一个干弟弟，艺名小红伶，有时跟她学学唱，更多的时候是伺候她的生活起居。隆兴戏班只能在近乡里转悠，知道良家镇有个戏园子，所以每经过老盐河都会停留几天，有枣没枣打一杆儿。

又要过年了，红翠衫的年龄一日长似一日，对女戏子来说，青春是最好的本钱。戏班里的小妹妹们不但戏学得越来越多，而且都出落得有模有样，只是还不会她那善弄风情的把戏。她清楚地意识到自己的位置已经危机四伏，千万要把握住现在的时机，油瓶子一倒再扶起来就不值钱了。她不甘心寻个平常人家，因为她最受不得清贫，可是正经的富家子弟谁又愿意娶个戏子呢？于是在戏台上，她的媚眼儿满场飘飞，直到被良家镇的烟鬼三爷像个杂耍演员接盘子那样，一个个全都揽在怀里。他们就像娼妓和嫖客似的一拍即合，她捡到了金元宝，他也自认为抢了头彩。今天为老爷贺寿的堂会就是他刻意安排的，在此之前，三爷已经准备好了赎金，只等锣鼓一停，银子一抛，小娇娘就是他的人喽。

红翠衫一走进李家宅门眼泪就掉下来了，噢，不是眼泪，应该是从心窝里淌出来的蜜汁。李家真是太气派了！她决计要在这样的豪宅深院里完成粉墨生涯的绝唱，取悦家里人，征服家里人。于是她把油彩涂得更浓了，好扯开和遮掩她悄悄爬到脸上的皱纹。今天是隆兴戏班的封箱戏，也是她的两折子看家戏——《贵妃醉酒》和《霸王别姬》。锣鼓在外面响了起来，她不慌不忙地眨着眼睛，寻找着在男人怀抱里迷醉的幻象和感觉。她出场了，一眼就看到烟鬼三笑咧着的大嘴里那颗锃亮的金牙。

她的脚步看起来略显散乱，但品起来又似有章法，最为恰切地演绎出醉酒后的贵妃，那妖娆婀娜的身段，那妩媚流连的神容。

应该说她的嗓音确实不够丰满圆润，但她很会把握和使用，以断腔和颤音代替了高音，反而让村镇里的观众觉得这样表现醉酒更为合适。她的表演无可挑剔，至少要高出无师自通的大太太好多倍。现在的大太太手正停在一块茶点上，眼睛和嘴巴都半张着，像是正想吃东西而被舞台上的表演吸引着忘却了一样，她那因衰老而泛黄的眼珠被红翠衫手上一根无形的线绳牵着。

戏唱到这一刻，烟鬼三爷就只剩下一个魂儿了——手揣在衣袋里紧紧地攥着钱袋子，就等到时候潇洒地一抛，在戏子们面前显示他的大方，在全家人面前表现他不可动摇的决心了。

全家人当中只有大太太若玉和大少爷伯涵不为所动。大少爷根本就不喜欢扭扭捏捏的东西，他看到福来的身影一闪，就与身边的母亲道了安跟着出了堂门去。他母亲只管“嗯啊”地应着。二太太却因为戏里剧情想起自己的身世来了。她就那样呆呆地坐着，眼前分明全是过去的自己，在蔷薇藤下寻觅佳句，在风荷轩里默默低语，在廊桥上凝神，在银亭中深思……在所有与丈夫共处的时光里流连盘桓，相偎相依。她就这样忆着过去，直到虞姬那段精彩的剑舞在锣鼓中开始。这出戏是她点的，她不认为这是悲剧，会让人觉得不喜庆。相反在她的心里，这才是爱情，在刀光剑影与战火雄风中锻造出来的真爱。虽然她没有这样的生活经历，但她极愿意在戏台上找到影子，把自己投入进去，为了心上人，她会毫不犹豫地选择虞姬的道路，生死以之。

咣的一声锣响，整个堂会上顿时鸦雀无声，刚才在虞姬身边的一团光影也戛然而止。那一双锋利的宝剑正横在红翠衫的玉颈上，她娇喘微微，胸脯在鱼鳞彩装下一起一伏，汗水和泪水从她脸颊上流下来，她被自己完美的表演感动了。

咣的又是一声轰响，一包裹银钱随着三爷的手臂一挥跳到了舞台上。那些银元在别人眼里就像是扑棱棱飞出的小鸽子，扑到了舞台的每一个角落，在灯下闪着夺目的光芒。红翠衫没有去看那些银元，而是向三爷投去了多情的、满含谢意的一瞥。她知道今天自己成功了，而且迈进李家的第一步是如此完满，简直无懈可击。虞姬那弯曲的腰杆儿慢慢地直了起来，舞一个剑花，从容地转身向后台走去。

大少爷伯涵急急地跟着到福来家里，此时虚弱的姑娘就昏睡在隔壁的屋里。福来老婆按照福来的吩咐守候着，及至听到门响，见男人跟着大少爷走进家里来，隔一会儿，那妇人端上两盏热气腾腾、香喷喷的茶来，便知趣地退下去了。

“这可是个情深义重的姑娘，一个钱也没留，都给她叔叔了。”福来叹口气接下去说，“多好的姑娘啊，怎么拦也拦不下，就是当牛做马也要来侍奉您。”

“这可不行，这不成买卖人口了吗？”大少爷有点儿担心。

“是啊，我开始也这么想。可后来一琢磨，她还有别的活路吗？少爷，你到盐河两岸看一看，荒地里全是坟包了，树皮、草根儿找都找不着。死的就不说了，活人瘦得都跟鬼一样，我可是眼见了，这才带她回来的。”从福来沉重的语音中可以感受到他有一些难过。

伯涵沉思了一会儿，仿佛在想象福来讲到的情景。这些外面的事本来是离他非常遥远的，可因为眼前这个昏睡的姑娘，他像是找到了自己身上那条外联的脐带。

“也只好这么办了。”他痛痛快快地喝了一大口茶水，“咕咚”一声咽下去，从椅子上站了起来。“就说是你的远亲，苇儿走了，正好补这个缺吧。明天你就领她进去，年节下不会不同意的，只安顿些轻细活儿做就是了。”

屋门在大少爷的身后掩上了，但它无法把黑夜全部关在外边。在二十世纪初叶的中国社会，人被自然地划分在不同的阶层中，他们都有自己的门和窗户，接触着各自的水和空气，在既定的轨道上演绎着生老病死。贫穷和富贵就如同两场互不干扰的戏剧，可这一场突如其来的风雪把姑娘留在了这里，形同一段插曲。

静静的除夕夜。老盐河的岸边都已结实了冰，只在河中央留着一条水道，于寒星下蛇一样无声地蜿蜒爬行。冰上覆盖着一层厚厚的雪，与广袤的平原紧紧地连在一起，直至把视线牵引到太阳升起的地方。

平原上一个个村庄陆续醒来。在每一条街道和胡同里都游动着小鱼或蝌蚪一样拜年的人群，见面时人们就会拱起手，作揖，嘴里说着吉祥平安的话语。这本是一个极为普通的清晨，可人们赋予了它不平凡的意义。

李家宅院里每间房屋的门都敞开着，迎门的条几和桌子上燃着两烛高高的红蜡，供奉着神灵的地方，摆放着时兴的果馔和菜肴，自然也少不了一盘热饺子。地上有一团纸灰，可见大太太带领着家小刚刚敬拜了一遍。在所有的厅堂中，都挂上了新换的中堂字画。老爷端坐在庆寿时行礼的地方，身后是一幅《松鹤延年图》，颜色古旧，显示出年代的久远，光线太暗，看不清出自哪位名家之手。

此时，烟鬼三爷正携同两房妇人给兄嫂叩拜。红翠衫低眉敛唇，含情露春，如娇花临水，似弱柳扶风，把那光彩一一占尽，气得严氏牙根发痒。老爷扶着弟弟的衣袖拉他起来，大太太也连忙一手一个扯起，然后松开严氏，在红翠衫白玉般的手背上亲昵地抚摸。

“维世啊，你最近怎么越来越瘦了，要不找大夫看看？”哥哥关切的目光中有一股炽热的火焰。

“喝酒喝的，有点伤了。”三爷赶紧低下头，走到桌子远远的另一端坐下。

说话间天微亮了。福来、福兴两家也赶过来，在厅堂上陪着爷儿们说话。村里人接连不断地进来拜年，妇人们都躲到厢房去了。福兴家的刚迈过门槛儿就直奔红翠衫过去了。

“你们看，天底下还有这么花哨的人儿，三爷不疼坏了才怪。”自从红翠衫落户李家，她们这是第一次有机会说话。

“我也说呢，没事多过我这边来，咱们好说话。”大太太一直牵着她的手，“往后姐妹要好生相处，家和万事兴嘛。”说着她看了严氏一眼。

“太太说的是，要是太太不嫌弃，哪天我过来给您唱几句解解闷儿吧。”红翠衫缓缓地说。

“小嘴儿巴巴地还这么会说。”福兴家的根本没看到严氏用眼白不屑地瞟她。

福来家的站在一边全都看在眼里，连忙走过去一把搂住严氏，拍打着说：“要说天底下这喜新厌旧的人，福兴家的你是头一个，你怎么着也不能把咱家这个大美人忘了呢。”话还没说完，她自己先笑了起来。

“就你这老菜帮子会献殷勤，还捎带着编派我，我就不知道三奶奶长得美？你想让三奶奶责怪我，人家才不呢，心眼那么好，看你还能得意。”福兴家的风一样吹过来，抓着严氏的另一只胳膊揉搓着，用眼感激地瞟着福来媳妇。

“看我不把你们俩的嘴撕烂，割出那正反两面都能说话的舌头，让咱们瞧一瞧。”严氏红了脸笑着站起来，做着伸手撕嘴的模样，唬得两个媳妇笑着躲开了。

“大过年的，不说不笑不热闹，你就当戏看吧。只是你以前叫啥名啊？”大太太问红翠衫，“咱是书香人家，从今往后，那个艺名就不能要了。”

红翠衫一听低下了头，脸皮有点羞臊。当她再把头抬起来的时候，眼圈红着，泪珠在眼眶里打着转。“从小没了爹娘，哪里知道姓什么？只是没学戏以前叫玉香。”她的声音那样凄楚，人们听得都有点心疼了。

“我就是随便一问，你可别伤心了，那以后就叫玉香吧。”大太太把手伸过去要为她擦泪。

“看你生得华丽又金贵，应该叫金香才对。”二太太说话了。刚才她坐在一边冷眼看着，手绢在手上折来折去，没说过一个字。红翠衫正想向大太太道谢，听了这话又转过身来。

“我喜欢‘金’字，多谢姐姐，我也觉得这‘玉’字有点儿穷气呢。”红翠衫很会迎合着说话，其他人听了立时都向二太太看去。二太太若玉很反感这个戏子叫她姐姐，她本想这“玉”字是代表纯洁和高雅的，只有自己才能配得上，一个戏子岂不是玷污了它，这才出言为她改为“金”字。却又听红翠衫编派出这样的话来，心里就有些气恼，正想回嘴说些厉害言语，就听大太太说道：“金香好，那就叫金香吧。一说这话，我又想起来了，原来有事都是苇儿给我想着，苇儿这一走，凡事都稀里糊涂的了。福来家的，你这就去把院里的几个丫鬟都给我找来，起个名儿，分了用吧，我身边少了人可不行。”

过了不大工夫，福来家的领着三个十二三岁的小丫鬟进了门，在当屋里一字排开低头站着。由于年龄还小，身材都显得小巧一些，衣裳的颜色样式也差不多，从后面看，除了辫子长短不一样，再没有什么分别了。

“把头抬起来，跟太太们说说叫个啥名？”福兴家的在一边说。

三个小姑娘慢慢地把头抬了起来，可能是刚才在花园里打闹玩耍了，她们的小脸红扑扑的，像是枝上向阳的苹果，有的从头发帘里往外渗着汗珠，有的腮边一缕头发紧紧粘在脸上。最里边的小姑娘很秀气，两只黑眼珠乌溜溜的，她使劲咬着上嘴唇，不敢开口。

“甭害怕，说吧。”若玉说，显然她已经平静下来了。

“我叫文慧。”最里边的小姑娘说完，很快又把嘴唇咬上了。

“我叫玉兰。”第二个小姑娘略胖一些，眉眼憨了一点儿。

“我叫大云。”大太太知道这是福来家的亲戚，就一直看着她。

若玉摸起桌上的纸和笔来，一边写着字一边说：“你是蕙草的‘蕙’，你是兰草的‘兰’，你是芸草的‘芸’。丫鬟就是丫鬟，顶着天也是草命。叫什么玉兰，那‘玉’字也是你叫的？”二太太谁也不看，声音也不高，一副不屑一顾的模样。

四

转眼已过了上元节，新春就要闹完了。穷人家苦撑苦熬，度日如年，富人家可不甘心就让它这样轻易地溜走了。还有几天，村学就要开学了，老爷打算今年把二少爷送到学校里去。时下不兴搞拜师仪式，就邀请村学的先生由举人老爷的乡绅学友坐陪，来家里吃顿便饭吧。

二少爷仲良与伯涵上下差不到仨月，本应两年前一起上村学的，可这二少爷怕是多少吃了母亲的亏，自小就体弱多病。二太太心疼得不肯让他离开半步，哪里还舍得再给他加上功课。老爷见是如此，也就不再提了。倒是二少爷十分知学好进，在家里缠着父母学习，时间不长他写的文章就有模有样，诗词曲赋也有情有趣，很得举人老爷的欢喜。两年下来，若玉见他身体非但没生大病，反倒强健了不少，举人老爷也怕误了这天资聪颖的孩子，遂旧话重提。

“哥，我也要上学。”几天来，哥哥们总是在说学堂里的事，今天，真儿忽然非常认真地对着他俩说。

“对啊，真儿也早该上学了。我这就和母亲说去。”伯涵牵着弟弟妹妹的手跑出屋子。

大太太在屋里正和若玉闲话，大太太总是站在老爷的立场，待若玉视如亲姊妹。她们看到三个孩子一同跑进屋来，大太太一把将仲良搂进怀里说：

“跑那么急干什么，小心跌了跤，让我们心疼。”若玉则用手迎住伯涵和真儿，把桌上的茶吹了吹，送到真姑娘的唇边说：“快喝点水吧，你怎么也跟他们疯跑起来了。”

伯涵从二太太的身边走开，坐到旁边的椅子上。

“太太、娘，让真儿跟我们一块儿去上学吧。”仲良等不及伯涵张口就说了。

大太太好像一时没有听清，愣了一会儿才回过神来，假装板起脸对仲良说：“净胡闹，一个女孩子露头露脸的，这可不行。”

“我就要去嘛，我为什么不能去？”真儿不乐意，说着话就快要哭了。

“因为你和哥哥们不一样，你是个女孩子。”二太太低下头，轻声轻气地哄她，“女孩子最好待在家里，免得出去这个瞅那个瞧的，看脏了你。”

“我不信，哥哥也没被看脏。我就要去上学。”现在很难说清，在真儿小小的头脑中学堂到底有多大的吸引力，她最想得到的无非是家门外更大的世界。她用女孩儿特有的任性的办法来解决问题，压根儿不知道在这平原上自己正在成为妇女追求平等和自由的先驱，也丝毫不清楚这其中将要面临什么样的阻力。

这时，金香领着干弟弟走了进来。那个小男孩完全是一身女装，模样俏丽非常，羞涩地跟在后面。

大太太正被纠缠得不耐烦，一看到金香姐弟俩，就对着三个孩子说：“别烦我了，跟你父亲说去吧。”三个孩子站起来走了。伯涵坐在那里始终一句话也没说。

若玉也站起身来，像没看见金香他们一样，向门口走去。

“姐姐，你要走吗？我说让弟弟给你们唱几句呢。”金香转过身来对她说。

“大太太喜欢听戏，你们唱吧。”若玉就那样淡淡地说。

“伶儿，快去送太太出门。”她的干弟弟听了她的话，只管低着头转身向门口站着。若玉差不多已经走远了。

屋里剩下他们三个人，一下子清静了下来。谁也说不清楚，金香自从进了李家的大门，突然变了一个人，收起了自己那副放荡的招牌，跟良家妇女一般尊老爱幼，摆着太太们的做派，连走路都显得稳重了许多。

“伶儿，你把我教你的那段《西厢记》给太太唱吧。”金香说着，在大太太身边轻轻坐下来。

碧云天，黄花地，西风紧，
北雁南翔，
问晓来谁染得霜林降？
总是离人泪千行。
……

听着听着，大太太合上了眼睛，嘴唇一翕一合地嚅动着，手在袖口边不停地摸索，而金香的两只手早在不经意间捏成了兰花指。女人哪，她们都早已陶醉在戏文里了。世界上只要有男人存在，她们就除了自己之外，什么也不去关心。伶儿在屋子中间唱得那样认真，举止与眼神都一丝不苟。他痴迷其中，用心用情地演着女人们的离愁别恨，竟是那样得意自然。

冬阳仿佛隔着一层薄纱，发出懒散的光芒，晃得直叫人昏沉欲睡。芸儿来到李家已有多半个月了，经过福来的安排，她只在午后和晚间给老爷和太太们的屋里分送两次热水。

“你叫什么？”大太太坐在床沿儿上，困倦地打着哈欠，看到芸儿拎着水壶走了进来。

“我叫芸儿，太太。”芸儿低着头，恭敬地回话。看到大太太并没有别的话，就快步走到桌前给太太把水斟到茶盏里，慢慢地端到太太脚边的矮几上。

“你去后面的膳食房问一声，晚上请少爷的先生吃饭，按原定的菜谱都齐全了没有。”大太太伸手摸着茶水，口中吩咐道，“噢，对了，传人跟福大爷说一声，叫他晚上陪着吧。”

“是，太太。”芸儿略等了一会儿，便转身出去了。

自从芸儿进了李家的这所宅院，还从来没有出去过，她也从来没有碰到过大少爷和福大爷。对她来说，这个院子真是太大了，屋高院深，林木森森，而人又太少了，走到哪儿都是空荡荡的，让人害怕。芸儿依照太太的吩咐，穿过堂舍和甬路向膳食房走去。

在李家宅院靠近东花园的花廊边上，有一条过道，穿过去，在后堂屋的背面就是李家的膳食房了。在这座豪华的宅院里，此处是一个相对独立的小院，静静地隐藏在高屋丛林之中。主人们从不到这里来，只在上屋的丫鬟们传唤菜肴的时候，这里才能见到厨娘之外的人影。李家长期雇用两个厨娘。年岁大一些的颇有几分来历，因为她是大太太奶娘的女儿，自小得母亲的真传，腌制一手地道的江北小菜。当初方大小姐嫁到李家来，有几年总也不合饮食，后叫福来回江北娘家把奶娘接来，住了一年半载为她调顺口味。哪知这一住大太太更是吃不下别人经手的饭菜，硬是留拦着奶娘不让回家。奶娘不得已，才把家里的这位老姑娘推荐来。这位厨娘也难怪会老在家里，皮肤糙干，嗓音憨沉，膀大腰圆，从身后大略一看活脱脱像个打虎英雄。除了母亲教传的腌菜烹饪的技艺，任凭怎么说也不能是个女人。可巧此人又性格豪爽粗犷，从不涂脂抹粉，只是有一个不良嗜好，喜欢嗅闻女人身上的暗香，丫鬟们都害怕接近她。

另一位厨娘年纪略轻一些，有三十六七岁模样。与那一位厨娘相比，她应该是十分标致的女人了。因为来得晚，又没有特殊的技艺，所以在这个二人世界里，她甘愿处在一个被统治的地位。她的身上有着贫穷女人的一切特点：柔弱、顺从、忍让……这是个有着苦难经历的女人，在丈夫病逝之后，为了抚养孩子，她必须保住这份差使，同时也必须满足那个准女人的怪癖。

厨房内静静的，火炉上的水壶冒着白气。芸儿找不到一个可以询问的人，实际上她根本不知道去找谁。她迈过门槛儿，一步步走到屋里。阳光透过窗棂在她的面颊和衣衫上划出一道道方格，然后斜铺到地上去。一束束光柱中飞舞着数不清的埃尘，像蠓虫儿那样左忽右扑，不着边际。

“这里有人吗？”芸儿听到自己的声音，颤动着很快就被周围无边的空气吞没了。

忽然，她听到北边的仓房里发出一阵粗重的喘息声。她透过虚掩的门缝向里望去，只见两个厨娘紧紧地搂抱在一起。那位老厨娘将年轻的女人结实地压在米袋上，一只手狠狠地揽着对方的头，宽厚的嘴唇捕捉着脸和脖颈，另一只手则伸到人家的裤腰里，像一只迷路的野兔狂乱地冲荡，而又因兴奋和满足，鼻孔里喷发着牛一样的气息。

“大姐，我身上正脏着呢。”年轻的厨娘痛苦地哀求着，可她不敢挣脱。

“小娇人儿，你只管受用好了。”老厨娘疯狂地抽动，不想控制自己。

芸儿是多么无知啊，她竟然推开门走了进去说：“太太问……”

那头发情的“公牛”忽地停了下来，只把头转向了芸儿，她的脸涨红得如紫茄子一般，但绝对不是害羞。她把愤怒聚集到两只手上，其中一只手的手指上挂着淋漓的血丝，抓住芸儿瘦弱的肩膀，向仓房门外走去，就像是扔一件褂子，芸儿被甩了出去。

可怜的芸儿在炉台旁落了下来，她的胳膊撞翻了水壶，那滚开的水流从她的腿上直流进鞋里，似无数把锋利的针锥刺扎着皮肤。恍惚中，她看到那头“公牛”还在愤恨地吼叫着，而那年轻的厨娘从仓房里跑出来，惊慌地捡起地上的水壶，并为她慢慢地脱掉了脚上的鞋子。

芸儿把这一切看得清清楚楚，包括光柱中起起落落的飞虫，只是听不到一点声音，如同一部无声的黑白电影。

接近掌灯时分，李家的客人已陆续到齐了。除了伯涵少爷的先生，都是举人老爷的朋友。平日间本也不少来往，但今日是断不可不到的，入塾从师，少年归向，这是儒家的头等大事，可喜可贺。良家镇的这位先生，原是一位流落的书生，此人姓秦，四十岁出头，一年四季总穿着旧而干净的长袍，容貌睟然，身材清癯，谈议津津，文质彬彬。其人旧学很好，用举人老爷的话说是有质有情、有气有声。

福来进屋禀告说都已准备齐全，然后引领诸位客人到迎宾堂。这些乡儒相互谦让着，老爷和秦先生坐了上首的主席，然后人们才依次落座。

酒过三巡，菜过五味，这些乡儒敲击着碗盘杯盏，不停地吟诵起明月之诗、窈窕之章，或张狂放荡或怡然自得，神情不一、形态各异。只有秦先生还葆存着儒雅的风度，静静地欣赏着他们的表演。

“秦先生，我妹妹也想上学。”伯涵站起来，声音洪亮，拳心里攥着汗珠。

如同猛听得一声叫板，整个迎宾堂里顿时鸦雀无声，所有的目光都聚集到他的身上，有一人的筷子还停在半空中。

时间仿佛突然抖动了一下，一瞬间每个人又都恢复过来。几位宿儒把玩笑接着开下去，停在半空的筷子又继续向着菜肴挺进。人们几乎在同时认定，只要他们不把这件事当作一个问题，那么这就不是一个问题。老爷没有反应，秦先生的神情也始终那样安详镇定。

伯涵站在那里一动不动。在过去的这一天多时间里，他苦思冥想着一个问题，为什么女孩子就不能上学呢？他把头脑中那些古代伟大女性的事例一遍一遍地讲给自己听，最后决定无论结果如何，一定要为妹妹争取。今天他当众勇敢地讲出这句话来，最担心的是父亲和先生的反对，现在看到父亲和先生并没说一句话，于是心中又平添了几分成功的信心。

伯涵就像是一位冲到阵前来的白袍小将，没有拨马回头的道理。伯涵开口说道：“诸位叔伯，恕侄儿冒昧，我十分敬重你们，饱读经史子集，通览诗词歌赋。”

“世侄过奖了，不敢当，真不敢当。”几位乡儒僵笑着，手捋着胡须等待下文。

“只可惜与古人相比，尚有千里之差。”伯涵话锋一转。

“那是，那是。”人们笑着附和。

“男的不说，只说女流之辈。先来看这忠义二字。越国西施，容貌沉鱼，去国离乡，取辱吴宫，史称祸水。可是没有她的忠肝义胆，哪有三千越甲，直吞吴城，一雪国耻？汉代昭君，美可落雁，自行请命，和亲北番，没有她的大忠大义，哪来西汉的稳定与繁荣？不施貂蝉之计，怎戡后汉之乱？无有文成公主，焉成高唐大梦？古今多少女子，为了忠义，舍弃幸福，抛却亲情，到头来史册无载，反留千古辱名，其冤何诉？其情何白？再说一个‘文’字，班氏昭女，辅助父兄，著《汉书》册，辑抄校订，哪有青春？李家清照，其才天高，以文忧国，以词忧民，心可史鉴。又有文姬和文君，神采飞扬，岂是庸碌男人可比？最后说这‘武’字，花木兰替父从军，十年征战，千里赴戎机，关山度若飞。梁红玉擂鼓抗金兵，沙场自从容。尚有杨门女将，个个文韬武略，技艺超群。这些女子哪一个又是我们男人能比？如下我们民族内忧外患，我等男儿只知在家中饮酒唱赋，于国何济、于民何益啊！由此我更惊叹那些忠义敢行、文武全才的真女子、真豪杰。当初秦始皇燔灭典籍，以愚黔首，董仲舒罢黜百家，独尊儒术，我们的思想是何等桎梏，为何还要在此基础之上给普天下的女子再套上一把枷锁？古人说过：位卑未敢忘忧国。每个人都有报国酬民的权利，任何人也不能剥夺。女孩子怎么就不能读书、受教育、治国平天下而成就一番事业呢？”

这一番话直说得众人无言以对，福来在旁边早已听呆了。各位乡绅更是羞愧难当，尴尬地连称“世侄真是好口才”。他们哪里知道，伯涵为了这番话和说出这番话的勇气已经煎熬了整整一个昼夜，此时额头上沁出了汗珠。或许是激动的缘故，他不得不压制着自己的呼吸。

“鄙人也还算得上是个读书人，是圣人的学生。读了圣人的书，人要变得圣明。”老爷的话说得有条不紊。“所谓圣明，即圣达、通明。刚才听了犬子的话，尽管是班门弄斧，但其中也不乏道理。定国安邦说得太大了一些，真能写出一篇好文章也就不错了。这件事我不反对……”

“世兄，您怎么能……”

“女孩子应该不出闺阁，学些女红……”

“让爱女抛头露面，任外人评头论足……”老爷的话尚未说完，几位宿儒乡绅吃惊地站了起来。

老爷仿佛没有看到他们一样，扭身向秦先生说：“秦先生，这女学生你敢不敢收？”

秦先生把赞许的目光从伯涵身上收回来，对着老爷含蓄地笑了笑。

“先生，收下我妹妹吧。她天资聪慧，禀赋极佳，能写诗赋词，比我和哥哥还要强些呢。”是二少爷仲良在说话。

“噢，果真如此，那我倒要看看。去叫你妹妹来，我要现场命题、定韵、限时，你们兄妹赋诗如何？看过你妹妹的诗之后，我再作定夺。”秦先生认真地说。

伯涵赶忙跑出堂屋来，一把抓住妹妹的手，激动地说：“真儿，就看你自己的了。”随后扯着妹妹汗津津的小手，奔回屋里来。

迎宾堂的北墙上悬挂着一幅古旧的水墨画《风竹图》，堂联道：风来疏竹，风过竹未经声；雁度寒潭，雁去潭不留影。画下方的迎宾桌上早已摆好笔墨纸砚，三个孩子正襟危坐在椅子上。

不一会儿，福来转过迎屏来，手中的纸上写着：

题目：咏雪。

韵脚：哀韵。

限时：半香。

不限五七。

此时，整个迎宾堂中已飘散出一股幽幽的檀香。

画屏前面，正是觥筹交错……

香尚有半指的时候，福来捧着三张小宣纸到宴席上来，双手递到老爷的手中。

咸言盈祥瑞，
莫测其胸怀。
世上纷纷恶，
皆曾雪中埋。

疑是春风至，
万树梨花开。
不辞人间冷，
只为送清白。

一夜北风万户栽，
玉树琼枝落瑶台。
无论天下贫与苦，
却把和暖送将来。

举人老爷一边看着，一边摇头，依次向下首传去。纸上的字一律是欧体楷书，颇得几分举人老爷真传。那些乡儒先是称赞字，后又称赞诗，有人还连声叫好。

“第一首立意独特、奇绝，言人所不敢言，一改常规，反其意而用之，真实、正直。”

“第二首境美意深，套用古诗毫无痕迹，尤其后两句格致高雅，融情入景，自然、不矫情。”

“第三首虽入笔平淡，但用意深远，宽厚、朴素，正所谓仁者见仁，有古诗之风。”

……

“秦先生，你能猜出哪一首是我妹妹写的吗？”三个孩子都聚到了秦先生跟前来。

“你的诗还是不懂得藏锋啊，尖锐了些。”秦先生对伯涵说完，又扭头看着仲良和真儿说，“我看这第二首应该是个女孩子写的。这个女学生，我收下了。”

院子里流淌了一地的月光，多么美好的夜晚啊。

五

仿佛只是经过了一个漫长的黑夜，当人们再次醒来的时候，原野里早已不经意地泛出了一层黄绿，隐隐的、淡淡的，像是雏鸡身上的绒毛。今年盐河平原的春天，来得格外早些。河面上更是睁开了睡眼，沉寂了一冬的河水再也按捺不住涌动的心情，欢呼着、跳跃着，打着旋儿，争先恐后向前跑着。良家镇的街上还不够热闹。河水刚刚开道，来往的船只都还没到。镇上的男人们只想趁这几日再好好歇上一歇，攒下力气好干活，哪天开了工，一年就不得闲了。女人们没有集赶，没有戏看，她们还出来干吗？宽绰的大街上最多的就是孩子，穷人家的打宝、抽尜尜、抓石子儿，富裕人家的子弟就结伙搭伴上村学了。

李家少了三个孩子搅闹，越发显得冷清了。金香推说身上不舒坦，有几日没到前院来了。大太太只好天天待在屋里养神静思，时不时地还能听到后院传来的断断续续的清唱。若玉独自一人蜷缩在床边，有时斜倚在锦被上，就这样呆呆地守着，若有所思，思又若无，整日慵慵懒懒的，打不起一点精神来。儿子上学之后，她就更加寂寞起来。尽管她不再年轻，但在别人眼中还十分美丽，可她却在春日里，妆容有些散乱，心里一阵阵空虚。或是春倦，她同往年一样时不时轻咳。

屋里的书桌上收拾得整齐干净。左边的案头摆放着一套《石头记》脂砚斋甲戌年评本，那是每天必要翻看的书。书的旁边叠放着一块蛋青色的丝织方帕，一角上绣着乳白色的莲花。桌中央的笺纸上排着一对镇纸，从石质上看应该是一对，奇怪的是半边并没有字，只在另一边刻着单字“缘”。右上方的笔筒和砚台也都是白玉石雕成，与那镇纸倒像是选自一块石料。屋里的其余摆设十分简单，稍显华贵的就是一对青瓷瓶和墙上的字幅了。那是一首词，词牌《青门引》，字写得清秀隽永，没有落款，无从知道字与词出自谁人之手。词曰：

轻冷还乍暖，风雨方定来晚。清明寂寞近庭轩，花中酒残，病又是去年。

画角吹醒楼头风，夜静入阑干。更披明月哪堪，隔墙送影过秋千。

若玉缓缓地踱步到窗前，推开去年冬里糊在一起的窗扇，一股凉风嗖地扑进了她的怀里。这一阵风惊得她倒添了几分精神。外面的天高了一些，不再是冬天里闷压在她的屋顶上。白云也挣脱了出来，一片片飘散。

“二太太，你别站在风口里，小心着凉。”送水的小姑娘是蕙儿，自从芸儿烫伤了腿脚，她就主动接替过来。见二太太动也没动，她顾不上倒水，连忙放下铜壶，过来把窗子关上了。

若玉转回身来，坐在桌前的椅子上，仔细看着蕙儿为她斟茶。

“你是叫文慧吧？”她问。

“我叫蕙儿，是太太您给改的呢。”蕙儿送过茶盏来。

“是谁给你取的名儿？”她接着问。

“我娘给我取的，只是她……”话说到这儿，蕙儿的眼里涌上了泪珠，就低下了头。

“她读过书？”若玉没注意到蕙儿的表情。

“我不知道，她只教过我些诗词。”蕙儿说。

“你学过这一首吗？”她指着墙上的字幅。

蕙儿抬起头来看了看，摇摇头。她的牙咬着嘴唇，一句话也不愿再说了。这时二太太突然伸过手来，握住她的胳膊，心疼地说：“你也多穿一点儿，别冻病了。”就像母亲抚摸自己的女儿那样。蕙儿有点受宠若惊，吓得赶紧抽出手来，后退了两步，拎起水壶走了。

二太太脸上还留着刚才的温情。屋里又只剩下她一个人了。下午，若玉翻看着《石头记》，直到孩子们下学回到家来。

用过晚饭，三个孩子聚在老爷的书房里复习功课。若玉独自回来在灯下读书。等读到“埋香冢飞燕泣残红”一回，不知不觉把那《葬花吟》念出声来。一句句泪湿尺素，一声声寸断肝肠。当读到“一朝春尽红颜老，花落人亡两不知”时，她干脆合上书，伏在案边抽泣起来……

待她慢慢把泪水绞干，屋里的空气使她透不过气来。由于过度的伤心，她的胸口正在一抽一抽地疼痛。她强忍着起身走到窗前，又把那扇窗打开。屋外的月光涌进来，那么清凉、爽洁，普照着天下每一颗痛苦抑或幸福的心灵。

春夜如墨，明月似水。若玉提起笔来，一手抵住心口，轻咳着，写道：

月上东山照东邻，不见西厢垂泪人，
窗内抚琴千般怨，斑竹点点万数痕。
夜色未央更漏残，烛影明灭雨声寒，
绫帕新题断肠句，病起相思人无眠。
帘外明月对落花，不知来年落谁家，
一样花开人面美，冷风凄雨苦相杀。

可怜花谢风雨中，满园零落水流红，
一树残叶听雨好，人去楼空与谁听。
寒塘几番渡鹤影，冷月今夜葬花魂，
梦中一片秦淮水，前生合是采莲人。
荡舟心许艋首回，君子拂袖传羽杯，
沾裳敛裾畏倾船，浅浅一笑暗相随。
自是才子白衣裳，日月秉承才情长，
侬今弄琴君知音，何时伴君就华章。
君子去兮几日还，不系江山系红颜，
江山难改人易老，香腮不度鬓云残。
只愿去向来生逢，魂梦几回与君同，
今宵又吟别离曲，醉中喜剪蜡灯红。
惨淡冷酒寂寞樽，萧缩画屏孤独身，
枯花败叶凄凉日，一帘风雨送黄昏。
黄昏送雨轻叩门，门里门外两销魂，
君子犹记芳草诗，院内秋千落香裙。
香裙此生随花去，来世尘中寻玉人，
玉人难续来生缘，徒留香裙对黄昏。
不知此生何处渡，敢问何处渡来身，
一朝花落春归处，玉人香裙两无寻。

诗刚刚写完，若玉忽觉背后有人推她。她连忙把笔放下，正待回头看时，听见儿子仲良在说话。

“娘，你这样弱的身子，怎么趴在这儿睡着了？天气还冷，小心添病了。”仲良温习完功课回来，一进门就直奔过来。

若玉呆呆地抬起头来，恍然不知自己身在何处。看看窗子并没有开着，再低头看看桌上的笺纸，哪里有什么字迹，倒有一片泪水浸湿的印渍。分明是一场梦。这一惊，出了浑身的汗，刚才梦中吟的诗句竟一个字也记不起来了。

“看书累的，就睡着了。现在没事了，睡觉吧。”若玉站起来抚摸着儿子的头。儿子回到了她的身边，她有些高兴了。

“娘，你不知道，今天我们秦先生的侄子到这儿来了。他穿着那样的衣裳，中间缀着一排黑色的扣子，特别精神，人也长得英俊。”一躺到床上，仲良就急不可待地说。

“他也是来跟着秦先生上学的吗？多大了？”若玉问。

“比我和哥哥要大两三岁吧，我也不太清楚，哥哥可能知道，秦先生叫了几个学生到他屋里去了，哥哥也去了，他们说话说了好半天才出来。你明天问哥哥吧。”仲良说着说着就快要睡着了，迷迷糊糊地还没忘，“娘，我要有那一身衣裳多好啊。”

若玉仔细端详着儿子的小脸，睡得是那样香甜。她轻轻地理了理儿子的头发，幸福地躺在儿子的身边，满意地在绵绵的春夜中安然睡去……

秦先生的侄子秦越，是一个十分英俊的小伙子，今年十七岁。长方脸，白净面皮，两条长长的眉毛，细而清淡。他的眼睛最是不同于别人，就像稍宽一点的柳叶那样，黑眼仁大大的、亮亮的，含着无限的春光，又透出智慧和理想。在他高高的鼻梁下，嘴唇也是又薄又长，两个嘴角收回去，让人觉得他是那么文雅和含蓄。他的穿戴在这个封闭的小镇里是从来没有见过的，由不得那些道边小媳妇惊叹着多瞄上几眼。那是一身青蓝色的中山装，上衣大小四个兜儿，都像小口袋似的吊在衣服的外面，可又是那么平整。中间一溜儿黑扣子，一个个都闪着光，直系到脖子口上去。裤子外面不但没有长袍遮着，还有两条线样的东西在裤管儿前头，抻得裤子笔直。这一身衣装扮得人是那样潇洒挺拔。

如同从地下钻出来的一样，他突然出现在这个镇子里。我们知道盐河上的船只都还没有运行，那么他只有从身后的这片平原上，沿着扇形散开的村路寻到这里来。他身上的衣服是那样干净，没有丝毫风尘，那肯定是从离镇子不远的地方才下的车。他手提着小藤条箱，神清气爽地出现在门口。秦先生与学生的目光同时被吸引了过来。

“叔叔。”秦越情不自禁地叫起来。手中的行李箱稳稳地滑落到地上。

“小越！”秦先生露出平日里少有的激动的心情，快步走上前去，伸出双臂，把侄儿紧紧地拥进了怀里，在他后背上轻轻地拍打着，他是多么喜欢和疼爱侄儿啊，然后他们分开，双手又用力地握在了一起。他们没有拱手作揖，这在伯涵他们看来是多么不可思议，可在他们的身上又是那么自然得体，把感情和亲热都很好地体现在每一个动作里。

等到秦先生把侄儿安顿好，重新回到课堂上来，开口说的第一句话是：“现在我们来学一篇新课文《少年中国说》，这篇文章的作者是梁启超。他是一个诗人、学者、政治家、思想家，是一个活着的思想家。”秦先生把“活着”两个字说得很重，带着满腔的钦敬之情。接着，他开始背诵此文。

伯涵自从跟随秦先生以来，还从未见到过他像今天这样兴奋。在背诵文章的时候，他的表情、他的眼神、他的声音，更像是一个少年。在他的眼前肯定另有一番美好的景象，那是别人所不能看到的。他的右手握成拳头在胸前不停地用力挥舞着，沉着而又坚定。

少年和中国，这两个词就这样轻易地占据了伯涵的脑海，连同秦先生那激昂的声音、刚毅的神情，都如同电流通遍了他的全身。少年中国，中国少年，当他第一次把它们联系在一起的时候，才惊觉到原来自己的身心中还揣着一个不曾发现的东西。在此之前，每当他说到国家和民族的时候，出现在眼前的只不过是一个幻象和轮廓，可今天就好像一阵风飒然降临到了自己面前。

伯涵又一次失眠了。他在黑暗中睁大了眼睛，直视着幽深的玄夜。他的思绪如同插上了翅膀，透过了小小的幔帐，冲出了深深的庭院，穿过小镇，飞越江河，在广阔的天地间自由翱翔。

六

天亮了。

“芸儿还没好吗？”伯涵见蕙儿送进洗脸水来，就问她。

“脚肿得怕是连鞋还不能穿呢。”蕙儿话语中略带一丝痛苦。

“是这样，噢，你别掺热水了，我要用冷水洗脸。”

“那怎么行，太太知道了，会责怪我的。少爷，你还是……”

“太太怎么会知道呢？”伯涵没等蕙儿说完，一边说着，一边把脸扎进冷水盆中，真舒服，真精神，真好。

今天正好是村学停学的日子。早饭的时候，若玉因染了风寒，清早头沉、咳嗽，并没到前边来用饭，仲良吃完饭只略坐了坐就回去陪母亲了。这会儿，大太太带了伯涵和真儿一同过来瞧瞧，若玉还是靠在床边上，只多加了件衣裳，正绷紧了一块布绣花呢。仲良端坐在书桌前，聚精会神地看书。

“你可吃些东西？什么要紧活儿这么赶着做，歇歇总是好的。”大太太走进来，斜坐在床的另一头。

“还不是旧病，不妨事的，没有那么金贵，吃副药便好了。这是良儿的书袋子，不小心划破了，补上又不好看，我给扎上个花，明儿上学要用了。”若玉回道。

“真好看，姨娘也给我扎一个。”真儿羡慕地说。

“你的也破了吗？”仲良关切地问。

“平白地扎一个怕什么，不也好看吗？”真儿反问。

“等姨娘病好了再说吧，快别捣乱了。伯涵，带你妹妹出去玩吧，我再坐一会儿。”伯涵听了母亲的话，走上前来说了几句安慰的话，就扯着真儿出去，径直朝芸儿她们住的地方走来。兰儿和蕙儿正在房前的空地上玩踢方，跳腾得满头大汗，看到少爷他们走过来，跑过去一把扯住真儿玩起来。伯涵见她们玩得高兴，就一个人转到屋里来。

在临窗的一张床上，芸儿靠紧被褥平坐着，腿直伸着，盖了一层薄单子。她的身边叠放着几件旧衣裳。芸儿低着头一针一线地缝着，根本没听到伯涵走到她的床边来。

“你可好一些了？”伯涵轻轻地问。

这是多么熟悉的声音！它曾经在芸儿的心中和耳边无数次地响起，像春天那样美，又像阳光那样暖。芸儿有点不相信自己，恍惚中针尖刺痛了她的手指。

“少爷，你怎么能到这地方来？”芸儿不知说什么好，泪水一下子盈满了她乌黑的眼眶。她想从床上起来，可皮肤的痛楚像蛇一样爬遍了全身。

“你千万别动。你还要补这么多衣裳？”伯涵自己搬了个杌子在窗前坐了下来。

“也没有几件。我天天在床上一坐，倒成了一个享福的人了，这可叫人受不了。下人们的衣裳又没好赖，缝缝补补不又穿几年，省得府里年年给我们添衣裳了。兰儿和蕙儿不怎么会针线，她们天天给我端汤送药的，我正没法报答她们呢。”

“你怎么总想着报答别人？”

“有恩哪能不报啊！到现在我也记得，跟着我娘逃荒的时候，谁家给过半碗稀粥，谁家给过一块干粮，我是无力报答啊。”她的泪一颗颗滴落在手中的衣衫上。那是兰儿一件淡粉色的夹袄，已经穿得略褪了颜色，袖口上磨得飞起了毛边儿。芸儿正沿着飞边扎一株浅绿色的兰花，针脚匀称，和真的一样美。

“你的手真巧。真儿要是看到，准得让你给她扎花不可。”伯涵赞叹道。

“我娘扎得才好呢。这都是穷人干的活儿。小姐要是喜欢，指出花样儿来，扎一个也不费事。”芸儿正说着，真儿三人相拥着到屋里来，听了半截话，高兴地捧起袖子看了又看，欢喜地说：“给我书袋子上扎一枝红梅吧。”

芸儿急忙让蕙儿拿过一张旧纸来，平铺在腿上，用扫帚苗儿蘸了墨汁和颜料在纸上一点一点地刭着。她是那样认真，在伯涵看来，她的创造与诗人写诗、文人作文没有什么不同。她的胸中怀着世界上所有真善美的东西，通过她晶莹的眼睛和纤细的手指，表露给世人看。她在有意地忽略或忘却世上人性的恶劣，什么事总想着别人为她做的，她要去付出什么，而不去想在这个世界上，她为什么不能得到更多些、生活得更好些。她是那样容易满足，别人一句平常的问候，她都会心存感动。她认为现在的生活已是上苍给她的很好的安排，怎能再去奢望不属于自己的东西。究竟哪些是属于她的，她却又从未想过。就这样无怨无悔地生活，泪水来自她善良的心泉，笑容也是直接从肺腑间荡漾而出。

“我能为她改变什么呢？”伯涵在心中问自己，“她看上去比天下的人们都要快乐一些，还有兰儿和蕙儿也是无忧无虑地玩耍。若真是给了她们自由，把她们从这个家门中解放出去，她们能应付外面的生活吗？”伯涵一旦面对她们，又不知该如何行动了。

“真好。”真儿爱不释手地捧着花样儿，看了又看。那是一枝在雪中盛开的红梅，枝干虬然苍劲，骨骼傲挺，在躯干上点缀着几朵鲜艳的梅花，严寒中开得凛然无惧，那么奔放、豪情。真儿迫不急待地叫着兰儿、蕙儿跟她回房取书袋子去了。

“你不想生活得更好一点吗？”伯涵进一步试探着问。

“这样还不好吗？要不是那天遇到少爷和福大爷，我说不定早饿死了。我现在吃有饭吃、穿有衣穿，外面吃不上穿不上的苦命人多着呢。”芸儿一边在线盒里找着丝线，一边说，“少爷是个善心人，可外边那么多人仅靠你一个人能管得了吗？好好念书上学才是正经事，别再为不相干的事烦心了，回头荒废了正路，老爷和太太又要难过了。”

他问她一句话，芸儿倒要劝上他十句，不掺杂半点私心，全都是为了他和老爷太太们好。听着她的话语，就像是知心朋友一样。伯涵一时也没有更清晰的思路来启发她去争取什么“解放和自由”，便站起来要走了。

“少爷，你千万别嫌弃。我没什么东西能报答你，就抽空用裁下来的零碎绢布绣了两条带子，你拿去捆捆书本，将就着用吧。”芸儿说完从褥子下面取出一个薄布包。伯涵接过来，抖开是两条长长的丝带，两端各绣了十几朵颜色各异的桂花，重叠交替着，隐约间还散发出桂花的清香……桂树是何等高洁。此时，伯涵忽然忆起苏子曾歌曰：桂棹兮兰桨，击空明兮溯流光。缈缈兮予怀，望美人兮天一方。

这日晚饭刚过，秦先生带了侄儿到李家登门拜访。

秦越今天穿了件酱色的长袍，衬着白净的面庞，另有一番风流儒雅。寒暄之后，落座说话。

“这是舍侄，特地从南方老家来探望我。小越，来见过李举人和太太们。”秦先生用手招呼着秦越。秦越走上前来，落落大方地鞠躬问候。

“多好的孩子啊。”大太太从椅子上站起身来，由头到脚地打量着说，“别多礼了，快坐下吧。”举人老爷很欣赏秦越得体的举止，赞许地颔首微笑。

“这次小侄来得匆忙，只带了些家乡的云雾山茶，是今年刚采下的。实在是不成敬意，万望笑纳。几年来承蒙世兄多多关照，略表我区区之感。”秦先生说完，捧出一个精巧别致的缎子盒来。

“贤弟实是高雅之人，心清意真。我若是拒礼，就是一个俗人了。”老爷笑着接过来，珍爱地打开盒子。里面并排放着两个紫砂茶筒，又嵌着八盏茶盅，四个一行，分两排摆放。八盏茶盅盖儿上分别有“福、禄、寿、禧、康、富、安、贵”的字样。“说到茶，你们南方人是最讲究的。洗手、净心，要一个境界。又取甘洌山泉，井水次之，用木炭加热，沸水冲泡，清香盈室，真是一种享受啊。不似我们泡上一盆一罐，牛饮一般，解渴而已。真是玷污了茶经。”

“世兄过谦了，茶不过饮料而已。南北两地，风俗不同，习气各异，本也说不上孰优孰劣。我到北方来，时间一长，也慢慢体会出这一饮而尽的豪爽，反观南方又略显小气了一些。要说茶道，古人最是精通，每逢好茶，必要饮酒赋诗，那才是雅兴呢。”秦先生说道。

“咱们今天何不以古人为师，对着这上等的云雾山茶，也附庸风雅一回。”举人老爷兴致很好，吩咐福来下去安排果馔，丫鬟们送上新水来，为座上的人们在紫砂茶盅里泡上新茶。不一会儿，满堂里飘散出脉脉的清香，浸润着人们的肌肤，涤荡着人们的肺腑。

“今天咱们虽是取乐，但也要有个理论才对。须老爷出个主意，好有章法可循。”秦先生恭敬地说。众人也随声附和，只有大太太神情略显勉强。

“既是这样，我也不便推辞。只是我乃老朽之人，言语未必尽合时宜，到了下一轮，这令牌要交给年轻人才对。要我说咱们由易到难，先来联句如何？以茶为题，以座位为序，无论平浅，每人一句，从我开始，自一数起，然后二、三，可化字，可谐音……”

老爷说话的时候，人们已经开始依照次序琢磨自己的词句了。思路敏捷开阔的尽量多想几句，免得与前边人重了，又在心里比较着好赖，准备着与上句的连接。

这时，举人老爷开口说：“一心。”

福来正站在老爷身边，端着一盘苹果，竟没想到联诗是这样容易，就脱口而出：“俩叶。”

这一来是人们始料未及的。原来的次序都要向下顺延一位，刚才想好的都因变数换了平仄。每个人思索半天，竟替别人作嫁衣了。

秦先生略思片刻，说：“山泉水。”从三到山，化用得巧妙自然，不着痕迹。

秦越接下来说：“四两清风。”

伯涵说：“五缕日光晴。”

仲良说：“六杆爽朗翠竹。”

另一边的椅子上，中间是大太太。二太太和真儿分别坐在两旁，下首正是真儿。她不假思索地说：“七株芬芳杜蘅。”

大太太本不喜好，可又不便退出，听着别人说的，自己心里一片茫然，更想不到年轻人又接得快，一下子就到了她面前。她忙笑笑说：“刚才我这‘七’还没想好呢，说话又改成‘八’了。人一老，脑子也慢，我可是不中用了。不过我听着真儿说的，像是到了哪个地方了吧，另外我想香茶配佳景，总得有个地方品茗才好，我就凑上一句‘八步怡然亭’吧。”

人们都没想到大太太不但说上来了，而且情意贯通，一点也没走了样子。伯涵的心本来为母亲悬着，听了母亲的话，觉得比自己的那句还好。

二太太若玉说：“酒菁品罢人犹香。”谐音了“酒”字，有茶有景，岂能少了美酒？若玉长于诗词，懂得转换起伏。既迎合了上句，又为下句留下了空间。

一圈转罢回来又到了举人老爷，因为上句说得好，接出一句来不会困难。他随口而出：“拾得茶声。”

举人老爷的话音刚一落地，秦先生一拍茶几站起来说：“好一句‘拾得茶声’，既不化字，也不谐音，而用其别意，真是出神，更别说这‘茶声’二字，一品一听，可相通否？人不相通，神则通之。断不能再接了，我等也不敢再接了，再无出其右之句了。”经他一说，人们才渐渐品出这一句的好来，其境只能在意会间。

“贤弟可是过奖了，我是随口罢了，咱们还是品茶要紧。”举人老爷双手捧着茶盅，谦逊地说。别人品着茶，真儿用工笔小楷，把刚才的联句以茶为题誊写下来，正是：

一心俩叶山泉水，四两清风，五缕日光晴，六杆爽朗翠竹，七株芬芳杜蘅，八步怡然亭，酒菁品罢人犹香，拾得茶声。

举人老爷把令牌拿出来，交给年轻人。伯涵和仲良推让着递给了秦越。一则他是客人，再则秦越也年长两岁。秦越见此，也只好收下。然后，他转身对着举人老爷说：“既是如此，我便行令，但请老爷做主，包括老爷太太在内，各人都要听行。”

举人老爷见他正规行事，颇合心意，高兴地说：“那是那是。”

秦越接着说道：“我想有雅有俗，可谓雅俗共赏，何不以茶园、茶花、茶叶、茶枝、茶根为题，拈成纸阄，随人抓去，抓着什么就写什么，要求只有一个，必须写成《竹枝词》。以刘禹锡诗为例：‘杨柳青青江水平，闻郎江上踏歌声。东边日出西边雨，道是无晴却有晴。’这样岂不热闹一些？”

秦先生听了，先笑着说：“这多不好，我们这么大岁数，郎啊妾的如何说的出口。”

举人老爷兴致正高，拉住他的袖子说：“这有何妨，又没有外人，还怕取笑？再者说，你还不一定能拈着呢，只管写出来抓抓看吧。”

福来托着磁盘，当众把八个纸团放好，在人们眼前摇晃几下，然后盖下一块丝帕，从老爷开始，依次各人抓去。

秦先生手里捏着纸阄，却只顾瞧着举人老爷的手，等打开一看，秦先生禁不住笑了起来，纸中央正写着“茶枝”二字。举人老爷没有办法，就侧过身来盯着秦先生的要看。秦先生便说：“你手气真好，我是比不上了，这次恐怕是没题目了，只好等下次吧。”他一边装着沮丧的样子，一边慢慢打开。这次举人老爷笑得更响了，只见秦先生的纸团上写着“茶园”。然后，两人面对面地又笑了起来。

其他人中，伯涵、仲良和大太太没有抓中。秦越拈到了“茶叶”，真儿拈到了“茶花”，若玉拈到了“茶根”。

以下便是五首《竹枝词》。

《茶园》：茶园山下水流长，采茶捧茶厚待郎。茶水到口莫嫌涩，个中甘苦郎细尝。

《茶花》：茶花开出心一枝，花好正是心嫩时。郎要摘花连心摘，到死心头不忍离。

《茶叶》：茶叶叶下说相思，思郎恨郎郎不知。采尽满山茶叶后，可是郎行思妾时？

《茶枝》：身背茶篓进茶山，茶枝未断作郎攀。郎自薄情出手易，茶枝离树何时还？

《茶根》：妾是茶尖郎是根，一树多枝皆有心。年年相处只几日，三百六十是离分。

人们说一阵，笑一阵，品茶闲话。天渐渐晚了，秦先生遂起身告辞。

“让贤侄住在这里吧，你那儿地方小，不宽绰，就别在一处挤了。”举人老爷挽留说。

“那岂不是太打扰了。”秦先生客气地说。

“打扰什么，就和涵儿住在一屋里，被褥都是现成的。小孩子们一块儿玩耍一块儿学习，省得跟你拘束，这不好吗？”

“秦先生，你就别再辞让了，又不费事。”大太太很喜欢这个年轻人，就在旁边附和道。

“承蒙世兄的美意，那就得叨扰些日子了。”秦先生转过身来对秦越说：“你就住这儿吧，凡事不可造次，让老爷太太们操心。”

福来提着灯笼去送秦先生回村学了。伯涵、仲良走上来拉住秦越的手，真儿也很高兴，相跟着他们走出屋去。屋里的人都走散了，只留下淡淡的茶香。

七

日后晚间散学的时候，老爷特令让福来前去请秦先生一同来家吃饭。秦先生见推辞不过，只好带了门出来。远远地就看见秦越和伯涵他们边说边走，已经是很好的朋友了。

“伯涵，你妹妹读书有几年了？她的诗文可真不错，在你们这里她也算是个奇女子了吧？”秦越自从结识真儿以来，慢慢地领教了她的诗文，只那句“七株芬芳杜蘅”就已经显露出了她的高雅和纯真，还有“到死心头不忍离”那句，她是一个多么情深义重的姑娘啊。

“有三年多吧。有时她天真得让你觉得她根本就是个孩子，可有时她的想法和做法，又让大人们为她吃上一惊，可见她心中是有分寸的。在我们这里，她是第一个上学的女孩子，在家中她和丫鬟们相处、玩耍，从来没有主仆尊卑之分，你说她倒是奇不奇呢？”伯涵回头看看妹妹说啊。

“我看她有些鉴湖女侠的风度呢。”秦越称赞说。

“什么江湖上的侠女，她可不会舞刀弄棒那一套。”仲良不解地说。

“我说的是鉴湖女侠，不是江湖。这可是一位爱国的女英雄，名字叫秋瑾，已经被清政府杀害了。她说身不得男儿列，心却比男儿烈！她要‘拼将十万头颅血，须把乾坤力挽回’。你可读到过这等豪放刚烈的诗句？”秦越停下来，深情地望着南方的天空。

“真有这等的女英雄！我们实在是羞愧难当。我辈生为男儿身，只叹报国无门啊！”伯涵听了之后，感慨万端。

“我想总会有属于我们的一片天的。”秦越像是说给伯涵，又像是自言自语。

这时真儿快走几步赶了上来。秦越看到他俩的书袋上各绣着一枝花，非常好看。

“这枝红梅是你绣的吗？”秦越问真儿。

“我只是喜欢，我可绣不了，是芸儿为我绣的。听说她能下地走动了，我还没去谢她呢，咱们今晚去找她玩怎么样？”真儿提议说。秦越心里想着，真儿喜欢雪中的红梅，定是性情使然，这芸儿能绣出这股精神来，也是个不俗的人吧，倒要认识认识。

秦先生就在他们不远的身后，欣慰地望着四个年轻人肩并肩地走在一段金光铺洒的道路上。

晚饭过后，老爷太太们陪着秦先生说话。他们几个就溜出来，一出堂门就看见严氏和金香手挽手从东花园那边走来，伶儿紧跟在身后。严氏看到伯涵一行人跑出来，就对伶儿说：“跟他们玩去吧，大人们有话说，走时唤你就是了。”伶儿正巴不得脱身，一扭头就和伯涵他们跑起来了。

兰儿、蕙儿在上边伺候还没有下来，芸儿独自一人正在屋里做针线。看见小姐少爷们走进来，就把针线活放到一边，迎上去让进来坐好，说：“我们这儿也没有茶叶，少爷们将就着喝点白水吧。”

“你快别动了，还没有全好，小心动了伤口要紧。我们都刚吃过饭，哪能喝得下去？”伯涵急忙起来拉住她的胳膊，当着这么多人，芸儿的脸竟像是点着了一样，火烧火燎的，她微微低下头，顺从地坐下来。屋里的光线比较暗，并没有人注意到她。

隔了一会儿，兰儿和蕙儿从上边也下来了，看见一大屋子人就高兴地说：“今儿人多，咱们要不玩一会儿？”

仲良问：“你们下来的时候，秦先生可走了没有？”

蕙儿说：“你们刚出来，三奶奶她们就去了，没多大工夫，三爷也过来了，秦先生就告辞回去了。这会儿他们正说话呢，咱们只管玩一阵也散不了的。”

“那就摸纸牌吧。”兰儿说着从身边的抽屉里拿了出来，八个年轻人就围在一起摸了起来。真儿可巧坐在秦越的对面，玩了几把牌就看出秦越有点不耐烦的样子，有时还因南北地方玩法的差异，经常出错牌，索然地坐在那儿一把一把地给人进供。

“我不吃你的供了，我宣布退出来。小越哥，咱俩看一把如何？”上一把本是真儿吃供，又是秦越落后，真儿不由分说就把小杌子搬到秦越的身边来。凭着真儿的思路，竟连着赢了四五把，其他人竟轮着给他们进起供来。秦越高兴起来，心中十分感激这个聪明的小妹。

“你们俩只赢不输，还有什么意思？干脆咱们玩别的吧。”几个人结成了同盟对付他们两个，无奈牌运不济，还是得俯首称臣。秦越的脸色不无得意。

“我从戏班里出来的时候，揣了一副人物签子。上边画着小人儿，写着合辙压韵的字。有三国的、红楼的、西厢的，我去拿来混散了，抽着玩可热闹了，你们玩不玩？”伶儿忽然想起来说。这几个年轻人长年都锁在深宅大院里，哪见过戏班里的玩意儿，都催着伶儿快去快回。伶儿没过多一会儿，怀里就抱着签筒跑进屋来，没注意被门槛绊了一下，当时就摔了个大马趴。黑漆签子散落了一地，签子筒咕噜滚到芸儿脚下。

人们都一齐站起来走上前去，有的去搀扶伶儿，有的蹲到地上去捡签子。当拾到手上的时候，他们都不约而同地惊呼起来。“哎，我捡到了红娘，你快看这上面写的是什么字？”“一生聪明伶俐，偏巧身为奴婢，何事声名鹊起，全为情感游戏。”“我捡到的这是关老爷吧。‘勇是斩颜诛文，忠是千里寻兄，义是华容报恩，傲是败走麦城’。”

“你们快住口吧，别念完了，一会儿就不好玩了。”伶儿从地上起来，抖落着衣衫，忙过来把人们手上的签子抓过去放到签筒里。他背过身去摇晃了几下，回身来说：“你们谁先来？”

兰儿过来后合上眼，嘴里默念着，伸手抽了一支交给伶儿。伶儿接过后唱道：“貂蝉。时逢后汉，身陷战乱，终为人用，难逃天算。”念完后又把签子投回筒中。

兰儿听得模糊就说:“这到底是个什么意思啊，你也得说说才好。”

伶儿却道:“天机不可泄露。”

真儿抢白说:“这不过是玩玩而已，谁也不必当真的。若是抽着了刘备，就真去做皇帝不成?”说着，她上来随手拈了一支放到伶儿的手中。

伶儿唱道:“探春。原有翎兮相从飞，千里东风一梦归。”

仲良近前抽出一支签，伶儿接过来道:“诸葛孔明。举重若轻，临危受命，谋事在人，成败天定。”

伯涵和秦越一同伸出手来，伶儿却退回去说:“只能一个一个地来。”秦越也不客气，上去拈出一支来自己看个究竟。别人也围上来，见上面写道:“吕蒙。有文韬武略，是一代将才，只难成大事，因错保君台。”秦越把签放回筒里，扭头对伯涵说:“想不到，这戏子们还有这等见地。”

伯涵听他说话，点头称是。后又伸手为自己抽了一支，看上面写道:黛玉，不禁先笑了起来，说:“这可有点荒唐了。”众人抢去一看，也都笑个不停。真儿夺在手中念道:“缘定木石前盟，情随海枯石烂，若非世态艰难，定可天遂人愿。”念完后打趣哥哥说，“林妹妹，宝二爷来了。”众人都才止住笑，又被她说得笑了起来。

兰儿趁着说笑把蕙儿推到跟前来，让她也抽了一支。伶儿接过来唱道:“宝钗。闺中文采女，园里德淑人，为求富与贵，但向身边寻。”

其他人都拈完了签，只待芸儿了。人们都笑说:“宝黛钗只差一人了，你不会给我们拈出一个宝二爷来吧。”芸儿笑着正待伸手去拈时，就见金香满面春风地走进来说:“什么宝二爷、琏二爷的，你们说得这么热闹。”当她进门看到伶儿怀里抱的签子筒时，上前来一把拽住伶儿的胳膊往外拖去。“你这个小浪蹄子，把这下三烂的东西也敢倒腾出来，哄着少爷们小姐玩，我这就回去揭了你的皮。”

“姐姐，我再也不敢了。”伶儿吓得像散了魂魄似的，被拖着走了。金香病了这一段时日，说话的底气倒像是更足了一些。

“少爷、小姐，时候不早了，你们也赶紧回去歇息吧。明天还要上学呢。”芸儿她们也害怕太太们再找到这儿来就不好了。

“我们走了，我是来谢你的，芸儿。一玩儿起来就全忘了，要是有好的花样，记着还给我扎。”真儿临走时，伏在芸儿的肩膀上说。

“你自己多注意点才好，可不能乱动。”伯涵走出去了几步，又停下来回头看着芸儿说。芸儿感激地点点头，无力地倚在门旁，目送着少爷一步步走在斑驳陆离的月色之中。那月光像是突然溶化了一般，汩汩地流淌在芸儿的脸上。

这一日，芸儿给上屋里送完水，只说是到东花园帮着兰儿除草去。一回到屋里就见蕙儿一人坐在床沿儿上发呆，待走近时才看出她的眼里满满地噙了两汪泪水。芸儿紧挨她身边坐下，抚着她的肩膀问她：“你这是怎么了？委屈成这样，有什么心事，咱们说说也好。”

“我想家，想我爹我娘了……”芸儿这一问不要紧，蕙儿只说了半句话，那眼泪就像珠子一颗颗滚落下来。

“蕙儿，咱们也相识了这么多日子，到底也没有多问过一句话，今天既是说起了，你也跟我说一回，你是怎么到这儿来的？”芸儿本来听了蕙儿的话，一时就想到了自己的爹娘，陪着蕙儿掉了一会儿眼泪。倒是她先停下来，又忙着劝慰住了蕙儿，两个人就说起话来。

“我原本也落生在富裕人家，在城里生活。爹多年来都在城里经营着祖上留下来的生意，母亲就在家宅里看守门户。我家长年也雇用几个仆人，里外照应着，日子倒也十分轻快。我记事以后，母亲闲下来时也教我识文断字，读些个唐诗宋词，我那时哪里知道人间有这么多苦啊。人们常说：好花不长开，好景不长在。没过两三年，我母亲在生下我弟弟的当天就死了，弟弟也没能活下来。在我的印象中我娘长得那么好看，就像咱府上的二太太一样，又俊俏又白净，连说话的声音都那么好听。刚有几个月的工夫，我爹又续了一房，开头他们对我都还挺好的，自从太太请来的算命先生说我克父克母之后，他们的态度就变得完全不一样了。又赶上那段时间我爹一回到家里不是唉声叹气，就是借酒浇愁，大吵大闹，时而还拿我出气。后来我才知道是家里的生意不好，债又逼得紧，愁烦得他整天躲在家里喝酒，醉了就骂我是丧门星，有时还失手打我。这样折腾到年底下，讨债的人天天来催命似的找他，堵在门口叫骂着，不依不饶。他实在是没处藏了，有一天夜里一个人在后院里喝醉了酒，失足掉进井里溺死了。我到现在想起来一点也不记恨他，我娘活着的时候，我爹对我可好呢，什么好吃给我买什么，还专拣好的料子为我做新衣裳穿。他骂我打我那都是被生意逼的，也都是我命不好，克了他们的命运，妨害了我们全家……”蕙儿又掉下眼泪来，芸儿的手帕都快擦得湿透了。

“我爹这一死，我就真成了那断线的风筝。后娘一向是待我厉害惯了的，现在嫁到我们家来，不但没捞到半点家财，眼看着这空壳子也要被人顶了债去，就暗地里撺掇人把房屋、园子、铺子都变卖了，夹着包袱赶夜跑了。末了还让一个叔叔把我领走。我想她必是要了钱的，其实是把我也给卖了。就这样，几经周折我才被卖到这里来做了丫鬟。唉，我天生就活该是这丫鬟命，富与贵哪是和我沾边的？只要一挨上我，说不定谁又得吃了我的亏、倒了我的霉，净是折了亲人的福分来凑合我这条不值钱的贱命罢了。”说到后来，蕙儿止住悲声又自怨自弃起来。

“想必你是经过了富贵，又受了这份苦才说难的。说起我爹我娘活着的时候，何曾吃过一顿饱饭？哪一天饿死都是说不定的事。肚子里没食儿整天还得像牛马那样干活，连可怜自己的工夫都没有。我现在能到这里做丫鬟，穿上衣吃上饭，就已经是千恩万谢的事了。你也要想开些才对，亏了被卖到这里来，若是赶上个刻薄人家，那又能怎么样呢？快把泪收起来吧，咱们既是苦命人，吃什么样的苦都是有定数的。”芸儿在嘴上劝着蕙儿，又在心里劝着自己。

“我哪里是想不开，你知道我也不是得了手又想别处的脾气。现在这世态能保住这小命就得烧香念佛了，哪里还有咱们谋想的份儿。只是那日抽了伶儿的签子，上边说什么‘若得富与贵，但向身边寻’。我才想起这‘富贵’二字可是在我这儿能停留的，亲爹娘还不都是随着它们撒手去了吗？想着想着心里就……”蕙儿说着说着眼圈又红了，她就紧紧地咬住自己的嘴唇不说了。

“你一说这签子，我倒是想起来了。第二天我收拾屋子的时候，在这屋墙角里捡到了一根，想是那天伶儿摔倒了，咱们没拾全漏下的。我心说哪天伶儿过来偷偷还给他，省得让那个人知道了，又得打骂伶儿。这签子上本是戏子们无聊，写来取笑玩儿的，你怎么就当起真来了。照你的话说，我捡到的这根签子注定是我的了，那日正说要抽就被搅散了，也没轮着我，可巧就为我留下了这一根，我这就拿来，你快快给我也解一解。”芸儿到自己的床边，从褥子底下轻轻地取了来。

蕙儿接过来一看，上面写道：“宝玉。看似有缘，实则无稽，一旦痴傻，方可归去。”蕙儿反复地读了几遍，却不通其中的意义。芸儿又在旁边一个劲儿地催问，她就说：“这几句话倒像是佛教中的偈语，是不是也未可知。若用一两句话讲出来它的含意，别说是我，就是咱们这家里除举人老爷外，任何人也怕是不能的。我这一阵子看，每个字虽都识得不假，可它们凑到一块儿，就觉得跟那山隔了云隔了雾似的，影影绰绰地弄不明白。”

“就这么几个字，引得你说出这一大堆话，亏你还说都认识，临了也没个子丑寅卯。怕是上面说了什么不祥的意思，你不愿说出口也是情有可原的，还搬出什么佛教、偈语这些我连听都没听过的词来糊弄我，又抬出举人老爷来吓我。你知道我是不相信这些戏言的，刚才还劝你了的。既是这样我也就不问了，不知道便拉倒，知道了反而越发不好了。”芸儿淡淡地说。

“这不是信与不信、知不知道的事，你既抽的它，它就在那儿等你呢。”蕙儿倒有些虔信。

“要等就等呗，那又碍什么事。不知道心里也没有鬼胎，反倒活得踏实些。再说我的命已然这样苦了，再加上黄连也苦不到哪儿去。只别光想着好，也就没什么可抱怨的了。我们说了这一阵子话，兰儿还指望我帮她除草去呢，这会儿不着急才怪，你也别在屋里闷着了，咱这就一块儿去吧。”两个人挽着手出了门，朝花园里走去。

八

这日正是清明节。看不见的小雨就如同雾气一般，笼罩着静静的盐河平原。小草翠绿了起来，焕发出春天里少有的生机。刚抽出了鹅黄的杨柳在风中挥舞着片片飞絮，此时也被雨丝一下下扑落在地。有的则跌落在河面上，瞬间即被无情的波涛吞噬。

只说那日晚间严氏和金香相互搀扶说笑着走进堂屋来，神情竟好似亲姐妹一般。她俩见秦先生坐在客席上，便收敛了一些静静地退到里间来。大太太看在眼里，喜在心上，站起来同秦先生告了失陪，引领着若玉进来说话。刚迈进门槛儿，金香就急急地上来施礼请安。

“你可好利落了没有？”大太太挽住她，仔细地打量着她的面容。

“好是好了，只是这些日子不能过来陪太太说话、解闷儿，心里就总也不是个滋味，越发急这病就越拖沓。有时也强打起精神唱两嗓子，实指望太太您能在前院里听见，知道您这妹妹还惦念着太太就行了。”金香就这样红着眼圈说话，惹得大太太难受起来了。

“她这一病也怪可怜人的，身边没个亲的热的。这不刚说好了点儿，就急急地要我领着过来给哥嫂们请安呢。”严氏叹口气，心疼地说道。

“都是一家人，哪有这么多讲究客套，还是身子骨要紧一些。我也不知道是个什么病，大夫看了怎么说的？我让厨娘们给你收拾的饭菜还合口吧？”大太太关切地问。

“我正要感谢呢，再好的药也不如食补。我这病心里最清楚，大夫瞧了也没用，都是在戏班子里长年练功落下的硬伤，过几日天气暖稳了，自然也就去了，说不定一年要闹上两三回，大夫瞧也会瞧烦的。这次是多亏了我家奶奶里外照顾着我，真比亲姐姐还要周到。我心里哪能过得去？我年纪轻轻的不说去侍奉姐姐们，反过来要人伺候，这不是折了我的阳寿吗？一定是我三生有幸修下的福啊。”金香像是在说戏词，一套一套的。

“姐妹们相处自是应该这样的。看到你们俩这般和睦，我们和你哥也就对三弟放心了。只是有事就应言语一声，端汤送药的有丫鬟们呢，咱们都自己做了，还养着她们干什么？我这老糊涂脑子，你们不说话，我也忘干净了，过几天把小丫鬟们分了用去吧。”大太太一直都是金香的忠实观众，戏里戏外又怎能分得清呢？

这金香也确实是腰腿疼了两天，借这个机会她就躲在后院里再也不愿到前头来了。不但要对大太太起坐处处都要恭敬些，连那若玉也是满眼里瞧不上她。她原本想着进了李家门，到处吆三喝四、呼来唤去，凡事都任她使得。哪知道上面还罩着天呢，尤其是这二太太若玉，那么文静安然，比得她处处都不自在。她正好躲在屋里，天天思来想去，如何才能遂了自己的心愿。

有一天时近中午的时候，她慢慢地走进严氏的屋里，见严氏正眯着眼歪在床上歇息，就在离床边一步多远的地上深跪下去，随着她身子一低，那泪珠也滴答滴答地掉了下来。严氏从眼缝中细细地瞅着她，丝毫不动声色，而她也默不做声，只跪在地上流泪。约莫一盏茶的工夫，严氏在僵持中，心先软了下来，装着突然醒来看见她一样，惊讶地说："妹子，你什么时候进来的？这又是干什么？有什么话快到床上来说。"

"姐姐，你得先答应原谅我，不然我就是跪死在这儿，也不能起来。"金香哭泣着说。

"妹妹，你有什么错啊，我先答应你就是了，还是快起来吧。"严氏从床上下来，两人相互搀扶着坐到床边上。

"姐姐，你别和我一般见识。我是从小没爹管没娘养的孩子，在戏班子里吃苦受累、颠沛流离，天天挨师傅的打骂不说，还要被世人都瞧不起。你是不知道，端上戏子这个饭碗，一辈子再翻身可就难了。我就是在这样的苦水中泡大的，一天的好日子都没过过。我一个孤苦伶仃的女子，何尝不需要这个疼那个爱的，可是又有哪个人对我们是真心的呢？一年前，我遇到了咱家的三爷，他不但爱看我的戏，还知道心疼人，我也没见过什么大世面，经不住他一再地甜言蜜语，时间一长就依了他。我哪里知道姐姐你对他是这等的好情义，为了他在家里的脸面，上下维护，处处用心，担了一身的委屈，若是知道就是逼我去死，我也不会从了他的心愿，来夺姐姐你的爱啊。"金香一下子扑到严氏的怀里，呜呜地哭了起来。

这严氏脾气虽然凶悍，但却是个心里不甚明白的人，哪经得金香这一阵子揉搓，心里早就没了半截主意。又听金香说出这一席话来，嘴上也就没了提防，抱住金香的肩膀说："妹妹，你能这样对我，我还有什么可瞒的，说出心里话，岂不痛快些。你刚进家门时，我是有意为难你，你年轻俊俏，又会说话维护人，处处都比我招人喜欢，我又没个一儿半女，以后哪还有我生活的地位？这些事我想你心里也是明白的，以前姐姐对不住的地方，你只管撂到一旁吧，从今往后，咱们两根线拧成一股绳，就是亲姐妹了。一心一意过日子，待两年你给三爷添个香火，咱不也是和和美美的一家人吗？”

金香俯身靠在严氏的腿上认真地听着不时抽泣着，待到听完就猛地哭得更令人心痛了：“姐姐，我这辈子可有亲人了。”正当二人纠缠的时候，伶儿走进来说：“前院的饭都准备好了，专为姐姐煮的燕窝汤、莲子羹也都送过来了。三爷不在家，还是分开摆到屋里各自吃吧，过一会儿凉了就不好喝了。”

“你这个少眉眼的东西，谁让你分着摆的，哪个吩咐你了？都给我端到这屋里来，今天我和三奶奶一块儿吃。”金香蓦地坐了起来，瞪着眼睛，大声怒斥道，伶儿吓得垂头转身出去了。

吃饭的时候，金香殷勤地为严氏一会儿盛饭，一会儿端汤。严氏直喜得乐在心头，忙摆手躲让着。金香伸手抢过碗来说：“亲姐姐，我以后就伺候你了，可不能这样客气。”吃过饭待伶儿收拾干净之后，两个人又偎在一起续话。这时，金香为严氏捶着腿说：“姐姐，我进了这李家门之后，渐渐地看出这府上论忍性、论仁义你是没得比的。三爷本来就是家里的老小，凡事是听惯的了，再加上又不务正事，家里全由大哥一人主张，你又天生的好谦能忍的脾气，凭人拿捏也从不多言。说仁义呢，你也是富家门里的大小姐，从小爹娘心尖儿上的肉，没受过任何委屈，若不是事事都把和睦二字放到前边，谁还愿当软柿子让别人捏来捏去不成？要说是一天两天也就算了，你嫁到李家也已十来年了，何时才能有个出头之日啊。有时我就在心里替你打抱不平，可我是个小媳妇，不当家不主事的，说了话占不占地方放一边，还不是怕说多了，坏了你这些年攒下的心意。”

“妹妹，你这样知道我的心，我何尝不想啊。你还看不出来吗？在这家里我不也是个小媳妇，人家眼前过来过去的，谁又能看得见呢？还不是怨自己嫁错了冤家，他整天游手好闲的，哪里知道别人的心啊！想多了也是白惹自己生气，有什么法子。唉。”严氏顺杆儿爬上去了。

“姐姐，你既有这样的心思，我是铁了心跟你的。咱姊妹俩并在一起，还不能成事？何苦要靠着他？与哥嫂们分了家，自己过自己的日子，最难得这心里痛快。再者说，祖上的田地、宅基和物什，哪个没有咱们一份？到时候你给咱当家，省得我们都要看别人的眼色。”金香终于亮出了底牌。

“你想三爷能同意吗？”严氏还有些担心，可她的担心是多余的。

“这你甭管，我去跟他说。”金香胸有成竹。

大太太还蒙在鼓里，温和地与她们搭讪。二太太若玉就坐在一旁，像是在听又像是根本没有用心。一出多么精彩的双簧啊，这又与她什么相干呢？说话间外边多半是三爷来了，秦先生也不便久坐，随即起身告辞了。严氏和金香碰了一下眼色，几个娘儿们说着话就出来了。

摆了一盏茶的闲话。

“维世啊，你有什么事吧？”举人老爷见老三坐在那里一言不发，就故意问他。

“没什么，我只是想……”烟鬼三爷吞吞吐吐的，有话总也说不出来。严氏和金香看到大哥主动问他，原想正好借此表明心意，却又见他这等为难，心里急得爬满了蚂蚁一般。

“大哥，他不好说出口，我就说吧。我到咱李家将近二十年了，这些年来由哥嫂们照顾着，添了多少麻烦就不说了。最近我们商量着，哥哥嫂子年岁一年年老了，我们再这样不知好歹地拖累着，那就太不懂事了。不能给你们分忧解愁也便罢了，我们的负担总压到你们身上，外人笑话自不必说，我们心里也是过意不去的。只是念在哥嫂们多年的恩情上，这话不说憋在心中，说了又怕哥嫂们难过，往别处想，疏远了弟兄间的情分。三爷与我私下里说了不少回了，可碍于情面总也不敢提起，三爷，你是怎么想的，倒是跟咱哥他们说一说。”实在没办法，严氏只好硬着头站到阵前来。不过她知道，这完全是兄弟间的事，烟鬼三爷不表态，她说得再多也白搭。

屋里的目光此时又集中到烟鬼三爷身上来。烟鬼三爷突然感觉身下的椅子有个大洞，他正在向下陷去，又仿佛是个大包袱，把他从头到脚都裹得严严实实。“你都说了，我也是这么想的。”他低着头，声音也如地籁一般，小得可怜。

就这样几个字，却像大石块一样，个个都结实地砸在举人老爷的心坎上。他心中有一种莫名其妙的感触。是疼吗？不是，疼没有如此厚重。是痛？也不对，分明在内心里直立着无数的尖刺。它比酸楚更真切，较悲痛要轻微。“总有这么一天，总会有这么一天的。”他在心里静静地告诉自己。其实他是早就料想到的，即使三弟不说，有一天二弟维民也会提出来，合久必分。只是祖上几代单传，创下的家业要在他手上一分为三，总会有一点从此散落的感觉。

“你们想得多余了，若都有这个考虑，我这当大哥的应该高兴才对，哪会怪罪你们呢？既是这样，我就依了你们的心思，省得你们处处拘着，放不开手脚。只是我想，这件事要给你二哥去个信儿，叫他来家一趟，当面锣对面鼓说清楚，免得以后生些是非……”举人老爷说话时，神态安详，语气沉稳。他的目光如此宽阔，每个人都被装进视线之中，可在里面又像沙粒那样渺小。

“老爷、三爷，你们这是……”福来送秦先生回去后，一直站在角落里不敢出声，听到这里竟忍不住插话道。他在这个大家里一待就是几十年，他知道举人老爷为了维护这个家有多么不容易。

“福来，天晚了，你回去吧。明天让福兴进来一趟，修补花草的事先放一放。”举人老爷见此，把福来支走了。

金香也低着头，可她心里是最得意的。大太太始终没能回过神来，如同梦境一般。

二太太若玉想，一个是奸伪刁蛮的妒妇，一个是逢场作秀的戏子，这会儿竟能好得姐妹似的，必定事出有因。此时一路听过来，就在心里暗暗发笑了。福来走了，那门帘扑嗒一响，又回到原来的位置上。这屋里的空气就凝固了一般，丝毫也不流动。临窗的树枝正在春夜里一片片舒展开柔弱的嫩叶，天行有常，顺其自然吧。

第二天日头当顶的时候，福兴一路赶到了邻县县城。

“福二爷，你怎么来了？老爷太太他们都还好吧，你快进屋里坐。”苇儿正蹲在院子里洗衣裳，看见福兴急匆匆迈进大门来，就高兴地站起来引到客厅里，沏好茶后到里边禀报去了。隔了一会儿，二奶奶手里摇着手帕就走了进来。

“我说这眼皮儿从早晨就跳个不停，说不定有什么事呢，这心里正嘀咕着，福二爷你就进门了。家里有什么事吧？”二奶奶坐下来，说话不紧不慢，优哉游哉的。这是一个浑身上下、眼角眉梢都肉乎乎的小巧女人，模样还不难看，只是一只脚略有点毛病，走起路来有些轻微的颠簸，小时候裹脚缠坏了。她就那么揉着眼角、气定神闲地听福兴说话。

“二爷得什么时候才能从衙门里下来？老爷说务必请他回去，有些事需要当面说定。”

“这我可不知道，近来我爹身体不太好，回乡下老家静养去了，衙门里的事全由他一人做主，大事小情哪个不得过问？他是紧得很也累得很啊，光是这个已经够他操心受罪的了，一家人还要给他添事。这些苦衷我们不说你们不知，还只当我们住在城里享清福哩。我们还得烦福二爷回去禀告一声，什么事自己先看着办吧，只别再派人来跟他说了。”

“那好吧，既是二爷不得闲，我这就回去答复就是了，只怕这分家的事又得撂一撂。老爷还得训斥我，到城里来什么事也办不成。”福兴看着那妇人脸色，站起来就走。

“苇儿，快去看看饭菜准备好了没有？”二奶奶急忙拦在福兴的前面，高声招呼着苇儿。“福二爷，这么老远地来了，哪能说走就走啊，饭好吃不好吃总不能让你空着肚子吧。再说这话还没说清楚呢，若这分家的事大哥有了主意，我们还能阻拦着拖延不成？天也不早了，你二爷这说话间可能就要回来了。”那妇人见已把福兴留下，就转出客厅到后宅去了。

过了晌午直到福兴走的时候，二爷一直没有露面。二奶奶倒是让衙门里一位姓阴的师爷跟着福兴回去。临出门时，她把一张清单交给阴师爷揣在怀里。苇儿紧紧地送出门来，偷偷地塞给福兴一个小包袱，里边有两双软底儿绣花鞋，是专门给大太太做的。

“说我想他们吧。”苇儿的脸庞比离家时更清瘦了些，黑眼眶里滚动着泪水。

九

春天的盐河像是一位少女，羞涩、清纯，但它更多的时候又像一位新妇，安分而流淌着一川的温柔。夹岸的芦苇芽风风火火地长起来，三棱子草也在浅水中直直地挺着腰身，柔长的水草是一张暗色的花毯，沿着岸边直铺开去，编织得那么均匀与和谐。有几只燕子在河道里飞来飞去，用尾巴无意地剪开水面上的云朵，惊得那水下的鱼儿一下子蹿到水草里，再也不肯出来。

这日晚间，全家人依次坐定。正首是举人老爷和大太太，二太太若玉没有过来，她在老爷的书房中守着几个孩子温习功课。两侧上首是阴师爷，因他是代表二爷全家来的，所以让他坐在上首座席上，福来和福兴正好补空坐在那两把闲椅子上。下首就是三爷、严氏和戏子金香。今天没有请一个外人到场，一是举人老爷不愿将此事声张出去，在镇上闹得沸沸扬扬。再者就是他感觉有他坐在这里，这个家还能够分得清楚，不会自乱内讧，没必要让外人介入。这一堂屋里的人，神情各异：举人老爷略显无奈，但更多的是平和，目光中分明是对弟弟们的关爱；大太太则是正襟危坐，目光一遍遍地巡视着其他人，停在严氏和金香身上的时间稍长一些；阴师爷虽然显得拘束，但他似乎是心中有谱，不时地干咳几声，抬起手臂捻弄着腮边的一根长长的痣毛；烟鬼三爷低着头，翻着眼看看大哥，后又喝上一口茶水；严氏把手叠放在腿上，仿佛有一点急迫；金香则颔首敛眉，只在不经意间翘起嘴角，从心里漾出一丝笑意。在福来和福兴中间的桌几上，堆放着厚厚的账册和地契。

“咱们就先从宅基、房屋分吧。福来，你都一一记下来，写进凭据里。”老爷的一句话算是为这出大戏敲了开场锣。

“老爷，小人临行时，二爷托我将此信捎来给您老过目。小人不敢造次，故……”阴师爷从怀里掏出信来捧举在手上，福来接过来递了上去。

举人老爷展开看时，见上面写道：“兄鉴，日前家仆抵城，告诉分家之事，实感意外之举。料想必是三弟乖张，令兄长心灰意冷，无暇旁顾。小弟游任在外，不能尽绵薄之微，实愧于心。近闻三弟又娶花妻，真乃胡作非为，不知回头。思之我心几为憔悴，无力挽回。天下之事，合久必分，是为规律，兄嫂切莫为此等小事伤心为盼。吾今公事缠身，不能归家一见，亲闻兄长教诲，憾也。此事只凭兄长定夺，全无异议。此请大安，愚弟顿首。”

举人老爷看毕长舒了一口气，心里稍稍安慰了一些，遂转头向维世说：“你们可还有什么话要说？”

“我是粗俗的人，不会二哥的花言巧语。分只分得干净了吧。”烟鬼三爷气呼呼地说。然后举人老爷看看福来，示意开始。

“宅基三座，房屋120间，每套各40间；花园一处，占地4亩。”福来捧着账册高声宣读。

“花园暂不分割，各家共享吧。里边不是大的建造，零碎的修补、疏浚，这些由我管就是了，也用不了多少银子。房屋还按原来住的分吧，里外都一样，谁的也不会少一间。福兴，说说田地和铺子。”

“头等地共720亩，其中东洼200亩、西坟160亩、花园220亩、家南140亩。”

“花园和东洼两处二弟、三弟平分，从西到东算，每人各计210亩，西坟与家南两处归我行了。”

“老爷，这样分得不均，您……”福兴说出来，福来记着也在犹豫。

“我说了便算，你们只管记下吧，别的甭管。”举人老爷的口气似是不能更改。

“次等地305亩，其中台上95亩、岸头210亩。”

“台上95亩只归三弟一人。岸头210亩我与二弟均分，每人各105亩。”

严氏和金香在一旁听着，相互交换着眼色。她们分明是看到了自己的土地上结出了一层层白花花的银子，拾都拾不过来。两个人前后奔跑，左右弯腰，累得倒在银子堆上睡着了，梦里说有人来抢收，她俩急得一口口把那些银子全吞进肚子里去了。待她俩清醒过来，李家的一千多亩田地已经瓜分完了，外边镇上和城里的米粮铺、药材铺也都写到了每个人的名下，还有些剩下的金银财宝明天再分。

“老爷，二爷有句话，事先我忘记说了。他说长年在城里，田地也没什么用，分了之后，如果大爷和三爷没用，他想按村里的地价卖了，又怕你们有考虑，因此要我把话说到前头。”阴师爷看大家都站起来要走，就立在屋中央大声说。

“田地没什么用？他不是吃地里的粮食长大的？长年在城里又怎么样？城里人天天喝西北风当饭吃吗？”烟鬼三爷冲到当中来，阴师爷尴尬地笑着退了两步。

“老三，你少说话。”喝退了烟鬼三爷，举人老爷转头对阴师爷说，“这事我再合计合计，明天给你回话。阴师爷，你这就回房休息吧。”举人老爷站起来，众人纷纷走出了堂屋。

星光下，隐约可见堂门上方的牌匾——逸和堂。

清晨，有一群鸟雀停在逸和堂前的树上喳喳地叫。树叶越来越密了，小鸟们欢天喜地在枝叶之间东躲西藏。有的突然从里边飞出来，落到屋檐上，落到院子里，争抢着啄食地上的颗粒。当人们一走近，它们又倏然飞起来，直钻进叶片丛中。此时你只会听到清脆的鸣叫，却再也寻它不见。

举人老爷走进来的时候，屋子里的人已经坐齐了。与昨天不同，二太太若玉正安静地坐在大太太身边。举人老爷坐下来，先向阴师爷说道：“你家老爷的意见我考虑了，这地是祖上苦熬苦煎挣下的，不到万不得已，无论如何是不能卖与他人之手的，他的地我收了。你回去告诉，让他来家取银子吧，多少随他就是了。”阴师爷点头称是。

“这份家产虽然是几代祖宗累积而成，但大多置了房屋，购了田地，开设了铺子，这是咱们都知道的。这些年来我们用的吃的都是祖宗的老本，里外花销甚大。最近两年又遭逢灾害，田地上少了租子，米粮店生意萧条，也是你们都看得见的，月月亏空是常有的事，以后这日子过起来还需手上紧一些。另外，这田地和铺子都分给你们了，对佃农和伙计们宽宥些，都是多年的情分了，切不能因自己紧了就去有意刻薄人家，凡事都要看得长远。其他的零散用品都在库里存放着，急着用的一会儿从账册上划分了领走，不急用的还放在库里，谁的也不会少。只是有几件祖传的宝物，看怎样分吧。我今天有言在先，谁若以后把这宝贝给糟蹋了，咱可就没脸见祖宗了。”

福来翻开账本，然后依次给每人瞧去：金麒麟一对、孩儿枕一个、《仕女图》七幅……尽是一些珠宝和玉石饰品，数目不一，价值不菲。阴师爷看过之后，心里默默地与二爷写给他的清单比对。除了二爷少写了几样珠宝外，最大的出入就是这《仕女图》少了一幅。于是他开口说道：“大爷、二爷对阴某如此信任，我实在羞愧难当。早就听说这良家镇李家是富荫城北的首户，今日一见，果真不虚。别的不说，只这《仕女图》当属稀世名品，全套八幅，二爷也曾私下里与小人谈起，小人心中仰慕已久，只恨无缘，今日可否有幸睹此八幅真面？”

“阴师爷，别说是你，我也是只看过一回。这《仕女图》全套八幅不假，可本府只得了七幅，另一幅是何等模样，我也根本不曾见过。既然是分家，自然要人们都当面看看。”举人老爷说着，示意福来去取来。人们都围上来，一卷卷展开观赏。

第一幅：仕女站在竹堂前的溪水边，若有所思，微微低头看着水面倒映的云影。

题诗曰：凝成眼波三春水，描出腮红二月花。云影只合堂前过，水流花落古人家。

第二幅：仕女的身边有一株奇异的兰花，身后山高路远、草密林深。

题诗曰：空谷生幽兰，只叹无惜怜。不为早折损，切莫出深山。

第三幅：画面看似平坦一些，仕女的脚边尽是些丛生的杂草，叶子叠生在一起，狭长而尖细。

题诗曰：原上春草露初晞，蕙籽飘飞泪淋漓。待得时长日暖后，结出双蕊两依依。

第四幅：仕女在一片芦苇荡边上行走，风吹鼓着她的衣衫，苇秆向一边倒伏着，四周飘浮着若有若无的飞絮。

题诗曰：非是杨花柳絮，此生漂泊流寄，一朝东风吹起，向着彼岸飞去。

每一轴图上题的几句诗，借景化意，人们看后在似懂非懂之间，纷纷猜测其中的意思。

第五幅：仕女倚在梳妆楼前的桂花树下，向江面上眺望。

题诗曰：九月朱窗染暮秋，满树桂花倚妆楼。一江烟波留残照，正待天际识归舟。

第六幅：仕女伫立在空旷苍凉的江边，面庞上凝结出淡淡的哀愁。背景是一川风雨。

题诗曰：雨飘飘兮水流东，木萧萧兮杳冥冥，怨公子兮怅忘归，路险艰兮我思凝。

第七幅：仕女不是在匆匆地赶路，而是在一片落花中闲读，整个画面是那样清幽、深静，只可聆听到花瓣落地的声音。

题诗曰：落花无声亦有声，我心有情也无情。莫问身外风尘事，且向书中卜前程。

人们围在一起啧啧称赞。二太太若玉早已看得呆在了里面。举人老爷知道，这些东西才是最难分配的，尽是些无价之宝，哪一幅画都能换套宅子、几十亩地，怎样分得公允呢？他冥思苦想了一夜也不得要领。二弟和三弟肯定是都不愿跟着他吃亏的，可这些东西真若全都交到他们手里，自己又是不能放心的。没有更好的办法，就听天由命吧。于是一件件宝贝都做成了黑白阄，兄弟们各自抓吧，抓不走的才是他自己的。

以下列出各人抓得的物品清单（纸张有限，只备珍品，余则略去）。

李维贤：孩儿枕一个，《仕女图》之三、六、七，景泰蓝器皿……

李维民：金麒麟一对，《仕女图》之四，珍珠钻石，宣窑瓷器……

李维世：《仕女图》之一、二、五，玛瑙和祖母绿玉镯，成窑瓷器……

签上字号，家产算是分讫了，人也要走开了。举人老爷目光炯然，直视着三爷说：“家是分开了，可手足兄弟是分不了的。若真有了难处，就还过来。”然后他转脸朝着阴师爷：“回去跟你家老爷也说一声，真有事就回家来吧，走得再远，这里也是他的家。”就这样，举人老爷目送着人们一个个撩起门帘走出去，又目迎着春天的风一阵阵吹进来，烟雾在他周围便一股股地散开了。

秦越接到一封“速归”的电报后，匆匆地告别了良家镇。

他在决定离开之后，本打算劝叔叔一同回去，可是想到那一次的彻夜长谈，最后还是放弃了。

“叔叔，你让我们找得好苦哇。自从武昌起义失败后，你就消失得踪迹全无。有人说你东渡扶桑流亡日本了，有人说你被关在南京的牢狱里，还有人说你已经被敌人暗害了。父母和婶娘他们多处打点，丝毫也没有你的消息。只有我坚信你不会死，你走的道路是正确的，我要勇敢地走下去。等到我们胜利了，你就能回到我们身边。”

“小越，叔叔知道你是好样的，是一个有骨气、有胆识的年轻人。叔叔也是迫于无奈才会避到这里来。这个地方比较偏僻，消息闭塞，便于藏身。叔叔也曾想过到国外去，那里人身安全，言论自由，可是对于拯救我们的民族又有多大的益处呢？只凭几句真理的说教，国民就能觉醒了吗？完全不是。我慢慢地回想我们斗争的历程，过去想得实在是太简单了，用几只小喇叭的宣传去推翻几千年封建思想构建的大厦，根本是不可能的。于是我干脆静下心来做我的教书先生，决心培养几个有血有肉的革命青年，一加十、十加百，总有一天整个民族都唤醒了，那个摇摇欲坠的宫殿也就自行坍塌了。”

“叔叔，你是不是悲观了？尽管这样革命得更彻底一些，但这时间岂不是太长了吗？四万万人，何时才能完全醒悟啊！”

“十年磨一剑，长是长一些，可是要想国民真正地解放，别无捷径可走啊。”

“武装起义不是很好吗？前几次虽然都失败了，可哪一次不是加速了这个腐朽王朝的没落呢？只要我们组织再周密一些，力量再强大一些，我看不是没有成功的可能的。现在南方一些省份的军队都发动起来了，说不定我们的成功指日可待。”

“百足之虫，死而不僵。我何尝不期盼那一天啊！只怕是欲速则不达，革命最怕绕弯子了……”

因为这次长谈，他还是放弃了这个念头。秦先生并没有挽留他，只是让他不便声张，免得李家知道后又少不了破费饯行。

那夜月朗星稀，晚风轻拂人面。码头上灯火通明，脚夫们不知疲倦地来回奔走。在远离码头的岸边驿道上，行走着几个黯然的人影。船只还没有到来，秦先生连同秦越、伯涵和真儿一边慢慢地踱着步，一边聆听着水上船舫里传来的歌舞乐声。定是哪名贫贱的歌女，在靠岸的船上兜揽着可怜的生意，为那些离家的船夫唱上一段段羁旅乡愁。尽管那些粗俗善良的船夫最爱听的不过是一些小曲，可歌女在收到钱后总是加送一段《阳关三叠》。在这舒缓的板式中，船夫们刚才还狂躁不已的心灵，像是吹拂进一阵和煦的晚风，渐渐地归于宁静，思绪就在这月色水声中回归至巷口，回归至门前那一树槐花清凉之中。

十

秦越走了之后，真儿的心里就一直空落落的，无论她走到哪里，都感到秦越还像往常那样坐在她的身旁，一起玩耍、写字读书和谈话。秦越走了，哥哥们和她又回到了原来的状态，家中的乐趣也少了许多。几日里，真儿去的最多的地方就是芸儿她们的小屋，为了能排遣心中的愁绪，她从母亲那里要了丝线，跟着芸儿学刺绣呢。

这天，芸儿到大太太屋里送水。大太太正在地上试着苇儿捎来的新绣鞋，来回走两步就不住地低下头左右看看。见芸儿进来，就坐到床沿上伸着脚给她看。

“这活儿真好。是苇儿姐做的吗？”芸儿禁不住问。

“你也知道苇儿？”大太太不经意地说，她的心思其实还停留在鞋上。

芸儿听了心头一紧。对啊，她与苇儿是前后脚儿，不可能结识苇儿的。“我是听兰儿和蕙儿说的，她们常说苇儿姐心好人好手也巧。”芸儿低下身去，掩饰着自己，抚弄着鞋面上的花样说，“这花是篦上去的，要是裁好鞋面细细地绣上去，就更好了。”

“前日里真儿在我这里拿了丝线，说是跟你学刺绣去，亏她又怎么兴起这个来。还说你绣得如何如何好，想必也是不错的。我那一双细底鞋都快穿坏了，那边的包袱里有块藕荷色的丝绸布头，拿去给我再做一双吧。别的布，你喜欢的也挑两样，自己用去。”大太太用手指了指床柜。她的那双细底鞋正放在包袱旁边。

隔了两天的上午，芸儿抱着小包袱进来，见大太太与二太太若玉正坐在一起闲话，就站在屋门口迟疑了一下。“进来吧。”大太太向她招招手。芸儿走过去就把包袱摊开在两位太太的中间说：“那天也忘了问太太要什么花样，因紧着做活儿，回去就自己做了主张。想着藕荷色的布底必是衬出莲花的清洁，就用奶白的丝线绣了一朵莲花，莲叶是翠绿的，也不知道太太喜欢不喜欢。”

“真是好手工，竟比苇儿的活儿还要强些。”两位太太一人拿着一只鞋看起来。端详得那个细致，从鞋尖到鞋跟，从鞋面到鞋里，处处的针脚儿细密匀称。不过顶好的还是那朵莲花，在两片莲叶的中间，托出一大朵洁白的花瓣。那奶白的丝线倒比纯白的更雅致一些，尤其是在翠绿的叶片上，看上去有一些丰润潮湿的感觉，仿佛刚刚从水中绽放的一般。大太太看着，嘴里不住地念好，而二太太在那边根本就没有听见，望着花朵儿出起神来，如同手上捧的不是一只鞋，而是一件精美的礼品。

大太太本打算正好试一试，见若玉在一旁如痴如醉般，就知晓了她的心思，想了想便有些舍不得地说：“我还没穿过这么素的呢，你头回给我做不知道也不怪你，二太太你要是喜欢，就拿回去穿吧。”

若玉抬起头来说：“太太，你知道我是喜欢的，我也知道你不是不待见，谁让我真是这么喜欢呢，我就领了你的良苦用心。过两天，我也亲自给姐姐做一双吧。”

“你可别这样。春天里，你本来身子骨就不怎么消停，赶明个累坏了，找那份罪受干吗？一双鞋能值个什么，再说我还有鞋穿呢。你要再这么着，就干脆还放下吧。”大太太半嗔半恼地说。

若玉见她如此说，便笑着站了起来说：“当着丫鬟也不怕招惹笑话，送了人的东西还往回要，我不给你做就是了。我这就得走了，少不得过会儿一后悔真不给了。”说完裹起两只鞋笑着走了。

芸儿就站在那儿，静静地看着，待二太太走远了，红着脸说：“我不知道太太您不喜欢，容我再给您做吧。这双鞋我也给您补上了，用一样的花线，原来的手法，您先将就着穿几天。”芸儿把那双旧鞋翻上来摆开给大太太看。

“孩子，也真难为你了，又缝新的又补旧的。小小年纪就有这么好的活计，是个心灵手巧的孩子。我是看二太太更喜欢才送给她的，你是跟谁学的这手活儿啊？”大太太抻过芸儿的手来，上上下下地看着。

“我从小就跟着娘做针线，到村集上去卖，一天忙到晚，从来不停歇……”

“你们家远不远？你娘还好吧？”

“太太，我早就没家了，我爹娘都死了。”

“家里还有什么人？你跟福大爷是什么亲戚？老家里常走动吗？”

芸儿心里想了想，终于没敢说出实情来。“我家里有个叔叔，福大爷是我家的远亲，平日里也不走动的。我娘死了之后，我是投奔他来的。”

“怪可怜的孩子。以后你就跟着我吧。”大太太喜欢芸儿的一双巧手。

分开家之后，那严氏与金香当家做了主人，心里高兴不说，嘴上、腿上更是都不愿闲着。尤其是金香，揣着鬼心眼儿不住地嘀咕。

这天她钻到严氏的屋里，紧靠在她身上悄悄地说，“姐姐，你说二哥还能回来吗？”稍微停顿片刻，见严氏没能明白她的意思，就接着说：“若是不回来，他这处宅子……大哥可是有两个儿子，说不定时间一长就成人家的了。”

“真是这么个事，我怎么就没想到。可我们能怎么办呢？”严氏虽觉事情重大，但她无计可施，只得眼巴巴地瞅着金香。

“最好的办法就是咱们先下手，搬进去住着。只要咱们住在里头，那就除了二哥之外谁也抢不走了。”

“这倒是个办法，不过你说得也太轻巧了。刚分了家，他们会让咱搬进去？”严氏撇了撇嘴。

“白住谁让你搬？”金香说戏词似的卖了关子，“二哥二嫂的人我也听你和三爷说过，都是不见兔子不撒鹰的主儿。这就得让三爷跑一趟了，就说咱们给他看家护院、莳花弄草、维补修葺，说得好听一点，重要的是把那对祖母绿的玉镯带上，不怕他们不答应。”

“下这么大的本，值不值啊？别到最后弄个鸡飞蛋打，看咱们冲谁哭去。那对玉镯，我还想咱俩分了戴呢。”严氏一听要掏东西送人便实在舍不得了。

“姐姐，这事你可不能犯糊涂，轻重你须拿稳了。戏里还说不入虎穴焉得虎子呢。”

“那就捡大的珍珠捎两颗吧。”严氏还是不太情愿。

金香就笑了，说道：“我这可是给你挣家业呢，你还这么舍不得。”

“我不是舍不得，他们的眼皮子我知道，白得一根针也是好的。你放心，这样也能成。”说完两个人打开柜子就挑了起来。金香先取了一只玉镯子戴在手腕上，把另一只也给严氏套在胳膊上。她们仔细地比量着颗颗珍珠，时不时把那对镯子碰得叮叮咣咣作响。

第二天清早，严氏和金香就催促着三爷上路。三爷自然有些不情愿，躲在屋里点上烟泡儿，不紧不慢地咂着。两个妇人急得围着他转来转去，说里说外。直拖到日头走到院子里，三爷才打个哈欠伸个腰，拍拍屁股走了。

“妹子，这院子咱要想住得长远，只有我搬过去才行。大哥那边问起来，我就说嫌你们吵得慌，二哥那里也挑不出毛病来。”严氏说着万全之策。

“姐姐说的正是这个理。我想我搬过去了，但凡二哥听见，不说别的，只凭我当过戏子，他就能把我撵回来。到那时咱这宝珠子白给白送，岂不正合了他的心意。”金香暗想正合自己心意，“姐姐若是搬过去，咱家的东西只要你喜欢的、用惯了的就都搬过去。三爷他俩院随便住，白天在一个锅里吃饭，还能少了咱姐妹说话的工夫？”

“妹子，你既这么说，我也嘱咐你两句。三爷是个放荡惯了的，这一分家，更是那野马脱缰，没的管约了。怎么说他也守着你的时间长，咱俩是亲姐妹，我也不吃这坛子醋，你还是说紧些、看严些好，怕是他把家糟蹋光了，咱俩可就喝西北风吧。”严氏嘱咐说。

“我也是怕这个呢，偏咱又管不住他。”两个人守在屋里扯来扯去，只等到日头偏西，烟鬼三爷满脸憔悴地迈进门来。他半句话也不说，就一头扎进屋里吆喝着把烟枪拿上来。

“怎么样啦？”两人异口同声地问。

烟鬼三爷并不急着搭理她们，合着眼飘飞在云雾乡里，过了一阵子淡淡地说：“二哥对我也不赖嘛。”

“什么赖不赖的，那事究竟怎么样了？”金香一屁股坐在他的腿边，给他从上到下捶起来。

“成啦。”烟鬼三爷看神情倒像是一位凯旋的将军。金香听了一高兴，手上的劲儿也没准了。“哟！你倒是劲小点，我这腿都叫你擂疼了。”三爷把身子侧过另一边，抽着烟再也不说话了。

晚间上头收拾清了，三个丫鬟回到小屋来。躺在床上，芸儿翻来覆去地睡不着，就把白天的话和兰儿、蕙儿说了。“咱们仨只怕是在一块儿待不长了，大太太今儿说挑我跟着她呢。”

“那我们跟着谁？”一听到芸儿说的话，兰儿和蕙儿都从枕头上爬起来，竖起耳朵来听着。

“我哪里知道，大太太也只不过说了这么一句。我跟你们说一声，省得分开的时候咱们又哭天抹泪的。”芸儿的心中有了一丝惆怅。

“那我可怎么办呀？”蕙儿先为自己担心起来。

兰儿心里有些不高兴。芸儿来得最晚，倒挣到她的前边，巴结到大太太屋里去，就像当初苇儿那样，连福大爷他们跟她说话还要客气三分呢。她有些没好气地说：“累了一天了，快睡觉吧，别吵了。”

第二天，芸儿闲下来说去为大太太扫扫院子，刚一进门就听见屋里有人嘤嘤哭着与大太太说话。芸儿吓得一缩头就回来了。她见蕙儿一个人又闷在屋里，手上倒腾着纸牌就问：“兰儿呢？”

“她上花园玩去啦。”蕙儿头也不抬地说。

“你咋不一块儿去？自己愁自己，你这算什么本事？反正都是伺候人，跟谁还不一样？走，咱俩到花园找兰儿玩去。”芸儿不由分说拽起蕙儿来就走。

俩人在花园里转了几处，也没能找着兰儿，就坐在银亭里等她。亭子的四周开满了大朵大朵的月季花，深红的、浅粉的、乳白的，一丛丛，一簇簇，在四月的阳光里绽放着笑脸。

“你倒是高兴一点啊。这么点小事你就愁成这样，那怎么行呢？你被后娘卖了，又被别人买来，打小是屈从惯了的，我是自卖自身，我不怕，我带你和大太太说去，你要是愿意跟着大太太，就让她留下你吧。”

“你别，我不去。我只想能跟上二太太就好了，她脾气虽说古怪些，可她模样、说话都有些像我娘，跟着她，我更愿意。”蕙儿说。

“那你就和二太太说去，看她喜欢不喜欢你。若是，你心里不也就踏实了；若不是，你干脆也甭当这个剃头的挑子。”芸儿性子急。

“我哪能说出口呀。”蕙儿实在想去，可她有些为难。

“你就直说呗，她像你的娘，你愿伺候她，不行吗？”什么事到了芸儿这里，都会因直爽而变得简单。

日头偏南了，俩人收起话头赶紧回来了。兰儿一个人在屋里洗脸，见她俩进屋来，就说：“你俩上哪儿野跑去了，放着活儿不干。”

“我们俩到花园找你去了，找不着就等了你一会儿。”芸儿说。

“你说到花园去，我们又找不着。你上哪儿疯去了，这会儿正不正晌不晌的，洗什么脸蛋子？”蕙儿讥笑她说。

“你们这得了便宜的，我一进园子，正好被福大爷叫住，说喊上你们给太太们扫扫院子，可屋里哪有你们的影儿？我可不一个人就扫呗，弄得我灰头土脸的。蕙儿，还不给我泼了洗脸水。”兰儿说着站起来朝蕙儿抓去，吓得蕙儿端起水盆跑了。

午后，芸儿送水的时候看到太太们的院子确实都扫干净了。大太太告诉她把太太们都叫来说点事。芸儿提着水走到若玉院子前，看见蕙儿在门口站着，低着头没有勇气进去。

“你快进去说呀。大太太让我叫她们呢，说不定这就要分开了。”芸儿说完把水送进去了。待她刚出来，蕙儿就跑进去，撩开门帘扑通一声跪在地上，冲着若玉说：“二太太，大太太说分使唤丫鬟呢，我愿伺候你。”说完她就没有勇气再待下去，趁着泪珠还没滚落下来，爬起来快步走了。

一会儿，若玉、严氏、金香带着伶儿都过来了。福来在靠近屋门边的椅子上坐着。大太太说："正好家刚分开，今儿就把使唤丫鬟们分了用去吧。别的我不管，我屋里针线活儿多，我眼又不好使，就让芸儿跟着我吧。那两个丫鬟，你们愿留谁留谁。福大爷记住，跟丫鬟们说去。"

严氏就对若玉说："二太太，你挑吧，丫鬟们都不错，我有一个用就行。"

二太太安稳地坐着说："那就让蕙儿跟着我吧。"

金香见正事说完了，正欲说走。二太太若玉说道："妹妹的戏唱得那么好，我可还没听过呢。这会儿咱们都刚好养足了精神，怎么不唱一段呢？"

金香刚在李家混了个模样，知道这是若玉在有意羞她，心里本不愿唱，可大太太坐在上面，她又回绝不得，只好说："姐姐们爱听哪一出啊？"

"那你就唱一段《游园》如何？那里边句句都是好词。"伶儿在一旁听着，见没有他的事，就悄悄地出来寻丫鬟们玩去了。

福来到小屋里跟丫鬟们说的时候，兰儿正趴在床头上哭泣。刚才伶儿一进门，就扯着兰儿的手说："咱俩是一家人了。"待他说清楚事情的原委，兰儿就呜呜大哭起来。芸儿、蕙儿都赶上去劝她，伶儿本来是寻她们玩的，见是这般光景，自个儿没趣地走开了。

福大爷又把主家的话重复了一遍，便叫来几个小厮收拾了丫鬟们的行李，送到各处去了。芸儿眼看着福来一把大锁锁了门，泪水就不由得涌了上来。这是芸儿进到李家第一个落脚的地方，现如今又离开它了，自己在这里养伤、做针线、绣花样，与姐妹们一处玩耍，还有少爷和小姐来探望。这里有她的欢笑和眼泪，都是她不能忘怀的……待她回过神来往外走时，远远地还能看见蕙儿，兰儿已经拐进花园门里不见了。

次日早晨，阳光明媚。金香拿着黄历对严氏说："姐姐，今天正是吉日，我刚跟三爷要了前院的钥匙，这就让兰儿和伶儿过去把正房打扫打扫，头晌搬过去吧。今后就让兰儿专门跟着你，她要是伺候不好，还有我呢。"

"妹子，你身边没个人，只是太委屈你了。"严氏心里有些不忍了。

"姐姐，你这是说的哪里话，我好赖还有伶儿。你就放心吧，一大家子的事还等着你操心呢，这点小事都往心里搁，小心累坏了。我们没了主心骨，这家可就乱营了。"说着金香走出屋来，高声吩咐着兰儿、伶儿跟她到前院去。

就这样，金香用几颗严氏保管的珠子，把严氏欢天喜地请出了自己的家门。那严氏不觉如此，反倒像拾了香饽饽似的，心里十分得意。兰儿跟着她，忙前忙后侍奉着，一刻也不得闲。又加上这几天少不了搬搬弄弄，到处收拾，兰儿就感到身上紧巴巴的，硬撑着把严氏分派的活儿干完，身子一歪倒在床上就再也不愿动弹了。

芸儿和蕙儿在一个大院子里仍是一处玩耍，几天里也不见兰儿到前边来找她们，打听着太太们说她随着三奶奶住在中院里，就绕了花园过来寻她。院里倒是十分清静，上屋的门紧锁着，只有西厢房的门虚掩着，她俩牵着手走过来，听听屋里好似有轻微的喘息声。芸儿小声喊："兰儿兰儿。"屋里的人并不答应。隔了一会儿，她俩爹着胆子推门进去一看，可不正是兰儿。只见她和衣倒在床上，鞋都没有脱，脸通红通红的，嘴唇都干裂了。她们赶紧上前将她推醒，急忙问："你这是怎么了？"兰儿微睁开眼，见是她们，就伸手指指桌子说："水，喝水。"

蕙儿跑过去倒了一碗水来，用嘴轻轻地吹着，送到兰儿的嘴边。芸儿从后面把她抱起来，兰儿急切地把头低进水碗里，一口气喝了进去，后又无力地倒在芸儿的怀里。

"家里的人呢？怎么就你一个？"芸儿低下头来问。

"到后院摸牌去了，晌午才能回来。"兰儿迷迷糊糊地说。

"这样丢开你不管，也太心狠了吧。"芸儿说着说着泪就掉了下来。蕙儿也是一旁垂泪。她俩就这样一直守着，过一会儿就喂兰儿点水喝，还不停地用凉毛巾敷在她的额头上。时近晌午，兰儿催促她们说："你俩快回去吧，要上饭了吧。"

"他们吃饭也不管你吗？"蕙儿担心地问。

"反正我一点东西也不想吃，你俩再给我倒碗水就快走吧。别让他们看见，快些走吧。"兰儿催促道。芸儿、蕙儿只好站起来向屋外走去。"我们过了晌再来看你。"

两个人刚走到院子里，正好碰上金香与严氏说笑着走进来。一看到这俩丫鬟站在院子里，她们先是一怔，然后严氏扯开嗓门就叫了起来：“兰儿，你姐妹要走了，也不知道出来送一送，我这府里还有没有规矩？”

“三奶奶，兰儿烧得厉害，都快起不来了，找个先生给她看看吧。”蕙儿央求道。芸儿一肚子的气憋着，没有说话。

“什么？病了？她是哪家的小姐，金枝玉叶。别人挑剩的贱货我要了，可不是让她来这里滋润将养的，跟我装棵病秧子，小心我一生气撅折了你。”严氏俨然一副雌老虎的狰容，向着西厢房冲了过去。

“三奶奶说话好难听。我们是丫鬟，下贱人不假，可就是皇帝老子也不能保住哪个人不得病。你们难受了，我们床前床后地煎熬端送，自是应该，难道我们病了就是装的不成？”芸儿一步挡在了严氏的面前。

严氏不提防，吓得后退了一步，待清醒过来又气冲冲地说：“我教训我的丫鬟，与你们相干什么？”

“你调教她我们自是管不着，你欺辱她我们就得说说这个理。”芸儿也不知哪儿来的劲头，一点退却的意思也没有。怕她忘记自己是谁了吧，吓得蕙儿在后面直扯她的衣角。

此时金香笑着走上前来，对着严氏悄悄地说：“姐姐，你消消气，别跟丫鬟们一般见识。”然后转过身来哄吓地说：“兰儿病了，她不说，我们哪里知道，还只当她寻你们玩去了呢。我这就使人到镇上叫个先生来瞧瞧，抓几服药一吃也就好了。你们只管跟三奶奶吵闹，得罪了她，兰儿还有好日子吗？”

“我们本来也没过什么好日子，我们怕什么？兰儿要是被你们折磨坏了，我就去告官。蕙儿，我们走。”芸儿一扭身，抓住蕙儿的手看也不看地走了。

严氏的眼中差点没喷出火苗来，在心里狠狠地说：“这个死丫鬟，有本事你等着，看我怎么整治你。”

十一

半个月来，天总是死气沉沉的，一滴雨丝儿也不下，空气使劲一攥都要能捏出水来，紧粘在身上无法退去。人们躲在屋里还是浑身精湿，就像是刚从河里爬出来一样。金香一天天憋得难受，即便是屋里摆上冰，也难抵消她胸中的热气。她在冰盆里泡着毛巾，隔一会儿就拎出来擦一把。

“你这样转来转去的，能不热吗？干脆坐下来，玩一会儿牌也就凉快些。”伶儿坐在一旁摇着扇子。

“跟你玩吗？那还不是白磨了手指头，没个输赢，有啥意思？”金香满眼里瞧不上这小打小闹。

“那就叫三爷请几个朋友来家里玩，岂不顺承了你爱好热闹的脾气。”伶儿倒没有挖苦的意思，只想着金香一玩起来，便是一心投入，他也可以偷会儿懒，倒在边上歇一阵子，这样天天在她身边摇着扇子，自己快要累垮了。这金香玩心本来就大，自出了戏班子，早就被李家的规矩捆绑得手脚发麻，现如今正如那刚放飞的小鸟，什么事情都敢做。听了伶儿的话正中下怀，随即兴奋地赶到前院与严氏谋划。这严氏也正闲得发慌，人又是个没籽的葫芦，两人正好一拍即合。烟鬼三爷家的牌局就这样顺顺当当地开了起来，自此烟火缭绕，牌声不断。

在三爷众多的酒肉朋友中，来往较多的有那么三五个人，但无论是谁来谁往，其中总也少不得两个人。一是乡公所的治安长，此人何姓，单字名海，人也长得高大魁梧，表面倒存有几分敦厚，金鱼鼓泡儿眼下垂着一对大眼袋，想必是日夜繁忙所致，全身皮肤松弛耷拉，宽下颌连着三个嘴巴子，没留胡子，光溜溜的脸上一团和气。可此人心里最是狠毒，吃喝玩乐，打砸抢掠，外带抽烟狎妓，样样精通，百姓送一绰号“活阎王”。在这镇上，他最怕他的随妾刁茉莉。这刁氏原是一青楼女子，色艺歌舞都还不错，赚得“阎王”喜欢，一朝入主内眷，便凶相毕露，但凡家中的女子，只要阎王多看几眼，被她发现定要活活折磨死。几年中，她手上逼死的小妾、丫鬟不下十人，且都是被“活阎王”欺瞒霸占来的贫家女儿。百姓对她更是恨之入骨，背地里称之为“屌判官”。人们每每经过这阴气森森的何宅，即觉汗毛倒竖、骨髓寒战。

另一位是常驻良家镇的商人杜二爷。商人不仅懂得打点生意，更有手段来经营朋友。杜二爷的朋友大体分为两种，一是官商勾结，相互利用的；一是沆瀣一气，臭味相投的。照此看来，这何治安与烟鬼三爷正是其朋友的代表。商人的本性如此，舍小利而求大功。杜二爷绝对是个出手阔绰的人，只有这样才能取得朋友间的信任和轻薄女人的欢心。他就像一个独坐溪边的钓鱼人，下饵、放线，然后就是等待时机。

牌局似战场。每逢一战，严氏与金香自是当仁不让，双双披挂上阵。人来得多了就分成两伙，这边两个女家拉着“活阎王”与杜二爷打麻雀牌，那边烟鬼三爷张罗着推牌九、拱牛子。更多的时候是只来他们两个人，先时烟鬼三爷还在旁边观看，日子久了他也懒得管，就自寻清静之所歇凉抽烟去了。赌桌上没什么好事，天天在一块儿手缠指绕的，少不了多说些话、多瞅些眼，况且这金香本就是个轻佻之人，渐渐地“活阎王”就大胆起来，常常借机在金香身上摸一把，在脸上掐一下。而这金香也不气不恼，倒放荡着还手还脚，嘴里说一些戏子不干不净的话，逗得“活阎王”分了心思打牌，还上赶着天天送钱来。其实在金香的心里，她更钟情于杜二爷，到底是见过大世面、做过大买卖的人，一举一动都很有风度，说话也讲究分寸得体，更别说那看她的眼神，含着无限春情，搅得她神摇魂荡、意乱情迷。即便是低着头，她也能感受到对方沉甸甸、火辣辣的目光，仿佛莺莺偶遇张生、金莲初逢西门一样，渐渐不可自持。四家论输赢，三人作他想，只叫这人老珠黄的严氏捞了实惠，竟天天满载而归，由不得她不上瘾。再说这杜二爷从不空手而来，天天来天天如此，有时送给三爷喜欢的烟灯或烟枪，甚至随身捎来一两块上等的福寿膏，有时就从镇上的馆子里点下饭菜，到中午送进府里来。更多的时候是给女人们的礼品，精挑的货船上运来的那些时兴饰品与丝物，当然是两份，少不得严氏的方便门。这严氏既得东西又赢钱，因此张罗得比别人更紧些，今天定下明日，明日约下后天。别人也是十分乐意，各有所获，各取所需。正所谓龙阵天天摆、手眼日日忙。

苦苦煎熬了半个多月，午后突然刮起了一阵急促的冷风，人们刚刚说了句“真凉快”，这斗大的雨点就噼噼啪啪地直落下来，打在地上足有一枚铜钱那么大，很快就被渴极了的土地吸干。然后是一阵紧似一阵，地上的铜钱就连在一起、摞在一起、汇集在一起了。

三爷躲在金香的屋里刚睡着，就被这急雨敲窗的声音吵醒了。回想起梦中他紧紧地拥在女人的怀抱，睡稳在温柔乡里，刹时间又有些惆怅，他紧偎着荷香薄被，还在暗暗追悔，就见伶儿用脚掀开门帘抱着一堆红袄绿裤走了进来。这真是个可人儿，发丝上淌着雨滴，睫毛上挂着露珠，簇拥在一片花红叶绿之中，美目传情，巧笑含意，正是那水底的嫩藕、早春的鲜笋。见到三爷直勾勾地盯着他看，竟呆立在当地，似一朵花苞立在晨风之中，又像一只雏凤不知向何处飞去。

“过来。”三爷的声音带着几分温柔、几分迷醉。伶儿膝盖一软，迈着小碎步直走到床前来。三爷有些急不可耐，一把抓住伶儿的小手细细地看。这是一双标致的女儿手，指头尖尖，皮肤白腻，指甲上涂着均匀的花汁。三爷的两只大手把小手握在掌心里揉搓着，就像是攥着软乎乎的棉絮，没有骨感，粉肉一团儿。

“你的手真凉，我来给你暖暖。”三爷说着就把伶儿的手带胳膊都掖到自己的裤腰里，然后腾出手来在伶儿的身上抚摸。伶儿自小在戏班里当女孩儿养着，稍大一点就学唱小旦的曲词，长年深陷在女儿情意绵长之中，从来没有男儿的态度，只想自己天生是个女子，教习得是处处云中步、时时兰花指，梳理打扮上比那真女孩还要娇美三分。他脉脉地看着三爷，毫无反抗的意思。

“你被雨淋得冷透了吧，干脆人也钻进来焐一焐，别再病了要紧。”三爷见伶儿微喘着气，羞红了脸，就一把给他解了衣衫，裹进被子里来。伶儿合上眼，把脸紧贴在三爷的嘴边，任他一口一口地亲吻着。三爷抱着这个娇小的男孩儿，如同是搂着一块温润滑腻的玉石。慢慢地，这块石头热了起来，有些烫手，有一个小手指样的东西直挺挺地顶在了他的肚脐眼上。

窗外的雨声和着上屋里的牌声、人声，渐渐地退隐成一种背景……

三爷汗淋淋地从伶儿身上把自己抽出来。伶儿忍住疼痛转过身来，一头扎进他的怀里哭了。“老爷，你，你……我可是你的人了。”

三爷可怜地俯下身子，把他眼窝里的泪水啜干，爱抚着说：“疼了吧，快别哭了，我收你当干儿子，这样咱俩就长久了。”

“我才多大，能不疼吗？我是你的人，就想和你做长久夫妻。可我是她的弟弟，这里边有点儿乱啊。”伶儿朝上屋里努了努嘴巴。

“有我疼你，甭怕她。”三爷安慰说，“我朋友中也有好男色喜欢小童的，没想到竟真是好滋味。”

“我真比那女人还要好吗？”伶儿爬起来，边穿衣服边娇滴滴地问。

“你说呢？女人们又脏又臭，你是又鲜又美，她们怎么能比呢？”三爷还有些恋恋不舍地挽着他的腰。

“老爷可知道这叫个什么词？”伶儿穿好衣裳，坐在床边收拾着抱进来的衣服问，然后又不待回话，自己羞答答地说，“我们戏班子里管这个叫不想前头恨，只采后庭花。”说完在三爷的嘴上亲了一口，径直往外走。“我知道你渴了，去给你倒杯水来。”

三爷瞅着伶儿柔美娇弱的背影心中自语：“嗯，好，后庭花。”待伶儿捧着茶碗似水边嫩柳走了进来，三爷就说：“以后他们打他们的牌，咱们享咱们的乐。我亲不够的，你快给我唱支曲吧。”

“我倒是这么想，只怕老爷您过了这几天的新鲜，就把奴家抛闪了。我一枝残花，离了你就没有春了。”伶儿念着韵白，已经入到戏里去了。“那我就唱段《四梦》吧。”

原来姹紫嫣红开遍，似这般都付与断井颓垣。
良辰美景奈何天，赏心乐事谁家院！
朝飞暮卷，云霞翠轩；
雨丝风片，烟波画船。
锦屏人忒看的这韶光贱！

“妙，妙。快接着唱。”三爷两只手打着板眼，似在品其中的韵味。

遍青山啼红了杜鹃，那荼蘼外烟丝醉软。
那牡丹虽好，他春归怎占的先？
闲凝眄，生生燕语明如剪，听呖呖莺歌溜的圆。

偏说这一日，用完午饭后，三爷早早躲开休息去了。兰儿与伶儿把饭菜撤下去之后，那四个玩家不待半盏茶的工夫就又匆匆上阵。伶儿见兰儿凑上去看，便对兰儿说："你伺候着局吧，我先去歇一歇，回来替换你。"就转身出去了。大约过了一个时辰，金香一摸钱袋子，空了，遂起身要去取钱。

"先就我这里拿一些，省些工夫吧。再说那冤家刚睡着，何苦去打扰他。"严氏从自己的袋子里数了一把零钱给她。

"这钱怕都是我的呢，连个媒婆子也不聘，我这钱就全钻到你们被窝里去了。""活阎王"斜着眼看金香，讪讪地笑着。

"何大爷，这话你可要说清楚。你的钱我没赢半个子儿，再说我的银子还都跟着杜二爷睡觉呢，我有什么办法？"金香抬起拳头在杜二爷的肩膀上轻轻地捶了一下，眼里充满了娇嗔。

杜二爷毫不在乎地说："快洗牌码牌呀，这个要紧哩。"他的表情极为自然，他的脚却在桌子底下调皮地与金香逗闹着。坚持了几圈过后，也不知今天金香心情太好，还是牌运太差，一把零钱又跑了个无踪无影。杜二爷看在眼里，就从口袋里抓了一把，数也不数直放到金香面前。

"这可不行，难道你们仨是做了圈套，天天成局，赢了好分我的钱不成？""活阎王"不愿借钱给人，又不愿显得自己比别人小气。

"我不要就是了，你咋不说借给我一些，咱俩也成个套儿，赚他们的银子花。怕是我那判官嫂子见你少了一个大子儿，回去打屁股呢。"金香咯咯地笑着，把杜二爷的钱双手捧回去，起身出屋取钱去了。

屋门推不开，从里边闩上了，把个金香急得一头汗。"死鬼，睡个晌午觉也要插门，谁还愿来浑搅你不成。伶儿，伶儿。"金香没办法，一边叫着伶儿一边向厢房里走去。一拐进屋，哪里有伶儿的影子？"小蹄子，野到哪里玩去了。"她只好返身回来，从窗子里细细地瞧。先是看到正中的茶桌上摆放着三爷的烟具，然后又看了看旁边的两把椅子。靠床的椅子上是一堆衣裳，三爷的黑裤子、白长襟大褂上面还有一个紫色的小肚兜。金香扑哧一笑，心想，大白天脱个精光也不害臊。金香扭回头刚走了两步，猛然记起：三爷何时穿过这样的小肚兜？她浑身一激灵，再返回到窗前看那床上，却是这一番景象入目：三爷毛茸茸的大腿连着屁股裸露在薄被子的外面，侧身酣睡，而他的怀里正蜷缩着伶儿，像一只滑溜溜的小猫睡得香甜。

金香最是个酿醋惹酸的主儿，哪受得了这气。她两步蹿到门前，一脚踹开门，嘴里高声骂道："你这个不要脸的，大白天躲到屋里勾引爷儿们，看我不叫你好看！"她的声音大得出奇，故意让上屋里的客人听到。严氏听着外边起了骂腔，就赶紧出来，"活阎王"也跟在后面看热闹，只有杜二爷微微一笑，仍旧坐在那里摆弄手上的牌。

金香冲进门向着床上扑过去。伶儿听着有些动静，迷迷糊糊刚坐起身，一个大巴掌就甩到了脸上，他又重重地趴在三爷身上。这一撞三爷也醒了，只是还没来得及回头，那身上的小薄被子就被金香一把掀了起来，可不正是两个光屁溜儿。严氏二人恰巧进屋来，看了个一清二白。金香的嘴里还在不停地叫骂着。三爷觉得十分难堪，一回手正抡在那醋妇的脸上。金香立时滚落到当屋里，嘴角里也渗出了血。

"三爷，你——你——为了个小童妓打我……"三爷并不理她，拽过被子盖好又躺下睡觉。她又盯着伶儿说："你——你——我白养活了你，你倒踩着我的屋顶攀高枝儿，让人家走后门进后院，你这个不要脸的下贱坯子，我……"金香越说越气，一把将头发挠散，爬起来向花园里跑去。伶儿呆坐在床上，半个脸红肿肿的，眼里噙满了委屈的泪水。

金香是一路狂奔、一路号啕着闯进大太太的院子的。大太太热得一直没能睡稳，隐约听到有人哭喊着越来越近，就吩咐芸儿："你出去听听。"芸儿还没有走出屋去，就看见金香磕磕绊绊地穿过院子来到屋门前。可她并不进屋，故意跌坐在台阶上拍打着地，撕心裂肺地大哭："大太太，你可得为我做主，我是不能活了。"

大太太从做姑娘时，到嫁到李家来，都不曾见过这等泼辣的阵势，急忙走到屋外。"这不是金香吗？是谁欺负你了，你快起来进屋里说。"芸儿走过去想挽她，可她不顾一切地打着千斤坠，抱都休想抱得动。

二太太若玉听到外面的喧闹也忙赶过来查看，严氏跟在后边进来。任凭如何劝解，金香只管放开嗓门，一味地哭闹叫骂，在地上乱抓乱挠。严氏把事情略讲了一遍，大太太听后只说了一句话：“这成什么体统啊。”二太太若玉冷眼旁观，不置可否，还悄悄地和芸儿说了些什么。此时，金香听得大太太站在她一边，则叫嚣得更响了。

待了片刻，金香见不但没人上来劝解她，更无人站出来为她鸣屈喊冤，就稍稍放低声音，细听别人在说些什么话。若玉见此走上前来说：“妹妹，你今天唱的这是哪一出啊，是《乔醋》还是《离魂》啊？”说完见金香并不答言，又接着说道：“你这是刚入富贵门，毕竟还是见得少些。殊不知大户里这样的事多着呢。倘要今天见了今天哭，明天见了明天闹，这日子可就没个消停了。我看你是个明白人，不要想不开才对。再说这日子已然是分开过了，只想家是自己的、人是自己的，那事就不是自己的了？还有你可听说过，天底下有嫂子去过问小叔子这种事的道理吗？怕是唱戏的也不能这样编排吧。你们都不好意思讲出口，大太太就更难以启齿了。若要管，只有老爷一人合适，你干吗不去书房？”

“别，别，千万瞒着大哥才是，若是让他……”严氏急忙过来止住了。

此时就听福来在大门外高声说着话走进来：“老爷要我来看看，是谁这么不懂规矩、没有深浅地胡闹，老爷让喊过去骂一顿打发走了完事。”一听这话，还没等福来拐进院里，金香早就从地上爬起来，拍拍身上的土，站到大太太身后去了。

十二

李家花园里此时正是鲜花的海洋。春天里的花还没有凋谢，夏天的花因这闷热的天气却骤然开放。低矮处的苔茵、含菁和香英，混杂在一起，在高大的花荫里摇摆出无限的浓香，在成片的园地里则是满栽着野雏菊，向着太阳仰起了淡黄色的脸庞。再高一些的是月季、芍药和蓝葵了，它们像是刚刚成熟的少女，响应热烈奔放的阳光，绽放开体内每一个焦躁欲裂的细胞。靠近垣墙的地方爬满了玉萝、蔷薇，间或有几株牵牛花，它们自然地将各色的花朵编织成一条长线，蜿蜒地伸展到墙上去，远远地看去更像是一条花的长廊。再加上招徕成群的游蜂浪蝶，真可谓是乱花渐欲迷人眼、人间无处不飞花了。尤为惊奇的是花园中央的几株牡丹，有几年没有开花结蕊了，今年突然堆出十几朵白色的花来，一层包着一层，一瓣裹着一瓣，足足开了半个多月，至今还不凋落。

这个占地四亩的园子，虽然是前后贯通的，但从格局上看，是由三个相对独立的部分组成。当初设计时，也是为了前后各家游玩方便，而又巧设曲径游廊，穿林过厅，更增添无穷的趣味。每一部分皆以一座楼阁为中心，高低远近，引水筑石，随势赋形，而又各不相同。自前而后分别名为绣香楼、浣香楼和听香楼。再早的时候，每年一到伏天，家里的太太领着丫鬟们，无论哪处天天都聚在一起，绣着线香，浣着纱香，听着风香，日日说笑着直到秋凉。现下家里的人都懒散了，园子里显得清冷了许多。

自打天气热了之后，举人老爷就独自躲进书房里休养，两位太太也自行在屋里处事，落得心静。倒是因为秦先生热病身体，孩子们放了几天学假，常聚在一起温习功课，说些闲言笑话，十分开心。

这日上午，天还尚未热透，伯涵走到真儿屋里来玩。隔着纱帘看见真儿坐在里屋的书案前读书，竟入迷得全没听见。他就蹑手蹑脚地走近真儿身边，故意大声说：“三小姐，上夜的丫鬟、婆子们我都给你带来了。”

“哥，你吓了我一跳。”真儿一惊，抬头见是哥哥使坏，就撒娇地说，“谁是你三小姐？你说的是什么丫鬟、婆子？”

“三小姐探春啊，你怎么忘了？东风千里，寻了贵婿，你是王妃啊。”伯涵打趣妹妹。真儿的脸就红了。

“你欺负我，我这就告诉娘去，赶明给我说下一门厉害嫂子，看你还闹不闹？”真儿说着，站起来假装赌气往外走。

“好妹妹，我是说着玩的，你怎么当真了。我若是给你娶个厉害嫂子，她还答应给你置备嫁妆吗？”伯涵拉住妹妹的手回到座位上，“你看什么书呢？这么入迷？”

“是云亭山人的《桃花扇》，我也不过是随手拿来翻翻，竟是曲词俱佳，人物也好，倒放不下了。”真儿刚看到《却奁》一出，笔记就写了厚厚一沓了。

“不就是传奇吗？古人说：十部传奇九相思。净是些才子佳人，缠绵情话。这等闲书，你还是少看些好。”伯涵以大哥的身份叮嘱妹妹。

“这戏却不一样，连秦先生提到过的梁启超都有注本，我们怎么看不得？”真儿反问说，“这部戏不落窠臼，打破陈规，是大悲剧呢。借离合之情，写兴亡之感，很少是花前月下、纸醉金迷。即便是写爱情，也是寄故国之思，发亡国之痛，难道不是人生之大情吗？”

伯涵听后竟无言以对，想想说：“真是如此，我倒要先看一看。”一伸手从真儿怀里抢了过来。

“小越哥说过，他们那儿的青年人都会演新戏。我想这演戏，不管是新是旧，定有其相通的道理。新戏咱又看不见，就从旧戏开始也无妨，等理解了，学新戏也快一些。”真儿并没有上手来夺，她说出这番话来，秦越的身影就在她的脑海中了。

“我说的话你何曾记过，我知道你心里只装着他一个人，是不是？”伯涵的话里有调皮，更有关心。

“是又怎么样？我喜欢他我敢说，哪像你啊，不敢说给芸儿听。”真儿听到哥哥问她的话，脸先热了起来。当她鼓足勇气说出这句话来，伯涵的脸色也有些羞红了。

芸儿本是来找真儿说话的，正巧走到窗前把真儿说的话听得一清二楚，就低着头赶紧走回自己屋里去了。

稍待片刻，伯涵忽然提议说：“咱们演个戏不好吗？”真儿听了拍着手说：“我怎么没想到呢？叫上二哥哥，咱们商量商量去。”于是两个人一起到二太太的小院里寻仲良去了。

芸儿躲在自己的小屋里，联想起真小姐刚才的话，心里竟像是做了一回贼似的，扑通扑通地跳个不停。这脸上热得仿佛有千根针在扎，脖子里也红了起来，就连身上也如同爬进了几条虫子，不自在得很。听到小姐屋里的门帘一响，两个人从屋里出来，她又忍不住自己不看，就躲在窗子的后面一眼不落地瞅着大少爷伯涵——上身穿了件蛋青色的汗襟褂子，走起路来绸料一抖一抖的，平添了几分潇洒，下身是深灰色的藏着竹叶的肥裤，脚上是一双半旧的双开脸的黑布鞋。芸儿心想，若是穿上我给他做的鞋就更好看了。等到两个人说着话走出院门去，芸儿赶紧从床下翻出做了一半的布鞋来，可她这会儿的心思哪能静得下来呢？刚缝了三针，就两次扎了手，小血珠慢慢地沁了出来。于是放下活计，站起来刚走两步，又回到床边来，坐下吸吮着手，眼里的泪水就不由自主地涌上来，只要一低头，泪就会流到脸上，滴到地下。她只好仰起头来，胸脯因为哽咽一起一伏。

伯涵与真儿去找仲良商议，不承想二少爷也正有此意，只是怕人少角色多，戏不好安排，于是就议定把芸儿、蕙儿连同兰儿、伶儿都招呼进来，一起排演。严氏本不太乐意，但见别人都不反对，也只好勉强同意，不过暗地里给兰儿派下更多的针线活。金香却是一百个赞成，正好把伶儿从三爷身边支开，而伶儿也怕天天看金香的脸色。于是，几个十五六岁的少年天天聚到绣香楼上，兴致盎然地谈论着有关戏曲的事。

“伶儿，你毕竟是经过科班的人，多给我们讲讲这里边的规矩。”几个丫鬟围着他问这问那。

“这可从哪儿说呢？我尽管是在戏园子里长大，可也是看得多、上台少。要说起演戏，一举一动，哪怕是一个眼神都是有规矩的。比如说出场亮相吧，若是恰到好处能博来满堂彩，可只差半点不被人轰下去才怪呢。还有更复杂的唱啊念啊什么的，有许多学问在里面，我一时也不能说完全，还是等分好了角色排演时慢慢地说吧。”伶儿虽说是个小戏子，可在这里显然已是半个行家了。

“小姐，咱们要演个什么戏啊？”兰儿自从过去之后，不是收拾家务，就是伺候牌局，在屋里憋闷坏了。

“二哥，你读过《桃花扇》吗？”在得到仲良肯定的答复之后，真儿说，“大哥也读了，咱们排演它不好吗？”

伯涵听到此处，略显激动地说：“这倒是部好戏呢。明末清初，正值家国衰亡之秋，与我们现在的处境是何其相似。有侯公子与李香君，情为国存，亦随国逝，双双遁入空门。更有史可法将军，拼死御敌，视死如归，这是何等的大节大烈大义大情啊。不同的是他们面对的是骏马强弩，而我们面对的是卷毛金发长腿蓝眼的洋鬼子，还要加上他们的鸦片、长枪和炮舰。我们的政府只会一味地退让，割地赔款，就像一只小羊羔那样，回过身来对待自己的百姓又变得像恶狼一样凶狠，生灵涂炭，黎民遭殃啊。这是部好戏，我们就要演好，我从全本中挑出《却奁》《寄扇》《誓师》，由我与二弟、小妹，每人各改编一出，只要白话言语，但每一出最后的尾诗最好留下。等都写好了，就分了角色去熟悉、练习。最后把秦先生也请到家里来，对着他们演一番如何？”

“既是这样，我想不如找福大爷要点零碎布料，由蕙儿她们几个简单地缝几件衣裳，毕竟扮得更像些。”仲良补充说。

“就是嘛，数数共几个人，多少身衣裳，都是什么颜色，我去跟娘说。”真儿十分兴奋，几个丫鬟的心也早已怦怦直跳。

在以后的几天里，伯涵、仲良和真儿三个人躲在绣香楼北侧的桌子上不停地研写，有时他们会为了风格的连贯而相互询问和沟通，甚至会争执起来。这时，在另外一侧依照样子缝制戏装的丫鬟们就会停下来观望。

大太太和若玉来过一次，她们是各有所好。一个喜欢看这五彩斑斓的戏衣，另一个则手捧着改编后的戏词读得有滋有味。

台词都写好了，戏装也只剩下边边角角的补缀了，可是在分派角色时发生了些小事情。刚开始，大家都一致赞成由芸儿来扮李香君，但芸儿就是不同意，她说自己最厌恶这青楼女子。当人们给她一一讲出事情的曲折，她这才算勉强答应下来。

人们又定下由二少爷仲良来演侯方域。这时，芸儿又红着脸说什么也不演了。“这可不行，主仆同台已经是非分了，好在台上也有奴仆，还能说得过去。可这样扮起来怎么能行？我们就是再有脸的丫鬟，也不敢这样乱了分寸。原以为你们说些笑话，现在动真格的了，我还是找个丫鬟来演是正经事。”

蕙儿在一旁也附和道:“正是这个理，你们主子们只说是闹着玩，可真要是传了出去，我们这丫鬟怎么办？芸儿可怎么办？”其实在她的心中是真不愿看到二少爷和芸儿在台上扮什么夫妻的，若是换了她，她虽说也不敢，但心里倒是愿意的。

“这不都是演戏吗？哪有当真的。”二少爷劝说道。

“我知道，这样吧，换了大哥来演侯公子。芸儿，这回总行了吧？”真儿冲着芸儿调皮地做了个鬼脸。

芸儿的脸刷的一下子全红了，憋了好一会儿，逼着眼泪没有掉下来，硬硬地说：“你们知道我是个没爹没娘、好情好性的穷人家的闺女，可也不能这样欺负人……”话没说完，就抱着手上的一堆戏衣跑下楼去。

“我是……芸儿，你别……”真儿跟着追到楼梯口，还是看着芸儿哭着走了。

“你不要追了，这是玩笑话吗？你净瞎胡闹。”伯涵也是红着脸呵斥着妹妹。当他看到芸儿红脸时，心中竟有一种说不清楚的感觉，可当看到芸儿哭着走了，又觉得她实在是太可怜了。妹妹怎么可以开这种过头的玩笑呢？会不会伤了她的心，使她的心扉自此重新关闭？

上午，人们又在一起说了会儿闲话，就不欢而散了。下午，芸儿躲着没来，自己在屋里缝戏衣袖口上的小花。真儿也知道自己的话有些太过实在了，可她不明白芸儿为何会有这么大的委屈。这也怪不得她，因为她不是丫鬟，不了解下人们在人前那层脆弱的自尊。

“好端端的，这戏可怎么演啊。”兰儿呆坐在一旁，见人们都无精打采，沉闷不语，不无惋惜地说。

“解铃还须系铃人，小姐，你再去找芸儿好好说说。”蕙儿也连忙说。

“我正要去跟她道个歉呢。可现在的问题是谁来演侯公子，这个事解决不了，芸儿是不会答应的。”真儿说的倒是实情，除去两位少爷，只有伶儿一个男的了，可他又是一副奴颜媚骨，与角色相差太远了。伶儿自己心里也很清楚，另外凡是不固定的人物都由他来赶扮，担子已然不轻了。于是他就看看这个，又瞅瞅那个，突然拍着手说：“有了，你演最合适。”

人们听了心头一震，全都抬起头来看他，然后又顺着他的手指看去。真儿也是如此，只是伶儿指的正是她。在几个人的眼里，面前站着的这位虽是女流，但见她眉清目秀，额间自透出一股英武洒脱之气。兰儿悄悄地走到身后给她把帽子一戴，人们顿时看得呆了，这不正是一位风流儒雅的公子吗？

真儿见是如此，便不推辞，索性从桌上抓起一把折扇，哗的一声打开，背到身后去，在屋里摇着四方步踱了起来。

接下来的事情便十分顺利，各个角色都一一指派下去。伯涵的史可法，仲良的杨文骢，蕙儿的小旦和苏昆生，兰儿的中军，其他杂角全由伶儿一个来扮。然后把词分说下去，各人顾自念记。

真儿喜滋滋地领了词本来寻芸儿，在院子里却四处寻不见，就到上屋里来问母亲。“你们天天混在一块儿玩儿，这会儿倒找我要人。我怎么知道？”大太太眼也不睁地说。

“我们去时喊她，她说等你睡醒了沏好水才去，这阵你又说不知道，不问你还去问谁？”真儿编了个瞎话，说着就往外走。

“她冲好茶后，跟我说是到园子里去，你们难道没见着她？”真儿听了母亲的话，就又急急地赶回园子里来找，直绕过绣香楼后，走到廊桥上，才远远地看见水上的银亭里坐着芸儿，正望着水面凝思。

塘面上聚集着十几尾小红鱼，在争啄着水里的浮虫，一会儿围绕在一起组成花朵，一会儿又像一枚两头尖尖的织布梭子嗖地游得无影无踪了。芸儿木然地看着它们，可又看得不十分清晰。她的心中存着一些事，一些难为的、想为的而又不可为的事情。她一只手拈着一根花针，另一只手则捏着一条丝线，就那样一动不动地望着，像是在倾听内心的声音。

“芸儿。”真儿一步跳到她的背后来。她惊得浑身一抖，那根银针就落进了水塘，一丝声响也没有。她回过头来看着小姐，才觉出脸上湿漉漉的，原来她早就流泪了。

真儿连忙坐到对面的亭栏上，一板一眼地把她写给李香君的一段词唱给芸儿听：“您是那富家子弟，您是那富家子弟。俺却是布衣贫女，正一步步上得楼去，一步步上得楼去。待要把绣球抛起，实指望哥哥打中您怀里，敢是要您抢接仔细。切莫被斜风吹离，切莫被斜风吹离，只教俺青春委屈。”

芸儿听得心里酸酸的，她泪眼模糊地说：“小姐，你这是……”

真儿过去牵着芸儿的手说："我说了一句话，惹得你到现在还掉泪豆子，可知是我唐突了，我这里给你赔个不是，你可不许再生气了，要不咱俩白好了一场。"

"小姐，你对我好，我还能不知道吗？我不是生你的气，我是气我自己呢。我不识字，不认书，又是个出身下贱的丫鬟，哪里配得上大少爷？虽说你不是拿我取笑，可这种话让人听起来跟嘲弄我又有什么不同呢？咱们在一个院子里住着，话从你嘴里说出来，别人就更会相信几分，等传得太太们知道了，把我往门外一撵，我也就没脸活了。"芸儿赶紧把脸上的泪珠擦掉。

"我真没想这么多。我哥喜欢你，你对我哥也好，我就是要讲出来让人们知道。"真儿满脸真诚地说。

"你这样可就是歪曲我的心了。别说我配不上少爷，就是真般配，我也不敢有这个念想。有个事你不知道，我可没跟第二个人说过，你哥救过我的命，这一辈子我就是当牛做马伺候他都是应该的。"接下来芸儿就把那个风雪夜的经过一五一十地说给真儿听了。她一边讲着一边不停地抹着泪花，说到了卖身葬母，真儿上来一把抱住她，两个人都呜呜地哭起来了。

过了一会儿，真儿见芸儿已从其中挣扎出来，就真心劝慰她说："你竟吃过这么多苦，我就更不能看着让你再受苦了。我哥哥喜欢你，这我能看得出来。上午你哭着跑了，没看见他的脸臊得跟涂上胭脂一样，使劲地训斥我，他还从来没对我那样发过火呢。"

"他那是可怜我，我一个丫鬟有哪点值得他去喜欢？"芸儿说。

"丫鬟怎么了，你可别自轻自贱的。丫鬟也是人，心肠好，模样俊，照样有人喜欢、有人疼爱。我和哥哥都不是那种老思想，这你还看不出来吗？我见你平时是个有主见不怕事的人，怎么到了这等大事上反而没主意了？"真儿问。

"你越说越没谱了。我是个丫鬟，能在他身边端茶送水，就是我的福气了。我一不识书，二不认字，什么也不懂，是个不折不扣的睁眼瞎、大傻瓜，怎么能耽误了少爷的前程，毁坏了他的生活啊。这不就是我的主意吗？"芸儿回答。

“你真是个傻瓜。他真心喜欢你，你偏要离开他，这才会毁了他呢。你怎么不想想，在你那种时候，为什么是我哥去救你，又为什么偏让你到我们家来？这难道说是先前安排的吗？这就是人们说的缘分，这就是人们说的有情人终成眷属啊。”真儿鼓励她。

“人们不是也说过：月有阴晴圆缺，人有悲欢离合，此事古难全。”芸儿顺口说。

“你还说你不念书，这反驳我的话不都是书上的词儿吗？”真儿抓住不放。

“我上哪儿看去，还不都是听你和少爷常说的。”芸儿脸臊红了。

“芸儿，你是个聪明人，只可惜没落生到我们家。不过也不要紧，反正注定是我们家的人了，你也不用瞧不起自己，从今往后，我就教你认字、读书、写诗、作词，保准你是哥哥喜欢的才女呢。”真儿信誓旦旦地说。

“说说就没个正经的，这认字读书我可是连做梦都想，不过我太笨，只怕缠得你没有长性就罢了，我这里先拜过你这位‘真先生’了。到时候我写的字、作的诗叫人家笑掉了牙，看不找你这先生算账去。”芸儿到这时才抿嘴一笑，又说了句，“我可是认真的，趁着你放了学假有空，咱们今晚上就开课。”

“这两天怕是不行，咱那戏还没练好呢。我可是跟大人们都说出去了，别到时落得个台上一团糟台下乱吵吵，成了咱们胡闹了。你这个李香君别只顾耍脾气使性子，我就念阿弥陀佛了。”真儿双手合十。

“那样的演法，你打死我也不敢上台的。”芸儿的态度很坚决。

真儿先就笑了，扯起芸儿的手打趣地说：“我演侯公子了，咱俩配对成双，这回总该行了吧。你快跟我上楼去，他们怕是早就等急了。”

芸儿站起身来，抱着衣服正想跟她走时，真儿又拦住说：“我先前跟你说的那些话，都是真的，你可别不当回事。”

芸儿的脸又红起来，推了真儿一把，羞怯地说：“什么假啊真的。哎呀，我的花针呢？我怎么把针给丢了。”

十三

宣统三年，快三百年的大清江河日下，气数已尽，正如一位苟延残喘的老人，完全进入了生命的倒计时。对此，清朝的子民们并不知晓，或许是他们从不关心，因为历史上任何一次改朝换代，都没有给他们带来真正的好运，只有日子才是他们自己的。

秦先生接到李家的邀请，打开一看落款是伯涵三个人的名字，内容是他们排演的戏。他兴致勃勃地一大早就来了，歇了这些日子，身体也好了许多，此时正和举人老爷坐在台下摇着纸扇话天气及养生之说。说是戏台，其实就是廊桥上最高最宽敞的地方，台阶下面早已坐满了全家的男女老幼。太太们看过这么多的戏，就连登台演戏的金香在内，也从未见过自家人跑场主台。于是人们嗑着瓜子，吃着鲜果，只等这一声开场锣钹响了。

伯涵他们并不知道，这一台小戏在盐河平原上也算得上先锋了。按照他们的编排，戏中只有说词没有唱腔，应该是早期的戏剧了吧，至少是具备了戏剧的雏形。他们自然不会意识到这一变革，因为他们既没见过真正的新剧，也不是为了新剧的普及与发展，实在是不懂得唱腔而已。

这时，只见台上有人用木牌遮着头脸从人们眼前走过去。木牌上写着：《桃花扇》之《却奁》。

伶儿扮的保儿登场了，走到台中央伸着懒腰说："江南花发水悠悠，人到秦淮解尽愁，哪管烽烟家万里，脂香粉腻满东流。春宵苦短啊。太阳都高高的了，怕是贺喜的客人也要到了吧。"

杨文骢走上台，朗声道："与侯兄道喜了。"此时人们的胃口早被高高地吊了起来，在心里琢磨着到底是谁扮李香君，谁扮侯方域。待二人出了场，只觉得这两个人长得竟是一模一样，眉眼鼻唇，经油彩涂抹，完全是从一个模子里倒出来的。大太太用手指指这个又指指那个，一句话也说不上来。等她们张口说话，人们循着声音才辨出来，这香君原是芸儿，而风度翩翩的侯公子竟是真儿反串的呢。

随着剧情的发展，大家渐渐地投入进去。等香君说着"脱裙衫，穷不妨；

布荆人，名自香”的话，一件件散去华服，又把满头的钗环丢弃时，秦先生为这位重名重节的歌女带头鼓起掌来。在这样的戏台下面，看客们总也不知何时叫好，这会儿见有人拍手，也就随着拍打起来。《寄扇》一开场，芸儿头上缠了一块白绫，额角处浸着红颜料，病歪歪地走上台来。大太太就看得心疼了。香君半含着眼泪一句句说着衷肠，哭泣着月夜迢迢、青霜满楼的孤寂，倾诉着秋水盈盈、凭栏凝眺的相思，惹得台上台下都是一片悲泣。当展开溅血的扇面，人们对这个风尘女子自是多了几分同情、几分尊敬。芸儿也仿佛化入了自己，把那刚烈不屈的个性和着自己的遭遇一一展示给观众，她只觉得真儿确实了解她的心，每句话、每个字就像是专为她写的一般，从心坎上迸发出来，少了些袅娜姿态，多了些痛快淋漓。仲良上台后看到，不知是汗是泪从她的脸颊上淌下来，她的胸脯一起一伏，到点完桃花扇下了台口，芸儿只觉得像是蜕去了蝉壳，已经筋疲力尽了。好在她的戏演完了，下边一折是伯涵的《誓师》。

真儿是盐河两岸第一位女学生和女先生，并且开辟了第一间女子学堂。刚开始只是芸儿晚间收拾清整后，在灯下跟着她学写几个常说常用的词语，然后就是背诵一些唐诗中通俗易懂的《悯农》《登鹳雀楼》之类的短诗。伯涵、仲良知道后，不仅非常赞成，而且主动说服了若玉让蕙儿也参加进来，并到后院跟严氏和金香说了一声。金香答应得倒极为爽快，只是严氏心中不十分同意。这兰儿也毫无办法，只能是两天闲了两天来，有时来手上还捎带着严氏的针线。

这日吃过晚饭，伶儿就近来找兰儿一块儿过去。严氏就从正屋走到院子里堵着说：“兰儿这几日不去了，我这屋里的活都攒下了没人干呢。前一阵子你们说去排戏，我就没拦着过，叫你们过去就是为让你们多干活儿，这都看不出来，还傻乎乎往人家那里钻。”她又指着兰儿的脸上说：“你看看给你安排的那个角儿，总共也就喊了那么两嗓子，还是个没名没姓的，都是丫鬟贱货，偏偏为什么芸儿就能挑那好的演？你不知道丢人，我还丢不起这张老脸呢。你自认为低人一等，我可不能让别人骑到我的脖子上去。伶儿，你愿去就自己去吧，今后也不用来联络她。兰儿，你给我回屋干活去。”

芸儿几天也不见兰儿过来，问伶儿也只说不知道，没见着她。芸儿猜想不是病了就是给严氏逼着干活呢，就在晚饭后叫上蕙儿一起过东花园来看她。

近来一段日子，何治安的判官老婆连着做了几场无常讨命的噩梦，竟吓出一身的病来，"活阎王"自是不能约牌赴局了。杜二爷虽说照来不误，可烟鬼三爷因犯了上回的霉气，一直是逛到外头去玩。人手不够，没几日，这严氏也懒得到后院里去了，今天她躲在屋里听着院子里像是芸儿在喊，她也眯起眼睛来假装不管，心想，只要不把我的人叫走就没事。

芸儿和蕙儿走进西厢房里，见兰儿正在罐子里捣着花瓣。桌子上的小簸箩中还放着早晨从园子里采摘的洗好晾干的一大把花，鲜艳欲滴。兰儿听见动静回过身来，看见是她们就笑着招呼进来坐，手上一刻也不敢停。"要喝水就自己倒一杯吧。"

"一会儿我们就得过去上课了，好容易过来看你，你也不说陪着我们玩会儿。"坐了一会儿，芸儿和蕙儿假装扫兴地说。

"还能玩什么呀，我这儿什么也没有。再说临到睡觉我这活能干完就不错了。你们又是认字，又是念书的，跟那大小姐一样，好不容易来了，不说帮我也罢了，还反过来挑剔我，只可怜我掉进这无底的窟窿，连你们也这样瞧不起我了。"兰儿说着就掉下几滴泪水，她不敢让自己出声。

"不就是砸个胭脂油吗？看把你委屈成这样了，我们跟你开个玩笑也不行了，我来帮你吧。"蕙儿坐到她的身边，伸手来抢她手中的木槌子。

"你是站着说话不腰疼，你看这床头上堆着的棉花垛，我得纺成线，每天二两线，一根丝儿少了都不行。过不了几天，上屋里说了要我接着做鞋呢。"兰儿交了槌子歇了手，又发愁这活没个头。

"你干得越快她这活就来得越快，这还看不出来吗？对付她这样的主家，你也要自己长个心眼儿，这样累死了也没人心疼。近几日你就纺得慢些，看她又能如何？再不然就这样……"芸儿给兰儿揉捏着肩膀，后来又附在她耳边说起来。其实芸儿出的也不是坏主意，只想着兰儿这样就能过去跟她们一块儿学习了。

整整过了两日，晚上正要开课的时候，兰儿腋下夹着个小包袱笑眯眯地走了进来，她紧挨着芸儿坐下声音压得低低地说：“我按你的话一说，真灵，那婆娘倒催着我过来呢。这回我可解放了，只是要劳累你了。”

“累些倒没啥，只是你也要识几个字，别当那闷葫芦了。把包袱给我，快听小姐讲学吧。”然后，两个人专心致志地听起课来。

芸儿的针线活是好的，她故意把严氏的鞋拖延时间，今天让兰儿捎几色彩线，明天又让兰儿带回花样去给严氏过目，这样一来小半个月的时间就过去了。那严氏虽说心里焦急，可是求人家做鞋的事，又不敢催促，只好任由兰儿一趟趟传信儿，自己耐心地等着。

伯涵和仲良随后也成为这间女子学堂的客座教师。只是他们的授课内容，全由真小姐来安排指定。在最近这一段时间内，伯涵是在讲《诗经》，仲良则是在讲《古乐府诗》。因为这些诗句听起来都跟生活密切相关，且又极少讲究平仄排律，于是几个学生都学得轻松开心，并在私下里对诗已经感到仿佛是触手可及了。作诗原来更容易哩，不就是赋比兴吗？两位少爷早已看出了她们的心思，真姑娘说那就让她们试试，好杀一杀她们的浮躁气。

第二天的课上真儿一宣布，伶儿乐得蹦了起来。三个丫鬟虽显得含蓄一些，但跃跃欲试的心情都挂在了脸上，但心中也不免敲起小鼓，我们真能作诗了吗？几个人高兴地裁纸研墨，眼睛却在相互观望，像是在探听对手的虚实，又像是从别人的脸上捕捉稍纵即逝的诗句。

屋外忽然刮起了风，把桌上的几根蜡烛吹得摇曳不定，如墨的云顷刻聚到头上来，天更黑了，人也静了下来。真儿看人把门窗关好，突然有了题目，说：“以雨为诗吧。”

兰儿却说：“这雨还没下呢，怎么写呀？还不如就写这刮过的风呢。”

芸儿反驳说：“这话可知你读诗读得少了。正是因为这雨还没下来，才要去写它，这时你想它是什么样它就是什么样，是不会拘束你的。想让你写一朵花，你只写人们都能看到的，那还有啥意思，写得再好也只会停留在字面上。想必要写出花的心，才好呢。人们看不到它，因人不同，而又随时各异，这样花就活了，诗也就活了。”

兰儿有些不解地问：“花的心不就是花蕊吗？人们也能看得到啊。”

蕙儿只在一旁抿着嘴笑，她幼时跟着母亲学过不少诗词，基础是最好的。她留意听着别人的话，又无意说些什么，心中已然在想她的诗了。伶儿见状走过来，指着自己的胸口说："人家说的心是在这儿，你都胡扯远了，叫你上课你还不来，连'肝'也没有，你还写诗呢。"

"你才没心肝呢。"兰儿见没人顺着她说，自知是不明白说出了笑话，就低下头咬着笔杆苦吟起来。三位先生远离他们坐着，静静地等待。约有半个时辰，伶儿过来悄悄地问了几个字的写法，回去填了空格，把诗稿交了上来，便带着得意的表情去巡视别人的。芸儿、蕙儿见他的样子就用手捂着，也不抬头看他。兰儿干脆站起来把他推开说："都叫你给误了，好容易想的一句，你一来又把它吓跑了。"伶儿悻悻地回到自己的座位上，目不转睛地望着三位先生在阅读他的诗稿。

天昏地黄黄，织女思牛郎，
银河散作泪，一泻无星光。
初始心悒悒，哀婉语愁肠，
相会无一日，相思比水长。
忽闻儿女哭，隔岸唤亲娘，
大恸催肝裂，涕飞泪滂滂。
凡间重别离，仙界又何常？
问天天不应，求地地无方。
天地随心冷，泪结瓦上霜，
哽咽天霰霰，痛诉地茫茫。
残枝飘白绫，悲风舞素裳，
相怜同命人，我心已嗟伤。

三位先生未置可否，轻轻地将诗稿放在一旁。隔了一会儿，兰儿实在憋不出了，低着头才把几句诗交了上来。

忽雨落倾盆，浇淹劳途人。
妻女倚门望，村外雨深深。

然后又是放在一旁，如同约定的一样。兰儿也知自己的诗没多大希望，就凑到芸儿她们中间来，默不作声看她俩写诗。蕙儿的诗好像也只有四句，可她在每一句中总有那么一个字，改了又涂，涂了又写，左右拿不定主意。尤其是最末一句中，初写是一个“飞”字，然后是“铺”，再后是“落”，又是“坠”，此时还在为这一个字屏神凝思。芸儿的诗却全不一样，已然写了好长，她还在思索。

伯涵他们见天晚了，而两个人还在费尽心思琢磨着，又不好打断她们，只好说：“兰儿，你们先回去吧，拿上你们的诗稿，看是否还有添改？咱们明天再讲评。”话正说着，外面就有一阵雨像撒豆子一般，散落在窗纸上。伶儿两个人诗稿也不拿，一头钻出屋去跑回家了，他们的诗也的确没什么能改的了。蕙儿把纸往袖口里一塞，嘴里咕哝着低头走了，她忘了叫上二少爷，甚至连招呼也没有打。最后就只剩下了芸儿和面前的那一盏烛光。黄晕的光映着她的脸庞，在她黑亮的眸子里燃烧得那么温馨，隔着窗子，雨离她是这样近，每一声都像是滴在她的心上，雨脚如麻，芸儿的心也被散乱的雨声搅得难复平静。雪夜获救之后一幅幅的生活画面，既无顺序也无理由地汹涌而至。

芸儿提起笔来，在原来的诗上一下勾掉了许多，只保留了最先的四句，后面的句子就不停地从胸口跳出来。芸儿也顾不上斟酌推敲，只一味地记了下来。

夜来庭院风，庭风过梧桐。
疏叶交拍打，疑是叩门声。
一起趋前问，却无人回应，
暗笑来床卧，烦恼因多情。
再闻急坐起，幽冥触心惊，
独坐无人对，欲语有谁听？
秋雨只寂寂，秋灯自耿耿，

长夜何落寞，点滴到天明。

此后她将笔一放，竟思绪惘然，不知所之。在一个无人面对的雨夜，在微弱的烛光面前，她仿佛是暂时脱去了坚硬的外壳，默默流泪，至天明。

第二天讲诗课开得也别有雅趣。首先是自己读自己讲，在这上面伶儿是胜了一筹，他写不出的东西也被他说了出来，而其他的人只略谈了几句，就再无话可说。从几位先生的评点来看，蕙儿的《春夜雨》较其他三首为好一些，芸儿的次之，兰儿的最后。人们都传着蕙儿的诗来看，见是："昨夜小雨入风轻，点滴催人倦入梦。唯愿天神解花事，莫教香园泣残红。"连同先生们在内，对这一个"泣"字极为推崇，有了这一个字，整首诗顿时有了一缕魂魄。

蕙儿羞红着脸说："我也只说就这一个字最好，你们不知道，这个字是二太太为我改的呢。"

兰儿只在一边为自己鸣不平，冲着真儿说："题目不是'雨'吗？伶儿写成了雪还能排到我前边？再说牛郎织女七夕相会，那时候怎么会下雪呀？"

伶儿听了忙反驳说："你懂什么，窦娥含冤六月还飞雪呢。这叫感天动地。"

十四

农家六七月正是瓜果成熟的季节。晚杏又酸又甜，人们还没吃够，菜园子里的各种小瓜就都已下秧了。今年的粮食虽说歉收，但是勤劳的农民抢着节气和墒情，把蔬菜打理得比往年都好，进送到李家来的瓜果更是多种多样。举人老爷听了秦先生的劝告，慷慨地免掉了佃户们今年的粮租。这些佃户都感恩戴德地争着把最时鲜的物品敬献到府上来，有的还起早赶晚到河里捕鱼捞虾，举人老爷说这个时节的鱼虾最肥最美呢，然后就是蜜桃儿，而此时最高枝头上的红枣儿也甜得可吃了。

严氏的软鞋经芸儿的精雕细刻，半个月了总也不告收工，急得她每天都问兰儿几遍。先前兰儿只是搪塞，问得多了，兰儿故意没好气地说："干脆要回来我守着你做得了。你还当她知道那是给你做的鞋，若是知道了，她接手才怪。她针线那么好，前院里老爷太太们的活儿她还忙不过来呢，我只说要她帮我的忙，她细问我自是没跟她说的，我算计着再过几天也差不多了。你若是没耐心，我今天晚上就找她要回来，也省得她费劲，也省得你一天嘴上心里的放不下了。"

严氏当然知道，自从芸儿那回在院里与她针锋相对，心里对她自是没有好感。见兰儿如此一说，她连忙又收住话头一转说："你还不叫我说话了。我也不是催逼她，只是每天你一去上课，我一个人在屋里连个说话的都没有，真是又烦又闷，这不是趁着你还没走，多和你说几句嘛。要不你今天就别去了，陪我在屋里多摆会儿。"

"我看我还是去吧。正好见了芸儿过问过问，她也快些个。你若真是闷得慌，我一会儿去找伶儿，顺便告诉姨太太，让她过来陪你在屋里说话。"其实上次评诗，虽说兰儿位列末席，但是几位先生对她的最后两句还是赞扬了一番——融情入景，真挚自然，而且经过这些天的连续听课，有些东西她刚理出个头绪，学出点兴趣，如何舍得不去。说罢，兰儿抽身向后院走去。

刚才兰儿那一番应付严氏的话，本是芸儿想出来告诉兰儿的，只为了在严氏这儿有个说辞，由不得她不耐下心来等待，没想到兰儿憨得如此，也不知保护芸儿，只一字未变地对严氏说了出来。更不知严氏在心里对芸儿如何看待。兰儿为了早些赶过去上课，来到金香的屋前一推门便迈了进去。

屋里的一幕顿时使得兰儿目瞪口呆。杜二爷光着膀子，把半裸的金香拥在怀里，两个人在床上抱着滚着，纠缠在一起，嘴里说着浪语，不停地挑弄着对方。这杜二爷把脸紧紧地贴在金香的胸脯上，像一头贪婪的肥猪到处拱着。那金香此时如同一位疯妇，死闭着眼，放肆呻吟着，两只手在对方的背上胡乱掐着拧着，又绕到身前来扯他的腰带……兰儿呆立了片刻，突然回过神来，欲要转身跑出屋去，哪知两条腿哆嗦着不听使唤，人一扭身正撞在开着的门扇上，哐啷一声，兰儿正跌出门去，而床上的人也惊醒了。

“你给我站住！”惊慌中，金香猛然坐起，大喊一声，顾不得穿鞋，系着扣子半掩着怀两步跑到门口来。兰儿却还在地上半跪着，脸色苍白。

“哟，这不是兰儿妹妹嘛。”金香见是兰儿，先是迟疑片刻，忽又换了菩萨般的笑脸，走上前来搀住她，把兰儿一瘸一拐地架到屋内来坐下。杜二爷也已整理好衣装，笑着说了两句话就走了。

“兰儿妹妹，你不来我还说去找你呢。我有几件新做的衣裳，穿着瘦了，扔着又挺可惜的，正说给你拿过去呢。”这金香话说得极其自然、亲切，就像是真的亲妹妹刚进来坐在那儿一样。她不紧不慢地从衣橱子里翻出几件衣裳，捧过来放在桌子上。

兰儿进屋后始终没敢抬头，听着金香说的话，更是把头埋得低了，声音颤抖地说：“姨太太，我什么也没看见，我也不要你的衣裳，你让我走吧，前院里三太太让我喊你过去跟她说话呢。”

“你看见我也不怕什么，你一个丫鬟也不能把我怎么着。兰儿，咱这个家是谁说了算，你心里也清楚，你胆敢说出去半个字，我就能找个人家把你卖了配人去。”金香见兰儿不要东西，脸色便唬了下来，现在听了她这几句话，见兰儿又缩成了一团，马上又变了声腔，哄她说，“其实我也是个苦命人，好不容易挣到今天，这其中的苦水我也是喝够了，你的苦我心里明白，咱俩正和亲姐妹一样呢。我知道你也不会生心害我，虽说我不为难你，可你也得让我心里有个底儿才好。这衣裳你不要没关系，这绿镯子你得拿上，待日后姐姐出了头，再找你要回来，到那时，我是绝对不会亏待你的。”说着话，金香不由分说把镯子捋下来包在手绢里，一把揣进兰儿的怀里。兰儿却呆在那里，一动也不敢动。

“走吧，咱们前边找我姐姐说话去。”金香理了理鬓间散乱的发丝，扯着兰儿的手快步走出门去。

因为这件事，兰儿一连几天总是恍恍惚惚的，眼神散乱，哪里也不想去。金香每天都到前院来，一边陪着严氏闲摆，一边观察着兰儿的举动。

前天二爷家的人送回信来，说是今天全家回来。严氏不太情愿搬回后院里去。举人老爷早已派人把屋子都收拾好了，还派了福兴不断地到村口张望。

当日头挂上林梢，远远地就见大路上扬起一道烟尘，从尘埃中缓缓地驶出一溜儿五辆骡马车。赶车的鞭子此时甩得又响又密，奔波了一天的牲口不得不昂起头来，从疲乏中再焕发出一点精神来。

“二爷回来了——”小厮高喊着冲进了家门。

五辆车一进村口就被人前后拥着，直把胡同里塞得满满的。二爷从车上下来，一把搂住哥哥，悲泣着说不出一句话来，待两人分开，他还用手绢在自己干涩的眼窝里擦个不停，弄得眼皮都红了。家人们都被这久别重逢的场面感动了。

第二辆车上此时掀开车帘，先是下来一个丫鬟，然后她转身从车上抱下来一个七八岁的小姑娘，领着走到她母亲的身边来。她指了指大太太，低声告诉小姑娘：“小姐，快叫大娘。”小姑娘怯怯地叫了一声，就扑到母亲身上，拉着母亲的衣服再也不松开。

大太太笑笑说：“这孩子，来自己家了，反和出了门一样。”这时苇儿走上来，正想施礼却被大太太扯住。苇儿眼圈红红地说：“太太，您身体一直都好吧？”大太太也不回答她的话，只在她的脸上身上细细地瞅来瞅去，怜惜地说：“你是又瘦了呢。”芸儿站在人堆里，从这个丫鬟一下车就感觉在哪儿见过，那眉目，那声音，都是她记忆中有的，直到大太太叫一声苇儿，她的心里才像划过一道闪电，顿时回到那一片苏醒之后的暖暖烛光中了。

苇儿也不经意间瞥见有个丫鬟死死地盯着她看，乍一眼望去好像认识似的，既不是蕙儿，也不是兰儿，那她会是谁呢？定是我走了之后又新买的丫鬟，我怎么会认识呢？这时，真小姐走过来，一手把她拉到年轻人中间去了。

“小姐，你又长高了，快让我看看。”苇儿惊诧于每个人的变化。如果人的思想也像衣服那样穿在外边，苇儿定会觉得她已经快不认识少爷小姐们了。

“福来，叫人看着把后面的行李车卸了，该抬的抬，该放的放，牲口找户人家喂着去。二弟，你一路颠簸，咱们快进家里说话吧。”人们簇拥着兄弟二人走进大院里去了。

到了晚饭的时候，乡府官吏们来了，世交学友们来了。李家大院成了良家镇里最热闹的人家，亲人团聚，高朋满座，老爷家的迎宾堂里整整摆下了三大桌宴席。人乐歌欢，酒醇肴香，直折腾到晚间亥时方散。这些年，李家二爷出去之后，极少回家且又来往不密，难道这次是良心发现、人老思亲不成？个中隐情恐怕只有他本人心知肚明。十天前，他接到岳丈大人的亲笔密信告知：时下南方形势甚乱，大有江山易主之态，如此暧昧之秋、疑似之时，归故里暂避时日实为明哲保身之举。切勿流连，切勿盘桓。

连日来举人老爷夜夜惊梦，辗转难眠。有与二弟重逢的喜悦，也有为二弟仕途的担心。以此次行装来看，想是他拿定主意退隐乡里了。是二弟看淡了功利名禄，还是官场险恶，为人所迫？他心中可有隐痛？这些一直纠缠在老爷心里，只是二弟一日不说，他便忐忑一日，十日不言，就又折磨十天，人也渐渐憔悴起来。正当他决计去问个究竟的时候，消息终于传到了盐河岸边：随着武昌起义的胜利，宣统帝在北京宣布退位，中华民国成立了。

生活有时是需要一些形式的。当吴三桂为了一个叫陈圆圆的女人把清兵放进关内的时候，背后那根长长的辫子是多么丑陋。可时过三百年，当有人的辫子突然消失了，在你眼里就不仅仅是丑陋的问题了。烟鬼三爷成了良家镇上第一个剪掉辫子的人。

在李家大院里，除了金香和二爷，别人对此事几乎没有反应。二爷自感是清朝的官吏，当然心中要偏袒几分。仿佛只要人们的辫子还在，那么大清的江山就还在，他的乌纱帽也就自然而然能保住了。只要一听说有人剪掉了辫子，他心中的清朝大厦就会一阵摇晃，无名的恼怒也会随之而生。对于兄弟，他决计采用一种较为克制的方法。于是他摆下“鸿门宴”，准备规劝弟弟就范。

老三不明就里，只知吃喝，听着哥哥一段又一段的寒暄之词。二爷坐在对面，每看到三爷的披肩短发在眼前一晃，他就一阵心痛。先前是强忍着，到这时灌下了一肚子的酒，他有些忍不住了。

“三弟，你叫我怎么说你好啊。肤发乃父母所赐，何其珍贵，你也太轻率了。外人怎么看我先不说，只在我眼里就看不惯。”二爷端起酒杯，一片肺腑之言。

“二哥，当下都是民国了，留短发这是迟早的事，顺其自然吧，我们何苦为此等小事自扰。”三爷举起杯，往二爷面前一倾，回来一仰脖干了。

“这民国立足未稳，焉知不能复辟。你这般性急，再要辫子长出来可就难了，真有那一天，看你找谁接去。”他将酒杯缓缓地送至嘴边，面露笑意。

“这可能吗？有人倒是这么盼着呢。汉唐宋明，哪一个复活了？汉唐多少年，哪一不比这清朝根基深，说完不也完了？这是定数，天意不可违啊。”烟鬼三爷不看别人的脸色，抓起酒壶自斟自饮。

“简直是胡言乱语。”老二猛地把酒杯一蹾，脸色也变了，“小心我拿你个忤逆。”

老三吃了一惊，酒壶倾倒在桌上，汩汩地淌着酒液。他双手颤抖着捧起壶来，心中也因去了酒意而明白了几分，涎着脸说：“谁？你拿我，你还当你是谁？我怕你不成？玩蛋去！”说完把酒壶朝地上一掼，走了。

他并不回家去，而是径直出了胡同口。在家里，他更是毫无清静可言，两个婆娘嘴里念叨的除了辫子还是辫子。在金香的眼里，现在是越来越看不上烟鬼三爷了，尤其是他满是烟臭的嘴里那一颗亮闪闪的金牙，看一眼都令人恶心，怎么能跟白白胖胖、滋润又富态的杜二爷相比呢？若不是当初急于从戏班里跳出来，就是闭着一只眼也不会挑上他的。于是金香就有意地拉着严氏跟他搅闹，变着法地把他撵得越远越好，以便腾出心思而又不用面对良心地实施她的计划。

金香的计划与杜二爷有关。

杜二爷名双平，专门掌管着他大哥盐河两岸一带的生意。提起他的大哥杜只平，那可是一位在肃清周边六县区里响当当的人物，尽管家里地无一垄，但要是把银票往天上一抛，起码全县城的人一两天见不着太阳是真的。他的买卖与各大城市都串通着，有一处他的铺子，就有一处他的宅子。一些零散的生意就交给弟弟和心腹们去打理，用他的名号，年底分些银子罢了，他从来都很少过问。眼下形势大乱，杜大爷正在思谋一处偏远地界的家宅，躲过这一阵才好。他把这件事交给了弟弟在盐河来办，寻一处好宅子，多少钱不要考虑。杜二爷十分乐意，当中赚点银子，就够他在城里为自己修建一处私宅，以后就是太平日子了。杜二爷的妻子早丧，膝下一女，自小由哥嫂抚养，他一个人在外，过得轻松自在。

自从进到烟鬼三爷的家里打牌，他先是看到了金屋，然后又相中了这屋里的娇人。刚开始他慑于举人老爷的威望，不敢奢求老三的宅子，当后来听说兄弟已分家单过之后，他便加紧了手段，于是金香就成了这盘棋中不可或缺的棋子。这杜二爷的如意算盘大约有三步：一是小恩小惠，讨取欢心；二是眉送目接，博取春心；三是休戚与共，换取真心。当他们勾搭成奸、如胶似膝，再也分不开的时候，杜二爷突然和盘托出了自己的计划。若想今生今世做一对恩爱欢乐的长久夫妻，只能如此这般或那般，把金香吓得在被窝里出了一身的冷汗。

女人是脆弱的，同时又是狠毒的。她的情拴在谁的身上，就会心甘情愿地为谁去死。几天之后，杜二爷再一次登门造访的时候，她坚定地说：“外面的活你去办，家里的事你甭管。”

十五

二爷家的跛脚太太自从回到老家来，除了大哥大嫂以外，对其他人都是横挑鼻子竖挑眼，大事小情没有她不过问的。单说这“二太太”的称呼，她就非从若玉手里抢过来不可，她假装无意地在姐妹中间一说，自然而然若玉就被剥夺了，不得不恢复姨太太的身份。其实若玉是最看轻名分的，更不会与一个斤斤计较的跛足妇人争什么。自那以后，她极少出屋，静下心来读书写字，别人的事一概不理。二爷眼见着回家没多少日子，他的太太还像居家在外时那样唯我独尊，私下也常说起：这是大家，不比咱那小家，现下正是用人求人的时候，你凡事只可收敛些。这妇人虽说也明白此番道理，但由于蛮横惯了，时不时地露出些马脚来。别人还她一两句或不理她走开时，她便将这满腔的怨气回来一股脑儿地撒到苇儿身上。

一日清早，芸儿悄悄地出了院门，到东花园里剪几枝鲜花，回来插到太太和小姐的房里。进了园子没走多远，听到分明是有人在里面哭泣。她循声过去，只见苇儿坐在塘边，头低在腿上嘤嘤抽泣。

“苇儿姐——”芸儿跑上前去，在背后小声喊她。

苇儿连忙把脸在袖子上蹭了蹭，回过头来。看样子她还不曾梳洗，也许她很早就坐到这里来了。“你是——”苇儿迟疑着，叫不出这个丫鬟的名字来。

“苇儿姐，你不认得我了？我是芸儿啊。”芸儿蹲下身来，把脸故意凑过来，让苇儿看个清楚。

“芸儿？我也觉得挺面熟，只是不敢认了。”苇儿确实想不起来了。

“只怕出了这家门，我和你在外边遇见，谁也不敢相认了。几年前那个雪夜里，你救过我的命，你怎么忘了！”芸儿拉着苇儿的手。

“真是你吗？你叫芸儿？怎么会也来这里当丫鬟？”苇儿想起来了，正是那个与她搂在地上痛哭的小姑娘。

“我娘死了，婶子容不下我这张吃白食的嘴，我还能上哪里去？既是少爷他们救了我，又出钱埋了我娘，我可不就来伺候他呗。给他们当丫鬟就是我的福了，若不是碰上少爷，早就冻死让野狗叼走了。”她们说着话，手就攥得更紧了。

“你是自卖自身了。正巧咱家太太心眼好，比不得我们家那……”苇儿想起没走之前的日子，心头哽咽着说不下去了。

“你可是在屋里受了欺负，才跑出来哭的吧？走，跟我找大太太去。”芸儿愤愤不平地说着就要走。

“大太太知道了又能怎样？她也没法把我要回来，还不是白叫她为难担心。我就慢慢地受着，等日子长了，再想办法吧。”苇儿一把拽住芸儿。其实，她也怕这话一旦传回到二太太耳朵里，等着她的日子更是可想而知。

“你就这么甘心？横竖还能怎么着了你，说不定闹翻了，大太太还把你收回来呢？”芸儿见苇儿要忍着，更是气不能平。

“那要是不收我呢？”苇儿轻轻地问，也像是对自己说，“若是收了，她们中间就有了矛盾；若是不收，我怕是没有出路了。芸儿妹妹，你是个刚烈的脾气，做事安稳一些，遇到事可不能往绝路上逼迫自己，人要是没了牵挂，死又算什么呢？你以后或许会明白的。这么早，你到花园子里来做什么？”

“我现在跟着大太太了，我是来给小姐的房里剪几枝花的。”

“小姐喜欢花了？前两年她可不这样，只知道玩儿。”

“长大变了呗。虽说比小家子的女孩儿大气，没那么矫情，可她心里也是爱美的。有时她的脸还红呢，一说起……”芸儿自知说失了口，赶紧岔开话头说，“她今年上了村学，前些日子领着我们演戏，现在每天晚间给我们几个丫鬟上课，办的都是些让人们吃惊喝彩的事。她不是变得更有本事了？这几日，你没事也来听一听课吧，少爷们有时也讲，可有意思啦。”

“我哪有你们这福气啊，过些日子再说吧，我得赶紧回去了，太太和小姐她们该起了。”苇儿匆匆站起身，沿着小路回去，在拐弯儿的时候，回身说，“芸儿妹妹，没事就来找我说话，我等着你。”

芸儿看着她走远了，也折回来在路边采了几枝鲜花。待回到院子里，就看见严氏和金香围着伯涵和真儿说着什么，大太太还没有起床。她径直走到小姐的房里，给瓶里换上新水，将几枝花参差错落地插放进去，摆在敞开的窗前。有一缕和煦的阳光，有一丝微凉的晨风。

这时听到伯涵说话：“剪就剪呗，头发是父母给的，各人所好，别人怎么能管呢？”

“也不知他是听了哪路风，剪得跟那洋鬼子一般模样，叫咱们一家子可怎么出门啊？”严氏又慌张又羞愧。

“好看难看，一人一个看法。再说别人好看难看，跟咱们有什么相关？”真儿大不以为然。

严氏看看金香。金香一句话也不说，她并不真的关心辫子的问题，只是希望家中多些风浪才好。

伯涵来到村学的时候，其他学生都已经来了，正与秦先生说话，见伯涵进来，秦先生连忙招呼他在身边坐下。这时其他的人都安静下来，目光全集中在秦先生的身上。秦先生起身从桌屉里拿出一封信来，随着他的动作，表情也变得庄严起来，在场的每个人都感受到了特有的凝重与神圣。

“前两天我收到小越的来信，读了之后心潮澎湃，连着几天夜里都激动难眠。这封信我读了一遍又一遍，为有小越这样的侄子而高兴，为中国有这样的青年而自豪。小越在信中说，他也参加了武昌起义，可以说清朝的覆灭、新民国的成立是有他的一份功劳的。一个不满二十岁的年轻人，能视国家兴亡、民族安危为己任，这是何等先进的思想，以后就要靠你们这些年轻人啦。”

伯涵听着秦先生的话，突然意识到：革命离他是这样近，原来在想象中遥不可及的梦想，如今已真实地落到了面前。又听秦先生接着说：“小越还在信中说，现在民国甫立，百业待举，正是国家用人之时，也是你们年轻人尽情挥发、展翅翱翔的最佳时机。立志报国，成就一番事业，在这个新天地里定会大有作为。今天你们来，不说别的事，小越在信中留了地址，另外我在新政府中也有几位好朋友，如若你们有心前去，我可以把你们的情况写一写，推荐推荐，吃住小越会为你们安排的。你们先考虑考虑，一旦定下来要走，千万告知父母，不可莽撞行事。”

自从听了秦先生的话，几个年轻人都已在心中拿定了主意：走。可他们并没有如秦先生嘱咐的那样，与家中说明白，而是把一切准备工作都偷偷放在暗处进行。伯涵的举止变化哪里逃得过细心的芸儿，到了第二天她和真儿细说了一番之后，两人共同来到了少爷的房中，全然一副问询与关怀的神情。伯涵本来也没打算瞒着她们，见是如此，便将来龙去脉一一告知。真儿听后兴奋异常，芸儿却有些失望落魄，牵挂的泪水立时盈满了眼眶。伯涵对真儿说：“你去把仲良叫来，我有话对你们说。”

屋里只剩下两个人。芸儿的心中一时间涌上千言万语，可她一句话也说不出来。她的心中是极为矛盾的，从她自己的想法看，当然是不愿少爷离开的，纵然无法诉说心中的情意，但毕竟每天可以看着他、守着他，为他做一些事。可她又在心里劝说着自己，因为她坚信少爷的选择是对的，那里有他的理想、他的事业，是他崇高的精神家园，他一旦脱离了那里，必将会失去生机。芸儿不知道，一个人情感的历程必定会经受诸多离别与相思，而这种磨砺正是成长所必需的。

伯涵也不知道用什么言语才能安慰芸儿此时的心情。他只是细细地看着眼前的女孩儿——他曾救助过的穷人家的女孩儿。她是那样纯真美丽，微微低头，整齐的刘海儿梳拢在额前，眼波如水，眉峰似山；她是那样刚强善良，对谁都无所欲求，只把一颗真诚透明的心捧到别人的面前。伯涵在心中告诉自己：我要保护她，我要带给她幸福。他再也不能抑制自己的感情，用手轻轻握住芸儿的手，放在自己怦怦跳动的胸口上。

芸儿的心一下子像是水化了一般。她多么想现在和终生都能依靠在眼前这人的臂膀上。当听到真小姐和二少爷走近窗子的脚步声时，芸儿更像是从梦中惊醒一样，抽出手来，快步走到床前说："还是我来收拾吧，你别落下东西。"声音小得估计只有她自己才能听到。她背身坐在床沿上，好使眼中的泪水和脸上的红晕悄悄地褪去。

仲良听了事情之后并不惊讶，仿佛在他看来好男儿理应如此，现在哥哥有了这样的机遇，他高兴之余更要为哥哥分忧。"哥，你走吧，家里的事你尽请放心，有我和真儿妹妹呢，你长期在外别总惦念家里，自己多保重身体，干出一番事业来方是正理。在走之前切不可让老人们知道，别人不说，只太太那里是绝对通不过的。时间久了，能回来看看就回家来，老爷太太们一旦放了心，也就没事了。路上的盘缠我们给你凑吧，这件事是连福大爷也不能惊动的，我那里有攒下的碎银子，真儿你那里也有一些吧？"

真儿听了二哥的话，激动地说："你在家里守着，我和大哥一块儿走吧。"

听了这句话，伯涵和仲良的脸一时都沉了下来。"这可不行，我这一走，咱娘还不知多么心疼呢，你再走了，这不等于要她的命吗？"仲良也说："你年龄还小，再说一个女孩子路上行动多不方便。"真儿见没人同意，不得已说："不就是因为我是个女的吗？我就没有革命的权利啦。你们不带我出去，等我长大了，我自己也会走的。"

"等你长大了，我和秦越会想办法带你出去的。"伯涵安慰她说。

真儿把这句话认真记在心里，然后回屋取零钱去了。芸儿收拾的包袱里塞满了大大小小的东西，伯涵和仲良看了哭笑不得，伯涵说："背这么大的包袱，还怕别人不知道吗？快些把没用的东西取出来，只带两件春秋衣裳就行了。"

"那冬天怎么办？一早一晚怎么办？刮风下雨怎么办？哪一样都是少不得

的。”芸儿唯恐还不够呢。

“到了南方我会再买呀。照你这样收拾，都跟搬家差不多了。”伯涵笑着说，芸儿不好意思地低下头去。

在伯涵简单的行囊中，有一双薄底布鞋是芸儿亲手做的。藏蓝呢子面，黑皮革包口，外面全是上的隐线，看不见一个针脚儿。最好看的是那双鞋垫儿，一针针纳在一起，在脚心处绣着一棵芸草，叶子绿绿的、长长的，在风中轻轻摇摆着芳香，娓娓倾诉着心中的话语。

按着事先约定的时间，伯涵他们将搭乘晚间的一艘商船。于是晚饭过后，伯涵说要到村学里看望秦先生，趁着大人们还在喝茶摆话，仲良和真儿一块儿陪着出来。芸儿看到少爷的目光在每个人的身上停留了会儿，然后转身离去。芸儿只能留下来，强忍心中的隐痛目送心上人离开。

在码头的角落里，几位青年人聚集在一起，他们怀着无比激动的心情憧憬着未来。船就要到了，秦先生在嘱咐着每个人。真儿则用心听着水面上的声音。那个贫贱的歌女又在弹着琵琶咏唱《阳关三叠》。同样的河岸、流水和歌曲，真儿仿佛回到了送别秦越的那个夜晚，怎能不勾起她对小越哥哥深深的回忆。

“真儿，多情自古伤别离，古人说得太入人心了，可是你这流泪的样子，待会儿让哥哥看到了，他也会伤心的。”仲良走过来低声地劝她。真儿连忙收起了泪花。这时伯涵从角落里走出来，在他们身边笑着说：“你们两个在说些什么？难道是一些伤春悲秋的话吗？是为了眼前的分别还是为了日后的想念？我看我们年轻人不必如此，你们应该为我高兴才对，我是去追求理想和光明的，这是天底下最有价值和意义的事了，是正义的所在。你们怎么能用眼泪为我送别呢？”他一手拉住两个人，先对仲良说：“家里的事全靠你了，我不能在老人膝下尽孝，你替我多担待吧。老人年岁大了，只怕我这一走，害得他们心神不宁、坐卧不安的，你可千万照顾好啊。”伯涵稍停了停，又对真儿说：“小妹，你是一个有理想、有志气、敢作敢为的人，我们在外面会为你想办法的。”然后，他附在真儿的耳边小声说，“咱俩定个盟约如何？你把秦越交给我，我把芸儿交给你，怎么样？船快来了，你有什么话让我带给他吗？”

真儿听了哥哥的话，略显羞涩了些，这才把手中的东西拿出来，是一方写满字迹的手帕。“你把这个带给他吧。只是一首词，今夜的景也是一样的，天下分别情一样啊。”

伯涵和仲良展开看时，见上面写道：

春风无邪，
吹上桃花结，
画舫歌舞唱分别，
正是《阳关三叠》。
一阕满天寒星，
两阕驿道长亭，
尚有一川流水，
无奈携去离情。

这是一首《清平乐》，话语间有些许凄凉与感伤，同样流露出一丝眷恋和思念。此时，真儿的目光像是透视了浓浓的黑夜，心也像长出了翅膀一样飞向了远方。

船来了，长长的跳板搭上河岸。秦先生与几位年轻人一一握手，并深情地拥抱，他的眼眶湿润了，在他们每个人的身上都能看到自己年轻时的影子。在深沉的夜色里，岸上的人挥动着高举的手臂，向着渐渐远去的忽明忽暗的桅灯。

别了，良家镇！别了，生我养我的盐河平原！船上的每个人都用迷蒙的泪眼眺望着码头上的灯火，找寻着亲人们熟悉的身影，直至这一切都淹没在平原无边的夜色之中……

启船时的那一声钟鸣重重击打在芸儿的心坎上。

她脚下一趔趄，眼前顿时迸飞出无数个火星儿，她忙撑在身边的树上，让自己一点点舔舐心中的伤痛。这些天来，她的心被大钟一次次敲碎，只有在陪着大太太哭泣时她才会好受一些。大太太果然病倒了，任凭谁来劝解也无法消减她对儿子的牵念。真儿和芸儿日夜不离地守在她的床边，听她一声声呼唤，“我的涵儿啊”叫得肝肠寸断。

盐河平原还十分闭塞，走了孩子的几家人在看到留下的书信之后，对此事并不声张。别人问起时，也只说出远门串亲戚而已，因此这几位年轻的思想先驱离开故土去寻求真理，并未引起震动。如同盐河中投进一颗小小的石子，刚刚扩散的涟漪迅即被杂乱的波纹所掩盖。

秦先生听说举人太太久病卧床，特地登门探望，在探望太太病情后，随举人老爷来到书房里。待坐定，秦先生抢先说：“愚弟前来讨罪。”

“这话从何说起，贤弟你何罪之有啊？”举人老爷拂衣而笑，做着“请用茶”的手势。

“伯涵离家我是有责任的，是我传授给他的新思想、新文化，还有民主革命的各种信息。实不相瞒，我的侄儿小越是参加了革命党的，是他们武装起义推翻了腐朽没落的清王朝，这件事大大震撼了我，看到了当今的中国是他们青年人的，于是我激励他们走出盐河去，去开创新天地，我又写信嘱托小越为他们做好安排，亲自为他们安排行程并到码头送行。这一步步都是有我参与的，眼下害得老兄和嫂夫人不得安宁，这不是罪过吗？”秦先生心中十分愧疚，他若知道伯涵不与家中说明，事先必会登门告知的。

其实举人老爷已就伯涵的事，将仲良喊进书房里问了整整一天。他心中不仅是高兴的，而且也开始重新审视他的孩子们了。“这就是你的罪过吗？你不来我也猜到了八九分，仅靠涵儿自己，他再有见识也不会这么快就走的。我正说让仲良去请你，来和你详谈一番呢。在你眼里，老兄就那么愚不可及？拙荆是思儿心切，等过了这段时间自然也就没事了。贤弟，真要为你加上罪，当真有一条呢。”举人老爷哈哈大笑着说，“你究竟是什么人？怎么会突然来到这小小的良家镇？我不问你，你就瞒了我这么长时间，这难道不是交而不信的罪过吗？”

秦先生听后也哈哈大笑起来，真诚地说：“有几次话到嘴边，却实难开口。老兄你是洞明之人，我深怕牵累老兄啊！”两个人就这样倾心交谈着，从午前、午后直至黄昏，再到铺满清辉的月夜降临。

芸儿守在大太太的屋里，手上摇动着蒲扇，呆呆地看着月光涂满窗格，又把桌上的瓷瓶擦亮。心中的思念正如一条小鱼，跟上载着伯涵的那条船，游出盐河，游进了清凉江和长长的大运河……

十六

柳条黄了绿了，燕子去了来了。

一扇扇朱红漆的衙门打开了，进进出出的官吏走马灯似的，一会儿替了这个，一会儿换了那个，变到最后乡亲们发现完完全全又成了早先的那拨人，数来数去竟是一个也不差。

在收到一封肃清县的来信之后，二爷的心情终于好了起来，长长的辫子也心甘情愿地到镇上剪掉了。不过他已经是全镇上唯一留头发的男人了。同他当初坚持留辫子时一样，这一举动立刻招来了烟鬼三爷的阵阵嘲弄，而他现在是没有心思去计较的。

这是一封由肃清县里几位大生意人联名写来的信。大意是说：肃清县衙里人员极不稳定，又见多处的旧官已谋复原职，于是他们想到了共事多年的二爷的岳丈，既而想到了二爷。他们已在上边使了些银两，听口风事情是极有可能的，但不知是银子使得少，还是尚有关节需要打通，任命文书迟迟不见下来。二爷的岳丈颇为关心此事，不知二爷作何感想，如若此事不能成功，但求二爷领略已尽人事之苦心，不为感报。倘能成就，便是两全齐美之事，自此官财两路上结交了可靠的朋友云云，落款首名即为杜只平。二爷在肃清为官时，知晓此人在上面有靠山，便多是恭敬往来，哪敢得罪？对他生意上的事更是听耳不闻，一路通行。杜大爷更为义气，但凡逢年过节，人不出面，礼品货担一一送到府上。原以为交情浅浅，没想到人家如此尽心竭力。二爷喜从中来，喜的是交下了这位患难知己，有了杜大爷从中斡旋，这事情不愁早晚，必定能成，当然还是越快越好！

二爷无暇多思，先给人家回复要紧。他急忙把阴师爷招进府来，仔细商议。商定让阴师爷就镇上兑换十万两银票，连日奔赴肃清，与杜大爷取得联络。切莫提起岳丈之事，只尽自己的事情办理。趁着阴师爷到镇上兑换银票的工夫，二爷写下了一封铭心谢函。此时看着阴师爷骑着马绝尘而去，他来回踱步，忐忑激动，心绪难宁，上下翻看着手掌，踌躇满志。

这几年中，二爷的心情变化是几番阴晴，一波三折。最早的时候，他曾经心有不甘地与原来的官宦朋友们联系过，企图求个保举推荐。可写出的一封封信泥牛入海，失了消息，想必是人人为求自保，各自奔忙，哪有闲情顾及他人？官场上的情谊恰是逢场作戏而已。没了靠山，少了帮衬，他李维民如何做得了官？又凭什么加官晋爵？渐渐地，他消沉下来，几乎放弃了仕途之念，与大哥说起话来不免有些灰心失意之态。此时举人老爷就用圣人言语点拨他、引领他，甚至指责过他。其实他也是捧着圣贤书长大的，那些为人与为官的道理焉能不知？可就是无法听到心里去。再圣明的言语也不能浇灭他胸中的火焰，即便成了死灰，一遇风声便要随之复燃，蠢蠢欲动。他确有过人之处，外出探望旧友，几番访求贤才，与诸位名士在家立社，描图篆刻，谈诗论词，一时间传为美谈。他修缮乡衙，扶助亲里，济救穷困，哪一件不是大得人心的好事呢？最感人的是他在众目睽睽的大街上，一路满含热泪施舍童乞，仅此一举就为他在镇上赢得了“大善人”的称誉，其声望直逼举人老爷。

那些受了恩惠的乞丐每到一处乞讨，都会敲着碗边或骨板叫唱：

良家镇的大善人，名字叫作李维民。
救乡亲来济贫困，乐善好施得人心。
良家镇的大善人，名字叫作李维民。
修乡衙来建公祠，淡泊名利孟尝君。

这段儿歌传到举人老爷的耳朵里，他听了颇感欣慰，还悄悄地用小楷写到了纸笺上，放在每天要读的书里。那日秦先生过来探望，随便翻看到举人老爷的书，见书中夹着的书笺，拿起来看过之后，微微一笑又放回原处，不置一词。

“贤弟可曾听到外面盛传的这首童谣?”举人老爷高兴地问。

“盐河两岸虽说已度过灾荒，可讨饭的孩子举目皆是，没听过此歌的人定是天聋无异。”秦先生大笑着说。

“那我倒成了半聋的人了，前几日我才无意中听人说起的，真是日日身处书中，简直就是个孤陋寡闻的人啦。”举人老爷自嘲地说。

“恩兄此言差矣，唯有书中方是静地。多少人此时只怕正花明柳暗水复山重，想入而不得呢。”秦先生说得蛮风趣。

“贤弟对此如何看待?”举人老爷指着书笺问。

“说实话，这不像是儿童们心中所出，定是有人教授。”秦先生说得极为坦诚。

“想是儿童们的父母邻里也未可知，真难得二弟有这样的宽怀仁心，我真是自愧不如啊。”举人老爷感慨地说，用手抚摸着纸笺上的字迹。

秦先生见此笑了笑，转开话题说:“兄长读书明志也是修身的正事，可天下的好文章皆从书外而来，我奉劝您有时间到院外河边走走看看，说不定触起文思，成就一篇好文章呢!”

“我乃老朽之人，已经不敢奢望了，如下只能是书中观日月、井里看星天喽。”举人老爷笑着说。

“虽逾花甲，怎能称老?孔圣周游，荀卿巡行，只是思想不能朽枯啊。古人讲流水不腐、户枢不蠹，皆在不断运动，吐故纳新，正是此理。当今世界，变幻无端，进退莫测，外边的故事多着呢，何妨一看?”秦先生也是谈笑风生，神态安然。

“如此说来，我真该出去转一转啦，不求明智，赚一肚子好空气也是值得的。”

二爷要回肃清了，举人老爷到村口为弟弟送行。

连续几天来，李家宅院里送别的酒宴撤了又摆。满院的人场喧闹，酒肴飘香。堂前的厅房里，连同门廊上，摆满了官衙好友们送来的一面面匾牌，整个良家镇上，到处传颂的都是人们口吐莲花般对二爷德行的赞誉。今天，举人老爷亲自送弟弟到大路口来，远望着整条街上站满的乡亲，顿感门楣生辉。

二爷的车队缓缓向镇口驶来。头辆车上树立着乡公所送来的“德惠乡园”，二辆车上是朋友们送的“清风高洁”，后面依次是“沐恩浴德”“情意如山”“高风亮节”“义薄云天”……围观的乡亲们发现，二爷的辫子短了，车队却比来时长了许多。在出镇口的时候，车队停了下来，二爷站在车边与亲友们一一话别，热泪盈眶，离情满怀。正说话间，一群小乞丐跑到车前跪下来，惊得牲口一阵嘶鸣，人群顿时静下来，就听孩子们齐声唱道：“良家镇的大善人，名字叫作李维民。救乡亲来济贫困，乐善好施得人心。良家镇的大善人，名字叫作李维民……”唱了一遍又一遍，跪在地上不肯起来。二爷从哥哥的怀中抽出手来，胸前抱拳大声说道：“乡亲们，我李维民在这里谢过了，咱都请回吧。”说完话就从兜里掏出一把又一把的钱币，向着孩子们和左右的人群抛去。

场面却出乎他的意料。大人们都一动不动，只有那一帮小乞丐在抢拾地上的银钱。而他们唱歌的声音也因此散落下去，场面更显得静了一些。突然人群里跌跌撞撞冲出一个老汉，哭喊着：“小秀，我的闺女。二爷啊，你可怜可怜我这孤老头子吧，把小秀还给我吧，把闺女还给我……”这老汉直扑在二爷脚下，额头重重地往街地上磕去。

举人老爷还没回过神来，二爷的家丁上来一把将老汉拖开，二爷也已麻利地跳上车，吆喝着马车一溜烟儿出村而去，吓得车前的小乞丐们抱着头向两旁散开。镇街上的人群愤怒地向前拥去，用诅咒追捕那个逃离的人。

李老二，黑眼狼，
黑心黑肺黑肝肠。
前年为讨秋粮债，
逼死佃户在南场，
去年又抢良家女，
母女投河烧人房

……

接着，人们用脚狠狠地跺着刚刚撒在地上的银钱，唱骂着：

钱是天，好人头上没青天。
钱是地，都到坏人家里去。
钱是神，就是不分好坏人。
钱是佛，富人哪管你死活。
钱是山，穷人堆了富人搬。
钱是水，全都喂了渴死鬼。
钱是狼，谁有谁是亲爹娘。
钱是狗，谁有你就跟谁走。
钱是屎，穷人拉了富人吃。
钱是尿，穷人撒了富人要。
……

几百人的声音汇集在一起，震得树上的叶子颤抖着、战栗着，天上的云彩也停了下来……

在举人老爷的眼里，乡公所的官吏们匆匆地向后退去，二爷的友人们灰头土脸地离开了，他们一个个都像夹着尾巴的狗。刚才还大唱颂歌的那群小乞丐，此时已回到人群里与大人们齐声高喊。举人老爷已记不起自己是怎样从镇外回来的。大门“哐当”一声关上了，可那震耳欲聋的叫喊声像洪水一样从屋顶上、墙头上、树尖上向着院子里漫过来，似乎要淹没这里的一切。

“你们还想不想跟我说实话，他都干了些什么？”举人老爷坐到椅子上，全家人都缩在椅子里不敢抬头。他的声音较往日虚飘了一些，可目光仍是那样炯然。

大太太沉吟了一会儿，劝告说：“这也怨不得别人，你整日躲在书房里，外面的事有人一说，你就信以为实，想必那没人说的，你也就不知道了。咱们人老了，还是图个清静好，那些烦心事不提也就罢了。”见老爷不说话，大太太向着家人们挥手示意，让他们都先回屋去。

大家站起来要走，突然被老爷一声喝住：“谁也不能走，把事情全都给我说出来！你们还有多少事瞒着我，我真是白养了你们。”

三爷腾地从椅子上站了起来，“平日里你总是说他好的，我们可敢跟你说吗？他催逼秋粮，南场的佃户老栓成上吊死了；赵桥的柜上丢了银子，他揪住老伙计二忠不放，人家洗不白冤屈，喝卤死了；小庄上二寡妇的闺女被他的阴师爷相中，害得人家母女投河，房子也让人烧了；这位阴师爷在附近的集上欺行霸市，把后屯的一个小伙子活活打死了；前门店的大龙头家的闺女小秀被他抵债抵进咱家来当丫鬟，恐怕这屋里只有你一个人不知道了。你让我们还能说什么呢？”说完，他头也不回地走了。

人们都低着头不敢看老爷一眼，举人老爷听到后来已然听不清了，一口腥甜的血顺着嘴角缓缓淌了下来。

这一场大病生下来，举人老爷足足调养了大半年，身体才渐渐有了起色，李家的日子也才逐步恢复正常。

四五年来，伯涵和秦越的来信已经成了真儿了解世界的重要途径。他们都是小信封装进大信封里直接寄到村学秦先生那里，再由秦先生按名字分给仲良和真儿。伯涵写给芸儿的信也装在真儿的信封里，对于这两位姑娘来说，收到来信的日子就如同节日一般，而读信、写信就成了她们生活中最快乐的事。

刚开始的时候，伯涵写给芸儿的信还比较简单，大多是体贴问候的话语。芸儿有的字不认识，就全由真儿代读并解释一番，芸儿在一旁假装不在意地听着，心里却充满了兴奋和甜蜜。而为了公平，也为了让别人分享自己的快乐，真儿也把秦越写给自己的信读给芸儿听。这种情况持续了半年便发生了改变，随着芸儿会认的字越来越多，两个人都不约而同地揣上自己的信，各自回屋脸红心跳地看去了。渐渐地，真儿觉察到，每次来信后的几天里，晚间的课上完，待蕙儿她们走了之后，芸儿总要缠着她问一些问题，不是求证几个字的读音，就是把写在纸上的几个词语拿出来叫她解释。有一次给芸儿讲解完后，真儿突然问："这些都是我哥信上写的吧？"

芸儿开始没有听清，等回过味来，她的脸在烛光里很快就羞红了起来。

"芸儿，你别害羞，我没有别的意思，虽然他是我哥，可咱俩整日生活在一起，我是站在你这一方的，我在你们俩中间，不但是个传情的人，还是你们俩感情的见证人。他在信中给你讲的这些话，你心里就没有什么感觉吗？你难道就没有什么话要对他说吗？我知道字字句句都是他的真心话，我哥哥是个羞于私情的人，这些话在他心中已蕴藏很久了，一定是他鼓足勇气才写到纸上寄给你的，若是面对面那非难为死他不可。你知道他多么想了解你的情况啊，你何不给他写一封信，就是谈谈你的生活和学习也好啊，他若是收到你写的信，该有多高兴。你为什么不给他回信？你有什么担心的吗？你愿意让他在等待中备受煎熬？我哥哥是那种朝秦暮楚的人吗？我是跟你站在一起的，他若是敢背叛你，我是头一个打到他门上的人。"

"哎呀，小姐你别说了，我给少爷回信就是了。他对我这么好，我满心的感激正要说呢，只是我一个丫鬟，不该想的事从来不想。"芸儿赶紧截住真儿的话。

"我不愿听的就是你这句话，我哥哥是为了要听你的感激话才一封又一封写信给你的？上次咱们排戏的时候，我把话都给你说了，你真就这么固执，不肯体谅别人的心吗？你想过没有？你爱他需要勇气，他爱你就不需要勇气了吗？"真儿见芸儿如此自卑，故意刺激地说，然后撂下她一个人，捧着书走出门去。

几日后，真儿在芸儿屋里问她："你可写信了没有？要不要一块儿寄去？"

芸儿从褥子下摸出一张叠好的纸来，递给小姐说："你看一遍，少爷周围都是有文化的人，别让人看了笑话他去。"

真儿也不避讳，打开就见写道："少爷，我是芸儿，你写来的信我都收到了，不懂的地方还请教了小姐。其实我早就想给你写封信了，心中有好多的话想对你说，只是不知道怎么说起。我的生命是你给的，我一生都会记着你的恩情，小姐不让我给你写这样的话，我是情不自禁的。我们生活都很好，老爷太太们都很想你，我的学习也有了进步。最近这些日子，我正在读李义山的诗。有一首《夜雨寄北》读了很多遍，只觉写得好，可不完全懂其中的深意，我想你是知道的，下次来信就给我讲讲吧。你一个人身处异乡，别总记挂着别人，自己保重身体要紧。知道你平安顺利，我们就会放心了。”

真儿含着笑看看信再看看芸儿，芸儿难为情地侧过身去说：“我说不写，写了还不是招你笑话。”

“你这信怕是早就写好了吧，我可没有笑话你，说好还来不及呢，只可惜写得短了些，叫人看不尽兴，又猜不透其中的意思。”真儿调皮地说。

“都是实心话，还能有什么意思？”芸儿赶紧辩白。

“果真没有吗？若说李义山的诗，句句我都耳熟能详，身边守着先生偏又不远千里地去问他，这是何意？还挑了这样‘君问归期未有期’的意恋之词，我不懂，我哥哥他一看就懂了。”真儿凑到芸儿跟前，把最后一句低低地说给她听。

芸儿顿时羞红了脸，抓住真儿的手，在她腋下抓挠，嘴里不依不饶地说：“就是你最坏，我问别人你不许，问你你就拉出几大车的话来唬我，看我今天不把你治个痛快。”

真儿已笑得在床上缩成了一团，见芸儿还不停地伸手抓挠，就连她也一把拽倒在床上。两个情窦初开的姑娘徜徉在爱情的时光里，无拘无束地欢笑着。

你爱慕的人又喜欢你，这是天下最大的幸福了吧。

十七

袁世凯八十三天的皇帝梦如泡沫般被风吹破。他倒是想得开，干脆就依了你们，还称我大总统如何？殊不知历史早已揭去了他的面纱，在举国上下一片“倒袁”声中，他还来不及反省就死去了。

伯涵的回信来了。在给真儿的信中，除了问候家里的每一位亲人，还简要谈了一下秦越的情况，说他近期正在南方的某个城市办事，所以没能看信和回信。写给芸儿的信则厚实了许多。真儿故意举在手里，在芸儿的眼前晃来晃去地说：“我看看哥哥是怎么讲解《夜雨寄北》的，如何？”

芸儿不急不恼，反而笑着说：“装在你的信封里，还怕你看吗？你就念一念，我也乐得省心，听听就行了。”

真儿不好意思地把信递了过来，而芸儿想也不想，挨着小姐坐下把信展开，就一块儿看了起来。

芸儿：

能收到你的回信，这真令我喜出望外。你的字写得真好，我工作一天，回来看到你的信，所有的疲劳就全都消失了，我从来没有像现在这样幸福过。妹妹不让你说那些感激话，这是正确的，我需要的不是它，我要听你的真心话，我猜想正是你信中不知怎么说的好些话吧。为了它，我愿意等，直到它们从你的口中说出来。

你读的书也越来越多了。几年来，妹妹的来信中提到最多的就是你，你的每一点进步我都是清楚的，还有你写的诗，妹妹挑了好的给我写过来，我都积攒十来首了。我最喜欢的是《问月》这一首：“夜风送秋千，蟾光染秋园。梦醒别离后，花飞佳人前。草露滚珠泪，瓦霜遮玉颜。问月圆何期，思君已无言。”读着诗，我宁愿是那个月下思君的人，而不要你来承担这样相思的痛苦啊。

此时芸儿和真儿互望了一眼，彼此的脸上都掠过一缕真情。她们并不说话，接着向下看去。

《夜雨寄北》确实是一首好诗，没有饱尝两地思恋的人是很难体味到的，这是诗人写给他远方妻子的诗。字面上的意思我想你是理解的，我只谈谈巧妙构思和作者的良苦用心吧。第一句是一问一答，就是“你问我回家的日子，唉，我还没有定下来啊”。其羁旅之愁与不得归家之苦已跃然纸上。第二句便写了眼前的景致，心中的愁苦与夜雨交织在一起，绵绵密密，淅淅沥沥，弥漫于巴山的夜空。其后两句则是驰骋想象，另辟新境，其构思之奇，实出人意料了。然而设身处地，更觉情真意切，字字如肺腑中自然流出。“何当”乃由当前苦况所激发的对于未来欢乐的憧憬，盼望团聚后“共剪西窗烛”，此时的思归之切不言可知。盼望与妻子团聚而“却话巴山夜雨时”，则此时的独听夜雨和在雨声中独阅妻子询问归期的信，其心境之郁闷、孤寂，便不难想见了。作者却跨越了这一切又去写了未来，盼望在重聚时的欢乐中追话今夜的一切，是未来的乐，自然反衬出今夜的苦；而今夜的苦又成了未来剪烛夜话时的材料，更增添了重聚时的乐。这是何等曲折、何等深婉、何等含蓄隽永，真较之“料得闺中夜深坐，多应说着远行人”更深了一层啊。

真儿聚精会神地看着，只见大滴大滴的泪珠从芸儿的脸上滚落到纸上，洇湿了一大片。她看看芸儿，任凭她在自己的肩膀上哭了起来。

真儿又何尝不是遭受这别恨离愁呢？她的心中也充满了倾诉的渴望，可她又不得不抑制。因为她和秦越都不希望过早地谈论私情，而影响两人的前程，当然在真儿的心中，更不能耽误了小越哥哥的前程。他是那么富于理想，每一句话都闪耀着智慧的光芒，他的理论都是真儿闻所未闻的，不仅仅以国家和民族的名义，而且是那么新鲜、生动。他是那么勇敢，无所畏惧，向着一切黑暗和邪恶开火，投入血与火的战斗中，为了人类的解放和幸福，他不惜牺牲自己的青春，甚至性命。他代表着未来，昭示着光明所在，他的一切都是真儿喜欢的、崇敬的，他就是真儿成长和前进道路上难以逾越的思想巨人。真儿怎么忍心用儿女私情来捆绑他的手脚，来束缚他的灵魂呢？她为秦越写的那首《清平乐》，秦越说他是喜欢的，但在当前的革命形势下，这种情怀是渺小的、卑微的，长期陷在里面的人是很危险的。小越哥哥是多么了不起，及时发现并纠正了自己思想中的错误。真儿得到这番委婉的批评，更加对她的小越哥哥仰慕起来。很长时间以来，她总是在思考自己怎样做才能体现那些理论的实质，才能使自己有更快的进步，才能尽快缩短与小越哥哥的距离。在革命的道路上，她被落下得太远了，她怕以后会连小越哥哥的背影都看不见。她为此苦恼着，没有人能帮助她。秦先生曾经语重心长地对她说：“我为有你这样的女学生而骄傲，在这里你做得比我还要好，别让一些空洞的理论束缚住你的头脑，环境不同，事事是在不断变化的。我们可以借鉴这些理论，寻找解放这个思想落后的北方村镇最好的方式方法。”真儿陷入了深深的思索中。

芸儿忽然推了呆呆的真儿一把：“你快看，少爷在信中说，他们打算年底一块儿回家来呢。”然后就谁也不说一句话，同时向着窗外望去。深秋了，黄叶正一片片飘落……

正月初十，李家大少爷在镇边一下车，立刻就被人认了出来，三三两两地一传，很快就有人报进府来。此时福来、福兴紧跟老爷左右，后边是芸儿搀着大太太，蕙儿挽着若玉正朝门口走去。他们刚转到迎门过堂里，就一眼看见伯涵身穿白色中山装，提着行李箱走进门来。

伯涵快步来到父亲身前，深跪在地说：“不孝孩儿见过父亲。”

“你起来吧，回家来了就好。”举人老爷上前一步从地上拉起长大的儿子，他们的手无意中碰在了一起。举人老爷感觉到儿子的手年轻有力，透出铮铮骨气。伯涵的心中不免一惊，父亲的手何时变得这样苍老而温暖，有些像母亲的手那样柔软。

还没等伯涵走到面前，大太太早已抑制不住，全身颤抖地上去抱住儿子哭着说：“涵儿，你可回来了。你真把……娘……想死了——”说着泣不成声了。

“太太，大少爷回来了，我们应该高兴……才对啊。你再把自己哭病了可怎么好啊。”芸儿上来劝解，自己的泪珠子却是一颗连着一颗落在胸前的衣襟上。等大太太将这几年来积攒的思念和担心全都哭干净了，人们才勉强将他们分开。伯涵替母亲擦干眼泪，转身到二太太若玉面前。若玉也是红着眼圈说：“都一下子长成大人了，可是出息了。太太，外面这么冷，咱们快回屋里说话吧。”于是人们簇拥着往院子深处走去。

伯涵四下看了看，问：“怎么不见仲良和真儿，他们没在家吗？”

若玉说:“一大早两个人就到村里帮秦先生做事去了，也不知他们都忙些什么，怕是到晌午才能回来。”

“他们在村学里，这工夫肯定见着秦越了。”伯涵高兴地说。他还回头悄悄看了芸儿一眼，芸儿走在大太太边上，连忙把头低了下去。

“你是跟小越一块儿回来的吗？”大太太问。

“是呀，下了车他说先去看叔叔，我们就分开了。”伯涵回道。

“福来，你这就到村学去……算了吧，涵儿，还是一会儿你去为好，去把秦先生他们都请过来，今天咱们家好好吃个团圆饭。”举人老爷高兴地说。

在村学的门口，自打秦越一出现，真儿的心就突然跳得怦怦响。她像一只小鸟翩翩地飞到了秦越的面前，激动得说不出话来，只用一双水汪汪的眼睛看着她的小越哥哥，竟如同做梦一样。

秦越也没想到第一个出现在面前的会是真儿。她像一只招人怜爱的小鸟亲热地落在自己身前，只用眼睛说话，她成熟了一些，更懂得害羞了，但仍然无法掩饰她的热情和率真。她美丽如玉，清纯似水，心中的眷恋和温柔此刻正如一条小溪缓缓地流出。秦越走上去拥抱着她，而真儿则把脸藏在他的肩窝里，让泪水痛快地流淌。在盛开的蜡梅树下，他们什么也没说，在浓雅馥郁的梅香里静静地享受着重逢后的喜悦。

等秦先生和仲良走出来，他们又一一拥抱在一起，然后进到屋里，畅谈着几年的工作和生活。不一会儿，伯涵来了。

午宴十分丰盛。为了李家一家人六年来的首次团圆，也为了秦先生叔侄的再次相聚，席间除了欢笑就是泪水。当然在几位年轻人的心中还有一些不可名状的感觉，他们总想看看对方，而又总是意识到对方正在看着自己。在这种场合，他们不能有自己的话题，但是他们的心在默默交谈与感应。

席间话题热闹了起来。不知是谁不经意间提起了几年前的品茶与赋诗。秦先生随口背出了举人老爷写的《竹枝词》：“身背茶篓进茶山，茶枝未断作郎攀。郎自薄情出手易，茶枝离树何时还？”竟把举人老爷逗得大笑起来，当着孩子们的面连说：“那都属于随手而作，你又翻出老皇历来羞我。现在孩子们都大了，心里不定会怎么笑我如此老而多情呢！”说完自己又大笑起来。

秦先生更是笑着说:“若不是今日团圆，谁还会想起这些故事，去翻你的风流旧账，你尽管高兴就是了。”

秦越加入话题说:“伯父讲笑话了,《竹枝词》正是这个写法。不怕是俗言俚语，越上口越好。”

若玉在一旁提议:“老爷有几年难得这样高兴了。再过几日就是元宵佳节，咱们何不再办一个灯谜会，热闹一番?”

等酒席撤下去以后，人们又坐在一起谈论着。谜灯各人只管去做，只要是出得了好灯谜，灯是多多益善。太太、丫鬟们也都算在其中，有一个算一个。冬深日短，工夫不大天就黑了下来，秦先生也不推辞，又吃罢了晚饭方才离去。

这几天里，李家的年轻人欢欢喜喜地聚在一起。他们编灯虎儿、扎灯架、糊灯纱，搬弄着诗词歌赋相互取乐和玩耍。更多的时候他们在谈论时局政事，谈论多了，人们就慢慢察觉出秦越和伯涵的观点并不完全一致。伯涵毕竟是在外面闯荡了这几年，对社会有了自己独到的见解。他不像真儿与仲良那样，一听到秦越宏阔深奥的理论，便陷入其中再也跳不出圈子来，他对秦越所认识的社会现象开始用心去分析和感悟。

十八

良家镇的元宵夜有几年没这样热闹了。其实不只是良家镇，整个盐河平原的状况都是如此。这与政治上的变数没有多少关系，老百姓靠的是天地收成，一场大的灾荒就能把人折磨五六年。如今刚刚缓上劲来，他们就已经十分知足地扎起简陋的彩灯，来向上天表达内心的感激和祝福了。穷苦人搭伴结伙上街观灯赏月，而富贵人家则是聚在自家园里，这已是盐河平原上多年来的规矩了。原因很简单，他们不似老百姓倾其所有把最好的灯挂在街头巷口，而是更愿意留在家中。

李家的院子里可谓灯市如昼。每个屋门口、小院的门前，就是来来往往的路边也火龙似的点燃了各式各样的花灯：蝙蝠灯、小鹿灯、猛兽灯和喜鹊灯，杂陈在琳琅满目的各色宫灯中间。个数最多的要算四四方方、规矩齐整的宫灯了，四扇灯纱上写满了不同的字样：四季平安、福海寿山、吉祥如意。

月上柳梢，茶饭已毕，趁着身上暖和，全家人跟在老爷和秦先生后面一路走到院子里来赏灯破谜。举人老爷先头扯出一个来是："竹做栏来木做墙，只关猪来不关羊，三个小子来捉猪，吓得猪崽乱撞撞。"

真小姐却喜欢另一首："碧落何来五色禽？长空万里任浮沉。只因半缕轻丝系，辜负乘风一片心。"

秦先生也就近寻着一个，见上面写道："远看是座亭，近看无窗棂，上边有流水，下边有人行。"他与举人老爷相视一笑，并不作答便走开了。待他们转过弯去，就见几位年轻人围在一处莲花灯前指指点点，争论着什么。等走上前去看清楚，原来是灯上的谜语为难了他们，谁也没能猜得出呢。

秦先生默念道："少年清秀老枯黄，媒人捆打配成双，送君千里无恩情，将奴丢在大路旁。"多么好的闺怨诗啊！人们都纷纷聚拢过来，你一言我一语，猜什么的都有，可又总能被别人问住。只有二太太在一旁不说一个字。这时忽然听举人老爷和秦先生同时说："有了。"众人连忙竖起耳朵来仔细听着，他们却一摆手同回屋去了。

在院子里逗留了这一阵子，人们也觉得身上有些冷了，就紧跟老爷他们回到迎宾堂。有的捧上手炉，有的啜着热茶，等着看他们的谜底出来。福来、福兴手上各攥着一张方笺，走到众人眼前一亮，刚才还苦思冥想的人们登时乐翻了天。二太太若玉抿着嘴，用手帕掩着额角，偷偷地笑。她身边的蕙儿也忘了体统，笑得躲到画屏后去了。大太太笑着让芸儿给她揉揉肩，可能是肋上岔了气。而芸儿一边为太太揉肩，另一只手不停地擦着眼角的泪花。真儿正喝着茶，一看那谜底，再想想谜面，那茶碗也不顾，往桌几上一歪，赶紧将口中的水吐进桌下边的茶盂里，笑得蹲在那里站也站不起来了。秦越他们也是你看看我、我看看你，强加掩饰地笑个不住，却道这到底猜了个啥物件？原来是——草鞋。

待人们笑得够了，热气腾腾的元宵也已煮好端了上来。举人老爷看着孩子们津津有味地吃着，满心欢喜在秦先生耳边悄悄地说："咱们何不试他们一试，看看学识长进如何？"秦先生也正有此意，便放下手中的汤匙说："贤兄可有新奇题目，讲出来听听。"

"我最近看书时，专门挑些书中的小人物写诗，抒发一己之见，自觉反倒更见人心志。不如现选出几个来，叫他们写去，以观领会深浅和世事长短。"举人老爷饶有兴致地说。

"好便是好，可对他们这个年纪来讲，城府是否深了一些？"秦先生说。

"不妨事的，只是写来一看，说好是玩耍，不必认真，随他们各人兴致罢了。"举人老爷说，"你这就告明他们，我去写出人名来。"

秦先生追问："咱不限时、不限韵，只叫他们化用一句成句，写成七律便罢。"

几位年轻人听了秦先生的话，一时间又兴奋起来。人人脑海中立时就映现出诸多历史人物，他们的身世、事迹与结局，只是还没拿到题目，会让他们评写谁呢？福来跟在老爷身边从屏风后出来，双手捧在一起，从秦越起每一次摇手，就从指缝里漏出一个小纸团。各人都领到题目，即刻转到屏风后自去研写了。外面的人就喝茶闲话，而芸儿和蕙儿心里痒痒得真比自己作诗还着急。

食顷，诗皆写就，传出来看时，依次如是。

云想衣裳花想容，花期一断梦难成。
可怜花落常有意，只叹水流总无情。
从来美人为计施，自古佳媛作棋行。
抛舍闭月羞花貌，赚取司徒身后名。

——《貂蝉》秦越

立名何须太匆匆，还想功到天然成。
投书本非自主事，击鼓反唱他人声。

才高应觉权益高，命轻宜知名更轻。
身去情厢留史册，却遣曲戏后人听。

——《祢衡》李伯涵

命中前生本无求，今世落地即为主。
哪愿忠臣扶得起，难怪明朝不思蜀。
本是东街织席人，反攀西汉刘高祖。
日出黄粱逐日没，不笑阿斗笑皇叔。

——《刘禅》李仲良

孤灯夜读苦寒窗，共吟同被情谊长。
自觉天地合我意，不知辛苦为谁忙。
聪明反被聪明误，虎狼又上虎狼床。
两国交兵各为主，一生只缘误渡江。

——《蒋干》李真

人们看完后，不免心下一惊，就连举人老爷和秦先生也感到出乎意料。这笔法哪像是二十岁上下的年轻人，有的句子不能深刻入石，也已入木三分了。在如此纷乱的世态中，这对他们的成长是好是坏呢？

刚出了正月，这天气竟无端地暖了几天。人们也知道这点热乎气儿靠不住，只是多到院子里走走，并不减换衣裳。秦越他们商定这两日内就要走了，所以人们有事没事总是聚到他们屋子里来玩乐。这日晚饭过后，秦越与伯涵在屋里收拾行装，忽闻得窗子上滴答声响，两个人同时静下心来聆听，原来是雨，这可是立春后的第一场雨啊。

两个人出屋来站在门阶上，顿时觉得空气已不似白日里暖和，冷飕飕地直往人袖口里钻。地上隐约有一些亮光，看到雨珠子落在地上蹦跳着、滚动着。伯涵说："天气冷下来了，可是要变成雪霰了。咱们回屋去吧。"

秦越听了更不肯走："再看会儿，我还没见过下雪呢。"

“那就披上棉袍，这样非冻病了不可。”伯涵见秦越站着不动，就自行回屋去了。待他拿了秦越的棉衣正要转身出去，只见真儿她们已拥着秦越进屋来了。真儿埋怨道：“你看也不要紧，小心冻坏了身体。再说这会儿还称不上是雪，地上斑驳陆离的，有什么看头？待会儿地上铺平了积厚了，再去赏雪踏雪也不迟啊。”说到这里忽看见伯涵手上拎着棉袍，就接着挖苦道：“你光自顾自地站在外边，看看我哥，放下客人不管，自己躲进来穿棉袍呢。”

芸儿等不及在后面说：“你只管乱说人，也不看清楚，那不是秦先生的棉袍嘛！”

真儿调皮地回过头来：“我何尝没看清，偏你护他这么紧。”

蕙儿在一旁打趣道：“许是少爷着急往身上穿，拿错了吧。”

仲良见此就说：“大哥，这棉袍就不该你来拿，咱家的客人有人照顾呢。”

伯涵高兴地说：“都进里屋说话吧，再在门口站着都要冻病了。”

真儿听了就在身后一推芸儿说：“快进去吧，人家请你进里屋说话呢。”这一说，有的人笑了，有的人脸就红了。喝了一会儿热茶，真儿突然站起来说：“咱们到花园里寻个亭子，赏雪和诗，岂不热闹？”

“饮几壶纯粮好酒，唱几句大江东去，就更有兴致了。”伯涵打趣她说。

“只是没有烧鹿肉，不然就学学湘云联句，醉了也不怕的。”真儿无所顾忌地说。

“你还是省些事吧，若是老人们知道了，不好扫咱们的兴，折腾得他们就彻夜难眠了。”伯涵说。

“伯涵说得有道理，咱们不可太造次了，要联句非到园里去吗？只要胸中有竹，何苦囚于竹林。在屋里喝着茶，有人说又有人记，也是蛮不错的。”秦越站起来说话，真儿自然也就坐下了。听秦越接着说，“联句最好是行古乐府的体例，不必拘泥于韵脚，自然通畅就好。夹叙夹议，可情可景，谁有了谁说，未必依照次序，方有联成好诗的可能。设若处处约束，定会虎头蛇尾，流于形式，就没有意义了。”

众人听了都说：“正是如此，你尽管开头便是。”

秦越沉思了片刻，咏道：“天河枯竭天池干，天帝迁怒谪众仙。忠臣自请烽火地，神州四面起狼烟。”

大家听了心说：“还是个从天上起的故事呢。”

伯涵接上去道：“北边倭日过松江，西边白俄霸伊犁。东海夷船早登陆，南岸港口悬蛮旗。”

真儿迫不及待地说：“民国政府颁诏忙，勿与洋人论短长。一千一百万沃土，送它几块又何妨？”

大家听了，觉得真儿说得解气，鼓起掌来。仲良接下去说：“富埠商市有租界，华人与狗不得入。可叹华夏几亿人，不哭不笑不愤怒。”

伯涵忙又说：“业主资本堆如山，洋人政客出其间。沆瀣一气累累恶，同丘之貉滥滥冤。”见没有人接上，于是自己又说：“忠臣一声长太息，不知城市竟如此。繁华奢侈面纱后，原是劳工背抽丝。”

真儿转言道：“飞越长江到黄河，贫穷更比流水多。逃荒路上人悲号，野坟岗下鬼唱歌。”

芸儿听着像是来到了盐河岸边，不加犹豫地吟道：“经过九九八十村，村村落落空无人。瓦碎屋斜离离草，百里鸡犬不相闻。”

蕙儿也接上道：“平原已然满小丘，举目尽是土馒头。草前萤火舞还乱，夜风凄凄月似钩。”

秦越慷慨激昂道：“乾坤多有豺狼叫，忠臣愤对苍天啸。不得自由毋宁死，我为人间扶正道。”

下面人们吟咏快了起来，仲良记也记不上，就干脆停下了笔。此时窗外整个世界静谧无比，只有春雪扑簌簌向长空飘飞而下……

十九

李家老三被捕入狱，进了冀州局。

话说十日前，杜二爷又来到烟鬼三爷的家里借钱，这在一个月内已是第三次了。金香坐在三爷的边上问："二爷，你这是做的什么生意？钱借得勤又还得快，你可真有本事。"

杜二爷神秘地说："这生意不凭本事，谁干谁挣钱。"

金香听了撇嘴说："二爷，这么说你的心可够黑的，好事生怕别人沾你的光，借了我们的钱做本，倒发了你自己的横财。"

杜二爷连忙说："钱我又不白借，哪次还你们不都是高息。你的钱在家里放着也是放着，还能下小的不成？"

金香不耐烦地说："我就说呢，这么高的利息你能还得这么快，指不定你赚了多少钱呢，还说这没良心的话，这次定不会再借给你。"

杜二爷就软了语气求着说："嫂子，无论如何你们得帮兄弟一把，这两天货就要到了，放着现成的银子不捡，丢给别人去多可惜啊。我这次出去了，定会给嫂子带回好料子来做衣裳。"

金香反驳说："我才不稀罕你孝敬我，要用钱也可以，算我们出本，让我们家三爷跟你一块儿干，赚了钱平分就是。"

杜二爷又求着说："嫂子，你可是不愿借钱才说这拐弯抹角的话。平日里你对三爷最不放心，冀州府里青楼满街、烟花填巷，你真舍得让他去吗？"

听了杜二爷的这几句话，烟鬼三爷的心里倒有些愿意去了。刚才他还对什么合伙做生意毫无兴趣，这会儿他忽然十分想到冀州府里转转，各处见识一番。

金香说："按说我不放心他出门的，可凭这些年的交情，和你搭伙做事，我有什么顾虑的。你说的那种馋猫舔腥、依红偎翠的事，就是关在家门里也保不准的，担心也是个白担心，就劝你们悠着点劲，好自为之罢了。接完了货及早回来，我在家里给菩萨烧香磕头等着呢。"

两个男人把目光一碰，得意地笑了。

从良家镇到冀州府，风顺了有两三天的路程。先从盐河入清凉江走水路，再登岸走几十里的旱路，入滏阳河逆水而上，过千顷洼直泊到冀州府城下。三爷他们到的时候已是傍晚时分，出了码头由杜二爷领着住进一家悦来客栈。无论是店主人还是跑堂的小二哥都与杜二爷打着招呼，看来他确实是这里的熟客。

待洗去一路风尘，杜二爷说："三爷，你先在屋里等会儿，我出去打听货船到了没有，回来我带你去个好地方吃饭。"

三爷问："咱到底等的是什么货？"

杜二爷走到门口又回过头来，得意地说："什么赚钱咱就接什么。"

烟鬼三爷听了，担心地问："别是倒腾军火吧？"

杜二爷哈哈大笑着拍了拍他的肩膀，安慰地说："那可不是说着玩的，让外人听见了到府上首告，就是杀头掉脑袋的事。你放心吧，咱这回是运几吨私盐。"

李老三心里一惊："什么？私盐！这可是政府明令禁止的。"

杜二爷沉稳地说："甭害怕，他不禁止，我还不赚钱呢。你就把心放到肚子里，该吃吃该玩玩，这冀州府里销魂的东西多着呢。"说完出门去了。

留下烟鬼三爷一个人在房间里，他想着刚才的话确实有点担惊受怕。自己并不想做生意，只是想来冀州的烟花巷里玩玩而已，可后来又一琢磨，杜二爷来回跑也不下两三趟了，他路上的朋友肯定会照应的，绝对不会有什么差池吧。这样想着心里安定下来，专等着杜二爷回来同去寻花问柳了。

私盐船要两天后才能运到，只好在此羁留两天了，这正合了烟鬼三爷的心意。经了一夜的宿柳眠花，他心中那点警惕早就丢到爪哇国去了。杜二爷天天到外边打点生意上的事，他就只顾躲在红罗帐里颠鸾倒凤，日日痴醉，很快交下了几个红颜知己、粉面情人。生意上的银子还没赚到家，手里的钱差不多快花光了。

第三天晚间，杜二爷在青楼上找到烟鬼三爷，笑着说："你再这样折腾，回去嫂子该埋怨我了。咱们的货到码头了，这就接了装上船，连夜赶回去，你快跟我走吧。"

"怎么这么快？我还……"三爷醉眼蒙眬，打着酒嗝。这时几个艳妓拥上前来，又是搂又是摸的，口中说着恋恋不舍的话，弄得三爷早已香魂出窍、艳骨酥软了。

等来到黑漆漆的码头上，被河风一吹，他的酒清醒了一些。杜二爷四下看了看，悄悄地说："你先在这里等着，我去找他们的人来验货。"然后一转身走入黑夜里不见了。三爷等了一刻工夫也不见人来，就无聊地在码头上胡乱地转来转去。

此时有人靠到他身前来，低声说："二爷不是说验货吗？你先上船来看看吧，我去把他们都叫过来。"然后引着烟鬼三爷来到一艘泊着的船上，就登岸叫人去了。船上暖和多了，烟鬼三爷见桌子上摆着热茶，就觉得实在口渴，倒了一碗坐在那里一边等人一边喝，半盏茶下去还是不见人来，就有些不耐烦地走进后舱里翻看，借着外舱的光亮，见里面堆满了袋子，用手上去一摸，硬硬的，像是塞满了布匹。他在黑暗里诡秘地一笑，或许盐袋子就卷在里面吧。

突然听到码头上一阵嘈乱，"咚咚"地就有人跳到船板上来。他赶紧走出后舱，正与满舱的大兵撞到一起。这些人都端着枪，个个怒目圆睁，凶神恶煞一般，不由分说地将他往旁边一搡，直奔后舱里去了。烟鬼三爷在良家镇从未见过这么多大兵，身上就哆嗦起来，舌头也直在嘴里打卷，话也说不出来，颤抖着往船头走。

"不准跑，你哪里也不能去！"船头上两个大兵把枪一指，拦住了他。

"我……我是……"半天他也没说成一句话。

"报告，后舱里装满了私盐，还有十条长枪。"后舱里跑出来个大兵，向岸上的人报告。

"胆敢贩卖军火，把船上的人全都给我拿下，押在大牢里，待我细细地审。"岸上的长官命令说。

"各位大爷，这船舶不是……我的，我……是来……买……"烟鬼三爷听说里面藏着长枪，双腿一软扑通一声跪在船板上，哀求着说。

几个大兵听也不听，上来把他一拎，胡乱一捆，带走了。

三爷临行前的那天晚上，见金香心情不错，就钻到她屋里来求欢，可金香推说身上的经血还没干净，厮磨了半天也不同意，见三爷还是心有不甘，金香就说："你回屋里去吧，我去叫伶儿伺候你睡觉总行了吧。"

三爷略显惊奇地问："你不是最不愿我养伶儿了吗？"

金香迟疑了一下说:“我哪是烦这个，只是嫌你们偷偷摸摸背着我，一家人这又何必呢。”

三爷听了这话，高高兴兴地回屋等伶儿去了。待伶儿服侍他睡下，他就一把搂着伶儿亲起来。伶儿推了他一下，疑惑地说:“她今天怎么这么好，把我送到你的怀里来。”

“她身上麻烦呢，不方便，你管那么多干吗？咱们先痛快了再说吧。”三爷有些迫不及待。

“我的傻爷，你先歇一歇，她什么时候来的，我给她收拾脏衣服怎么不知道？”伶儿不相信，“她没用我糊弄着换了你身上的什么东西去吧？”

“不是糊弄的，明天我出远门了，带着家里的钥匙不安全，先交给她管两天，等回来了还要过来呢。”三爷把小伶儿搂得更紧了。

伶儿在他怀里喘不上气来，气短地说:“你要是回不来，我们可就受她的摆布了。”他的声音很小，此时的三爷耳边早已什么也听不见了。不幸的是，事情被伶儿言中了。

第二日三爷走后，伶儿进来叫金香起床。金香一翻身扼住他的手腕子，厉声质问:“昨儿晚上，你跟三爷都说些了什么？”伶儿一惊，后又红着脸说:“他光知道干那事，才没工夫说话呢。”金香见问不出所以然来，就叫伶儿准备洗脸水去了。

闲了半日，到了午后，金香独自出门上街办事去了。伶儿没事就到前院里找兰儿玩耍。兰儿正在严氏的屋里缝衣裳，他就坐在旁边的椅子上有一搭没一搭地说话，无意中说到三爷出门做生意的事。严氏就认真起来，问:“做什么生意？什么时候动身？”

伶儿有些嘲笑的意思，卖弄地说:“太太，你这耳朵根子也太清静了，原先还好打个牌，现在也没牌局了，你又不到我们后院里去，我那姐姐事事不跟你说，你就事事不知道了。三爷和杜二爷合伙到冀州贩丝绸，今儿一大早走的。”

严氏听了，心下怨不得别人，只诅咒说:“出这么远的门也不过来言语一声，我若是不知道反省了多少心。”

天刚黑下影来，金香到前院里来了。一进屋看见伶儿还坐在这里闲摆，就指着他的脸说：“你这大话小话的一摆就是大半天，也不知道替我应点事，叫我一个人来来回回地跑。”

严氏还像亲姐妹一样上去拉住金香的胳膊，体贴地问：“妹妹，你都跑腾啥呢？兰儿，快倒碗水来。小脸儿都累得发黄了，这眼也哭得跟桃儿似的，有什么伤心事跟我说说。”

金香掩饰着说：“这事却是我才刚出去从码头上经过，碰见北乡里的一个老戏客，说我那师傅摔坏十多天了，人都快不行了。我急忙赶回家来与姐姐禀明一声，这两天里赶过去看看，只怕是晚了就看不见了，这也总算人家没白教养咱一场。”

严氏听了叹口气说：“那是应该的，你只管去就是了，别太伤心了，多买上些东西，才不失咱的体面。哟，妹妹，你那绿镯子怎么没戴着？”

金香的脸顿时白得像纸一样，幸亏刚才说着师傅的事，这会儿脸又在暗处，严氏也没太在意，只顾去看她光溜溜的胳膊。只有兰儿出了一头的汗，低着头干活，不敢往这里瞧。

“戴烦了，就摘下来收着呢。”金香草草地敷衍着，叫起伶儿就走。严氏送出屋门来说：“妹妹，你可快去快回啊，别叫我在家里为你们个个担心。偌大的院子快剩得没人了。我这个当姐姐的原该当家主事，替你们多操些心的，现在躲到前院里来图清静，倒让你里里外外地忙坏了。”严氏还想说什么，金香听着不自在，低下头转身走了。

关于镯子的事，这回一经提起，兰儿的心里再也放不下了。她心里本也不是贪恋人家的东西，之所以收藏起来就是想表明自己决不会多说金香的闲话，叫她放心就是了。兰儿也明白那祖母绿镯子金香也不是真心给她，只不过是用来堵她的嘴罢了，时至今日，那镯子一旦被人知道在她手里，事情反而包不住了。因此她想等金香一回来，无论如何也要把镯子还回去。就这样，她每天都将镯子揣在怀里假装去找伶儿，可是后院里一连三天连个人影也没有，门都锁得紧紧的。十天过去了，仍是如此。严氏也找不着人影，心里有些害怕，方才到大哥家里来报信。

福来、福兴兵分两路，一路到冀州府察访三爷，一路沿清凉江附近各码头寻找金香。他们从清凉江上第一个码头分开，福来向上游冀州府去了，福兴则在码头上细细访问，一路向下游而去。

只说福兴但凡见是停船的地方，就要下去查询，这样几天下来，别说踪迹，连一点线索也没有。如此停停走走，眼看时间已是半月有余，人也走出了百里之外，身上的盘缠所剩无几，由不得他在外盘桓太久，再走这最后一站吧。

泊头镇相比良家镇而言，更为繁华富庶，码头上堆满了小山一般的货物，南来北往的行人拥挤着、流动着，或行或坐，嘈乱不堪。街道两旁的店铺应有尽有，茶肆酒楼装饰得更加华丽排场。福兴顾不上这些，先寻到一家客栈安顿下来。福兴就店里打听到这个镇上大大小小的戏园子多不下五家，当问到隆兴戏班时，人们都不太听说过，只说若是小班子就到镇西边的几个戏院里去找。福兴依照别人的指点，一路走来。先头的两个戏院子一看门口贴着的戏报就不是，等他转到第三个戏院子门口，可不正是隆兴戏班。福兴这才长长舒了一口气，总算是找着了。他隐约听到里边有木枪木棒声，就从院子旁边寻了个小门进去，看到有几个十五六岁的小孩儿在院子里练功。其中稍微大点儿的小姑娘收了双剑，向他走过来问：“先生，你找谁？是想定堂会吗？”

福兴面带微笑客气地说：“我想问个人，打听你们班子里可有个叫红翠衫的？”

姑娘听了，回过头大声说：“哎，找咱大师姐的。”

孩子们听了都停了架势围上来，好奇地看着他。那姑娘说：“她都走了快十年了，人在良家镇呢。”

福兴见他们知道，心里反倒有了底，又说：“我不是找她，而是找她师傅的。”

那个姑娘打量半天才说：“我们师傅出去了，不在家。”

福兴接着问：“出去了？他老人家不是摔伤了吗？什么时候好的？”

孩子们见他穿戴一般，再加上风尘仆仆的，一副疲惫倦怠的模样，就没好气地说:“你才摔伤了呢，我们家师傅好好的，早上还带我们一块儿练功呢。”

福兴连连道歉，又问:“那你们大师姐最近可到戏班里来过?”

孩子们更没了耐性，厌烦地说:“她来这里干什么?刚才不跟你说了吗?她到良家镇当太太去了，走吧，要找她就到那里去。”

福兴转身出了院子，低下头把刚才孩子们的话又梳理了一遍。金香的师傅根本没有摔伤，这确实是实情，她也根本没来探望师傅，那她带着伶儿能到哪里去呢?她为何又要撒这个谎呢?不会是在路上走失了吧。这其中难道有什么隐情?我还是尽快赶回家中向老爷禀明吧。

“这位大爷，要不要进来玩玩儿?”一股浓浓的脂粉味直袭福兴的鼻子，他抬头看见，一个妖冶风骚的女子倚在离他不远的门旁娇滴滴地问他。此时他才发现自己已身处一个小巷里，从每个门口的招牌上看，这里分明是烟花巷。立在门口的女子们有的拿着凉扇，有的摇着丝帕，个个搔首弄姿，眼神浪荡多情。福兴刚想转身离开，只见门口旁边挂出的新纸板上写道:“嫩像姑小红伶。”小红伶不是伶儿在戏班里的名吗?难道会是他?福兴问过自己以后，又摇了摇头，快步走了。不过他还是记下了，这家名叫艳春楼。

回到客栈，福兴思来想去总是不能放下，他叫来掌柜询问:“你可知道艳春楼?”

掌柜诡秘地笑着问:“这位大爷，你可是去找小红伶?”

福兴假装不知地问:“小红伶是谁?是艳春楼里的名姐儿?”

掌柜凑上来说:“不是名姐儿胜似名姐儿，整个镇上谁不知道?半个月前新来的小像姑，十几岁，养得白嫩，倒比别的还招人呢。”

福兴接着说:“像姑?你可见识过?”

掌柜的咂咂嘴说:“咱哪里玩得起哟，贵得很。大爷你要是去，可得多备银子才行。”

福兴听了这话，越发觉得蹊跷。这个小红伶从时间、年龄上都与伶儿相似，无论如何也要去碰碰运气。挨到晚间，福兴直奔艳春楼。老鸨迎到厅堂里，向楼上招呼着:“姑娘们，见客了。”福兴听着楼上一群姑娘扭动着腰肢从楼梯上下来，就头也不抬地说："我不要她们伺候。"

"那这位大爷，你点哪一位？"老鸨讨好地问。

"小红伶。"福兴说。

"哟，看把你急得，不就是玩玩吗？"老鸨冲楼梯上一摆手，那些姑娘撇着嘴都回屋里去了。她又说，"这位大爷，真不巧，小红伶今儿身上不舒服，早早地歇息了。"

福兴懂得她的意思，摸出一个袋子来，说："多给你钱就是了。"

老鸨接了钱，一边拿在手里搓着一边带他上楼去，到了屋门口喊道："我的好闺女，快起来吧，有客人来了。

二十

福来一到冀州府便各家客栈里打听。从人们说的情形推断三爷确实来过这里，可是退了房收了行李上码头走了，待到码头一问，才知半个月前这里逮捕了什么人。福来顿觉事情不妙，就收拾了碎银子直奔监牢而来。

当他从狱册上查到三爷的名字时，只觉得眼前一黑，金星四射，待心情平稳了片刻，就把兜里的碎银子全都掏出来堆在桌上，哀求狱吏说："放我见见三爷吧，这些碎银子，官爷打壶酒喝。"

那几个小吏把银子一分，笑着说："你的酒钱我们收了，人我们可不敢让你私见。你知道他犯的是何罪？贩运枪支，是死罪。时下风声正紧，若叫你见了他，上头知道了，我们的脑袋也保不住。"

福来听了不相信地问："他贩运枪支干吗？别是搞错了吧。那同他一起的杜二爷呢？他俩是来运丝绸的。"

狱吏说："船上就他一个人，根本没别人。丝绸里藏着私盐和长枪，这还能错得了！你快别在这里耽误工夫了，赶紧回家想想办法吧。看你们也是大户人家，多出银子兴许还能有救，晚了就等着收尸吧。"

见了福来难受的模样，一个年岁大些的狱吏好心地说："要不你再到衙门里活动活动，上边同意了，我们就敢让你见。”

李家在冀州没有关系，办事只好让银子前头说话。等福来拿着上边的字据来监狱里见人时，身上只留下回去的船钱了。

“三爷、三爷，是我，我来找你了。”福来隔着木栏叫他。

烟鬼三爷听着是在叫他，转头一看是福来，就爬着扑到栏边来，一把揪住福来的衣襟：“福来，你快救我呀。”

福来就地蹲下来，眼眶润湿地说：“三爷，你受苦了，老爷让我来找你了。”

“我是不是可以出去了，今天就能回家？”他根本没听福来说话，自顾自地说。

“见你一面还这么难，说出去哪里容易啊。你快跟我说说到底是怎么回事，我回去说了，老爷也好想办法。”福来不忍心地说。

烟鬼三爷一听说出不去，绝望了，半天才说：“我哪里知道是怎么回事？刚上船喝了一口水，人家就把我给绑了。”

过了一会儿，福来突然想起来问：“那杜二爷呢，你们不是在一块儿吗？”

“他怕是也给抓起来了吧。当时他说去找人验货，这之后就再也没见过他。”三爷回想着说。

“你怎么上的船？看见搜出来的枪支没有？”福来仔细地问。

“枪倒没有看见，人家一说我就怕得不行了。至于怎么上的船，我当时醉醺醺的，哪里还记得清？你快回家想办法吧，我可是一天也不想在这里待了。”三爷哀求着说。

福来见他还不清楚自己的罪行，也就不便对他多说，待了一会儿，又看他被大烟折磨得不清醒，知道也问不出更多的情况来，就起身出来了，连夜赶了货船回到家里来。

听了福来的话，举人老爷的心一下子像沉入了冰窟里。他痛恨这个不争气的三弟，回回是成事不足败事有余，不闯祸便罢，一闯就是大祸。这回牵连进人命关天的大案里，可他又不能坐视不理，眼睁睁地看着三弟送死。

严氏见大哥半天不说一句话，以为他无意救助，便如死了人一般号啕大哭起来，嘴里数落着三爷的好处和不是，众人劝都劝不了。

“都别劝了，还轮不到你在这里哭丧。”举人老爷忽地从椅子上站起来，在人们的目光中向门外走去。

严氏吓得一愣，止住了哭声，抬头只见举人老爷走了，更像是没了脊梁骨，冲着门口瘫在地上，嘴里哭叫道：“大哥、大哥，你可得救他啊，你可得救救他！”

李家宅院里一团嘈乱，扰得树枝里、屋顶上的麻雀一群群地飞走了。

再说福兴进到小红伶香气缭绕的闺房里，见各处都装饰得淡粉浅红，与新房一个模样。桌子上燃着一根高高的红蜡，烛台上堆满了泪珠样的蜡油。红绡帐半垂，床上躺着个娇小的人儿，粉红袄，翠绿裤，脸上遮着一块丝帕，仿佛不愿看人一般。福兴就在桌边的椅子上坐下，一时不知从何开口，床上的人也不搭理，屋里静得能听到烛光在抖。

“这位小爷，你倒是跟我说说话呀，我知道你身上不舒坦，你放心好了，我不是花客，绝不会动你半根指头。我也是花了大笔银子才进到你这屋里来的，你总不能连句话也不说吧。”过了一会儿，福兴勉强与他说话。床上的人动也不动、理也不理，屋里又沉闷起来。福兴听着隔壁的房里，有窑姐儿娇滴滴地在唱，正是一首《解佩令》。

脸儿端正，心儿俊俏。
眉儿长，眼儿入鬓。
鼻儿隆隆，口儿小，舌儿香软。
耳朵儿，就中红润。
项如琼玉，发如云鬓。
眉如削，手如春笋。
奶儿甘甜，腰儿小，脚儿去紧。
那些儿，休要再问。

“这位小爷，你一句话也不说，可是把我害苦了。我离家出来这么远，为了见上你一面，这兜里只剩下回去的盘缠了，恐怕在路上连饭都不敢吃。我们主家走失了人，着急吩咐我出来找的，我对你并无恶意，只是见名字与伶儿有些相像，才要求来见上一面。唉，算我倒霉，你既然不愿理我，想必也不是他，我这就走了，你也好自顾全吧。”福兴站起身来，无可奈何地朝房门走去。

“福二爷。”突然身后传来伶儿的声音。福兴回身一看，可不正是伶儿，已掀开手帕坐在床边。

“伶儿，真的是你，你怎么会到这种地方来？”福兴有些不相信自己的眼睛，激动得不知说什么好。

伶儿经这么一问，就流下几行泪来，说：“我是被那无情的姐姐卖到这里来的。”

“你说是姨太太卖的你？她为什么要这样？难道说你们在路上遇到了什么麻烦？”福兴关切地问。

“何尝有什么麻烦，她一径把我带到这镇上来，说是先住到一个远亲家里，哪知她一出去就再也没有回来。后来我才知道哪是什么远亲，倒是个人贩子的藏窝。我这姐姐这么心狠，我从一懂事就伺候她，到这会儿竟对我下这样的毒手。”伶儿叹口气，难受得有些说不下去了。

“这到底是为了什么事？你是不是有事伤了她？她怎么还没有回家去？”福兴越听越摸不着头脑。

“她还没有回家里吗？我本来以为她抛舍了我是为了跟三爷清清静静过日子呢。看来事情远不是这样简单。这么说是三爷叫你出来寻我们的了？”伶儿问道。

“三爷？他不但不知道，咱还不知道他在外面是个啥境况。家里只知道他上冀州府做买卖去了，这一来二去都十多天了，家里见不着人影，就连个口信也没有哇。”福兴焦急地说。

“啊！三爷也没回家。”伶儿听了吃了一惊，“这事可就真是蹊跷了。我还以为是我看花了眼，现在想来定是他没错了。这样狠心的人即便是千刀万剐也不叫人心疼……”伶儿只顾咬牙切齿地自言自语。

“什么千刀万剐？什么看错了眼？你倒要跟我说得仔细一些。”福兴有些丈二和尚摸不着头脑，听得更加迷惑起来。

“三爷临行前的那天夜里，亲口跟我说的，是杜二爷带他到冀州府去贩运一批丝绸，来去总共也用不了五六天的时间，卖得好可以赚上一笔钱呢。可是到了第三天，金香把我撇在人贩子窝说出去办事的时候，巷子口停着的车上坐着一个男人，怎么看怎么像是杜二爷。当时我还疑心自己看花了眼，也就没有多想别的。这会儿我猛然想起来，这一回三爷在冀州府定是中了人家的圈套摊上官司，惹上麻烦，早已身不由己了。”伶儿想也不想地说下去，到最后自己也吓得浑身汗津津的。

福兴听得心里不住地打冷战，可嘴上还是不信：“李家对她又不薄，她能干出这样的事来？况且又何苦把你也诓出来卖到这种地方啊。”

“刚卖进来时我还有些恨她，现在想想她没有把我害死就已是我的福分了。她这是知道自己做下了伤天害理的坏事，只怕李家不肯轻易饶恕，寻仇到她头上，就先把我这身边碍事的处理干净，再去放心攀她新枝的好……”伶儿越说越害怕，好像一幕幕在眼前亲历一般，突然他又想起来说，“福二爷，金香骗了三爷的管家钥匙，什么东西都拿得到，什么坏事都干得出的。你赶紧启程回家去吧，别在外面找了，看到我你就算是找到头了。回到家里跟老爷禀明，后院各处都细细查看一番，说不定有的事还能求个补救。另外三爷那里还得多派人出去找，只怕是晚了就什么都来不及了。”

福兴听到这里，也觉得事态突然严重起来，仔细地想，这其中的巧合确实不像是事发偶然。再看看眼前这个可怜的孩子，本来只是个局外人，却也受牵连落得这般下场，心里就更加不安。须臾，福兴站起身来要走，伶儿起身相送。

福兴赶紧劝慰说：“我现在身上没了银子，不能赎了你回家，等把家里的事办清，我再与三爷来寻你。”

伶儿叹气道：“你们也别费心了，我就是这个命。我对外面的生活也真是厌倦了，我跟了十几年的姐姐还这样对待我，无论如何我都是想不通的。我已打定主意不出这个门了，再说，我还有脸再见人吗？只在这屋里有一天算一天就完了。”

看着福二爷一步步走下楼去，伶儿转身伏到床上，再也不愿动一动了。他没有家，没有亲人，更不知爹娘是谁，身在何方？从小长在戏班子里，泪水中泡大，虽生为男儿身，心却是女儿心，这也就注定了他那残缺的不完美的命运。

福兴一进家门，四处也寻不见福来的身影。正着急的时候看见芸儿，等问过一遍才知老爷又把福来派回冀州府去了。只不过叫他拿钱买着先不要把三爷提审过堂，否则这条命也就难保了，宽容些时日家中再想办法搭救。福兴听着三爷一入就是死牢，果然是被人有意诬陷，就饭也顾不上吃直奔老爷书房而来。秦先生坐在举人老爷的身边，两人表情都透露些凝重，言语也不似往日。近些日子，秦先生常到他家来，陪着举人老爷说话，出主意、想办法。这时见福兴推门进来，举人老爷立刻从椅子上站起来，双目紧盯着却不敢问一句话。待福兴把事情经过说完，举人老爷就像是把住了兄弟的命门一般，稳稳地坐回到椅子上，缓缓地说：“用情不专，交友不慎，为患不浅，害己害人。福兴啊，这些日子以来真是苦了你了，可当今正是用人之际，你还不得歇息，这就带上三太太和良儿去后院里查看，我就不信她一个妇人家还能闹翻了我老李家的天！”

清查结果一报上来，举人老爷有些坐不住了。所有的珠宝玉石连同房契已然全无踪影，好在最让举人老爷担心的那几幅《仕女图》，烟鬼三爷还没来得及从房里取走，算是侥幸留了下来。还没等举人老爷说话，严氏又一次悲痛欲绝地从库门外闯进屋来。兰儿根本就扶不住她，她好像是一摊稀泥瘫在地上，头发像是散乱的鸟巢，脸上早已是涕泗横流，全家人都被她的哭号引来了，一时谁也搞不清究竟发生了什么。举人老爷背过身去任由她哭闹，等声音渐渐弱下去，大太太才劝说着离开到别处去了。福兴和仲良远远地退到角落里，不敢多说一句话，他们面对这样突如其来的事件，实在是太感意外了。举人老爷无可奈何地看着秦先生，叹口气苦笑着说：“家门不幸，真是笑话了。”

秦先生却摇摇头说：“虽说三爷平日里乖张不驯，可毕竟不是恶人，此番遭人暗算，实属冤屈。如此不幸确非兄长之过，你不必过分自责。我看这一回事态严重，你虽然不愿求助一个人，但至少应该告知一声才对，更别说现在官场厮混，相互维护，正是自然的道理。眼下朝廷腐败，仕途淆乱不堪，恐怕要救三爷性命，别无他路好走。”秦先生低声说话，用手指在书案上轻轻写出“二爷”两字。

举人老爷低头看看，眼中又掠过一丝无奈的神情。他就像一个明知自己要去做错事的孩子那样，担心受到来自冥冥之中的报应和惩罚。“去找他吗？自从村口那一次，他彻底伤透了我的心，我已经不敢再指望他了。”

“此言差矣。你可鄙视他的人格、唾弃他的德行，但你永远也回避不了他是你兄弟的这个事实，三爷是他的亲弟弟也一样不能否认。你有搭救的责任，他同样应该承担这个义务。他对待别人怎样咱们姑且不论，真是一奶同胞的弟兄，他能那么绝情？人非草木啊。”秦先生知道这是救助三爷的最好途径，于是努力地劝说着。

“这么长时间以来，我也经常用这样的说辞来哄骗自己。我何尝愿他是个小人？我宁愿相信他是在一种丢官弃爵的心态下才干出那些伤天害理的事情来，那不是我真正的二弟。可越是这样想，我就越不敢拿出来见见阳光，只留到深夜里讲给自己听。贤弟啊，我再麻木一点、糊涂一些就好了，毕竟我还能有几年的活头啊。”举人老爷背过身去，有风眯了他的眼睛。

沉默良久，举人老爷才缓缓地回到书案前来。为了保全三弟的性命，他开始给二弟写信。秦先生在一旁细细观看，见他艰难运笔，心中竟生出万分的不忍。

秦先生注视着他，平生第一次见到他是如此苍老衰微。直至听到举人老爷喑哑的声音：“良儿，你陪福二爷去一趟肃清县城吧。”说完他一下子瘫倒在椅子上，再也起不来了。

二十一

当仲良二人赶到肃清县城时，已是掌灯时分。一路赶来人困马乏，可两人并不敢停歇，直奔二爷家院而来。二爷看完信后，陷入了深思。他的手中掂量这轻薄的信纸，竟比千斤还重，真好像是他弟弟的命一般，压得他有些不能喘气，半天说不出一个字，却一口连着一口地饮茶。苇儿在一旁伺候着，不知道家里究竟出了什么事，惊慌的眼神在福兴和仲良的脸上瞅来瞅去。

“你们先下去吃饭吧，今天就早点歇息，跑了多半天，想是人都累坏了。这事明早我们再说。”二爷把信叠起来揣进上衣里，对其他人向外摆摆手。

苇儿带他们下去，脚步轻轻的，直至吃完饭也没人说一句话。苇儿心里纳闷，不由得跟到福兴歇息的下房里，忍不住问：“家里到底出了什么事？”

福兴长长地叹口气说：“都是那个姓杜的捣鬼，害得三爷被捕进冀州府了。”

苇儿见等不到福二爷再说别的话，就心里揣测着倒退了出去带上门。

第二天清晨，福兴他们早早地用过餐饭，坐下来耐心地等着。不一会儿，苇儿走进来说：“二爷在书房叫你们呢，快过去吧。”

二爷的书房在整座宅院的西北角上，是不太起眼的两间侧房。从正房的走廊上可以不必到院子里来而直接拐到书房里去。福兴他们进来的时候，二爷正伏在书案上像是批阅卷宗，或许是一些跟政事有关但又不可以带到衙门里去的东西。他的身后是一副中堂书法：德积百年元气厚，书经三代圣人多。

“家里出了这么大的事，你们应该尽早来跟我说才对，我是于心何忍啊。叫外人听说了去，定会以为我这当哥哥的袖手旁观，不闻不问，岂不是陷我于不仁不义的境地吗？冀州府里熟人不是没有，只是长期没什么来往，早已疏远了。人情薄如纸！我想此事要两手准备才行。一是明案起诉打官司，找证人出庭做证，此中最关键的就是证人。这人一定要知晓底细，举出实证，叫对方根本没有转身的余地。二是我在朋友中再想些办法，倘若刚才这条道行不通，就只能靠多使银子，买下一条活命。现在看来，咱家老三冤屈，但过堂经审才是正理，只是不清楚对方是什么来历，别到最后落个人财两空。

大哥信中提到咱有证人，不知是何等情况？”二爷说到此处，才从桌子上抬起头来。

福兴便赶紧把伶儿的话以及他的状况原原本本地说了一遍。

“好！告，一定要告。”二爷听着听着，手掌重重地拍在书案上。砚台里溅出了几大滴墨汁，稳稳地落在了他的手上。“这一对薄情寡义之人，竟敢羞辱到李家门上来，看我不把他们送入死牢！福兴，你们这就赶回家里，尽快做好打官司的准备吧。我在这里找一下朋友，三五天后进城来听我的信儿，就只管往上递状子吧。”说着他从袖口里抽出一张银票抖了抖，交到仲良面前，“家里正是用钱的时候，拿回去吧。”

仲良怔怔的，像是被二叔的话语感动了。手足一脉，看来这份情意是很难割断的，如同是一只手的五指那样，平日里不停地摩擦碰撞，真到了用力的时候，它们总是会握向同一个方向的，一旦攥成了拳头更是甭想再把它们掰开。

福兴见状，忙上去接过来说：“我替老爷在这里谢过二爷了。我们赶紧回去，家里盼着消息呢。”

“告诉哥嫂他们多保重身体，几天后来听我的信儿。”二爷说着说着，转身踱到窗口去了。

苇儿一直把他们送到街上来，只是在身后默默地跟着，苦着脸，不知说什么才好。仲良回头看看，见苇儿越发瘦弱了，衣衫有些单薄，被清冷的晨风一吹更加显得宽绰，就停下来对她说：“你别送了，快回去吧。看你眼圈儿都累得发黑了，人也瘦了不少。怎么，那个小秀不帮你做家务吗？这回没看见她。”

“春天里她就被二爷送给一个朋友做小去了，昨天晚上她还来咱家了呢，你们怕是赶路累了睡得实，没听见。穿戴得可好呢，在我小屋里坐了一会儿，身上香喷喷的，跟个洋人差不多。”苇儿说得并不艳羡。在回来的路上她还想着，寻一个年岁跟二爷不相上下的男人，小秀会幸福吗？

五天之后，福兴赶进城来听二爷回信的时候，事情就有些不太顺当了。二爷托的冀州府里的朋友捎话来，事倒不是不能办，不过……

“要钱？”福兴问。

“人家不稀罕钱，说是相中了咱家的一样东西。”二爷有些吞吞吐吐地说。

“什么东西？”福兴急不可待地问。

“还能是什么？就那几幅画呗。”二爷轻描淡写地说。

“《仕女图》？这可是咱李家的传家之物、命根子。他们怎么会知道？”福兴有些不相信自己的耳朵，心想，只这一步就要了老爷的命了。

听了福兴这一问，二爷略愣了一下，掩饰着苦笑说：“盐河上下谁还没听说过呢？传得越远，人家就越稀奇，我也知道这东西对于李家、对于大哥的分量。若不是为了营救三弟，我早就一口回绝了。可眼下正赶上这个节骨眼儿，我哪里敢做这个主啊！倘若误了三弟的性命，大哥倒会怪罪到我的头上，我真是左右为难啊。我私下里想着，先应承下来也无妨，咱不是还有告官那条路吗？那边设若走通了，这边自然也就放下了。至于到底怎么办，福兴，你还是回家跟我大哥商定吧。”

福兴走出大门，正见苇儿从街上过来。

“福二爷，你到哪里去？”苇儿紧走了几步上来说话。

“你上街了？”福兴有些心不在焉地说。

“没有，我上杜家去了。”苇儿随口一说。

“杜家？什么杜家？”福兴听得一激灵。

“小秀那儿啊，她要的枕头花样子，我抽好了给她送过去。”苇儿听着福兴声音不对，又问，“福二爷，你怎么了？”

“没啥，我先走了。”福兴在心里笑话自己，神经绷得太紧张了，实在是禁不起一点风吹草动了。

小秀自打成了姨太太，颇受恩宠，几乎是杜先生走到哪里都把她带在身边。

只说那日晚间福兴他们歇息之后，二爷正为三弟的遭遇愤恨不平，下人忽报说杜家大爷来了。二爷顾不上多想，随手披了件外衣出来见客，心下说：杜只平买卖大、地域广，这件事正可求他帮忙。寒暄坐定之后，苇儿送上茶来，就与小秀出来到自己的小屋里叙话去了。

二爷正琢磨着如何提及此事，只听杜大爷说：“这么晚了，贤弟难道不想知道我是为何事而来？”

“我实为贵弟一事而来。”杜只平直视着他，目光不躲闪，一字一句地说了出来。

二爷有些措手不及，不知如何应答，喏喏地说：“这……这……”

杜大爷见状，不失时机地从上衣里摸出一张纸来，待展开了见是一张房契，放到了桌子上，慢慢地推到了二爷的面前。“二爷，你可看清了，这是一张房契，一张抵押房契。这抵押双方连上保人恐怕只有这个人你不认识了。他就是我的亲弟弟杜双平。贵弟是做的什么大买卖，需要一百万两的银子做资本，二爷知道吗？我不知二爷你们兄弟间平日里相处如何？贵弟的为人又如何？这里面你会比我更清楚。如今贵弟已被拘捕进了冀州死牢，只怕这张房契一旦出示于人，就是最好的证据。”

二爷虽说听得将信将疑，可这张房契实实在在地摆在他的眼前。他又在心中比较着大哥信上的话语，一时间没了主意。

“二爷的心情，愚兄很是理解。身为官宦，岂容自家兄弟遭受牢狱之灾。可话又说回来，不知你想过没有，一旦尽人皆知，贵弟专干这种倒卖军火的营生，势必会联系到二爷身上来，如若此时你的态度再暧昧不清，他人会作何感想？这些东西避之不及，沾染上了很难洗清。乱世之中，多少人翘首待位，乘虚以入，贤弟不怕假人以口舌反影响了自己的仕途前程吗？如果到了那一步，我们的心血岂不是白费了？”

这是威胁。二爷心中一闪念，但很快便过去了，随之涌上来一种极为复杂的情绪，里面竟夹杂着丝丝缕缕的感激之情。

“二爷你看，这张房契的期限是十五天，如今期限已过，也就是说这房子早已是我们杜家的财产了。不过你知道，我是不太在乎这些的，宅院我有的是。等这件事彻底平息了，我略住上一住，房契我就完璧归赵，交还给二爷，随你怎么处置，这是咱兄弟间的情分，跟别人是没有任何关系的。”杜大爷亲密地笑着、说着。

二爷在心中快速地衡量着。朋友、仕途、房屋、金钱、家、兄弟、亲情……都被他按着自己的规则码到天平的两边，很快一头便翘了起来。

“我这个兄弟实在是太不争气了，惹下这天大的麻烦，家中大哥年岁大了，还不是靠我来给他收拾这烂摊子，我正为这事烦心呢。恩兄，正好你就来了，还是你能帮我，冀州府里你的朋友最多。不过我也想了，三弟再怎么不对，总不能叫他一死吧。”二爷说话时轻轻地敲着桌子角。

“那你有什么打算呢？”杜大爷并不吐口。

二爷见是如此，把头靠到桌前，低低地说：“我是愿意托人活他一条命得了，免得张扬出去，谁的日子也不好过。可家里大哥寻了个说是知根知底的证人，憋足劲儿要打官司。我哪里知道对方是自家兄弟啊，这不是大水冲了龙王庙，一家人不认得一家人了嘛。”

杜大爷听出弦外之音，话风也跟着转了：“唉，咱们这当哥的难得省了心，不管他们又不行，管吧就都是麻烦事。说起打官司，我生气了就想，干脆咱们丢开手，任他们折腾去算了，可不管谁好谁坏，咱俩不是都丢不起这个人吗？来之前我就想过了，如果二爷和我想的一样，这事就交给我办了。几十万两碎银子铺铺道，就算为咱俩买个平安吧。不过，这官司的事还望贤弟多回家解劝解劝，免得伤了两家的和气，贤弟你意下如何？”

“这尽请恩兄放心，官司的事我想只宜釜底抽薪。”二爷说得胸有成竹。

“还是贤弟想得周全，里面有什么不方便的事，说与我办就是了。”杜大爷站起身来，安然而又轻松地说。

等苇儿送走了小秀他们回来，看到厅堂里的灯还亮着，门也敞开着，二爷硕大的身影在烛光里摇曳。

二十二

福兴匆忙返回良家镇，简单禀明了二爷的信息。举人老爷听了有些意料之中也颇感意料之外，长舒一口气说：“家国危亡之秋，却豢养着这样一帮贪倖之辈，其命途何多舛哉！”心下想到，如若不是为了三弟性命，怎会与这等人有此过从，遭此盘剥与羞辱，实有损祖宗颜面，也丢却了自己一生安身立命的根本。举人老爷吩咐道：“福兴啊，此为下策，不得已时而为之。现在你速去泊头把伶儿赎回家来，无论如何都要办好，或许只有他才能证明三爷是清白无辜的。”

于是福兴昼夜兼程奔赴泊头镇。码头上依然那样拥挤，来往过客操着南腔北调穿梭于船只与货担之间。街道上仍旧繁华，林林总总的店铺前车水马龙，人流如潮。福兴顾不上观望，辨认着街牌一路低头向艳春楼走来。艳春楼自打买进了这个小像姑，惹得远远近近的富爷阔少们趋之若鹜，乐此不疲。有的干脆在家里建了戏班，招募几个男旦，明着宠养起来。如此一来，艳春楼的名声更远，生意竟比其他几家妓馆红火得多。

只说那日晚间，小红伶送走最后的客人，身体已极度倦怠，正准备歇息，忽听得楼梯上“咚咚”响过一阵之后，搡开门闯进来两个汉子。其中黑瘦的那个见小红伶小巧的模样，就涎着脸走到床前，一把搂进怀里。另一个白胖汉子像是个管事的爷，一手揪住这人的后脖领，喝斥道：“真没出息。”那黑瘦汉子一愣，吓得松开了臂膀，又把小红伶扔回到床上。

白胖汉子把床边的衣服拎在手里往床上一扔，命令小红伶：“快穿衣裳，跟我们走。”

事出突然，又不知道原委。小红伶摸摸索索地穿着衣裳，见两个大汉虎视眈眈地守在身边，心里就平添了几分畏惧，手哆哆嗦嗦地系不上扣子。旁边的大汉等得急了，不耐烦地说：“走吧。”上去一胳膊把人夹在胸前，三两步蹿出屋来，奔下楼去，人也走得飞快。小红伶侧身挣扎着，在楼梯上高声叫喊着，任凭怎么折腾，大汉的胳膊都只紧不松，卡得他喘不上气来。待到了楼口，只见老鸨身后站着几名衙门里的官兵，都威风凛凛地端着长枪，桌子上放着一袋子银钱。事情完全明白了，他是被强行赎身了。

福兴赶到艳春楼一问才知道伶儿早就让人赎身了，至于所赎何人、家住何方，老鸨一概不知。这是妓馆里的规矩，只认银子不认人。福兴无奈，只好出来，在泊头镇街上寻访几趟，也得不到半点线索，就匆匆赶回家来。一进大门，就看见二少爷仲良从门房里闪身出来，把他堵在门廊里。

“你怎么一个人回来了？父亲正急着听你的消息呢。走，咱们到书房去。”仲良引着福兴边走边说，“我二叔捎回信儿来了，问官司准备得怎么样了，证人找得如何，他托的冀州府里的人说三叔的事很快就要堂审了。”

福兴心头一沉，喏喏地应着，径直来到老爷书房里。一进门槛，福兴手先伸到内兜里，把那赎身的银票掏了出来，讨罪似的说：“老爷，福兴无能，事没办成。”

举人老爷从福兴一进书房，就从他脸色上猜到八九分，等他将银票原封未动地掏出来，心中已然明白了，轻轻地问：“是银子不够，还是有什么别的情况？快坐下来说说。良儿，去倒茶。”

福兴见老爷并无怪罪之意，就坐到近前来，将事情经过从头至尾道出。举人老爷听后虽然十分沮丧，可又别无良策。天意难违啊！他思忖了半刻才说道：“事已至此，再无他路可走。既然找不到证人，也只能听命于人。福兴，你这就进库里将家中所存珠宝一并到镇上当掉，先陪良儿把几幅《仕女图》送到肃清二爷府上，后再连夜赶到冀州与福来汇合。估计他那里银子使得也差不多了。你们俩用银子托人晚些审吧。等二爷把路给咱铺通了，老三的性命方可保全。”

福兴把仲良送至二爷家的巷口，急忙赶路往冀州去了。仲良迈进院子里，见各处静悄悄的，没有声息。他正准备从侧门转到后院里去，隐约听到苇儿的偏房里传来了一阵咯咯的笑声，就走到门口轻轻地喊“苇儿苇儿”。

门帘一挑，确实是苇儿露出笑脸来。“二少爷，你怎么来了？快进来吧。”

仲良进到屋里，见苇儿的床上坐着个衣着华丽的少妇，见仲良走进来就从床沿上站起来，柔声说：“二少爷来了。”

仲良一怔，仔细看时，这不是小秀吗？真不愧是富人家的姨太太，不但穿得好，离老远就能闻到一股扑鼻的香味。苇儿接过仲良的行李包袱，笑着说：“二少爷，你连小秀都认不出来了，快坐下歇会儿吧。”说着话就倒了一碗水过来，放到仲良面前的桌子上，高兴地说：“你们坐着说话，我到后院书房跟老爷说一声去。”苇儿撩开门帘出去了。

不待片刻，苇儿就回来说：“少爷，你去吧，二爷等你呢。小秀，你家杜老爷要回府了。”

仲良拎起包袱穿过侧门直奔后院去了。进了书房，仲良一边把包裹放到书桌上，一边说：“二叔，这是爹让拿来的六幅《仕女图》。”二爷的眼睛顿时亮了起来，手放在包裹上上下摸索，耳朵里听着仲良告诉证人失踪的事情，然后他坐下来装作惋惜地说：“真可惜了，若是有证人，凭我的关系一分钱不花，这官司咱也能打赢它，现在看来是不行了。唉，这么好的东西生生地送到人家里去，别说大哥，就是我也心疼死了。可你三叔现在是命悬一线啊，谁能舍得不救他呢。你回去跟家里说吧，有了这几幅画，你三叔的命定能保住。”

仲良站起身来说：“二叔，咱家既然已舍了这些画，你就快想办法尽快交给人家，把三叔的事办利索了。你不知道冀州府里咱可是花钱拖着呢，一天说不清就得扔多少银子，再这样下去，家里可就受不了了。”

二爷叹口气说：“这里面的事情我还能不清楚？光是我托人使脸就花了数不清的银子，这事又不是咱说了算，我还烦心着呢。何时受过这等窝囊气，赔银子赔酒菜还得赔笑脸，为了自己我都没有这样求过人。行了，说这些也没用，你下去歇息吧。”

吃罢午饭，仲良下来休息，翻来覆去睡不着，憋闷了一阵子，更是睡意全无。闻听得院子里有搓洗衣裳的声音，就起身出来与苇儿闲话。

“少爷，你赶路赶得一身疲乏，怎么不多睡会儿？”苇儿不好意思地说，“是我把你吵醒了。”

“哦，不是。我哪里睡得着？出屋来换换空气。”仲良解释说。

“家里出了这样的事，我也是常常在梦中吓得出冷汗。大白天有时就跟得了癔症似的，胡思乱想什么也听不见，二太太少不了训斥我。更别说是你了，里里外外、进进出出办的是这事，说的还是这事，不做噩梦就不对了。”苇儿劝慰说。

隔了一会儿，双方都没说话。仲良就搭讪着问：“这小秀倒嫁了个富有的人家，看上去人家待她还不错呢。”

“可是呢。杜大爷是这一带的首富，买卖开得遍地都是，是肃清县里二爷最好的朋友了。听小秀说，这人心地挺善良的，刚开始我还替小秀揪心呢。”

“他们经常到这府上来吗？”仲良若有所思地问。

“那也不是，只这个月里来得勤了，隔三岔五地来与二爷议事。”苇儿把衣裳拧出来，打了一盆清水，一件件地涮洗干净。

“他们是说买卖上的事吗？”仲良问。

“那就不知道了，他们说话从不让外人听见，连小秀都得出来，到我屋里玩。”

“这杜家老爷是什么名号？他可有兄弟吗？”仲良越问越紧，态度很是认真。

苇儿抬起头来，细细地想了半天，才迟疑地说：“叫杜只平吧。小秀聊天时倒也三言两语提到过。他有个兄弟专跑咱盐河边上的生意，名字叫杜双平，老婆死得早，有个女儿，由他哥嫂抚养，年龄比小秀差不了几岁。”

仲良听着听着，脸就白了，站起身来向后院走去，连苇儿在身后喊他都没有听见。等到了侧门口自己又停住了，回身直奔大门而去。撂下愣怔的苇儿，头也不回地走了。二爷出来问话，苇儿就把刚才和仲良闲聊的话回了一番。

伶儿忍受着两个为他赎身汉子的欺辱，这样苦熬了将近十日。除了送些饭菜和在他身上取乐的时候，屋门一直都是用铁链子锁着。两个汉子从不与他说话，伶儿也懒得多问。既然人家花钱买了，随人摆布还不愿意吗？

这天上午，伶儿站在窗前看见太阳从半空中升起来，把廊前的一棵树影在门阶上筛了一地。门外风轻而凉，嬉戏的鸟雀比平常飞得要快一些，身形也略微瘦了似的，猜是田野里能觅到的虫食越发地少了。天又高又蓝，几片云彩薄薄地浮在天幕之下。伶儿可以想象出清凉江和盐河两岸广袤的田野，这是他在戏班走南闯北时最习以为常的景致了，还有过往的一些船只上满载的煤炭以及过冬御寒的布匹包裹，小渔船的浅舱里拥挤跃动的肥美的河鱼……那有多美啊！可眼前满院的枯黄草茎分明是在提醒他，冬天就要来了。看着随风摇摆的窗纸，伶儿下意识地抱紧了自己的肩膀。冬衣都丢在艳春楼了，他感到身上袭来了阵阵凉意。

他听到隔壁的屋里有人说话，却又不像是那两个汉子的声音。那声音很低，但音调叫人听了越发寒冷。这种地方还会有外人来？或许是他们邀来的朋友吧，到这儿还能干什么？玩乐自然是少不了的。伶儿厌烦想到这些，就回到床榻上懒懒地躺下了。也不知迷糊了多久，门上的铁链子响动声把他吵醒了。

“我的心肝肉儿，快起来吃饭吧。”黑瘦汉子在叫他，但从脚步听起来分明是两个人。

伶儿这才从床上坐起来，斜眼看过去，托盘上放着两碟熏肉、一壶酒，这可是从被劫持后还没有过的。他的心里又缓和了一些，忧怨地说：“天越来越冷了，咱就在这过冬吗？”

“哪个愿意在这破院子里过冬，吃完这顿饭就该走了。”黑瘦汉子抢先说道。

“咱们要去哪里？”伶儿迫不及待地问。这两个汉子好不容易才开口同他讲话。

“多嘴。”白胖汉子训斥了一句，又转身对伶儿说：“你也甭问，只管吃饭吧。”

伶儿走到木几前，只见盘里仅有一只酒盅，就说：“你们不陪我喝两盅吗？”

“鬼才陪你喝呢。”黑瘦汉子嘟哝着，在伶儿对面坐下来。

“少废话，快斟酒。”白胖汉子命令道。

黑瘦汉子把酒壶握在手中轻轻摇晃着，慢慢地斟满酒盅。

伶儿看到黑瘦汉子的手略微有一些抖，就好意地说：“你穿得也单薄，想必是有些冷了，先喝一杯热热身子吧。”

黑瘦汉子猛地跳了起来，连连退了几步才说：“我不冷，我不喝。”

白胖汉子见此狠狠地瞪了他一眼，径直坐过来，盯着伶儿的眼睛说：“我们都不配喝，这是专门慰劳你的，你就别推让了。”

此时伶儿心中方起疑惑。原想他们是好意，既是赎了自己出来，一时不会错待了自己，现在看这其中定有来由。他从容地端起酒杯举至唇边，安稳地说:“你们想把我怎么样?”

黑瘦汉子盯着他的举动，额头上竟渗了一层细汗。白胖汉子向后靠了靠，依然不露声色。

伶儿顿时明白了几分，放下酒杯来说:“这是壶药酒，是你们的朋友送来的。”

“那不是我们的朋友。”黑瘦汉子的话音有些颤抖。

“我小红伶虽说是个没脸的戏子，倒也见过些世面。这杯酒我肯定要喝，不会为难你们，你们也是替人办事，交差拿钱。从一开始看你们二人的穿戴，我就不信你们愿出那一袋银子为我赎身，想必是被人雇用，受人差遣。如此说来，我倒要感谢两位，真是让我多活了几天。”伶儿说得不紧不慢，“我本是残破之身，早已无法见人，原打算老死在妓馆之内，不想承蒙有人惦念，重见几日天地。咱们近日无仇，远日无冤，你们不会生心害我，我求两位大爷，看在这几日鱼水相娱的情分上，叫我小红伶死个明白。”

伶儿见两人还是不置一词，不由得流下两行泪来，哀求着说:“我虽是卑贱之人，可也是爹养娘生的一团骨肉啊，从小在戏班里吃苦挨打，长大了在妓院里饱受凌辱，可凭良心说，我坑过谁、害过谁，为什么老天爷就容不下我呢?二位爷啊，你们也有爹娘，也有妻子，想是家道艰难，愿盼着人和事兴、子贵亲寿，不得已才这么做的。我小红伶是个穷苦人，能够理解你们，这毒酒我一定喝，你们只当是可怜我这个苦命人，告诉我所使何人，叫我死能瞑目吧。不然我成了游魂野鬼，也怕搅得你们不得安生啊。”

白胖汉子叹口气说:“你真这样想，我就实话告诉你。既然我们接了财物，就脱不了干系，这活儿要做得不干净，主家是不会轻易放过我们的。纵然我们放了你，你也难逃一死，这其中的事我们不清楚，也不想知道，是位姓杜的指使我们来的。”

“杜二爷?”伶儿听了心里大惊，就停止了哭泣询问，“他的右耳腮边有颗黑痣?”

见白胖汉子点了点头，伶儿长叹道:“姐姐，你真是好狠心啊!我苦苦伺候你十多年，把我卖进妓院还不够，非要置我于死地。”说完端起酒来，泪眼双闭，一仰脖把酒盅喝了个干净，微笑着说："二位爷，我给你们唱支曲吧。劳烦你们把我葬在堂前的树下，埋得好一些。"他一手抓起一根筷子，敲打着菜碟唱了起来。

碧云天，黄花地，西风紧，
北雁南翔。
问晓来谁染得霜林绛？
总是离人泪千行。
成就迟，分别早，
空有这柳丝长。
……
叫人惆怅，系不住骏马儿，
看林梢儿挂了斜阳，
长亭外又是驿道漫漫，秋草枯黄，
遍地清霜。心儿恰惆怅，
满腹话儿又对哪个亲人讲。
凄风冷动了衣裳，
真叫人痛断衷肠……

韵字还拖着绵长的柔腔，伶儿的口鼻里就流出汩汩鲜血来，眼眶里满是盈盈的泪滴。人缓缓地向后倒下去，两根筷子同时掉落在地上。

二十三

三爷的案子终于了结了，本说是贩运枪支的死罪变成了偷运私盐，判了五年的刑期。举人老爷悬着的一颗心是放下了，可再看看宅院里，虽说不是家徒四壁，但祖宗的宅子少了，家传宝物失了，亲近的人一个个被折腾得元气大伤，早已没了精神。

“良儿，明儿你就去肃清城里，跟你二叔报个喜信儿，让他高兴高兴也好。”举人老爷吩咐说。他见福来、福兴同时从椅子上站了起来，就冲着他们摆摆手:“你们俩就歇息些日子吧，这一阵子够累了。”

仲良本想说些什么，可想想又忍住了。他应了父亲的话便出来准备去了。自从上次听了苇儿的话，他一直在琢磨这件事，说起三叔的案子，这姓杜的应该是仇家了吧，二叔他们怎样交成的朋友？为什么在这段时间里频繁地接触？这两人到底都商议些什么事？二叔托的冀州府里的什么人？哪位官爷伸手要的《仕女图》？伶儿怎么会这么巧被人重金赎身？有谁知道他是这个案子的证人？仲良越想越害怕，他不敢与家人们说起，只好藏在心中思来想去，整日里愁眉不展。若玉和蕙儿虽说常在身边劝解，真儿和芸儿也常过来看他，但都因不明就里，难以说到心坎上。仲良答应父亲前往肃清，倒怀揣着一层寻究谜底的深意。

一夜没能睡好，仲良早早起身赶路。来到肃清县时日头刚有些偏南，他不便到衙门里去寻二叔，便在街上吃了早饭，径直拐到家里来等候。二太太一个人在客厅里闲坐着，仲良上来请了安便坐下说话。不知什么原因，二太太近来好像对老家亲和了一些，仲良又觉得这个跛脚的婶娘也有几分好看了。

“来得这么早，可吃过饭没有？小环，倒茶来。”二太太冲着屋外喊。

“我吃了，别麻烦了。父亲叫我特意来给二叔你们报个信儿，三叔的案子结了，判了五年，命总算保住了。”仲良恭敬地说。这时有个小丫鬟进到屋里，给仲良端上来一杯热茶。

“这倒是个好事。最近我看你叔老是担惊受怕的，还不是为了这个。”二太太说得略感欣慰。

“刚才那小丫鬟是新买的吧？怎么没看见苇儿？”仲良随意地问。

“她可是享福去了。上个月得了个病，大夫说是怕传染的。我们就雇了人寻了一处城郊的小院清养呢。”二太太说，“她一个丫鬟家，再怎么有脸，你也不用去看她，万一传上了，我可没法交代了。回去也别跟家里说，我们可没亏待过她。”

喝了几盏茶，仲良起身说：“我去前边街上转转，给父亲买几张上好的宣纸回去。”他出来后在前边的一处街口停下来。不几时远远地看到堂妹李清与一个女同学手牵着手下学回家来，仲良就赶紧迎上去叫道：“清儿，你散学了？”

清儿看到仲良就与女同学道了别，跑了两步过来说：“二哥，你怎么站在这里？”

“我只说到前边逛逛，又怕迷了方向。你回去有功课吗？不然陪我走走吧，我给你买好吃的。”仲良笑笑说。

“行啊，前面就有一个果子铺，你给我买几颗大蜜饯吧。”李清一甩短发，往前走了。

“你们城里的女学生就是不同，头发剪得齐耳短，刚比我的长一拃，又精神又好看。那个女同学辫子刚好搭在肩窝里，也挺俊秀的。”仲良搭讪着说。

“你可真会讨女孩子喜欢，又买零食又夸人家漂亮。”李清并不害羞，毫不掩饰地咯咯笑着。

“苇儿怎么病了？是什么病啊？”仲良见清儿高兴，就紧跟着问，若无其事的样子。

“我也不知道，早晨还做饭呢，到中午放学回来家里就把她送走了，说是得了传染病，需要隔离的。”清儿只尽知道的说了。

“送到哪里？人家就不怕传染吗？”仲良假装不明白。

“想是为了钱呗，也就不怕了。那家人就住在西关口外，是个卖水豆腐的，不过你不能去看她，等养好了也不迟。”清儿极为认真地告诫他。

“我不去，我可不敢去。”仲良害怕地说。他在果子铺买了一盒蜜脯就与清儿回去了。

吃午饭的时候，二爷才出来见面。仲良上前把父亲的意思说了，一家人就坐下来吃饭。二爷叹气说：“这些日子，家事公事把我折腾坏了。你回去跟家里说一声，把宅子略微收拾收拾，我打算回去静养静养。说不定有朋友跟我一起回家去，叫你三婶娘先搬到前院去住吧。”

“二叔，你……”仲良本想说“你知道三叔的宅子没了”，可他又收住话头说，“你定下行程没有？”

“就在这几日吧。”二爷叹着气，头也不回地走了。

等把碗筷撤下去，仲良就起身告辞，说路远怕天黑，不敢走晚了。他出了街口却一路直奔西关而去。几经询问终于来到一家柴门前，他隔着倾圮垣墙看到院子里没人，就扳开柴门进去，立定在院子中喊问：“家里有人吗？”

破门帘一挑，走出来一个小媳妇，正想抬头问话，却一下子呆在原地：“二少爷——”

“苇儿，你不是得病了吗？怎么这身打扮？”仲良疑惑地走上近前，仔细端详。

苇儿也不搭话，只管把少爷让到屋里来。仲良一进屋，看见屋里有几处的裸墙上贴着红纸花便即刻明白了。苇儿只是坐在一旁偷偷抹泪。

“想我生来就是这个命，活该有这一步的。可是我做错了什么，得罪了二爷，也不明说就这么把我打发了。”苇儿流着泪说不下去了，哽咽了几声又接着说，“回去千万要瞒着太太他们，别再为我牵挂了。待我熬过这几年，就回良家镇看望太太们。”

“家里就你一个人？”仲良心中十分难过，可又无力劝慰。

“那爷儿俩进城里卖豆腐去了，这就要回来了。”苇儿说这话时，不禁向窗外看看，神情一直是战战兢兢的。

仲良知道自己来得唐突，看到苇儿的处境便不再说话，悄悄地告别出来，经过南门赶回良家镇来。天上几只失群的雁孤零零地向南飞去，一路的田野凋零、萧瑟，四处散发着凄凉肃杀的秋气……

二爷回来住了一冬，刚一开春，全家便离开良家镇回肃清县了。他的朋友杜只平也举家来到良家镇，在后边的院子里住了下来。他们是和二爷的车马同来同往的，整整一季，他们都到处呼朋唤友，俨然成了盐河两岸新的势力中心。举人老爷家中经历了这番大变故，本是满心里盼望着二弟回来，兄弟俩暖心暖肺地说上一番体己话，趁此规劝二弟自重自省，毕竟他的良知在三弟的案子中还是有所体现的。可等他看到三弟的院子里搬进了二弟的朋友，初始迷惑的心里像是浇上了一盆冷水，人就轰然崩塌了。

忧患正如催化剂一般，仲良几乎是突然之间就成熟了。

秦先生把村学托付给了仲良和真儿姑娘，悄悄地走了，正如他当初流亡时无声地来到这个不起眼的北方小镇一样。时至今日，镇上的百姓还只认为他是个落魄的教书先生，根本不晓得他有什么政治背景。他一向行装简朴，来来往往最贵重的行囊便是他的思想。他最终没有像自己来时想的那样，点燃这一川荒草，唤醒一方沉睡愚昧的百姓。

此时他才清楚原来的革命纲领距离国民到底有多远。中华民国成立了，却不得已建立了一个军阀控制的国家政府。在盐河两岸，他作为一个普通百姓目睹了整个变化的过程，心中激动过、欣喜过，结果还是深深地失望了。这里仿佛有一张无形的网，始终罩在人民的头上，看不到天日。李家的遭遇再一次震惊了他，社会秩序依旧混乱，丑恶摇着诱惑的枝条在阳光下行走。他没能拯救人民，甚至连自己的朋友也保护不了……他的离开当然不是退却，只是需要静下心来思索，重新找寻一种力量来解救苦难。

由于家事的牵累，村学的事务倒是真儿照顾得多一些，每天忙到很晚才回家来。

自从去年冬天里二爷一回来，严氏无处可去，只好挤在大太太院里。严氏暂住在伯涵的房间里，兰儿则搬到了芸儿的小屋里。

收到伯涵的来信已有几日了，芸儿心中一直不知道该怎么回信，就连仲良和真儿也有些为难。虽说一年中信件往来不断，但依照仲良的意思没有把家里遭遇的事情告诉他。现在他来信说准备到欧洲去游学，这可是去国离乡，天各一方了。若被老人知道，一连串的打击他们能承受得了吗？要不要把一切都告知哥哥，由他自己决定？那样就真是太残忍了。仲良不止一次地忆起哥哥临走时码头送别的场景，耳边响起他们说的那些话，我们的民族多么需要哥哥这样的人啊。秦先生也不止一次地提起，为了实现理想，我们是要做出牺牲的。哥哥也正是这样做的，抛家舍业，漂泊半生。

“真儿，这几日我翻来覆去地想，哥哥做出这样的选择肯定有他的道理。早在他离开家的时候，我们就曾答应过他，为了大家和小家，咱们是有分工的，不是吗？”仲良把心中的想法直接告诉了真儿。

“你的意思是继续瞒下去，让哥哥放心走？”真儿不像是在疑问，而是在心中肯定自己。她认真点点头。

仲良说：“大娘那儿你和芸儿要多注意，父亲虽然明理，但毕竟年岁大了，我不想让他们知道。哥哥这一走，许是三两年，或是十年八年也未可知，我们都要做好保密工作，就同没发生这件事一样。”

芸儿在一边斟茶，心思全在耳朵上，水都溢到桌面上如珍珠一般滴下来，碰碎在地下，而她全然不觉。做出这样的决定虽说正是她所希望的，但她仍是忍不住地心痛。他们分离得太久了，对于相恋的人，多等待一秒钟也是那样漫长。

“哟，这里有人舍不得了，水也流了，泪也流了。”真儿赶过来说着笑话，劝慰她，“心疼得比我们还厉害呢，给哥哥回信非重重地写上一笔不可。”她用手在芸儿的鼻梁上轻轻地刮了两下。芸儿忙低头扭身擦桌子去了。

“说正事吧，得抓紧给少爷回信了，路上要走好几日呢，晚了就赶不上了。”芸儿隔了一小会儿，不好意思地说。

“就让你这个泪人儿写如何？想眼中能有多少泪珠儿，怎经得秋流到冬尽，春流到夏。”真儿本来还想打趣她，说着说着自己眼眶也潮湿起来了。

“还是我来写吧。”仲良见此说道。

晚上，真儿见到芸儿的窗棂还透着灯光，就披了件衣裳过来。芸儿半坐在床沿上，正凑在灯前绣着一条长长的围巾。芸儿抬头看见小姐，冲着床里边嘘嘴，稍稍往里挪了挪。真儿知道是兰儿缩在床里睡着了，就紧挨着芸儿坐下，凑到她耳朵跟前低声说：“给我哥的吧。嗯，好香啊，你是用香萝草熏了。”

“你鼻子真尖，这香味也能闻得出来。我是最喜欢这种草味的，穷人家没有香料，小时候我娘把衣裳熏了香萝才让我穿，我觉得它的香味竟比香料更清新自然。其实这种草野地里多的是，咱花园里原是没有的，近两年收拾得不勤了，我在园子里看了就采摘来晾干，专等冬天放到箱里熏夏衣用的。你若喜欢就给你些。”芸儿停下针线。

“你那么喜欢还是留着给我哥用吧，看你点灯熬眼的，我可不忍心。”真儿嘻嘻笑了。

“紧赶着呗，别误了行程，我实在没什么东西送给少爷。”芸儿略显羞涩。

“还有比这一针一线情义更重的礼物吗？只怕这丝巾一围，我哥就算是被你彻底俘获了。”真儿羡慕地说。

“小姐，我们都大了，你还嘴上这么没个遮拦，拿我说笑话。少爷只要心里有我，我也不会负了他的。你说来说去本是好意，可哪天叫太太们听去了，我这脸可往哪儿搁。”芸儿郑重地抬起头来，见真儿不回话就想起一件事来，正欲说时脸又先红了，“我有几句话，你帮我写在上面。”说着从小袄的内兜里摸出一张纸来。

真儿打开看，是一首诗。

赠君香萝帕，与君挡风寒。
一别成苍海，两地保平安。
仿佛梦有泪，依稀夜无眠。
愿君常回顾，杨花又一年。

芸儿这边绣着梅花，半天听不到小姐的声音，抬头去看，见真儿手捧诗稿，泪水盈盈，呆望着窗外的长夜。

梅花巾绣好了，芸儿把它平铺在灯下。一端的巾角上有一枝大的梅花向上方斜伸出一个枝丫，却只在枝尖上并开着两朵嫩白梅花，一大一小、一前一后，像是沐浴在雪中那般清润，那一朵小的仿佛是刚从花苞里展开，叠绣在大朵梅花上，更像是依偎在它的怀里躲避风寒。另一端为题诗留着空白。真儿运足了笔，在脉脉清香的香萝草的气息中，用蝇头小楷一字一字地题写上去。

“伶儿，你别跑。”兰儿突然喊叫起来。芸儿惊得一激灵，忙俯身在她肩上轻轻地拍着。待兰儿翻个身又睡熟了，芸儿说：“她经常在半夜叫起来，手就抓来抓去的，害得我半宿也睡不好。”

“想他们在后院一处玩耍多了，白天里想夜里就梦见了。”真儿瞅瞅窗外的天，“时候可不早了，咱们也快睡会儿吧。”

二十四

两地保平安，杨花又一年。

看似貌不惊人的一句话，细细体味，其中意思包含了多少牵挂与苦盼啊。连日来，真儿总在心里默念着，一遍遍地体察着自己心绪的起伏变化，她羡慕、向往，甚至有一些嫉妒了，最终只剩下怅然失落。她本是一个坦诚直率的姑娘，但有话不得说、有情无处诉，心中何其苦痛啊。她已有两年的时间与秦越失去了联络，其实在她心中早有预感，原先的来信中可以看出哥哥与秦越之间的分歧是越来越大了，起初他们对于这种思想上的差异都是通过争论来解决的，企图说服对方达成一致。时间一长，彼此都发现这是徒劳的，根本就是在耗费时间，于是两个人非常理智地分开了。显然他们是为一个目的，却走上不同的革命道路。真儿置身其外，面对他们的抉择无能为力。秦越在消失之前给真儿写来了最后一封信，详述了因与伯涵思想不和而不能并肩战斗的遗憾，并坚信语言不能说服的事情只好等待事实去证明。信中虽很少涉及感情的言辞，但秦越的意思真儿是理解的——尽管我会消失一段时间，只要你耐心地等待，我总会回来的。不然他为什么会专门给我写封信呢？相隔两日，伯涵的信也寄来了，除简单地叙述分开之事外，就说他已无法与秦越联系上了。至此真儿才不得不接受这一残酷的现实，自己确实是身处无限延长的等待之中了。

真儿收到伯涵的小邮包时，他可能已经身处欧洲了。拆开来看，里面尽是些伯涵的手抄诗本和自办的文学小报。真儿随手翻看了几页，便有些爱不释手了。她一段一段地读着，如临溪而坐，畅饮着清新与天然。

举人老爷的病症每年都会犯一次，基本上从暮秋开始发作，隆冬里更是咳嗽不止，厉害时就会痰中夹着血丝。不过他的病情也奇怪，回回必是在二爷他们回家时开始，直至他们返回肃清县才渐轻，慢慢痊愈。一家人只道是天气作祟，唯独仲良知是心病积压成疾。盐河上下的大夫都来诊视，用药后症状也见轻缓，可每年必定复犯。今年倒好，节气刚入秋，二爷及杜大爷的家人便举家归乡。自打二爷家的院子一收拾，人就像有什么感应似的，未见其人，这病倒先找上门来了。

每年来往，二爷与杜只平必同乘一车，想是有些心腹事毕竟说着方便些。两位夫人也如好姐妹一般，家长里短地说个不停。李清与杜林月是同学，又是好朋友，一路上更是欢声笑语，舍不得分开半步，小秀只好与丫鬟委屈在同一辆车上。再加上每家有两辆装载衣物家什的马车，这一路车队在萧条的盐河平原上已然是浩浩荡荡了。

“每年归乡，二爷总是这般顾虑重重，究竟是何缘故？能躲开肃清那是非之地，我们应该高兴才对，如何……”杜大爷总感觉一回到良家镇，二爷就情绪低落，拘谨有余而处处不敢放开。尽管他呼朋唤友，表面上刻意欢颜，但与他在肃清城里相比，着实有些不同。

“杜兄啊，小弟不瞒您说，我确实是有心事放不下。就算咱俩是生死之交，你不问，我也是不能说的。”二爷像是怀揣着一肚子委屈，只等着杜只平开口询问了。果然杜只平摆出十分关怀的神情，静听下文。“这件事想必你也有所耳闻，盐河上下乃至整个平原上，都听说过八幅《仕女图》吧？我家祖宗想尽办法只觅得了其中的七幅，我们兄弟分家立业时，各得了几幅。这《仕女图》在我们李家来讲，可谓是命根子。不肖三弟在上次那回事中，连同家宅、传家之物一应都被……令弟拿走了，真是败家之举啊。我家大哥知晓后，一病不起，每年连见我都……又见你接住了三弟的宅子，这其中我真是有难言之隐啊。去当面解释吧，只怕是越描越黑；窝在心里吧，这口黑锅我实在是背不动了。我哥是前朝举人，平时在乡里多行善举，得罪了他只怕有一天这良家镇我们是不好待啦。”

“那依兄弟之计，我们自该如何？”杜只平毕竟是来良家镇躲清静的，他可不想现在就惹下麻烦。

“有些事咱们都是心知杜明的，令弟该要的东西都得到了，那不该得的本属贪倖之物，须放手便放手，方叫咱俩这中间处事的能够左右逢源，不至于落个进退不为人的下场啊。”二爷一句话彻底亮明了立场，只看姓杜的怎么表态了。

“老弟啊，都怪为兄我一时疏漏，让你如此担待。若为此事，那你就大可不必了。我杜某人平生只爱结交朋友，其余的全不放在心上，不就是《仕女图》吗？它就是价值天下，我也不会因此而失朋友的。这事你放心，不出十天，我保证完璧归赵。重修你们兄弟和睦，亲情圆满。”杜只平拍着胸脯豪爽地说，他的心里却是另有算盘。

“那我就太感激老兄了，你这可是救了我了。”二爷抢上去一把握住了杜大爷的手。

“我看咱这举人大哥实是个清高雅士，未必就愿屈尊，与我等商贾之人有何交往。”杜只平略抬了抬眼，不见二爷做出反应，又接着说，“为朋友我可以两肋插刀，但凡不认我做朋友的，我可从不咽他撒下来的窝囊气。”

“咱们做到仁至义尽，我这当兄弟的就问心无愧了。其余的事都要一码是一码，好坏两边分清的，该怎么着我心里是有数的，不然以后咱们还怎么在盐河立住脚呢？”二爷不露声色地说，好像这其中并不包括如父母般疼爱他的兄长。

“是啊，乱世为官难，生意也不容易做啊。要不是这些年你帮我、我帮你，相互扶助着，咱们俩谁也走不到今天。没麻烦了，就出去捞一把；有麻烦了，就回来躲一躲，一不怕打官司，二不怕没钱花，就是比不上神仙生活，也比那坐都坐不稳的皇帝差不了。谁要想搅黄了咱这老巢，首先我就不答应。”

“我何尝不这么想呢，这里毕竟是我的老家。更何况长年冲杀在外，早就明白人无退路、必置险境的道理啊。”

“那就等咱们营谋两年，扎深了根，开上它烟馆、妓馆，谁的钱也往咱兜里滚，盐河这天不管地不管的地方就成咱的了。”杜只平说完，与二爷开怀大笑起来。

远远地望见良家镇的影子了。在这个清清朗朗的秋日，它平静地迎来了两个踌躇满志的人。夕阳掩去它灼人的光芒，在日渐稀疏的树丫间滑落，有风轻轻地从巷口飘进来，又如同一段绸带从另一头抽走了。举人老爷几日来天天坐在大门口的台阶上，欣赏着越发浓深的秋色。全家人都为他高兴，虽说老病今年犯得早了些，可精神头儿看上去更不错呢。

当两家车队拐进街巷的时候，里面顿时热闹起来。举人老爷照常坐在自家的门前，半合着眼睛，除了手脚轻微地抖了一下，再不会发现他与往日还有什么不同。在熙熙攘攘的喧闹声中，他没有听到二爷的声音，他不知道二爷直接去乡公所了。他略感失望，此时他听到有两个女孩子低声说着话向这边走来。

仲良听到外边人声嘈杂，赶忙撂下手中的事出来。等看到父亲跟前站着清儿，才知道原是二叔一家人回来了。

“二哥。”李清一抬头看到他，爽快地打声招呼。

“清儿，今年你怎么也回来了？”仲良说着话迈出门槛儿，几步走到她们跟前。

“我们考上了国立中学，可总不开学上课，眼见着一个学期就这样过去了。我还能有什么去处？”李清说完话往旁边一靠，扯住她身边女孩的胳膊，“这是我的同学，也是最好的朋友杜林月。二哥，你们见过面的。”仲良这才看了看那个女孩子，他仿佛没有什么印象了。“你怎么忘了，在肃清县城。”李清见他还是没反应，就提醒说，“你还夸她的辫子好看，人也好看呢。”

仲良这才猛然记起是那次为了询问苇儿的病由，在街上等李清碰到她们的事了。当时他只是随口说些好听的话，过去也就忘了。听李清这么一说，他下意识地去看那两条搭在肩窝里的辫子，碰巧姑娘正抬眼看他，两个人四目一接，顿时脸都羞红了。

“父亲，外面天要冷了，我们回屋里去吧。”仲良紧低下头。

两个姑娘忙上前来，一边一个架着举人老爷的胳膊，从椅子里站起来。举人老爷睁开眼，嘴动了动但没有说出话来，便由仲良搀扶着走进门廊向院子深处去了。

仲良回过头来，见李清她们还站在那里，就说：“改天过来跟真儿她们一块玩吧。”

自打二爷一家人回来以后，举人老爷就不再到门口坐着去了，他又恢复了往常的习惯，天天躲在书房里，看书写字是每天必做的功课。天气日趋凉了，家人们并不多想，反倒觉得这是自然的事。

李清和杜林月第一次过来玩耍，很有礼貌地先到老爷的书房里拜见，等进到里边并不见人，她们就静静地坐下来等待。无论是在家里还是在学校里，她们从未见过这样经典深藏的书房。这些典籍是李家几代祖宗积攒下来的心血，也是举人老爷最后固守的精神家园，他总在这里偷偷舔舐自己的伤口。清儿不禁惊讶地站起身来，在书架前上上下下地巡看，那些连她的国文老师都只说出名字而没看到过的书籍，都一本本整齐地排列在这里。

李清在书桌上看到一张词笺，正是一首《蝶恋花》。

离恨酿成春夜雨，滴到天明，更伴风枝舞。
飞燕还乡期又误，柔肠寸断芳心苦。
只盼春来千草绿，风雨无端，阻断春归路。
霜鹤来时不回顾，如何不肯随风去。

“小月，你快来看，现在还能有人写得这样好。”李清招手让杜林月一起来读。两位姑娘虽说是白话文和新诗学得多了，对旧诗词有些生疏，可一旦读进去还是被这凄美意境感染了。

里间传出来一阵紧似一阵的咳嗽。两位姑娘手足无措地呆立在原地。这时，一位模样俊俏的丫鬟捧着药碗进来，顾不上与她们搭话，径直拐进屏风后面去了。

“老爷，该喝药了。”声音也是那样入耳，然后传出来啜饮漱口的声响。待屋里渐渐地静了下来，那丫鬟才蹑手蹑脚地退出来，也不敢说话，冲着清儿她们向外摆了摆手，相跟着走到外边来。

“你是二爷家的清儿小姐吧？我家二少爷说了，邀请你们过来玩呢。我叫芸儿，是这里的丫鬟。老爷又睡着了，不必拘礼，那样倒惊动了他。正好这阵子村学里放秋了，小姐也在家，我带你们去找她。”芸儿说完话转过身去紧赶两步走到前面去了。

几个青春活泼的姑娘连上丫鬟们，很快就熟识地无话不谈。她们从城里的学堂说到村里的私塾，从唐诗宋词说到白话诗文，从传统戏曲说到表演剧，再谈论她们所了解的学生运动及乡间的农民暴动，一会儿个个义愤填膺，一会儿人人笑得前仰后合。这样快活的日子持续了将近半月，之后再来的时候总是清儿一个人，杜林月是一趟也不过前边来了。

二十五

举人老爷的病突然加重了。孩子们都不知道是什么原因，只听到那天下午举人老爷在书房里跟两位太太叫嚷了一阵，然后就是二太太若玉惊得惨黄的脸，二太太若玉从里间跑出来，赶着福兴出去寻大夫了。等全家人都赶过去，老爷已被搀扶到里间的卧榻上，不停地哮喘，嘴角上尚有没揩净的血迹，前胸的衣襟上也洒染着一小片，衬着暗蓝色的长袍，透出紫色的逼人眼目的光。而他吐出的血大多堆积在书案上，此时如蛇一般向一张银白的宣纸缓缓游动。

大夫一手按着脉，一手抚着举人老爷不停颤抖的手指。大颗大颗的汗珠从发丝中爬出来，顺着脖颈钻进老爷长衫里去了。他大睁着眼睛，但又谁也不看一眼，直视着上方的雕梁画栋，沉重地喘着粗气。大夫诊视过后，由仲良与福来引领着走到屋外去了，他才艰难地把手抬起来搭在疼痛不止的胸口上。

片刻，仲良转进来说："大夫说病情倒不严重，只是年岁已高，实需潜心静养，日日用药，切忌再动火气。多则百日，少则月余，便可大起了。"众人围站在榻边，听后都稍稍松了口气。

"把方子给我拿进来。"举人老爷突然说。

福来从外边把药方递过来。

"我不吃这药！"举人老爷一甩手把方子扔出去。仲良赶紧从地上捡起来看，并没有觉出哪味药有什么不妥，便上前劝慰道：“父亲，您息怒。这些皆是益气舒肝、补中调和之药。何处不妥？仅是为了止痛，才外加了一味速药，这对您……”

“我不疼，即便是疼，也决不用这烟膏子。”举人老爷毅然决然地说。

“父亲，可是您……”仲良心疼地看着父亲满面淌下的汗珠，强忍着悲伤。

“良儿，这烟膏子虽能止疼，但它不治本呀。”举人老爷扫视着众人，口气和缓下来，最后停在儿子的眼睛上，一股老年人的慈爱自然地注入其中。“该忍的时候，人就是要忍啊，一旦用上这烟膏，形成依赖，人就无法摆脱了。”

仲良近前一步斜坐在床上，握着父亲的手。“现今实在是没有别的药可替换呀。”

“听我的吧，这点疼痛是无关大碍的。”举人老爷说着话引起了一阵猛咳，人也仿佛揪到一块儿去了。他艰难地冲着众人摆摆手，“你们都出去吧，我要静静。”

仲良见父亲心意已决，便不再多说，站起身领着众人出来。等众人散去，他便抄起笔在处方上抹了一道，欲待与福来跟去抓药，见那位大夫还站在椅子旁恭候，欲言又止的神情，便走近前来，低声询问：“先生可否还有嘱托？”

大夫左右看看，迟疑了起来。仲良见四周只有福来、福兴二人，便说：“先生有话，但讲无妨。”

“依在下来看，此病实是举人老爷一劫。想必初始只为动了心气，几年用药只可调理，不能解除根本，逐日累积下来，如今已成了实症。确非气浮哮喘这般简单。按其脉象，听其声音，察其痰物，在下斗胆判定十之八九，是得了肺痨，目前尚未有对症之药。我开处方，只可缓解一时，也不能断其根源，平心静气，可延岁月，其余就看举人老爷的造化了。”大夫说到最后默然低下头去。

仲良听之一惊，身体无力地坐回到椅子上，等缓过神来，又不相信地问：“先生刚才的话，可确定吗？”

大夫无奈地苦摇着头:“用用药再看吧，千万记住，病人已不能经任何的阳燥火气，于病如若火上浇油。”说完作个揖，告辞了。

仲良见福来、福兴跟出去取药，就说:“替我送客吧。”之后一个人坐下来，动也不愿动了。其实他心中明白，大夫没有十成把握，是不会把话说得这样清楚的。他不是不信，而是更愿意问问，万一是自己听错了呢?

福来与福兴跟在大夫身后，悄悄地商议着。如果真如大夫所言，此等大事，没有个准备是不行的。看二少爷的模样，他怕是很难解脱的。大少爷不在家，三爷又关在监牢里，眼下只能去惊动二爷了。

二爷知道举人老爷病了，就领着一家人过来坐了坐。二爷单独来过几次，守在大哥的床前，两个人只说些肤浅的言语，这个无关痛痒地问一句，那个答与不答都没关系。从来到去，举人老爷都闭着眼睛，显然他已没有任何兴趣了。等进了腊月，或许是年节将近的喜气，给人们都增添了一股精气神儿，老爷的病反而见轻了一些。相对地，二爷的情绪就烦躁起来，经常与大哥说一些不着边际的话。举人老爷忍了几日，最后说:“我的病好多了，你走吧，不用再过来了。”果然这之后，二爷只来过一次，就再也不见人影了。

本来全家人为了老爷的病势见轻挺高兴的，正准备好好地过个年为他冲一冲。可等到旧历二十，竟不由得加重了，这次是痰中带血，已全是血痰了，甚至还有小血块儿。仲良心里清楚情况，就把家里的事一应交给福来他们，自己日日守在父亲身边。大夫过来诊视完毕，只私下里问仲良:“可是哪日生气了吧?还是用上些止疼药，让老爷少受些罪。”

连日来服过药后，老爷就睡觉。他已被折腾得没有一丝精力了，颧骨高耸起来，眼窝深陷下去，整个人在被子底下萎缩成一团儿，仿佛正在向四周蒸发。仲良把父亲枕边的书籍收拾起来，轻轻地抱出去，一本本重新放回书柜里。父亲已禁不起一点一滴地消耗了。在《苏沈良方》书中，仲良抽出夹着的两张红红的请柬，码完书后坐在书案前闲看。首张上写道:“承蒙举人兄厚爱，惠应次子仲良与侄女林月结为秦晋之好，门当户对，此属天作地合之喜事。李家杜府自兹永结亲好，是为天地之恩，亦有贤兄之赐。今已择定日期，愿行婚配大礼，不知意下如何。当使人前来屈尊商议。恭安。”落款是杜只平。打开第二张再看，落款是两个人：李维民与杜只平。内容是：“兄大安，欣闻贵体无碍，愚弟略备薄酒，以示躬祝。近几年来，自鄙人逻伏盐河，多劳恩兄抬顾，实为感戴，不胜言表，只叹无缘当面以谢。今借此机，我已驱请众位乡绅名流，末座相陪。腊月二十六晚，清声雅乐，结灯开宴，万望赏光。弟叩首以待。”

仲良细细思索着这其中的故事，从时间上看，第一张正是父亲重病的前一日，而第二张是在好转以后、复重之前。难道这仅仅是巧合吗？

举人老爷在昏昏睡梦中来到盐河岸边，河面上雾气沼沼，什么也看不清。他立在露湿的草地上，目不转睛地向着河面上凝望，忽觉脚下的土地软了起来，低头看时，河岸竟如同沙子一般向着深处顺着他的脚底漏下去。而他已是无法挪动，地下仿佛有着无穷的吸纳力。这时就听到河面上有人在叫：“父亲——”他抬头看时，正是涵儿站在船头，便不顾一切地喊道：“涵儿，快来救我——”可他们之间像是隔了一道透明的墙壁，伯涵丝毫听不到他的声音，船很快从这团迷蒙中驶入了另一个雾团。举人老爷还没有放弃，提高了嗓门继续喊：“涵儿、涵儿，你快回来——”果然就有一条船驶了回来，仔细看时船上的人并没有伯涵，却是一个人被五花大绑地围在中央，蓬头垢面，满身伤痕，正抬起头来冲着岸上哀号：“哥哥——”举人老爷这才看清了，此人正是三弟，就不顾一切地高声大叫：“你们放了他，快放了他。三弟、三弟——”喊声还没落，船就钻到雾气中去了。举人老爷无可奈何，用手狠狠地撕扯着渐渐逼近的雾气，却再也不见河面上有任何声响，就伤痛欲绝地哭了起来，全然不顾自己正在被大地一点点地吞噬。

仲良立在书案旁，听到里间父亲在哭喊，声音虽说不大，可也听得分明。进来只见父亲躺在床上一动不动，眼角淌着成串的泪珠，嘴里不停地呼唤着哥哥和三叔的名字，脸上是痛苦愧疚的表情。他掏出手帕，一边为父亲拭泪，一边凑到耳旁低声叫道：“父亲，醒醒，快醒醒。”

举人老爷恍惚中听到有人唤他，眼睛却怎么也不能睁开，两只手也陷进了沙粒中，紧箍在身上不得动弹，他就拼命地摇晃脑袋，向上挣扎。待拼尽最后一丝气力睁开眼睛，慢慢地在暗淡的灯光中辨出了良儿的脸庞，继而他远远地听到后院里传来的丝竹乐声和吆酒碰杯的声响。

次日清晨，李宅的大门楼上悬挂起长长的白绫，痛哭声一阵阵地从院子深处传到街巷上来，寒风不停地翻动着灵堂两边的门联：魂灵已成蓬莱客，德范犹熏故乡人。

对李氏家族掌门人位置的争夺，确切地说自从举人老爷一闭眼，就有人在心中开始惦念了。无奈族中祖上传下来的规矩，须等丧期满两年后方可推选新的族长。这段时间内，对内对外事务全由过去辅佐过先族长的族中老人代理。这样一个只管操心办事、不管吃俸拿钱的苦差，难道还有人暗中垂涎吗？不错，良家镇是乡公所的驻地，而李氏家族在整个镇上竟占去了大半江山，几十年来经过举人老爷的苦心经营，别说是良家镇，就是在方圆几十里的盐河平原上，一提起良家镇的李家来也是无人不晓的，无论走到哪里，因为举人老爷的德高望重，人们多是抬敬着些。若是坐上这样的一把交椅，近可挟制乡衙，远可操弄百姓，还有什么事办不成呢？杜大爷多年来闯荡在生意场上，最会在纷乱繁复的世况中看出可图之利，并迅速找到通途捷径。他既然想在盐河落脚，开辟出新的经营天地，又怎会舍得让二爷错过这天赐良机。二爷听后并没做过多的掩饰，因为在他想来，现在大哥一殁，自己正是族长的不二人选。内有学问满腹，外有权势无边，区区一个良家镇，还能让它翻出手掌心？不过他的胸中确实是另有算盘，人老回乡，叶落归根，这是谁也改变不了的自然规律。身逢军阀割据，说不定哪个初一十五，升迁不力，就得解甲归田，真能在良家镇占据一方势力，后半生自有依靠不说，眼前这位杜大爷的生意买卖也在自己的掌握之中，抽股分红岂不成了小事一桩？财物不愁，安享晚年，不比在那肃清县城里自在清闲？

仲良深陷于丧父之痛中久久不能摆脱。母亲若玉写的一首《悼故人》，就放在父亲的书案上——七十三年傲群蝗，悲风苦雨任凄凉。奚堪浑处浮鬼蜮，不知何地是君乡。父亲从病到死他都在身边一一亲历，回想起来每个细节都如同一支支利箭射穿了他的心。他不敢承认自己猜想的事情就是真情实况，但他懂得正是这些巧合撞碎了父亲苍老的心。他无法把真相告诉母亲与大太太，可一闭上眼睛，父亲忍受熬煎的痛苦模样就跃然扑到面前……这又怎能不折磨他的心神？每相隔几天，他都会到村东祠堂里，跪坐在父亲的灵位前，用心灵向亲人低声倾诉，自然不会生出争夺族长之念。客观地说，若不是有这两年的孝期，族长的权柄早已落入他人之手了。

有一天，福来、福兴一同到老爷书房里找他，表情恭谨，立在书案前却不发一言。仲良从书中抬起头来问："你们有事吗？"

两个人对视了片刻，福来说："老爷的丧期已过去一年有半了，少爷的悲痛我们是知道的，我们又何尝不是呢？可如今……你可不能再这样下去了，族里的事，你怎么一点也不过问呢？"

仲良略有一些迷惑地说："不是有人操持吗？"

福兴焦急地说："少爷，你是真不明白啊，现在已有人拉拢族内的人了，你就忍心看着老爷的一生心血糟蹋在别人手里？"

"怎么见得就是糟蹋？族内老人还有，我一个年轻人，家未成，业未立，有何资格去和人家论争？"仲良不紧不慢地说。

"现在的问题是，上年岁的不敢出头，年纪稍轻的差不多都被人家收买了，那些老人心里看不惯，都暗地里盼着你出头呢。"福来、福兴恨不能把话说得再明白一些。

"你们可是知道了什么？到底是谁在暗中营私、勾结拉拢，干这样见不得人的勾当？"仲良这才对此事认真起来。

"还能是谁？"二人回头冲着后院看了看，便默不作声了。

"我二叔？"仲良吸了口凉气，头脑中便是一片空白了。他像是遭了雷击一般，浑身热得似要胀裂了。福来他们何时走的，后来又说了些什么话，他是一概不知了。只有一个念头使劲挟持着他的思路，别说是为了整个李氏家族，就是仅仅从父亲的角度来想，也决不能让二叔得逞。

他决定先去拜访族内的几位长者，听听他们可有办法。结果几天下来，他还是失望了。显然人们都已知道了二爷李维民对此有意，为了明哲保身，老人们都表达了年岁已高、无意出头的意愿，而他们心中是明白的，比起族内的年轻人又考虑得深远一些。李氏家族若是交到了二爷的手里，非败即坏，这是眼见着的事情，于是言谈话语中又表露出了一丝忧虑，最后在送仲良出门的时候，都说愿意为二少爷效劳出力，希望在家族危急时刻，二少爷敢于挺身而出。仲良虽说有些失落，可心中毕竟对此事已有了些底数。他思来想去知道自己已没有了退路，便暗暗下定决心，即便是鱼死网破也要拼争到底，成败听天由命吧。

消息很快在良家镇传开了，一时间成了人们街头巷尾的谈资，镇上大多数外姓人日日打听，做起了最捧场的看客。自然二爷知道得更早，不过他并没有因此而茶饭不安，手捋着下巴上的胡须干笑了几声说："这个不知深浅的小子，看来我得替我哥教训教训他了。"诚然，他肠子里的弯弯绕儿多着呢。

这是一场不平等的比赛，孰赢孰输就像是无须等待最后的结果。恰在此时，烟鬼三爷五年刑期已满，回家来了。

二十六

仲良计算着日子，打发福来到冀州府里去接三叔回来。

烟鬼三爷一拐进自家的巷口，就冲着他的宅院而去。福来跟在后面，一路上没敢多提旧事，见如今再也隐瞒不住，就赶紧追上前来恭敬地说："三爷，咱先到前院叙话。"

"我知道，见我大哥，我总得换换衣裳洗洗脸吧。"烟鬼三爷本来就瘦，有了这五年的牢狱生活，人差不多只剩下一把骨头、一张皮了。他躲闪开挡在前面的福来，头也不抬地闯进门去，不待走过门廊，就被两个家丁推搡着跌了一跤出来。那两个家丁叉着腰，冲烟鬼三爷吼道："滚，滚，哪儿来的穷叫花子！"

福来赶紧从地上把三爷扶起来，劝慰说："全家人都在前边等着呢，咱快过去吧。"

烟鬼三爷想是几年里被人打骂怕了，懵懂着正欲走开，忽地瞥见大门上方赫然写着"杜公馆"，心一激灵，人也醒了过来，于是破口大骂："杜双平，你个狗娘养的！给我滚出来，你想害死老子，没想到吧，老子偏又活着回来了！杜双平，我操你八辈祖宗，你霸占了我的祖宅，你天打五雷轰，不得好死，你……”

那两个尚未回屋的家丁，恶狠狠地扑出来，只一脚把他蹬翻在地，又围上前去一阵拳打脚踢。福来挡在两个家丁的中间，身上、脸上不免也挨了几拳。三爷在地上翻滚着，嘴里夹杂着惨叫一直痛骂个不停。二爷家的大门里出来了几个人，远远地看见后又被阴师爷撵回去，大门“哐”的一声拴上了。

“住手——”仲良高喝着冲了过来，不知何时整个李家的人也都拥进了巷街。

两名家丁惊得罢了手，福来嘴角上渗着血丝，急忙去搀扶蹯缩在地上的三爷。这时那两名家丁才看到整个街巷里围满了人，人们的眼睛里都喷射着道道怒火，仿佛要把他们烧焦一般。两个人吓得后退着，一步步要缩到门里去。

“站住！”仲良的声音像是一道霹雳，炸响在人群的上空。那两名恶奴膝盖一软，竟跪在了地上，缓了缓说：“二少爷，我们实在不知……”

三爷才又缓回神来，瞅了瞅站在身旁的人群，铆足力气大喊道：“给我揍死这两个狗奴才！”经他这样一喊，人群开始骚动起来，几个血气方刚的小伙子攥紧了拳头挤到前面来。

仲良虽是气愤难耐，但他克制着自己，心里明白不能把事情闹大，一旦惊动了乡公所，出动了保安队，最后会很难收拾。于是他故意沿着人群走了个半圆，实是堵住了带头的年轻人。而后他走到两名家丁面前，故意提高了嗓门大声说话：“你们现在就给我跪着叫，直到把你们家主人叫出来，我只与他们评理。这里是良家镇，我们李家没有别的，有的是人，不欺负你们也罢了，反倒骑到我们头上来了。今天的事儿不说清楚，我就领着李家的老少爷们儿闯进去拼个高低。”

“对，闯进去，跟这些王八蛋拼了。”后边的人群跺着脚齐声高喊着，整个巷子仿佛都颤抖起来。

一会儿就见杜只平脸上堆满了笑客从门廊后面拐出来，紧走了几步到仲良跟前，一手挽住了二少爷的胳膊，故意看着众人说：“贤侄啊，咱这都快成一家人了，有话到家里说吧。”

仲良对他这份亲热感到一阵恶心，用力甩开手臂，不留情面地说：“就在这里说。怕人听见没好话。你家奴才仗势欺人，今天拳头巴掌打到我们李家人脸上来了，你说怎么办吧？”仲良说完话，走到人群跟前，与杜只平拉开了一段距离。

“二少爷，你就发话吧，咱们李家可不是好欺负的。”背后众人跟着起哄，恰到好处地助起了声势。

杜大爷心里有些发虚，他知道这些愚昧的百姓头脑一热，是什么事都能干出来的。他见仲良不识拉拢，就当胸一抱拳对着三面的人群揖了揖，讨好地说：“众位乡亲，今天的事确实是我杜某过错，管教无方……”他慢慢地说着话，眼珠子却不断地向着二爷的门楼方向瞟，见二爷领着家奴出来了，就跷起脚来高声说：“二爷啊，这点小事倒惊动您的大驾了。”

众人听他这么一喊，顿时静了下来。二爷故作沉稳地踱到人群中，一脚便站在杜大爷身边，不知何时，杜只平刚才作揖的双手早已放了下来，自然地倒背在了身后。

“老三啊老三，你真是越发地没有见识了。这杜大爷正是你的救命恩人啊。你出狱回家，没说到人家府上道谢，反而找到家门上来骂大街，咱是什么家门？这祖祖辈辈的门风都叫你给败坏了。”二爷远远地指着鼻青脸肿的烟鬼三爷狠狠地说。刚才还叫嚣不停的烟鬼三爷此时像是犯了错的孩子，低下了头。

“还有你良儿，事情还没有说清楚，你怎么能聚众闹事呢？往前也要顶家过日子了，凡事都要有个规矩，坏了规矩怎么能行啊。”然后他仰起头来冲着人群摆摆手说：“咱们李家成了什么了，合起伙来欺压外姓人，谁给你们兴下过这样的先例？这本是个小误会，难道经人一撺掇，非得闹出人命来不成？你们都给我散了吧，别让我把账算到你们家里去。”

人们正要散去，仲良却走上前来说：“二叔，正因为事情还没有说清楚，众人才不能散了呢。你给我划下的聚众闹事的罪名我可担不起。你在外为官，县太爷当了几十年，判案也得问问当事双方，可别失了公道。”

二爷没想到小小的仲良敢在这种场合同他对话，竟一时语塞。这时仲良又接上去说：“咱们李家人多不假，哪朝哪代办过仗势欺人的事？要说这个家门里一个半个的坏人不出，我也不敢保证。二叔，你仔细看看，今天在场的哪个不是知理说事的人？若真有那无事生非、聚众捣乱的，还等得到这会儿听你的教训，恐怕大事早就出了。咱不去欺负人，难道反过来任由别人来摆布咱？这是李家的宅子不说，难道连门前的路我们都不能走了？你倒是评评这个理。”

“谁说这是咱李家的宅子？你三叔早已抵给人家了。”情急之中，二爷反驳说。

“二叔，这宅子如何抵押的你可清楚？我三叔陷狱五年，他究竟是何时签字画押的？”仲良紧追不舍地问。

二爷自知失言，又不能正面回答仲良的问题，就掉转了话题厉声训斥跪在地上的奴才：“你们这些刁奴，平日里就不服管教，今天又出手伤人，再有下次看我不活剥了你们的皮！”然后转身撂给杜只平一句话，匆匆走了，“你的人闯了祸，把我亲兄弟打成这样，你自己看着收拾吧。”

杜只平一见事头不对，倒也来得快，忙叫几个家丁过来：“给我狠狠地打，让三爷看看出出气。”如此吩咐着就走到三爷近前来，从兜里掏出两张碎银票，塞进烟鬼三爷的手心里：“兄弟，好好养养吧，过两天我给你送点好东西过去。”

人群在两个犬奴的哀号中渐渐散去了，斜阳中，二少爷的身影投在地上，显得那么高大颀长。

三爷回家得知大哥的死讯后，自然又是一番痛改前非的痛哭。在接下来的半年里，仲良就一直在这样的风口浪尖上紧张度日。由于三爷知晓自己牢狱之灾的前因后果之后与二哥不断地公开争执，再加上仲良在族中决断的几件事情又妥帖得体，慢慢地，族里的人心在向仲良倾斜。这些变化二爷最为敏感，但他不慌不忙，决计在最后关头祭出他的致命一击。

仲良正在书房里读一封哥哥自广州寄来的信。伯涵在信中提到，他已于半年前从巴黎归国，因事务繁忙，一直没能与家里联系。目前由组织安排正在广州黄埔上学，就读于一所军事学校。他简单讲述了国外的见闻和校园内的生活，尤其使人高兴的是他又见到了秦先生和秦越，秦先生正是这所学校的教师，而且他得知了秦先生的真实姓名。而后说了些秦越的近况，希望仲良在合适的时候告诉真儿。信的最后说，自己也已改了名姓，家中不必回信，另，当前有可能要发生重要事情，特别嘱咐信一定要销毁。仲良先是把信压在抽屉的底层，细细回味，哥哥、秦先生和秦越，亲人们的面容立刻浮现在眼前。他是多么怀念过去那些朝夕相处的欢聚时光啊，可时过境迁，竟再也不敢奢望了。仲良意犹未尽地翻出信来看了一遍又一遍，最后找出火盆来点着了。

福兴进来看见说："大白天的，烧什么呢？"

仲良从地上站起来，拍打着飞落在衣襟上的纸灰说："一些旧物，没用的。"

"少爷，你听说了吗？外面传出来说，祖上有规矩，没有成家的人是不能选族长的。"

"是吗？"显然仲良还不知道，沉思片刻又问，"族内的老人们怎么说？"

"具体的规矩谁也没见过，但从记载来看确实是没有未成家的人当族长的。这可有点难办了。"福兴无可奈何地说。

"你再去外边打听着点，我来想办法。"仲良说完话没等福兴出门，他一撩门帘自先去了。在东花园里绕了几圈儿后便径直奔大太太屋里来，恰好母亲也在这里说话。仲良一进门就跪在当屋里恳请说："请太太们做主，尽早为孩儿完婚。"

仲良这一跪一张嘴实在让两位妇人始料不及，待明白了他的话意，若玉有些生气地说："这孩子怎么会这么不懂事呢？你父亲这一去孝期三年，你是不能动婚嫁大事的。"

接下来仲良把族长之争的前后经过细说了一番，又把三叔冤案中二爷的所作所为以及父亲生病的前因后果讲了出来，太太和若玉惊得说不出半句话来。事情已然到了这个地步，又怎能对孩子撒手不管呢？

"良儿，我们也盼着你有出息，可婚配之事一不能轻率，二再说去找谁家的姑娘？如今八字还没一撇呢。”大太太为难地说。

“怎么没有？那杜家不是与我换过生辰八字了吗？咱还有他家送过来的红柬为证，就是想赖也赖不掉的。”仲良已是胸有成竹。

“那杜家是咱的仇人，他把闺女许给咱是假，活生生气死你父亲是真。都怪我们不明事理，与你母亲私下里应了下来，还到你父亲跟前去商量，正中了人家的圈套。现在人家目的均已达到，还会应承这门亲事吗？更何况这等人家的姑娘是断不能娶进门的。”太太们动了真气。

“太太、母亲，眼下顾不了这么多了，咱就当是以牙还牙，也绝不能让他们得逞。为了父亲，我是不会让他们以后在良家镇为所欲为的。你们应了我，明天一早派人去下帖子吧。”仲良咬着牙说出这番话来，除了痛恨之外，他已经决计把自己交出去了。

“服孝之时，你会落下不孝之罪，叫你二叔有了把柄。”若玉又担心到下一层了。

“这我自有办法。”仲良说完话从地上站起来，高大魁梧的身材让二位母亲顿觉有了依靠。

或许是杜只平没想到李家还会将此事重提，或许是他认为一旦成就了与李家二少爷的姻缘，以后无论谁胜谁负，他都会从中渔利，所以他顺手接了帖子，并没有反对的意思。等二爷得了消息过来质问他时，他还没有想出合理的解释。

“二爷，你休怪我，当初这也是你出的主意，叫我一时怎好收回这泼出去的水。再者侄女向来任性，一时拿她也没有办法。”杜只平赔着笑脸说话。

正说着话，只见杜林月冲进门来，人也不往前站，两只手揪着小辫子，怒得红了脸，气愤地说：“当初你们把我当筹码，许了人家，现在目的达到了又要反悔再去祸害人家，除非叫我一死。”她把辫子向后一甩，头也不回地走了。

二爷见此尴尬地笑笑说：“无妨，只管叫他们成亲便是。服孝时成婚，就犯了不孝的大忌，此等不孝之人，如何又担当得了族长之职呢？不过你得先停了动静，拖上他们几天再说，就算是帮我了。”杜只平送他出门，心中揣测，这个老狐狸，心狠手辣，以后要赔着小心应付呢。

杜府上几天里没有回音，李家的人心里不安起来，唯有仲良指使着家人们里里外外收拾着。外出采购的车辆从杜家门口过时，故意吆喝着，像是提醒，更像是施加无形的压力。

两位太太开始就知道这是没有把握的事，现在看来只怕真会落个无疾而终的结果。“咱们想想别的办法吧，预备着点。”大太太担心地说，“现在托人去说别人家的孩子，怕是来不及了。帖子下到后院里人家没有回绝，可要这么等下去，别是竹篮打水一场空啊。”

严氏正好走进来，闻听此言便接上去说：“这有什么难的，不就是应急吗？咱院里这不放着三个现成的丫鬟吗？何不从中挑选一个，那边不行，咱这边只说收房就完了。”

大太太眼瞅着若玉说：“就怕委屈了良儿这孩子。”

若玉别无他法。

芸儿、蕙儿和兰儿被一齐叫了进来，静静地听太太们说话。大太太虽说没有强迫之意，但恩威并施，先从三个丫鬟被买进李家开始说起，讲到如今的难处，自己竟先落起泪来。还没等她说完，蕙儿抬起头来，挂着满脸的泪痕，从若玉身上看过去，停到太太这里，坚定地说：“太太，你别再为难了，我愿意。”

下午这事刚议定下来，傍晚的时候杜家过来人定日子了。几天里杜林月听到门外的人声车马，知道是李家已着手准备了，便在伯父面前重复着几日前说过的话，不吃也不喝，以死相抗争。杜只平终于招架不住，使唤人前来定下婚期，并依照杜林月的要求，彩礼分文不取，杜家自行置办。

喜日到了，李氏家族里的老人们都被请进了迎宾堂。二爷也位列其中，他专门等着两位新人拜堂成亲的时刻，便站出来质问谁家的孝子在孝期内结亲完婚，准备把个偌大的罪名当着全族人的面扣在仲良的身上，叫他永世不得翻身。族内的老人们有的听见了口风，坐在那里略显不安，都为仲良捏了一把汗。今天的事李家并没有铺张，只在门楼、各厅堂门前挂起了红喜帐，少了众多应有的摆设，少了习俗中的吹拉弹唱，整个院子显得越发冷清。

迎亲的队伍抬着花轿进了门口，前呼后拥从迎宾堂前一过抬到后面去了。略有半个时辰，仲良由福来、福兴陪着进到堂里去了。他的穿着并不鲜艳，脚步十分沉稳。他转过身来，也不急于开口，坐在上首空闲的椅子上，站起茶碗细细品味。

“众位请用茶，喝茶吧。”福来和福兴两边走着恭敬地礼让客人。人们答应着，顺从地低下头饮茶，但他们的心思根本没在其中。当他们抬头看二少爷时，就会发现仲良的眼神就像一位成熟的舵手那样坚定而富有信心。二爷自然也意识到了今天的不同。

“列位父老，今天我仲良就算是成家的人了。凡是到场祝贺的，都是我的证婚人。对不起大家的是，虽是喜事，今天却没有喜酒，我身服孝期，不便拜堂成亲，举家相庆。我李仲良自小受父亲垂爱，言传身教，片刻不曾荒废，虽不能博古通今，但居家之道尚知，岂敢行此悖逆之事，叫外人贻笑大方？自家名誉是小，家族声望是大啊。我可不愿让人背后戳我的脊梁骨，戳咱们老李家的脊梁骨。血脉亲情，骨肉相连，我们永远是一家人啊。今后我们这个小家还是要靠大家多多扶持，多多抬助呢，这里我先谢过各位了。等到我三年孝期服满，定会再行相请，把大家都邀至迎宾堂中，一醉相庆，共庆我们李家的和睦团圆、世代荣光！”

仲良的话刚说完，年轻人就叫起好来。年岁略大的也都激动得站起身来，为二少爷揪着的心踏踏实实地放下了。二爷看看人们，他只能把精心准备的精彩演说烂在肚子里，僵硬地笑着，随着人们向外边走去。

经过这一次次交手，二爷自知败下阵来，没过几日便与杜只平举家回肃清县了。年后，李家二少爷实至名归地坐上族长的交椅，开始了他在良家镇上几十年驾船掌舵的风雨行程。

二十七

古时曲词里正有这样一句话：无奈姻缘一段路，徒的拴牢三两人。

蕙儿就因了二少爷的婚姻，原地搁置在了那儿。虽说那日是情势所迫，不得已才挺身而出，应承下来填房一事，但在蕙儿心中，正中了自己下怀。自从丫鬟们分开侍奉太太，蕙儿就从早到晚，一天天围绕着这个院子忙里忙外，细心照料着若玉和二少爷的饮食起居，渐渐地，这儿就成了她心目中自己的家。至于是何时生出了这样的心思，蕙儿自己也不十分清楚，一经发觉，它便像初春的小草那样不能自已了。蕙儿又是最迷信命定的，早就知道富与贵与自己不相干，很长时间都在跟思想里那个脆弱的自己纠缠着、逃避着、斗争着。每次她都会想起抽画签时，她抽的签子上写的“为求富与贵，但向身边寻”这句话。这难道不是神灵在晓示自己，李家二少爷正是来拯救自己脱离噩运的贵人吗？尽管她心中十分明白，这种主仆之恋很难修成正果，最终吃亏落败的只会是她，可她又无法说服自己，像脱掉衣裳那样将这段情感从心中轻松地除却。她没有芸儿那般幸运，交下了真儿小姐这样知心的主子朋友，她无人可诉，更不敢出半点差池。不过她还有个主意，毕竟芸儿与大少爷的事在她是一个可以仿效的先例。她还清楚的是，二少爷的态度将决定此事的成败。于是她先将自己隐藏起来，在日常生活对二少爷的精心侍奉和照料中，生出心来轻轻地捕捉由仲良那儿传输回来的爱情的音讯。在仲良为她讲学的眼神里，在仲良为她修改诗文的话语间，在仲良向她无微不至的关怀示意的表情中……她都幸福而满足地感知了。甚至在梦里，二少爷还向她郑重地表白心迹了呢。尤为令她高兴的是，随着她的诗文功夫日深，二太太若玉也越发喜欢她了。这是一个多么美满和睦的家啊！那日太太们议论为二少爷填房之事，虽说只是不测之需，但那正是她的责任，怎好让外人去担承呢？蕙儿投向若玉那深情的一眼，仿佛在说“娘啊，你可要为我做主”。现如今杜林月突然闯入，她就只能闲摆在那儿了。有一次，她在为二太太梳头，若玉说：“我的头发日见少了，是不是老了？你慢慢来。”蕙儿的手就轻缓了一些。

此时她又听见太太说：“我这一辈子是最不攀什么名分的，你也别太在意吧。”

自从服孝期满，仲良以族长之尊补办了喜宴之后，就很少到小院里来了。他同父亲一样吃住都在书房里，似乎忘却了妻子还为他守护着一个小家。即便是每次过来，也并不多看她几眼，只是在母亲跟前嘘寒问暖，杜林月就同一个远房亲戚那样拘束地端坐一旁。这位散了发辫在脑后绾上发髻的年轻妇人，又能怎么办呢？

杜林月自幼母亲亡故，父亲又是个浪荡散慢之人，一甩手自顾到处寻欢作乐。年幼时，她也过了几年衣食无缺、无忧无虑的日子，等长大一些才慢慢体味出这做人的可怜。

又是秋后收田租的时节了，仲良将家给福来交代好，便带着福兴到各店铺里去收缴年金，逃也似的出了家门。

自从三爷获释回家，严氏她们就搬到靠近东花园门的一处闲院里起居。这处小院原是举人老爷春秋时节颐养之地，后由于病体不便多是要人照料，故此撂闲了这几年。现在虽说单独分住，可三爷家当已是一清二白，仲良记着父亲去世前嘱托的“无论如何都要善待”的话语，就明着不提，只是在暗中多多接济。哪知这烟鬼三爷又犯了旧疾，不知从哪里淘换来的烟膏白粉，一抽上瘾而不能收拾。仲良虽几次苦口相劝，倒也对他不离不弃，无奈家道日艰，想来也难十分周全。

已是一层秋雨一层凉了。昨夜的雨淅淅沥沥滴到午后方才停住。芸儿闷坐在床上听到窗外的雨声歇了，便走下来打开窗子透透空气。原是没在意的，院里满地尽是落叶，浸渍在积水中，呈现出一片片凄凉的秋意。也不知芸儿突然想起了什么，她披了件衣衫，轻轻地迈出门径直向东花园而去，风起闲情，雨触愁丝，竟是一路痴迷，惘然无所知了。她隐约记得在过来通往三爷小院的路径时，看到三爷从地上拾起什么慌乱地揣进怀里，躲闪着过去了。芸儿来到东花园里，满目皆是秋尽的景象，树叶稀疏，花枝零落，就连池塘里的水也凝了，石也瘦了。人也自觉少了几分精神，便呆呆地坐在一处亭栏上，再也不愿走动了。她一低头便想起了自己掉在池塘中的绣花针，想起了真儿小姐在此抚慰她的一番话语……她便细细地盯着塘面观看，极目搜寻着那根细小的银针，恍若一旦复得，那从前的所有情形都会重新回到身边。可她只在塘面上看到了一张憔悴的脸庞，两鬓略显松散，眼神空洞无光。既而那面影被一滴滑落的泪水打碎了，颤抖着沉入了水底。

“你跑到这儿躲清静来了。”远远地，兰儿招呼着沿着塘边的花丛走过来。芸儿回过神来，用衣袖在脸上拭了两下，转过来看着她。兰儿径直过来紧偎着她坐在旁边，将芸儿的衣襟往中间抻了抻，扣着纽襻儿说：“天说凉就凉了，你还这么好歹一披，冻病了也没人疼你。”

芸儿感激地看她一眼，便低下头自己接着系下去。兰儿在一旁捡了几片亭中飘落的树叶，一一扔到水面上，无聊地说：“你说这些日子我老是梦见谁？”

“谁呀？”芸儿随口搭讪。

“那个伶儿呗，还跟我说一些莫名其妙的话。今儿中午我刚打个盹儿，你说他就又来叫我、拉扯我，让我救救他。我吓得扭头就跑，他在后面紧紧追赶，手伸那么老长。”兰儿说着突然往芸儿脸前一伸手。

“你吓死我了。”芸儿惊跳起来，扯过兰儿来就要掐她，只见兰儿的胳膊上密密麻麻地起了一层疙瘩，才知道兰儿不是吓唬她，原来她自己也害怕呢，便在心里缓缓，才玩笑着说，“莫不是你成日里光想那个小戏子吧。”

兰儿就有些恼了：“你心里才装着人呢，别当我不知道，不敢笑话你。”

芸儿一时没了言语，脸色也定了下来，心里明白兰儿不是嘴上乖巧之人，思想了片刻便自嘲地说：“咱们姐妹都是有命没运的人，本应该相互怜惜才对，我不该打趣你，你也别挖苦我啊。”

兰儿也是气恼失言，正不知怎样扭转，就接过来说：“人家一睁开眼，吓得到处找你，后又寻到这园子里来，实指望你一说这梦就破灭了，反被你一趣闹，心里便和真的一样害怕了，又哪里是挖苦你。”看见芸儿脸色温和了下来，就跟上去说：“芸儿，你刚才说咱是那有命没运的人，我劝你千万别一条道走到黑，一旦进了死胡同，可就没出路了。”

芸儿心里知道兰儿在说她和大少爷伯涵的事，便不想过多纠缠这个话题，站起身来说：“咱们快回去吧，说不定太太们要醒了。”

芸儿从后面取了水来，听着太太房里还没有动静儿，就先送到小姐屋里来。真儿已经到村学里去了。她的房间并不奢华，丝毫不像是乡间富足人家小姐的闺房，处处拾掇得平整而简洁。临窗的桌儿上工整地摆放着正在阅读的书本，有笔筒和一方石砚，镇纸下横压着几张梅花笺。窗开半扇，清爽的秋风吹送过来一缕缕墨香，濡染在轻摆的床幔上、隔帘上，熏染着小屋中的每一件器物。

芸儿放下水走到窗前，探身关上纱窗，又禁不住低头看去，见是一首诗《寺中记农历公历双十八之月》。

夜宿开福寺，新月涂绉窗。
塔前铺素雪，林内挂清霜。
有约来临照，孤然无相赏。
所悲是何物？疏钟几声长。

晚饭后，芸儿念念不忘地追到真儿屋里来，爱不释手地读出声来，又羡慕地说："你写的这寺中月真是再好不过了。"

"可不敢当，那写诗的人可不是我。"真儿此时停顿了下来，好像在想什么事。

芸儿忙不迭地问："不是你，还有谁？"

真儿往二太太若玉院子的方向努努嘴。"蕙儿？我不信。"芸儿不明白小姐的意思。

"不是蕙儿，是她。"自从杜林月过了门，她们在背地里一直这么称呼她。

"小姐，那你在家里又多了一个对手啊。"芸儿半开玩笑似的说。

"那我就离家出走吧。"真儿也像是在开玩笑，她若有所思地坐回到书桌前来。

二少爷走后，福来日日领着三五小厮，下到田间地头清算秋租，称量之后，忙着归仓入库。院内各处家眷自行闲散，相安无事。再过不几日仲良他们就该回转了。

兰儿跟从在严氏身后进屋的时候，芸儿正背身擦拭着桌上的瓷瓶。床边上若玉正陪着大太太说话，声音都有些懒散，映着发黄的窗纸，在芸儿的身后退减成模糊的背景。也许芸儿的心思根本没在这个屋里，她聆听着枯叶在枝丫间折断的声响，然后在一层层的风中荡秋千似的飘摇而落。间或有一两片被风再次翻卷起来，仅可在花根草茎间跌跌撞撞，它们为折损的翅膀发出一声声短促的喟叹。

“你给我跪下！”严氏当头一喝，声色俱厉，惊醒了屋里的人。兰儿不知她在训斥谁，自己懵懂在原地。

严氏走前两步，返身坐在临床的椅子上，腾出一只手来直指着怔怔的兰儿。“你还敢不跪？”

兰儿早被她折磨习惯了，就毫无知觉地跪了下来。可她实在不清楚自己又犯了什么错，还值得严氏凑到大太太屋里来施展淫威。

芸儿心怀不平地瞅着，就想替她上前说话。

“这丫鬟怎么了？”大太太惊讶地问。

“让她自己觍着脸说，我们家可养不起你这手长的人，撵出去拉倒。”严氏说出话来，已然把柄在握。

兰儿丝毫没有分辩，只忍不住抬了抬头。芸儿在一旁按捺不住，知道兰儿嘴拙，平时吃多了委屈又道不出来，才惹得严氏隔三岔五没来由地欺辱她，就蹲在兰儿身边催促道：“你果真做了手长的事，就不妨说出来，免得惹了人家的长舌头，说说道道地难做人。”

严氏气得翻了白眼，冲着芸儿逼问：“了不得了你这个死丫鬟，说出这夹枪带棒的话来助着她，莫不是你们俩串通好了，一块儿做下的这见不得人的好事？”

“你少来诬陷好人，先把你自己身上——”芸儿正想数落一番，一可为兰儿出头，二又解心头闷气，不料被大太太喝止了。

“你先出去。”大太太见芸儿气愤地跑了，停顿了一会儿才问兰儿：“你说也不妨，到底做了什么事？”

“太太——”兰儿掉了眼泪，小声说，“我不知道。”

“什么？”严氏忽地站了起来，快步冲到兰儿跟前，“你敢说你没做？当了婊子还想立牌坊？你想得倒美，呸。”严氏对着兰儿的头啐了一口，用手使劲扯住兰儿的嘴角，撕拧着，厉声问，“你倒是说不说？”

兰儿疼得举起手来，又想护住自己的脸，又不敢去掰开严氏的手，鲜血从她的嘴角里渗了出来，“太太……我真……不知道。”

严氏恼怒地将兰儿搡倒在地，伸手从怀里掏出一方手帕：“你不说，也甭想赖干净。”

兰儿略微一抬眼，看到那是自己压在箱子底的东西，顿时吓傻了。她知道手帕里包藏的正是金香交她存放的绿玉镯。她一点也没觉察，严氏是何时翻在手里的。人们若是猜疑她与金香有什么牵连，那就真是大祸临头了。

“我说我那金银首饰一件件说没就没了，原来是你这贱货在算计我这点东西。亏了我及时把这个镯子翻到了手，不然连这个镯子都被你卖了，我上哪儿去说理。”严氏摊开手帕，叫大太太和若玉都看了个清楚。

“那不是我偷你的。”兰儿强辩说。

“呸，那是我送给你的了？”严氏不容分说，“多少年你白吃白住白养活，到底还是贼坯子，竟偷到窝里来了。”

大太太与若玉都看清了，那确实是三爷分得的绿玉镯。这种稀罕物，严氏是断不会送人的。又见兰儿只管跪在那里哭泣，说不出半点情由，只当是她真的偷了去，现在见暴露了又害怕起来，就怒不可遏地训斥说：“李家怎么会调教出偷盗！先关到院子里，待良儿回来了拉出去卖了。”

“太太、太太——”兰儿一下子扑过来，“那真不是我偷的，你可怜可怜我，留下我吧。”

大太太厌烦地用脚踢开兰儿要拉扯她衣裙的手，对严氏说：“去叫小厮们来，拉下去锁上。”

兰儿终于明白求告已是没用了。她大睁着眼睛，分明又看到了金香与杜二爷调弄的一幕幕场景，可她一个字也说不出来，就瘫软在地被人拖走了。

二十八

盐河如同一个艰难越冬的老妇，匆忙中胡乱地收敛起一头衰发，在冷风中索然独行。空旷的原野上的几株枯树，间夹着一两个空虚的鸟巢，无聊地做着些点缀。大片大片的滩洼里泛着晶亮雪白的盐巴，折射出冬季里令人眩晕的日光。

真儿从村学里回来才听说了兰儿这件事，过来问芸儿打听时，芸儿才将先头的话学说了一遍，至于到底兰儿怎样手长，又为何被关押起来，她也不清楚了。真儿又把自己知道的有关首饰、玉镯的事告诉了芸儿。

“兰儿决不会做这样的事。”芸儿立刻反驳说，“这根本就是栽赃陷害。”

“可首饰确实丢了，她陷害兰儿总要为点什么吧。”真儿不解地说。

“真丢了也不能空口白舌地栽在兰儿身上。”芸儿气愤至极。

“镯子不是藏在她的箱子里吗？她并不否认啊。”真儿也不相信，她在从对立的角度来破解这个谜。

芸儿被问得无言以对。她暗想，会不会是三爷相中了兰儿，被严氏知道了，变着法子要赶兰儿出门。若是这样，兰儿必是羞于启齿的。现在三爷少了约束，整日在外面胡混，如何寻他回来证实兰儿的清白？

吃晚饭的时候，芸儿给太太们盛好，自己也顾不上吃，端了一碗就往外走。正巧严氏从外面进来，堵在门口问：“给谁送饭去？”

芸儿也不退缩：“给兰儿怎么了？她就是真偷了你的东西，也不当饿死的罪吧。”说完谁也不看地走了。

“你坐下快吃吧。”大太太不耐烦地对严氏说，“都是我给惯坏了。”蕙儿在一旁本打算说话，见太太们这么说，就又咽了回去。真儿有些心烦意乱，匆匆喝了几口汤，谎称困乏起身离开了。

芸儿隔着门缝见兰儿浑身是土，傻呆呆地蜷缩在床上，下巴放在膝盖中间，死盯着墙角，芸儿心疼地唤了她两声。兰儿听是芸儿的声音，半天回过神来，爬到门口来央求说：“好芸儿，好妹妹，你快去找大太太救救我吧。我真的什么也没偷。她让人打我，我快受不了啦。”

芸儿把干粮从门缝里塞进去，递到兰儿的手上说：“你先吃点东西，咱慢慢地说，那镯子怎么会在你手上的？”

兰儿惶恐地看着芸儿：“我不敢说。”

芸儿见她的模样更坚定了自己的想法，就悄悄地问："真是那烟鬼三爷要霸占你，被这婆娘看出来，才生心赶你出门的？"

"不，真的不是。"兰儿哭着摇了摇头。

"那还有别的事？"芸儿追问。

兰儿痛哭起来，她是多么后悔当初自己的糊涂啊。"我早该说的，可是现在不敢说了。"

芸儿又气又急："什么过去现在的，你连我都不说，也就没人能救你了。"

"芸儿，说给你知道，你也救不了我。我是胳膊折在袖子里，自己疼自己受啦。"兰儿说也说不下去，哽哽咽咽地吞着干粮，索性不说话了。

芸儿等了半天，方才站起身来，临走时又说："我明天再来看你吧。"

"你别走，我害怕。你说他们会把我卖到哪里去？"兰儿茫然地问。

"你净胡思乱想，等二少爷回来吧。"芸儿也不知如何安慰她。枯叶呼啦啦地衬得秋风更紧了，小院里只有兰儿的小屋门露出一线光亮，四处黑阴阴的。

次日清晨，芸儿刚打开院门，就远远地看着福来吆喝着小厮朝东花园方向去了。她心里一惊，顾不上梳洗就跟过去探看，果然人们都拐进了三爷的家门。她紧跟在后面靠着门框探听，只闻听严氏叫嚷着："做了贼还知道要脸，羞得上吊死了。"

芸儿的头顿时炸响了一般，耳朵里嗡嗡鸣叫着，人不顾一切地冲了进去，直奔到兰儿的小屋里。几个小厮正手忙脚乱地从梁上放兰儿下来。兰儿的头发像一道黑色的瀑布垂泻着，两只鞋一正一反地落在了地上，手也在空中摇来晃去，袖口上芸儿为她缀补的兰花不再淡绿，而是青得要刺破芸儿的眼。

芸儿疼得紧闭了眼，却没有一滴泪，踉踉跄跄地回到自己屋里，扑倒在床上就再也不能动了，只听到心里有个声音大声呼喊道："害死人啦——"真儿分明是听到了芸儿的哭喊才赶过来的。一进门见芸儿抖索在床上，脸色蜡黄，头发散乱，还只当她是瘾醒了，上来为她捂好棉被，搂在自己怀里，宽慰她说："你别乱叫了，等暖和过来就好了。"

"小姐，兰儿吊死了。"芸儿一手薅住真儿的衣袖，泪珠这才哗哗地流淌出来。

当天埋了兰儿，仲良晚间才回到家里。等福来一一禀告家事，仲良就此事询问太太们时，大太太说得轻描淡写，“本说是先关起来，等你回来问清了再打发她。”后又补充说，“她这算什么，纯粹是想败坏咱家的名声。”

严氏说得更干脆：“她这是畏罪自尽，与咱们有什么相干，说出天来也不怕。”

最后若玉才说：“没有人逼她，合该是这样吧。”

真儿的离家出走任凭是谁也始料未及的。令芸儿有些不解的是，这件事在院子里并没有引起轩然大波。大太太不但没像伯涵离家时那般号啕，只是心有不甘地想了想，反倒略显平静地说“知道了”，人就又缩在椅子里闭目养神了。若玉的反应更像自言自语：“难道非走这条路吗？”

芸儿震惊了。在她眼中，这所宅院就是一座坟墓，竟没有一丝鲜活气息。兰儿的死、真小姐的离开，在人们的脸上和心里没能留下片刻悲伤的痕迹。芸儿仿佛置身于众多影子的生活之中，所有过去的印象也都虚幻起来。她的头脑中迷茫空洞，似是被人攫取干净了。

芸儿除更加细心地照料大太太外，平日闲下来的工夫，就主动到若玉的小院里找蕙儿和杜林月坐坐。几次过后，她就慢慢觉察出蕙儿和杜林月并不融洽，态度上隔了一层纸样的东西，眼神也都互相躲闪着。杜林月不但没有主子的颐指气使，反倒待蕙儿十分客气，蕙儿自是不敢承受，仿佛是吃不消鹊巢鸠占的便宜。杜林月对待蕙儿毫无曲意刻薄的意思，却是蕙儿自知情由，不知如何应对。虽说杜林月的处境实难得意，但她自己能有今日一番遭遇，根本怨不得别人，恨只恨自己多读了些文字，明白了些新理，怎如一生下来便糊涂的好。于是每逢心神悲怆，便在纸上记下几行顾影自怜的诗句，几年下来已积写了百首有余。自从芸儿不时过来相与谈坐，她如同遇得了知音，新诗旧稿毫无保留地拿出来与芸儿共赏。芸儿恰又刚入了新诗之道，正巴不得到处借鉴临学，如此便来得更勤了。

“少奶奶。”芸儿轻唤了一声，掀开门帘进来。

“芸儿姐姐，快来窗前坐，我想这几日你把我忘了呢。”林月也不回头，只顾伏案书写。芸儿就绕到里边去，为杜林月倒了一盏温茶送过去，顺势坐在她旁边。

“还有几个字就誊清了，待会儿你再看。”杜林月写着，不慌不忙地说。

对于李家宅院，仿佛光阴故意放慢了脚步。每个人都被罩在了莫名的等待中，清晨渴盼日头西落，深夜期待曙光照临。厌看了秋叶黄落、冬枝摇摆，又春光一日日褪去。令值大暑，分明是一年里酷热难挨的时节了。

刚一入夏，大太太许是怕热贪凉，积食不化病了十几日。芸儿日夜陪伴，药饭周勤，杜林月那里便去得少了。如今病情虽已好转，天气又一日热似一日，芸儿更是不敢懈怠，围绕在大太太身边端水、打扇、熏香、捶腿，桩桩件件别人都替换不得。若玉与严氏间或过来探看，也是趁着清早凉晚，这样折腾得芸儿就同日日坐在云里一般，整天飘飘然，心事也难得理清了。

“芸儿，你把香灭了吧，天天熏得我头疼，气也喘不匀实。不如到花园子里掐两枝花芽来，泡在屋里，闻着也凉爽些。”大太太见芸儿又把熏香点上，就不耐烦地说。

“太太，是我早晨忘了，现在日晌午热的，哪里还有花骨朵？就是剪来了也怕开出一屋子的暑气，白白又冲伤了你。明早我再去吧。”芸儿说着话，就把刚点着的熏香掐灭了。

“我可等不及，待会儿日神歇了，你就去墙角里剪两枝来，又不费事，还拖到明天干啥？”大太太的脾气自打举人老爷走后就变得古怪了些，现又经了真儿不告而别，但凡遇上小病不适，就更是烦躁多疑了。芸儿许是受得多了，心中明白是怎么回事，就只管做事不再言语了。芸儿一点也不觉得委屈，她像理解自己的母亲那样宽待着眼前这位衰老的妇人，不仅是因为她作为主人善待了自己，更主要因她是大少爷的母亲。

芸儿一走出院门，一股股热风吹得她肠翻欲呕，头脑也格外沉重，人就沿着甬路机械前行。无意间三爷从里边匆匆拐出来，不停地回头看，正与芸儿撞个满怀。芸儿倒在地上，毫无反应地盯着三爷慌乱地把一盏银蜡台包卷在衫子里，干笑了两声疾走而去。芸儿缓缓地爬起来，继续朝东花园里走，她恍若一步步地踏入了另一幅情景之中：秋雨初歇、落叶满阶的午后，在通往花园的甬路草坪上，三爷正躲闪着捡拾红红绿绿的东西，然后包起来揣进怀里，头也不回地走了。那会是什么东西？难道会是首饰？是严氏丢失赖在兰儿身上的首饰？是烟鬼三爷自家偷窃出去换取烟粉钱？兰儿为何以死来自保清白？如若没查出子丑寅卯，她的清白何来？芸儿顾不上再剪花枝，回身疾走。

大太太听完芸儿的话，随便打发了几句，应付过去了。可她私下里找来严氏和老三，把芸儿两次撞见的经过一说，正准备问个究竟，没想到烟鬼三爷横竖不怕，立刻就承认了下来。严氏倒像是早已知道，一句话也没说。大太太心恨老三不争气，可想管也管不动了，只气愤地说："偷起老婆的家当来了，你真没出息。"

严氏只当会翻出兰儿的旧账来，先是就怕了。见大太太连提也不提，心虽放松下来，只是有事没事来大太太屋里嘘问得勤些了。有了这一回事，严氏处处提防着芸儿不算，只要一瞅见她，牙根儿就疼，这眼中钉、心上刺，还是连根儿拔掉得好。

连日里芸儿日夜费心劳神地侍候在大太太身边，左右支应着寸步不离，到如今早已是身心俱疲，人也棉花团儿似的没有半点精神，再加上这一串串的事故，她常常深陷于前因后果的一幕幕场景之中，神情恍惚又无法自拔。这日午后，为大太太捶腿见她困乏了，就又搬张方凳挨着坐下，轻轻地打起扇子来。

"大少爷，你怎么回来了？"芸儿一抬头看见伯涵走进来，惊喜地问。

大太太正想眯一会儿，听到芸儿这么一喊，便清醒了，待睁眼看时哪有儿子伯涵，气得转脸要训斥芸儿。但见芸儿手上的扇子落在了怀中，歪着脑袋睡着了。可怜她这些日子尽心服侍，便有些不忍心了。

二十九

大太太听着脚步不像是芸儿，便微睁开了眼睛。

严氏正笑着走到她近前来："前几天托我娘家弟弟捎回来的槐花蜜，给你送过来，多喝点水也消暑的。"

"这倒是不容易得的好东西，亏你还想着我。快坐下吧。"大太太稍微欠欠身子，算是客气了，"芸儿提水去了，等会儿冲上两碗，咱姐儿俩一块儿喝。"

严氏连忙亲热地坐在刚才芸儿的凳子上，从地上拾起扇子，在大太太旁边摇着说："芸儿可不像是去提水，扇子扔在地上，脸上臊得通红，不是做什么春梦了吧？"然后故意抻长了话头不说了，想引着大太太说下去，大太太沉默不答。严氏知道她在心里正前后掂量，觉得火候差不多了，就又跟上去说："女大思春啊，她的梦呓我可是听了个一清二楚，听得我心惊肉跳。我还纳闷这个丫鬟除了对您恭顺以外，她眼角里哪里还有别人，原来是想着咱家的涵儿呢。"

这话一经严氏说出来，大太太又是心中一惊，至此心中的话也就收不住了。"我只这么一个儿子，虽说不在身边，总要为他寻下一个门当户对的亲家，才不会枉了咱李家的声名。像芸儿这样不错的丫鬟，我想给涵儿填房也能合她的心思。"

"填房？亏您敢这么想。莫说她不答应，非逼着涵儿明媒正娶不可，即使是先应了，凭这丫鬟的本性，就甘随人后吗？等她变了法地抓住了内眷大权，别说我吃不上好果子，她还会像现在这样孝敬您吗？我看未必。她现在是有企图呢。"严氏可不想芸儿还能留在这个院子里。

"她会有那野心？有咱把持着，她敢离了大谱？"大太太有些将信将疑。

"大嫂，你们主仆一场，情义自然是有的。可您也别忘了，咱供她吃，供她穿，已是白养活她了。现在您讲情义，等到以后老了，能力达不到了，还不是任人摆布？为涵儿娶一房好妻，知书达礼的，错也错不到哪儿去。若是留下了这个粗鄙丫鬟，可是什么事也保不准的。别说李家名声明摆着没了，就是涵儿的一辈子也给毁了。"严氏紧着火上浇油。

"那要依你怎么办？"大太太开始妥协了。

"若是依我才好办，只说是丫鬟大了，送回家由人家自行许婚配嫁，岂不爽快？”严氏心中暗喜。

“那多不好，只是跟了我这么多年，嫁妆我愿给她备一份的。”此时，大太太又动了恻隐之心。

“我说您叫她迷糊了不是？赎身钱不要就算是便宜她了。”严氏才不想放过这落井下石的良机。

“咱不在乎那点银子，怎么说她还是福来的远亲呢。”大太太最终认为这样做才较为妥帖，也才对得起自己的良善之心。

“您这是行好积德，那就随了您吧。”严氏恭维地笑笑，然后又沉下脸来凑到大太太的耳旁，“事不宜迟，还是快办的好。”

“这事咱总得跟良儿商量一下吧？”大太太迟疑地说。

“那怕是不成了。他们自小玩耍，万一漏了信儿出来，你我还能应付得了？为了咱们的涵儿，还是知道的人越少越好。”严氏只想把这事秘密地做了，更不想露了她的马脚。

“那咱姐儿俩怎么做得了这事，再说真做起来，良儿也不会不知道的。”大太太担心地说。

严氏并没想得这样仔细，只是一心促成了这件事，接下来的事她就不管了。现在看起来大太太还没有更好的主意，便又挖空心思地去想。

“既然是福来的远亲，干脆把他叫进来说明了，叫他去想办法，先把芸儿弄回家才是首要。至于良儿那里也不难，你只管叫他出去到各柜上转看转看，顺便物色两三个小丫鬟买回来，反正咱家里也要添人了。等他办完事回到家，咱这里也早做干净了，他还能不随了你的心思？”严氏听到院子里有脚步声，就停住话，站起来走到床边去。

芸儿提了水进来，看见严氏也在屋里，故意低了头直向八仙桌而去。

严氏换了副面孔，赔了笑说：“芸儿姑娘，提水去了。”

芸儿看也不看，更是懒得理她，正想往茶壶里冲水，听到大太太说：“三太太跟你说话呢，今儿别沏茶了，冲两碗槐花蜜水吧。”

“真是今年的新槐花，闻起来就这般清香。”大太太远远地嗅着鼻子。

“正是呢。”严氏根本不介意芸儿的态度，咂了一口水，真甜啊！

有几句词是这样写的，凑巧正应了芸儿的事。

非是堂前爱惜身，只为痴情幻成真。
自古巧合属天意，而今生离由嫌人。

仲良带上福兴出门了。第二天大太太叫福来进来的时候，他真不知道商量什么事。严氏热情地张罗他坐下来，随口问着："福大爷和芸儿沾什么亲啊？"他只沉默着并没答话，这也是他在李家多年养成的习惯，在不明白主人意图的时候尽量少说。等他听懂了大太太的担心和顾虑，他自己也认为芸儿这样想、这样做着实有些过分了。于是他老老实实地讲出了芸儿的来历。大少爷如何救助母女、安葬芸儿母亲和芸儿是如何回来又如何得到大少爷的安置。最后为了保全李家的声誉，更是为了挽回自己的过失，他胸怀对李家的愧疚接受了这项任务。大太太不但没有一句责备的话，还答应陪送嫁妆，让他都有些感动了。

芸儿的叔叔名叫王贵，他原来做着渡口摆船的生意，倒是个忠实憨厚的人。后来在婆娘的撺掇下，用芸儿卖身葬母的钱在自家开起了小油坊，走街串巷地叫卖，人也精明了不少。只是家中婆娘能算计，又是个不知足的无底洞，眼看着两个儿了长到娶妻生子的年纪，自己好吃懒做不说，还处处挑剔，动不动就在院子里高声叫骂起来。

"真是个孬种，生俩儿子全都一个德性。要不有老娘，日子能过成今天？"王贵老婆在门帘外篦着头发，冲着油坊里骂。

油坊门口，王贵蹲在地上拣豆子，里边两个儿子正忙着榨油。各人忙着自己的事，那婆娘不出气，急着走到院子中央来。福来站在半开的门边，看了个清楚，就一步踏进门来招呼说："大嫂，忙着呢？"

王贵老婆转过头来，见是位穿戴齐整的富家爷儿们，忙堆一脸笑。王贵也站起身来，端着半筛子豆子过来打问："这位老爷，可是要……"

福来还能依稀辨出芸儿叔叔的模样，就拱拱手说："我是从良家镇来，大云让我捎个信儿。"

王贵这才记起十几年前雪地里的事，忙将豆子放到地上，说：“快进屋，屋里来说吧。”

福来就简单地从芸儿进到李家说起，人既懂事明理，伺候太太又尽心尽力，全家人都很喜欢满意，待她如何如何好，现如今到了婚嫁年龄，大太太开恩特许她回家来，由自家做主找一处好人家，赎身价钱不要不算，还愿意为她陪送一份丰厚的嫁妆。见芸儿叔婶面露喜色，就又接着嘱咐说，只怕芸儿跟了大太太多年，情同母女，知道了死活不肯回来，拂了大太太的好意。大太太专门要我告诉你们，以后和芸儿就当是儿女亲戚走动，根本没有撵她的意思，千万别误会。

“那怎么会呢，良家镇李家的仁义谁不知道？再说真要撵她，往外一赶便完了，哪还会做这仁至义尽的好事，我们也是懂事的人家，劳烦这位大爷回去给大太太带话，我们不能到府上磕头谢恩了，全尽着你们的意思去办。”那婆娘盘算着，这丰厚的嫁妆或许能攀上村里的大户，更别说与良家镇李家沾亲带故，各处的头脸自然就全都有了。她笑得满脸皱纹挤在了一起。

“那就这样说定了，尽快说好人家，我就把彩礼嫁妆都送到府上来。”福来站起身来往外走，在院子里，他又对王贵说：“你还得到镇上走一趟，去把芸儿叫回来，说个什么话，别让芸儿犯猜疑。”

“这都好说，您老就放心吧。十天之内我们等你的马车来。”这婆娘生怕有了变故，高兴得快不会走路了。

王贵一句话也说不上来，等把福来送远了，才回身跟老婆嘀咕：“大云不会有什么事吧？”

“她能有什么事？真是个争气的闺女，脾气多随我呀，跟我的亲闺女一样。”说完看见王贵还是一副放不下的模样，就瞪起眼珠子，指着鼻子骂道：“你这个屌样子，肉包子砸着脑袋，你也抢不着。”又看见两个儿子在油坊里停了手往外瞧，就转过身去又骂：“还不干活去，白养活了你们。”

骂痛快了她才回身往屋里来，嘴里自言自语：“我可顾不上跟你们置气，得找件新褂子出去张罗人家了，大马车可不等人哟。”

关于王贵与良家镇李家牵上了亲缘的事，随着芸儿婶子油头粉面地当街一走，顿时风长了脚一般跑遍了观津口的条条街巷。人们乍听起来还不太相信，真等到几辆大马车的嫁妆往王贵家里一抬，全村的妇女们都咂着舌头拥上来细打听了。那眼神恨不得长出钩来，能捎带回一两件到自己家里去。当村的几个媒婆原是撇了嘴没认真对待的，这会儿都奋力地从人群中挤到门前来，争着去拉扯王贵老婆的手，把三里五乡自认为不错的门户报上名来。王贵老婆喜得在心里一一掐算掂量着，暗自敲定了本村的殷实大户贾家。

贾福庆在兄弟四人中行大，再下依次为连山、连雨、连房。福庆天生继承了祖辈勤俭持家、积攒度日的门风，与兄弟们分家之后，日子过得比他们都要厚实一些。但他不是那种显山露水的富足，宽裕之处只有自己心中清楚，从外面看上去依旧是克勤克俭，毫无张扬，果真到了事上，弟兄们又没有一个能比他办得更有模样儿，这又是全村的人都能看得出来的。话又说回来，小村大户，即便是富，也不曾长年屋中有婢仆，院里养家奴，只在家忙时节雇用几个便宜的短工，充其量是一小地主而已。他有两个儿子，长子保全，若说他聪明，那是与他同类的聋子、哑巴相比，早已错过了娶妻成家的年龄。次子保顺，幸好不是死聋子，但受听力的影响，话也说不清楚，头脑中就显得少了几根弦儿。给芸儿说的媒正是他。媒婆为什么会偏偏攀附这样一个人家呢？从外人看去，芸儿嫁过去准保衣食无缺，是修下了一辈子的福。而这婆娘心中想着，凭着芸儿的心计，过不了几年就掌权管家了，那地那粮食还怕不像自家的一样，贾家的人和牲口说不定也都随便使唤了呢！

福来将王贵先行接到自己家中等待，他立即进府里去叫芸儿了。芸儿一听说是家里来人看她，欢喜得顾不上收拾，只跟大太太打了招呼，急急得跟着福大爷出来了。王贵在动身前的几天里，始终对芸儿的事情感觉不妥，他翻来覆去地琢磨福来说的那些话，似乎没什么漏洞。令他费解的是，李家既是如此看重芸儿，只叫她归家待婚才是正理，或可给出时间选配人家。如今竟是仓促行事，还不让芸儿知道，如何能寻得到幸福归宿？王贵怕是其中有什么事端，他不敢与婆娘讲明，只用猜度无果来糊弄自己的良知，尤其在看到满屋的华衣锦被和贾家送过来的白花花的定亲银子时，他的精明告诉他应把事情整明白，只有愚蠢的人才会做出这等傻事来。

“叔，你咋来啦？”王贵思前想后的时候，芸儿迫不及待地在屋外喊。

“大云，快进来，快让叔看看。”王贵一激灵站起身来，就见芸儿淌着汗珠过来了，像一枝笑开了的石榴花。

“叔，你可是老多了，家里都好吧？”芸儿用手帕擦着汗，一绺头发斜斜地贴在额头上。

“我还能不老吗？你都长成大姑娘了，看你好的，跟富贵人家的小姐一个样。”王贵赞许地看着侄女，心里后悔把她许给贾家了。

“太太们待我好，福大爷又处处护着，只有你们把我忘了，这些年连个家也没有了。”芸儿说着话又难受起来。

“日子穷没法来啊，掰着指头活命，哪来的盘缠啊！”王贵喏喏地说着，悲戚的心中有了一点动摇，他想起了芸儿卖身的银子，饥荒年没有它一家人早就饿死了。要不要问问芸儿到底为了什么事？

“叔，咱别难受了，你是怎么找到这里来的？”芸儿擦掉脸上的泪花。

福来见王贵一时无话可应，就接过来说：“你叔日子好过了，自家开了个油坊，走村串乡地去卖，头月里我在街上正碰见他，聊上几句话就相互认了出来，这不今天就来寻你了。”

“咱家不摆船了？这油坊生意好做吗？我俩兄弟都快娶媳妇了吧？”芸儿太需要有亲人、有家了。

王贵的牙像是在嘴里咬了咬，然后才抬起头来说：“大云，跟叔回去看看吧。都想你呢。”他的头上冒出了汗，福来坐在一边说：“这天气热的。”

“我何尝不想啊，可是大太太这阵子身体正不好，我哪离得开啊。等天儿凉快了，太太好了也就肯放我走了。”芸儿为难地说。

“咱家里有事，让福大爷给你求情去。”王贵越发觉得自己笨嘴拙舌的，来时婆娘教的话一句也想不起来了。他讨好地看着福来，希望他能帮个忙。

福来本不想说话，可事情到了这个地步，也只能说了：“你叔叔既是来了，家里又有事儿，我想太太也是通情达理的人，你前脚走，我后边给你说一声去。”

芸儿没见过福来敢做太太的主，又怕难为他，就站起来说：“福大爷，还是我回去跟太太说一声吧。”

见芸儿要回去，王贵急得什么似的，把桌上的水碗往芸儿手里一塞说：“你这一去了太太要是不许，我就一个人回去了。大云，见了叔总得喝碗水再走吧。”

芸儿看叔叔这样，心里热乎乎的，一仰脖儿把茶水喝了个干净。人再往外时，没走两步就觉得腿脚软了，面前一片漆黑，嘴里咕哝说：“我这是怎么了？”

三十

从高空俯瞰整条清凉江，上下大部分流程都是抻直的，只是中间有一处向外拱起了一个皱褶，乍看像是一根抖动的绸带。如果抖动时将什么东西甩了出来，那必是清凉店无疑。在其身后的平原上，有一条笔直的大道贯通南北。若一直往北走，总会有一条岔路通往良家镇去。

在清凉店十字路口的西北角上有一家字号兴盛的商行，二层小楼，沿着西北两街各开四窗，它是这里最气派的建筑。向北望去，街道有了一个缓坡，房屋也渐渐趋向低矮，在坡脚处有一门脸不大的瓷器铺子，在嘈乱的街市上显得格外沉静。因为门窗窄小，铺子里的光线稍暗，加上前柜和货架都是栗色，所以客人进到里面先是觉得阴凉，继而是凝重、拙朴，不自觉地气就会往上提，并收敛起轻飘飘的眼神，人就正统起来了。在南北两面墙上分挂着两副字轴，一面为“天无私覆，地无私载，日月无私照”，另一面为“君子和而不同，小人同而不和”。这里的瓷器很是讲究，都是从南方运进来的高档货。别说老百姓家用的黑土烧制的粗瓷大碗这里没有，就是中等人家里的细瓷茶壶也是买不到的。格子里陈设的小到烟壶大到条几上放置的高瓶，都是绘着仕女或镂空颈耳的精致货色，专门为上等人家准备的。因此别看平时生意略显清淡，只要与富贵人家做成一笔买卖，差不多个把月的赚头就出来了。瓷器铺子的掌柜是一位二十多岁的年轻人，此人姓李名云霄，据说是地道的南方人，祖辈上在江浙一带开着更多店铺，专营瓷器。他精于生意，更擅长场面上的迎来送往，与附近的富贵人家请客吃饭，常常混在一起，早已成了很好的朋友。由于生意不忙，柜上只有一个伙计，人们都习惯叫他老王，其实他的大号叫“仁中”，北方人，勤快老实，平时李老板忙的时候，他就会站在柜台里，眼睛紧盯着街上每一个人，生怕漏掉一单可以做成的生意似的。若是李老板在内间休息，他就会轻轻地不厌其烦地擦拭架上的瓷器，直至每一件都泛出幽幽的青光。

仲良带着福兴就是此时进门的。伙计听到有人进来，颇为警觉地转过身，见是两位买客，这才笑了笑，问：“二位爷，想买什么？”

仲良也不说话。此时老王绕出柜台，伸手恭让他们坐到临窗的木椅上，又倒了两盏温茶送过来：“您二位需要什么物件？”

福兴弹了弹茶盅，说：“咱这里有瓷枕吗？”

“有，瓷枕有。可是要最好的？”老王一边往柜台里走一边说。

“有几种就都拿出来看看。”仲良说。

不一会儿，柜台上就摆出了五六种精巧别致的瓷枕。最普通的那件形状就像块用过的磨刀石，其他的有如卧兔、睡猪，最昂贵的要数孩儿枕了。一个活泼可爱的儿童匍匐在地，满面笑容，招人喜欢。当然瓷质也是最好的，光滑柔腻，给人以清爽舒适之感，价格是普通瓷枕的五倍之多。仲良虽觉贵了一些，但心里着实喜欢，想着大太太和母亲若是有这等瓷枕，少了多少燥热之苦不说，屋里又会平添许多乐趣，便在心中盘算着决计买下。

福兴瞅出他的心思，小声说：“二少爷，大太太还叫咱们捎回几个小丫鬟去呢。别把银子……”

仲良知道家里的丫鬟不愿就近收买，避免生些事端。这次大太太叫他出来也正是这个意思。可一个孩儿枕竟比两三个穷人家的闺女还值钱。仲良有点两难了，买吧，小丫鬟的事肯定办不妥，不买吧，如今正是暑天，他又实在不想错过。他犹豫片刻，从怀中摸出一枚红线绳拴牢的玉环，托在手心里交给福兴说：“去路口的当铺里问问，看能值几个钱？”

“二少爷，这可使不得。二太太自小为你求下的，断不能当在异地他乡。”

福兴不敢接。

外边的声音惊动了屋里的李老板，他咳嗽了两声。老王赶紧拎着茶壶到里间去了。稍过一会儿，人又出来笑笑说："我们老板好结交朋友，知道二位出行在外，又遇到了难处，只求赏鉴玉环，或可成人之美。"

福兴正要阻拦，仲良却已把玉环交了出去。

再出来时，老王只对仲良说："我们老板愿求一见。"说完引着仲良过了柜台，让到后面去了。而后把门一关，退回身来招呼福兴说："坐下喝茶。"

福兴不安地坐下，眼睛死盯住那个门口。老王则若无其事地挑着孩儿枕，不紧不慢地包裹封装起来。

仲良见伙计没跟进来，便迟疑地站立在那里。他四下看看便觉这间小小的客厅，摆设与家中迎宾堂竟有几分相似。墙上的挂件透露出这是个有文化的生意人。"周郎扇底听新曲，米老船中访故人。江上孤臣生白发，灯前旅客罢冰弦。"这不都是《桃花扇》中的词吗？世事蹉跎，若不是置身此处，这些好曲词我几乎要忘干净了。此刻，他竟又浮想起了兄妹们演戏时的场景。

虚掩的侧门开了，仲良这才感觉那里一直有人在窥视着他，心里便有些气恼，正欲转身离开，但身后传来的一声呼唤将他死死地钉在那里。

李老板究竟何许人也？仲良如同在梦里一般，他不敢相信，他甚至不敢回头去看，他害怕转身看时假象得到证实。他把手指掐在一起，不是做梦，那疼的感觉是清晰实在的。他等着身后那脚步走近来，听得到气息从他脖颈上轻轻流过。他相信了这是事实，便再也无法控制自己，泪眼迷蒙，一回身扑进了哥哥的怀里。

眼前这位有着沉稳目光和刚毅面庞的李老板可不正是大少爷李伯涵吗？他回到冀东南来开展革命工作已近两年的时间了，由于工作需要，他化名李云霄，以瓷器铺子老板的身份掩护自己、方便联络。

伯涵在近日收到了上级的新指令，调他到条件更为艰苦的太行山区去开辟新的根据地。他为了尽快完成与王仁中的工作交接，整日躲在里间整理工作笔记。他的行装已经收拾好了，只待明日乘船出发。就在这个临行前的下午，仲良走进了瓷器店。

三十一

人的同情像是水中晃动的鱼尾，根据不同的需求左右摇摆。此时，福来见昏迷沉睡的芸儿就这样被王贵诱骗回家了，有些于心不忍了。在他心中，是不相信自己会这样对待一个无辜善良的人的，可他毕竟在李家待了这么多年，想事做事由不得不从老爷、太太的角度去考虑。无论怎么说，芸儿是以他的远亲的名义进府的，现在发生了这样的事，要怪也只能怪芸儿自己心太高了。其实王贵在茶水中下了蒙汗药，也是经他允许的，他知道芸儿只要一离开良家镇，自己这颗悬着的心就算是放下了。年岁大了，侍奉了主人大半辈子，不能临终末了出什么岔子。

芸儿在昏睡中醒来的时候，一时忘记了自己曾在什么地方，而现在又在哪里。她只感到口中干渴至极，喉咙如同枯裂一般，隐约听得外屋传来窃窃语声，便呼喊："我要喝水，水……"紧跟着进来两个村妇，一个忙着去倒水，一个爬到炕上来，探身到她面前，长吁着气说："你可醒了。"

"这是哪里？你们是谁？"芸儿浑身松散，说得有气无力。

"傻闺女，你说这是哪里，这是你的家，我是你婶子都不认识了？"王贵老婆讨好地说，伸手把芸儿从枕头上扶起来喝水，"这是你二树嫂，咱是前后邻。"

芸儿顾不上听她说话，见了水碗一把抢到嘴边，咕咚咕咚地喝了个干净。此时心中方才醒了过来，四处看看就要翻身下地。"我得赶紧回去，大太太体格不行，别人伺候不好。"

两位婆娘正待拦阻，王贵一撩门帘从外边进来，堵在门口高声说："大云哪，你还想到哪儿去？"

芸儿浑身一抖，抬头看是叔叔站在面前，就央求说："叔，我怎么回家来了？你快送我回去吧，大太太……"

“大云，是你病了，你叔才把你接回来的。”那婆娘在一旁帮腔。

芸儿不解地瞅着他们，像是想起了在福大爷家里的事。她记得自己正往外走，然后就如同被绊住了腿脚，迈也迈不动了。

王贵待婆娘们出去后才坐下来说：“大云啊，叔不愿对你讲实话，你怕是害上了心病。听你在迷梦中呼喊什么大少爷、二少爷的，定是叫人迷了心窍。”

芸儿听得脸都红了。

“你喜欢上了主家少爷，这是当丫鬟的最不该的。回去的心你就彻底死了吧。好在大太太对你讲情义，给你陪送了嫁妆，让我们为你寻下好人家，以后就是母女亲家走。这是咱几世修来的福啊。”王贵感慨地说。

“什么？我的嫁妆？”芸儿这才诧异地看着满屋的华衣锦被。

“咱是什么人家能置办起这些用物？全都是福大爷用车送过来的。”

“福大爷？这么说你们早就准备好了？大太太也是知道的了？”芸儿越想越绝望。伯涵离开家的时候，她就试想过自己会落成一个什么结果，因此她极力克制自己不做非分之想。可是爱情就像小草，即便是埋在雪下也无法阻止生长。她不得不隐藏着别人又逃避着自己，以任它自行发展，是成熟抑或夭亡都无暇顾及了。蕙儿与兰儿的事一遍遍警示着她、告诫着她，什么才是自己的命运。与此同时，她却用侥幸来搪塞自己的心，有时更是用杜林月的婚姻来反证追求幸福的决心，真是太天真了。李真的离去使她失去了最后的保护，惊恐慌乱中她无法不暴露在别人的枪口之下。只是宿命如此快速降临到她的头上以示惩罚，她还没有任何准备。一旦知晓了，她又会咬紧牙关对自己说：“天定的命啊，你尽管来吧。”

“人家已经寻好了，当村里西头贾家。”王贵含糊地说。

“别说了，有人我就嫁。”芸儿一把抹掉眼中的泪水。

喇叭声声已在观津口上空飘荡了两天，明天是最后一天，便是芸儿迎娶的日子了。芸儿每一听到这声音隔着窗子传进屋来，就感觉它是一根永远扯不断的绳子正往自己身上一圈圈地缠绕，然后捆绑着在人们的祝福中到一个不得不去的地方。芸儿已经病倒几天了，浑身如同掉进火炉里一般，心却始终是冰冷的。她什么东西也吃不进去，整天就靠喝几口米汤。

三十二

晨雾轻薄，太阳又出得早，此时已风散了。

伯涵迎风立在船头，一路看着盐河两岸的景色，物是人非皆悲叹。远远地听见清凉江上的号子声了，风也大了些，伯涵转回船舱内坐稳。平原深处隐约传过来一阵阵的唢呐声，那欢庆的曲调再熟悉不过了。伯涵禁不住掀开舱帘向岸上眺望。谁家在迎娶新娘?

既是答应老天爷的事，就要做到底。芸儿这样想着，任由别人为她梳妆打扮。绾发髻、涂胭脂、咬唇纸，一样样很听使唤。王贵家的乐得嘴里啧啧地叫唤着，忙前跑后，大云这大云那地说个不停。芸儿木木地听着，就明白原来的芸儿姑娘连同早先的生活，在心里已是要彻底埋葬了，不管今后她苟活到何时，都只是重新续接上先前大云的生活。她悲哀地想哭，此时才发现心底的泪泉已经干涸了，心壁如同暴裂的河床，坚硬而枯涩。

“合上匣子吧。”芸儿怔怔地瞅着镜面上的自己。

“多俊美的模样。”二树嫂绕在身后左右端详。

“看见了，不看了。”芸儿厌烦地伸出手，把梳妆匣子盖上了，示意人拿到外边去了。

前来帮忙的邻舍都退出屋去，芸儿独守着窗台上的一豆烛光，枯坐到天亮。突然听见一阵鞭炮声响，从炸开的空气里钻出一条条蛇形的唢呐声，缓缓地游进王家过道里来。芸儿躲在屋里，听得身上一阵阵寒意。外屋里人们吆喝着挤进院子里迎接去了。

“新人上轿喽——”

芸儿被蒙了盖头从北屋里扶了出来。夏天里日头起得早，影影绰绰地照在门阶上，一下子晃了芸儿的眼。她身体虚弱，病得连日里没出个屋，此时眼前白花花一片，便什么也看不清了。两边的人用力搀扶住了她，不由分说直向停在门口的花轿去了。

“起轿——”

又是一阵疯狂的鞭炮，夹杂着乱糟糟的吹打。人群随着花轿拥挤着，汇入了当街上的人流。听着杂沓的脚步声远了、没了，王贵才一屁股坐在门槛上耷拉下了脑袋，嗡嗡地哭了起来：“哥哥哎、嫂子哎，我对不住你们了。”

“放屁。谁对不住他们了，瞧你那熊样儿。”婆娘从屋里蹦出来，半扯着嗓门骂道。

王贵不搭理她，哽咽着摸出烟荷包，点燃了抽着。

“咱把她拉扯大，如今又给她寻了好婆家，哪一点亏待了她？辛辛苦苦地为她思前想后，你可倒好，想起来叫这么一嗓子，让外人听到还只当咱存孬心卖给人家换钱呢。”婆娘可不会轻放过去。

“这跟卖有啥两样！”王贵急了抢白说。

“卖？你当她是什么货色？宝贝啊？大户里撵出来的丫鬟，干吗撵出来？你还不知道？真要有人买那也是咱吆喝得好，还不是全亏了我？”那婆娘撇撇嘴，不屑一顾地说。

王贵哽咽着不敢再说了，只顾闷着头抽烟。

观津口村东有座老爷庙，凡是村里的新人，无论娶妻嫁女，一律要由此停轿揖拜，祈求神灵降福与护佑。芸儿就是在这里第一次见到了她的丈夫。贾保顺身材魁伟，膀大腰圆，眉目方正，但神态之中稍显呆滞空洞。今天一袭黑绸子衣裤，衬得人也白净。胸前斜扎着大红的缎子花，站在那里憨笑着等新娘过来。芸儿隔着薄薄的轻纱盖头，看了两眼，心里没存下任何感觉。

拜完神老爷转身刚走到门槛外，忽然吹过来一阵风，那红盖头蓦地从芸儿的脸上无声地飞起来，正落在保顺的怀里。芸儿的脸色苍白，神情倦散，云鬓间凝着一层细细的冷汗，越发显得娇柔可爱、楚楚动人。保顺侧身瞥见时已露出惊魂之色，木然地立在那里。围观的人群发出了一阵惊呼，贪婪的眼神中不由自主地注入了欣赏的成分。媒婆倒是老练，紧扭着芸儿转回身去，并示意保顺为芸儿蒙上盖头巾。不知保顺是出于呆傻，还是为芸儿的美貌所惊，竟还是一动不动，不敢上前触摸。

仲良送走哥哥之后，不得不回到生活的老路上来。作为一族之长，他并没把有些事看得如同哥哥那般严重，比如兰儿和芸儿的事，兰儿本也没必要选择死亡来逃避她的责任。芸儿的离开更是有着充足的理由，李家对她只有恩惠，若说相爱，对错可以放置一旁，他也是站在哥哥一方去认同的，现在长辈有了自己的主意，做晚辈的怎能不听从呢?

火盆中的炭火一明一灭，似有呼吸。仲良将矮椅移至近前坐下来，陷入了沉思。我可否对杜林月再好一些?这是他做出改良的开始。这个念头如流星一般掠过他的脑际，待他反应过来，嘴角不经意露出掠过一丝苦笑，起身踱到窗前，静静地欣赏今冬的初雪。雪叶自茫茫的天空似杨花柳絮般滚落，轻轻地粘在屋顶上、枝丫间，无声无息，仲良的心中泛起了温馨。

三十三

入冬以来，连下了几场大雪，仲良过问着都是将饭食直接传到太太们的屋里去。今日直到午后，也不见蕙儿将母亲的饭帖交上来。仲良有些放心不下，便忙打发一个叫芊儿的小丫鬟过去看看。

芊儿远远地望见蕙儿姐姐在小院门前扫雪，就招呼着跑过去。蕙儿听见喊叫，忙停手迎着她走上来，堵住她说:“你小声些说话，什么事这么大呼小叫的?”

芊儿说:“二少爷吩咐我来看看，太太可是身体欠安，咋连饭帖也没送?”

蕙儿小声地说:“你回去说吧，太太只是不想吃，身体好着哪，屋里备着茶点，也饿不着，叫他甭担心。”

芊儿回身走了两步，又被蕙儿叫回来说:“晚饭前你再过来看看，传什么饭，我对你说，这儿我离不开，你也不用跟别人说，只你记着就行了。”

芊儿被她说得摸不着头脑，想了想又“扑哧”一声笑了。

“这死丫鬟，你笑什么?”蕙儿拾起扫帚正要干活。

“我还笑什么?”芊儿话中打了个结儿，又说，“笑你呗，放着院子里的雪不扫，单扫起门外的来了。”

“你知道什么，我是怕惊动了太太的事，才躲到门外来盯看着人的。像你这样不知深浅叫嚷着闯进去，多少兴致也全没了。别在这里拧舌头了，快去回复二少爷吧，别叫他等急了，还当有什么事呢。”蕙儿轻轻地推了她一把。

“我刚就说走的，谁把人家叫回来，又说这么多话。这会儿往回撵，我偏不走，二少爷急不急我不知道，怕是一会儿你就等不及了。”芊儿假装着噘起嘴，故意站在那儿不走了。

蕙儿看出她要赖，就笑了说：“你这个小沾包儿，是我怕了你了。这会儿先回去，等傍晚过来的时候，我那儿有个小香囊送给你。”边说边哄着，芊儿也就乐意地走了。

蕙儿扫清了门前的雪，就剪了几块小花布守坐在门口缝起来。上屋里的琴声断断续续地传出，从冰冷的雪面上滚过，越发显得凄凉了。

若玉的案头焚着琴香，手指在琴弦上缓缓抚弄。初时如秋夕风雨，淅淅沥沥绵延不绝，芭蕉叶摇衰翠，海棠花坠残红，风过处斜雨淋窗，听声渐紧，风止时竹林筛雨，急缓不匀。

蕙儿在门口听得浑身直打冷战，知道二太太由景及情，伤及真心。只怕她时间一长，身体支撑不住，可又不敢进屋规劝，急得在门口打转。此时琴声戛然而止，她便紧跑到上房屋内，以便安慰。但见二太太俯身案上，不能自持，想是悲痛欲绝，就过去扶她起来，到床上歇息。若玉脸色苍白，气若游丝，已然倾尽了心力。蕙儿将被角掖实，把炭盆端到床前来，添了一碗桂圆莲子汤，一勺勺吹温了喂她喝。若玉大颗大颗的泪珠顺着眼角淌下来。

“太太，千万别这样折磨自己。”蕙儿用香帕为她轻轻地拭泪。

“蕙儿，你心里有快乐吗？”若玉微微睁开眼睛，闪过母亲慈爱的眼神。

蕙儿一怔，知道是在问自己，便宽解地说：“我没想这么多，只要你别难过，太太，那就是我的福了。”

“我说的是你自己的快乐，有吗？”若玉重复了一遍，不容置疑地问。

在太太的逼视之下，蕙儿低下了头，脸庞也挂上了泪珠。“我不懂，我一个下人，哪有什么快乐？”

“你的心思，我知道，这么多年真委屈你了。”若玉长舒了一口气，神色较刚才好多了。

蕙儿没想到太太会突然跟她讲这些，头也不敢抬起来，心中却希望太太接着说下去。若玉停了停又轻轻吩咐说：“把琴收了吧，研一台墨，我想写几个字。”

“你身体不好，等明天再说吧。”蕙儿举了举手上的汤碗，见太太不再理会这些，知道多说无用，便起身收拾起来。伺候好了纸墨就悄悄出来，将院门落了锁，直到书房回禀二少爷去了。

仲良跟着蕙儿进来，见母亲歪倒在床上睡着了。蕙儿赶紧前去给太太重新盖好被子，嘘热了手轻放在太太的额头上试了试，方转回身来微微笑了笑说：“还好，不热，可把我吓坏了。二少爷略坐一会儿，我给你倒茶来。”

仲良见母亲的案桌上砚台墨汁已浅，毛笔滚落到砚台旁边，知道是母亲在倾尽心力作诗，便走过去收拾。四下里都寻不见母亲的字句，回头见炭火盆内外飘落的尽是纸灰，一片片在炭火上忽明忽暗，像是黑蝴蝶扇动着翅膀在暮春里一点点飞远了。

蕙儿端着茶瞥见二少爷怔在桌案前，顺望过去才知仲良是看见了火盆中的纸灰，就上前轻声宽慰说：“少爷，来外边坐吧。太太的脾气就这样，有时写好写不好、写完写不完的，想起些什么，就烧了不留了。”

仲良感觉眼睛发涩，就背转身走到外间来，低头喝了茶说：“你到前边大太太那里看看，晚上吃些什么，别因我在这里，误了前面的事。”

蕙儿却不愿走，瞅了瞅窗外才说：“这才什么时辰，还早哪，我一会儿再去吧。”说完细细地观察着仲良的表情。

仲良便不再催她，用眼看了看偏首的座位说：“又没别人，你也坐下歇会儿吧。”

蕙儿心中充满了感激，径自从旁边搬来一个小杌子，放到角落里坐下来，远远地望着她的主人。

“坐那么远？”仲良的声音听起来很温和。

蕙儿何尝不渴望离他更近一些，可自从二少爷成亲以后独自搬到书房去住，来小院的时候少了，在她就显得陌生了些。她不由自主地向前挪了挪，人却把头低了不敢抬起来。

仲良一时也无话可说，两人陷入了沉默。

“二少爷，我觉得你好像变了。”蕙儿被沉默压迫得喘不过气来，不自觉地冒出这么一句话来。接着她又有些后悔自己太冒失了，偷偷看看二少爷，见他在静听下文，窘迫得摆弄着手指不知如何说下去了。

“你只管说，我不怪你。现在能对我说真话的人不多了。”仲良感慨地说。

“其实太太的心里够苦的。有些时候她怕给你添麻烦，什么事都盛在心里不说出来。我又解不开，日日瞅着她难受，也跟着她别扭。太太的心思重，若是你能常来也好，她毕竟只有你这么一个亲人啊。”蕙儿像是在谈论自己母亲的境遇，泪流满面，“其实你也不容易。族里家里多少事都缠着你，大小事都得从你心里过，这费心劳神的劲儿也不是哪个人都能扛住的。太太也经常念叨你，见不着你的时候就更担心。更别说你出了门，她就日日守着窗台盯着小院门口，恨不能看见你一步跨进来。我知道你不愿到这个小院里来，可无论什么原因，你总不能以此为借口，忽略了太太的感受。”

若玉突然咳嗽起来，打断了他们的谈话。仲良过去坐到母亲身边，蕙儿掌了灯端进去。

用过晚饭，母子俩坐着摆话儿。若玉兴致很好，还找出仲良小时候写的诗给他看。夜渐渐深了，仲良担心母亲累着，正想告辞，若玉说：“你媳妇回娘家了，你今晚就在这院里歇息吧。”

蕙儿伺候二太太睡下，领着仲良来到曾经他住的小屋，点上蜡烛也便退下了。自从小屋成了新房，仲良连同结婚补喜宴，这是第三次进来。他仔细打量，小屋各处收拾得整齐有序，一封信从书中轻轻地落下来。

仲良，你会看到这封信吗？其实这也无关紧要了。我走了。

我真的不怪你，一切都是我的选择。我遇到了你，我把自己托付给了你，孰料想这却是害了自己，更是害了你。我是作为你的战利品抬进门来的，事情的实质从一开始就与婚姻大相径庭。凭你的良善之心，肯定不愿出现这样离散的结局。我了解你的想法，可生活从来就不是供他人赏看的东西，现状维持下去，对你我都不能解脱。你不必自责，这仍是我的选择。寻一处清静地，免了尘世纷扰，我便心安理得了。

三十四

等待了一天的仲良，虽说心中已是焦急万分，待到福兴坐稳了，才心怀忐忑地问:“怎么样？有消息吗？”

“杜家大门紧锁，连人影都不见。”福兴沮丧地说。

仲良有些失落，无奈之下又安慰说:“既是如此，也不着急一时赶回来，找个地方打歇，明日回家也不迟。”

“二少爷，我着急回来，是为了别的事。”福兴凑到身前来压低了声音说，“一路上肃清县里闹翻天了，那些有名的大户都被揪出来游斗呢。一队队穿着灰制服的人，像是军队上的，带领着穷人又是开大会、喊口号，又是烧地契、分田地。听老百姓说，各村还成立了什么农民协会，专门负责这件事。那些腰杆子挺直的外来人高呼什么土地革命。我害怕这事离咱这里不远了。你看杜家这事跟此事是否有关联？二爷家里也是空无一人。噢，对了，大青山的土匪据说就是富户里逃出来的子弟们，买了枪炮，与那伙人对着干呢。”

“你肯定是这么回事？”仲良听了将信将疑，毕竟这事来得太突然了。

“少爷，应该不会错。在一处打谷场上，我还听到了他们的批斗会。领头讲话的那个人有些面熟，台上押着几个人，五花大绑地跪在台口上。附近几个村的村民都到了，黑压压的人群，举着手臂呼喊‘打倒土豪劣绅’的口号。最后把那几个全都毙了，连收尸的也没有，人们就哄散了。”福兴不情愿细细地描述，那些穷人迸发出来的热情和排山倒海般的气势，真是太吓人了。

仲良沉默了。

待福兴走后，仲良把刚才的话反复回想。从杜家与二叔家逃离来看，这将是一场风暴。那么杜林月是归家之后与家人一起离开，还是她根本就没有回家而自行寻找出路了呢？

清早，福来、福兴一同进到府里来，到书房议事。

“我记起来了，那个讲话的头目像是大少爷柜上的伙计。”随着福兴一句话，仲良心中一下子豁亮了。原是哥哥他们追求的革命开始了，想到此处，仲良更加下定了决心，心里倒踏实了许多。他扭回头来问：“依你们看，这事离咱良家镇还有多远？”

“二少爷，那土匪都已上大青山，这把火烧到盐河岸已经不远了。”福来一向谨慎，在这种事上更是不敢大意。

“福大爷说的极是，那劲头一路看过去，就像咱盐河的水汛一样，一日高涨一日，要来也快啊。”福兴亲眼所见，更加担心。

仲良沉吟半晌才说：“那咱们不如及早准备，省得被人打个措手不及。”

福来、福兴这才长出了一口气坐下来：“那咱们怎么个安排法？”

“我是这样想的。第一步就是先把几位老人找个妥善的地方安排起来，最好是离开良家镇，一点消息他们都听不到才好；第二步是派人到太行山区走一趟，如果能找到我哥，就算是写封信回来对我们全家的人身安全也是有好处的；第三步我想，福二爷，你能否试着去接触一下那个讲话的‘老伙计’，看他人倒是忠厚善良，又与哥哥有共事多年的情谊，咱不求他网开一面，只尽量摸清怎样才算得上是土豪劣绅，那样咱们做起来就心中有底了。”仲良带着征询的目光。

“二少爷，你遇事没有慌乱，我们就心中有数了。来到李家这么多年，这等大事我们也是头一次遭遇，心里也是敲着鼓呢。再细小的地方恐怕一时也难周全，时间不敢耽误，就按你刚才说的办吧。”福来略显激动。

“那我现在就去想办法。”福兴站起身来。

“好吧。福大爷你去操持盘缠，我这儿有哥哥的大体地址，让人及时上路。我留在家里说服老人们。咱们明天一早在书房见面。”仲良目送着他们离去。

仲良的劝说工作刚刚开始，就在母亲若玉这里卡壳了。

若玉将手中的书本合上，声音很轻但坚决地说：“自己的儿子自己的家，我还从来没离开过。你不说清楚什么事，休想叫我稀里糊涂地走。”

母亲是个明白人，仲良本也没打算瞒她，他唯恐声张太早，倒是惊动了母亲。今见母亲态度如此坚定，知道执拗不过，便将当前面临的处境以及他的想法和盘托出。他想着母亲一旦接受了安排，还指望母亲去做大太太的工作。他担心大太太若是知道了他有把土地、店铺连同宅院都分出去的打算，那事情可就真的难办了。

“良儿，这么大的事你一个人独自揽承，能挺得过去吗？”若玉清楚此事非同小可，已在心头为儿子捏了一把汗。

“母亲尽可放心，家里有福大爷他们，哪用我事事操心？一切事都好说，只是你们几位老人的安危实在叫我担心。若是母亲答应并劝说大太太她们外出暂避时日，就是成全孩儿了。地方我已经考虑过了，大太太那边已没有什么可靠的去处。我记得咱这边有个本家舅舅在天津卫做事，当初是父亲托朋友关系给他谋的差，前些年他总是托人捎信儿让咱们去。如今真有了难处，他不会坐视不理的，你们就先去投奔他吧。等躲过这阵子，事情平复了，我亲自去接你们回来。”仲良尽量说得轻描淡写。

“土地房屋那都是身外之物，我不稀罕，我实在是心疼人啊。自从有了你，咱娘俩从未离开过一步。反倒是大难临头，让我丢开你，我怎么忍心呢？你若有个三长两短，到了九泉之下我也没法向你父亲交代啊。”看看儿子，想想故世的举人老爷，若玉的泪就流下来了。

“母亲，你这样哭哭啼啼的，就让我无所适从了。儿子无能保护不了爹娘，不能使你们免灾受苦，眼下实在是无路可走啊！人活着居家度日，大事小事都得过，你就听孩儿一句话吧。”仲良央求道。

“蕙儿留下，给你收了房吧。”若玉这边扯起蕙儿的手，交到仲良的手里。

蕙儿为了这一句话，这一句最愿听又最害怕听到的话，苦熬了多少个春夏秋冬！在这样一个冬日的上午，一个母子行将分离的关头，被太太轻描淡写地说了出来。蕙儿的心顿时惊得怦怦直跳，她根本不敢去看二少爷的眼色。仲良一触到蕙儿冰凉的手仿佛才反应过来，“母亲，我答应。可这来途去旅的，你身边也不能少人啊。”

若玉不理会这些，只把蕙儿的手紧紧攥住：“孩子，咱今天就是一家人了。我可把儿子交给你了。怎么？你不愿意吗？”

蕙儿流着泪从若玉身边站起来，跪到她跟前说：“太太，我愿意。”

“快别哭了，起来吧。你们成了夫妻，是要相扶一辈子的。这种时候你在良儿身边，我是最放心了。只是这样草率怕是委屈了你，待我回到家来再慢慢补付你。”若玉示意仲良快把蕙儿搀扶起来，又说，“我就这一个心愿了。蕙儿，去收拾收拾你们的房子吧。我到太太那里去，这一半天里就该走了。”

正说着话，芊儿在院门口来招呼二少爷，说福大爷在书房里等着呢。仲良便紧着走了。

仲良在前面用过晚饭才回到小院里来。蕙儿守着一盏灯在等着他，见二少爷进来，放下手中的活儿轻柔地说：“洗洗脸快歇息吧。”

仲良迟疑着答应了一声，像是不太习惯。蕙儿有些局促不安，坐和站都找不到自己的位置。屋子里的摆设还是原来的样子，只是处处干净了许多。

“太太不该在这种时候要挟你。”蕙儿小声地说，像是自言自语，更像是怕二少爷听见，“二少奶奶她……”

“她已经不会回来了。”仲良惋叹着，而后无奈地说，“是我的无情逼走了她，我确实无法让自己去亲近她。她要的其实并不多，可我做不到。”

蕙儿心头即刻涌起了怜悯的情愫。这样一位美好的女子，偏偏寄生于商贾之家，卷入了这一场莫名的恩仇之中，最终落得一无所有。她如同一朵错过时令的菊花，自有洁性傲骨，一任冰心寒蕊，却无人欣赏与怜爱。

一夜无话。第二天，仲良早早起来陪母亲用过点心，便到书房里等着福来他们。母亲已然答应了，内眷之事他尽可放心了。趁着人还未到，他伏在案头给天津卫的舅舅写封加急信，取得联络，以便有人能到富庄驿来迎接。

自打得知要去天津卫的消息，整日在外游逛的烟鬼三爷突然不出门了。他预感到李家会有什么事情，日日竖起耳朵来细细探听。严氏也甘心充当他的耳目，在太太们小院里奔走得勤快多了。可两日下来，但见太太们只管收拾东西，并无多言，除了看到福来他们出入书房之外，再听不到半点儿风声，便也松懈下来，放下烟鬼三爷的驱使，躲在家翻箱倒柜地拾掇衣物，唯恐误了行程。烟鬼三爷却不甘心，他拿定主意守在家里，一来关注事态发展，二来脱开婆娘，落得玩个自由自在。

福兴带回来的消息，并非仲良想得那样顺利。王伙计在众多的村镇间来往频繁，忙着调理指挥，就连行踪也不知一二，至于划分的标准更是无从知晓。眼看着一时没了头绪，仲良心下揣摸，留下自家耕种的田地，其余的分期分批地散发给镇上的穷困人家，当是顺应时势之举。既减轻了自家的负担，又维护了睦邻关系，不失为两全之计。

李家几位太太外出投奔亲戚，丝毫没有张扬便悄无声息地离开了良家镇。自打她们走后，院子里更是人声稀落了，一时间飞来了成群的麻雀，在檐溜滴落的屋头，在寒风呼啸的枝丫间，起起落落，肆意闯荡，全然没有一点怕人的意思。蕙儿整日被聒噪得心烦意乱，就走到院子中间来，挥了挥手中的哄杆将它们全给撵跑了。正说安静会儿，恰又听到前边院子似是有人吵闹，便担心起来，紧着过去看看。

原来烟鬼三爷看到仲良叫福来、福兴总是躲在书房里，猜想他们肯定是在密谋事情，今天又见将同族的几位老人请进家来，唯独没招呼他，心中便十分气愤，顾不上许多，只闯进书房里来看个究竟。当时仲良正在说话，见三叔进来也不避讳，继续说道：“刚才我已经把形势讲过了，作为族长，我的义务也算是尽到了。至于你们如何打算，自家的事还是自己来决断吧。”

“不知二少爷打算如何行事？”有长者询问。

仲良心中明白，便坦然一笑：“在这等重大关头，谁也别指望什么才对。主意我已经拿定了，地契册子我也翻过几遍了。留下自家够吃够用的，其余的均分给镇上的穷苦人家，你们愿意随着我的就尽快去办，想不通的也不勉强。时势变化，常在瞬息之间，谁也不敢料定就一定怎么样。”

烟鬼三爷坐在一旁，刚开始听得有些懵懂，这会儿可是清楚了。他待众人叫声小些了，鼓足了声音说：“分给别人，凭什么分？”

屋内的人顿时肃静无声，目光齐聚在仲良身上。仿佛这是个共同的问题，而且希望听到从族长口中说出他们心中的答案。

“你们这就回去自行安排吧。”仲良安然地说，就像什么也没听到似的。

人们悻悻地走了。仲良此时才回身对三叔恭敬地说：“三叔，你不明白事情的缘起，我慢慢给你讲。”

“你甭讲，就是有天大的事，咱也不能白白地把田地送人。”烟鬼三爷愤愤地说。

仲良见一时无法沟通，便回到自己的位子上喝茶。福兴借机劝说：“三爷，你就别操心了，但凡有别的办法，二少爷也不会出此下策。”

“你倒是站着说话不腰疼，你们家的地分了吗？”烟鬼三爷有些蛮不讲理了。

“我们也听二少爷的话，该分的分。”福兴还在好心解释。

“你真是大方得很，你们家的地亩是怎么得来的？要不是我大哥收留，你们还不知道跪在哪里讨饭呢。”烟鬼三爷轻蔑地瞥了福兴他们一眼，恶毒地说。

“三爷，你说得对，正是举人老爷对我们恩重如山，我们才在这种时候为少爷保驾求平安。”福来听不下去了，也站出来说话。

烟鬼三爷腾地从椅子里站了起来，拍着桌子说：“你们这是保驾吗？全听信你们的，李家再折腾几下气数就尽了。狗屁不如的东西，吃里扒外，眼看着就得败在你们手里！”

福来、福兴气得浑身打战：“三爷，你骂我们不要紧，可你说这吃里扒外的话得有根据，我们绝没做过半点对不住李家的事！”

“你们糊弄小孩子行，休想支应我。”烟鬼三爷依仗着身份无理取闹。

仲良不知道三叔还会叫嚷出什么缺理的话来，赶紧拦在中间说：“三叔，我听出来了，你说的话字字句句都是为了咱李家好，我又何尝不是呢？只是现如今局势逼人，不由得不如此啊。再者说，我们说话行事都要图个长远，切不可为一时之利斤斤计较。想想几辈几代咱李家的好名声是怎么来的，父亲仗义疏财、扶贫济困，为的什么呀！”

“老二，你这哪里是仗义疏财，分明是割了身上的肉去喂狗！”烟鬼三爷仍然不依不饶。

此时，蕙儿一撩门帘进来了。

三十五

冬季，盐河进入了枯水期，但断流还是有史以来的第一次。

时间就在蕙儿一撩门帘进来时，恍若有了片刻的停滞。福来、福兴脸向一旁侧着，显然十分生气；仲良正在来回走动，此时也停下脚步转回身来；烟鬼三爷本在叫嚣，听有人进来也忽然停顿。蕙儿一进门恰赶上这样的场面，略有拘束，但见屋里都是自家人，一颗悬着的心这才落地，便灵机一动缓和气氛说："天快晌午了，我来问问准备什么饭？"

烟鬼三爷不待仲良回话，气鼓鼓地说："我这就走，吃饭别打我的牌。老二啊，你掂量掂量，咱过晌接着摆。"然后一扭屁股，头也不回地走了。

"叫后面多炒两个菜，烫上点酒，我们爷儿们喝几盅，又暖和又解乏。"仲良尴尬地说。待蕙儿出了门，才又说："我三叔的脾气你们又不是不知道，生这闲气不值。我替他赔不是吧。"

"可别，二少爷。他说的话是拿刀子戳人心窝，不是生气，是心疼啊。"福兴难过地说。

"他就是个有口无心的人，在这节骨眼儿上，咱谁也别往心里去。"仲良说，"他闹他的，咱做咱的，这个家就是真塌了天，也是我顶着。"

此时福来担心地问："二少爷，看三爷那劲头，他别会给你挑什么事吧？"

"有他吃，有他喝，还能挑什么事？"仲良轻松地答道。

果然，午饭刚刚用完，烟鬼三爷就风风火火地从外面跑了回来。人还没踏进书房的门槛，就在外面叫嚷道："老二，快分了吧，分了吧。"等人进到屋里，一张脸都吓得煞白了。

"你们不知道，还没听说吧？大青山上的那伙匪徒全被剿灭了，说是突然冒出个什么党，带领着穷鬼闹革命呢。分土地，揪豪绅，批斗的批斗，枪毙的枪毙。有一伙子弟招兵买马，扯起大旗，聚到大青山上跟他们作对。这不，昨天夜里连着今儿头晌激战起来，那枪炮炒料豆子似的，噼里啪啦，爆响了好几个时辰。到最后，一个脑袋瓜不剩全被人家灭了！顽抗不得了，还是快给人家分了吧，免得引着弹子凿到脑壳上来。"他上气不接下气地说，仿佛身后有剿匪的部队跟着来了。

仲良见三叔的态度自己转了弯，心里高兴了些，便站起身来指了指桌案说：“三叔，你想通了就好，该怎么分，我都已经写好了。”

烟鬼三爷的眼睛立刻从恐惧中缓过神来，如同苍蝇嗅到了腥味，一头扑到案边来，挖宝似的搜寻起来。“老二，你往外这么分，竟没我的几亩几分啊？”看到最后，他显然有点失望。

“咱是一家人，自家留在手里就有了。”仲良心中对三叔早有安排。

“留在谁手里？你可别跟我藏迷糊，留下多少还不都是你的，与我哪有相干？”烟鬼三爷苦笑着，有些讨好似的。他不想把话说到底，心中尚存着企求。

“咱们一家人吃住在一起，怎会与你不相干呢？三叔，你别想太多，你们往后年岁大了，地里活又干不了，我不照顾你们还指望别人啊？”仲良把心里想的一点点说出来。

烟鬼三爷听着是没了念想，立时就翻脸不认人了：“亏你说得出口！你还知道我们年岁大了，不中用了是吧？叫我们吃你的穿你的住你的，我这张老脸还往哪儿搁呀？你这是成心腻歪死我们，不好明着往外撵，变着法地折腾人。”

仲良没想到他一拉脸竟说出这等话来，没有了半点亲情。自己的一腔孝心被他掰开了、揉碎了，最后还要踩上几脚，心里真是疼痛不已。几次话到嘴边又强忍着咽了回去，恐怕一时失言辜负了父亲的临终嘱托。

“你倒是分给我多少？”烟鬼三爷耍闹着，见仲良不言不语，想是心里有所屈服，更加急着逼问。

“三叔，你这不是逼我吗？若真是把你们分了出去，别人笑话不说，我也对不起父亲生前的交代啊！”仲良强忍着，实在没想到今天会有这样一出戏。

“你还敢提我大哥，少不得我更生你的气。他是怎么待我的，而你呢？给我吃的住的用的，处处紧衣缩水，有了这没了那，这穷巴巴的日子我可是过够了。”烟鬼三爷既是撕破了脸皮，索性不管不顾，恨不得借此时机多往自家手里捞一些。

“别说是你的吃穿用度，就连太太她们也是手里手外地省，吃饭穿衣论家当，咱这个家可不比从前啦。别人不清楚倒也罢了，难道你会不知道？”仲良听烟鬼三爷越说越离谱，自然话也不甚好听了。

“怎么着？老二，我连话也不能说了？好赖你还得叫我一声三叔吧。这个家虽说由你掌管着不假，可家底子你休想瞒了我。瘦死的骆驼比马大，你以为表面上这样分分，就能蒙混过关啦？实话对你说吧，你真不分给我，那个什么党一来，我就敢去首告你，你不叫我过，咱谁也别想好。”烟鬼三爷使出无赖手段，准备逼迫仲良就范。

仲良气愤至极，把手重重地拍在烟鬼三爷面前：“三叔，只说为了好，有我喝稀的，就有你吃稠的，反正地是一分也不能到你名下。若说不怕有不好，你就去告吧，我还能怕了你？这个家趁多少东西，你都是知道的，最好是一笔一笔写清了。连上你的宅子你的地，连上为你打官司咱家当出去的珠宝首饰，被人勒索走的《仕女图》，你一样也别落，统统告上去，看人家找谁要？”

烟鬼三爷听了这番话，顿时呆怔了。他可是忘了自己曾身陷囹圄这事。又听仲良接着说道：“你倒是轻易忘干净了，父亲为了你的官司，屈尊受辱，衔冤病逝，他还不是为了这个家吗？到如今你说翻脸就翻脸，说拆散就拆散，竟下得了如此狠心。这些暂且不说，仅凭你吸上大烟粉，多少东西能填满这个无底洞啊！三叔，人都有良心，你就摸着良心想想吧。”

“你想把这些屎盆子扣到我一个人头上，没门！”待烟鬼三爷反应过来，这才跺着脚反驳道，“你现在翅膀硬了，千万别忘了本。当时不是我赔上性命跟他们扰闹，这族长怕是还轮不到你！”说完这些话，烟鬼三爷自觉没脸再理论下去，便愤愤地走了。小老婆生的，咱们走着瞧吧。烟鬼三爷紧咬着牙关，心里暗想。

土地革命小分队进驻良家镇。事情来得如此突然，还是让仲良有些始料未及。

尽管大青山的土匪被剿灭之后，盐河上下的村村落落土地革命开展得热火朝天，对良家镇几成合围之势，尽管仲良在此前自行送走了老人，分割了一部分土地，但当小分队的战士列队整齐地出现在良家镇的大街上时，仲良还是感到压力重重。他不清楚接下来镇上会出现什么样的局面，日渐衰落的李家又会在这风雨飘摇中走向何处。派人去太行山一个多月了，尚没有回来的消息，哥哥也没有半张纸寄回家来。现在仲良心中一点底都没有，这还是他平生第一次在一件事情面前手足无措。

腊月二十三，灶王爷上天。今天是乡村里传统的小年。与往年不同，富足人家安静下来，倒是穷苦百姓敲锣打鼓、赶街上店，显得热闹非凡，仿佛这是他们有史以来过的第一个大年。仲良躲在书房里，听着街上鼓乐喧嚣，心里说不出是什么滋味。他并不厌烦和憎恶穷苦人自娱自乐，相反，他希望普天下百姓都能过上衣食无忧的日子。只是此时他顿感落寞，若是太太们在家，估计现在正焚香烧纸、跪送神灵呢吧。谁家不愿求个吉祥平安呢？可现在人稀烟散，家都有些不像是家了。

这时蕙儿推门进来了，看见仲良愁坐在书案前，想他是在牵挂老人，便上前来劝慰说："少爷光知道发愁也没用，暂时咱还不能接老人们回来。虽说住在亲戚家里，也不是劳烦不着的远亲，你尽管放心吧，等老人们回来了，我们加倍孝敬就是了。你这些日子总这样憋闷自己，别折腾出病来，这个家可就真没指望了。"

仲良听了一震，倒是蕙儿说得明白话，自己在这个时候千万不能犯糊涂。看着蕙儿日夜操劳疲惫的面容，仲良心里怜惜着站起来握住了蕙儿的手。满目山河空念远，不如怜取眼前人。他长舒一口气说："你领着芊儿她们烧烧纸去吧，要过年了，各处香火该有的千万别少了。"

"我早带着她们跪祭一遍了。如今百姓家里都占碾问磨、推米筛面的操持年呢，咱也不能太冷清了。"蕙儿用手帮仲良掸了掸领襟儿，劝说着，"家里也没什么事，你就敞开大门到街上走走，别整天关起自己来，好像人家是专冲着咱来革命的。咱家又没行下不仁不义的事，地也给人们分了不少，他们还能怎么革命呢？就算是一间屋、一片瓦都不给咱剩，我也不怕，跟着你，穷日子一样过。"

仲良没想到听到蕙儿这样坚定的话语。这原是一个由自己家随意驱使的丫鬟，因为风雨将至，危巢即倾，仲良的心第一次强烈地被爱情点燃。他忘记了过去所有的矜持，深情地拥抱着自己的爱人。

“少爷，他们回来了。”门外是芊儿的声音，然后就听见一阵杂沓的脚步声走近来，风尘仆仆地裹着一身寒气进来。福来儿子立根他们顾不得坐稳，从内衣兜里掏出信纸递到少爷面前。

仲良吾弟：闻知家乡近期的变化，心中十分振奋。任务亦相当艰巨，我工作区当发奋追赶。听说了你对家事的安排，甚感心慰。我党政策是坚决扫除那些负隅顽抗之劣绅恶霸，并非对富足人家一概打倒，望弟不要听信谣言，错走歧路。将老人远托亲友，实是你孝心所系，免了老人们担惊受怕之苦，深为感戴。你私分田亩，虽慈善可嘉，但并不符合我党之分配政策，应听从指挥，服从安排，方是正理。望弟探听芸儿近况，顾全一二，兄即无牵挂尔。

仲良看着信，热泪盈眶，仿佛是看到了哥哥和霭的笑容，听到了哥哥的殷殷嘱托，心中一股暖流涌遍了全身。

“这两个小兔崽子，办事这么不靠谱，真把人活活急死了。”随着叫骂，福来、福兴相跟着进到屋里来。

“你们这些天才回来，人家扛着枪都进村半个月了，多亏了少爷想得周全，要不多少事也让你们耽误了！”福兴狠狠地教训说。

仲良知道两个孩子还没回家就直奔府里来了，便说：“这一路上他们够受累的了，再加上关卡重重，能把这封信带回来，实属不易，你们别只管教训他们，还是让他们先回家歇息去吧。”

李家的大门一开，就有客人造访。仲良从家祠祭奠回来，门上说有客人来了，在迎宾堂里等着呢。大年节下，说不定是哪一方的亲戚吧？仲良顾不上多想，径直到迎宾堂来。

偌大的堂中空荡荡的，仲良走到门口，见有一人背着身正细看屏风上的字画，就打量着轻声询问：“敢问是……”

那人回转身来憨笑道：“你是仲良兄弟吧？”

此时仲良才看清楚，这不是哥哥柜上的伙计老王吗？紧走上前恭敬地说：“王队长。”

两个人分宾主坐在八仙桌旁。仲良见下首的茶桌上放着几包新称的点心，都用四方红纸盖着，扎得紧紧的，就客气地说：“还得让你破费。”

“我知道，我是怕你不认得我了。在瓷器铺子里，李书记就跟我说过，这回来到镇上早该来看望老人们才对，只是咱这镇子大，人口又多，情况较为复杂，有些事情一时铺排不过来，就拖到今天了。”

“我知道你忙，就不敢去打扰了。”仲良谨慎地说。

王仁中接着说：“咱李家是镇上的大户，兄弟你可得多支持我们的工作。这一段时间我们掌握的情况，了解到你的思想是解放的，也做了不少救济穷苦百姓的好事，你的威望高着呢。李书记要是知道肯定也会赞成的。”

仲良拿出哥哥的信递过去说：“哥哥还批评我了呢，说我的做法不符合新的政策。”

王仁中看完信点着头说：“李书记说得对。我们准备把镇上的土地重新丈量，按各家各户的人口重新分配，颁发新地契，这样是最平等的，不能是有土地的愿意给谁就给谁。”

仲良不好意思地说：“我们又不懂得政策，只凭自己一想，反正是送给最需要的人家就行了，倒是给你们添麻烦了。”

王仁中语气肯定地说：“这可不是添麻烦，这件事情表明了你对土地革命的态度，在镇上是有很大影响的。现在我们正酝酿成立镇上的农民协会，很多人都推荐你当主席呢。”

“这我可不敢当，我不属于你们斗争的对象吗？别的事情都好说，只这一件，我不敢答应你，你千万别因为这事，在工作上……”仲良想了想收住了口。

“在工作上犯错误是吧？这个你放心，我们党的政策首先就指明团结一切可以团结的力量。”王仁中说着话抖了抖伯涵的信，“李书记也提到了，你可不能听信谣言。我一进咱家院子就觉得家里冷冷清清的，原来你是把老人安顿到外地去了。看来你还是听到了什么，这也不妨事，我们的工作才刚开始，以后你就会慢慢明白了。”

仲良感到自己说话时应该再亲热些，可他又做不到，就问：“你们那么多人都挤在乡公所里，吃住办公也不方便，不如分一些搬到我这里来住吧。”

“你不说我倒忘了。我们又要来个宣传队，整日里排演节目，有大点的空院子才好。咱这后边的两处大院都闲着，让他们男女各占一处，就方便多了。”王仁中说完话站起身来。仲良本说要留他吃饭，可见王队长伸出了手来，就不习惯地握了手，而后就忘了说这话，送到堂门外说：“我让人把两处院子收拾一下。”

“那倒不用，我们那么多人，这儿来那儿去的，有地方睡觉就行了，只是以后免不了吵闹你了。”王队长迈着矫健的步子走了。仲良望着他的背影，意识到人的思想如果是新的，人的精神也会焕然一新。

仲良回到书房里仔细地回味着刚才的每一句话，联想到当前的情势，陷入了深深的思索中。依照哥哥的指引，是完全应该站在革命这一边的。只是他又不同于哥哥，肩背上还有家庭这个负载，不能像哥哥那样义无反顾地投身进去，毕竟一家人还要依靠他向前维持。可他又不能把革命的事推得一干二净，怕是要造成自己顽固不化的误会，最终吃大亏的还是李家。仲良在屋内踱来踱去，找寻着万全之策。农民协会的事他不敢应承，首先考虑的就是在这局势暧昧不清之际，他若是做了出头鸟，一旦形势突变，枪口对准的第一个就得是他。他让队员搬进家来住，也并不完全是客套话，他想这样可以缓冲一下，当他拒绝农民协会的时候也不致显得太过生硬。虽说这样把人家请进来，可能也会招致一些人的嫉妒，但具体要征用谁家的房屋是革命队伍说了算的事，自然他便有了退身步。思来想去都是自己的如意算盘，仲良心中没有什么把握。唉，摸着石头过河，每一步都要十二分地谨慎小心。

晚上仲良回到小院里来，怕惊了蕙儿的觉，就轻手轻脚地关了门，走到窗前却听到蕙儿在屋里低声抽泣，便赶紧推门进去，蕙儿这才慌忙站起身，遮掩着去端洗脸水。

仲良拦住她说：“我自己来吧。”仲良把温水兑好，却端到蕙儿的面前，“你来洗吧，脸上都哭成泪人儿了，你哪儿有委屈都要对我说，我们是夫妻，什么事都要共同承担才对。”仲良拧干了毛巾，递到蕙儿手里。

蕙儿伤心地说：“我是替芸儿难受呢，她的命怎么这么苦哇，这革命革的，公公婆婆都病死了，剩下她守着一个呆子还拖累着孩子，现又怀上了一个。原来人丁不济，可还有家有业的，这下地也没了，财也空了，她哪里还有活路啊。”蕙儿说着话，禁不住用毛巾捂住脸，呜呜地痛哭起来。

仲良抚着蕙儿的肩膀坐到她身边：“听了他们说的，我心里也痛得厉害，明天就打发人先送些白菜、萝卜和粮食去，这年总是要过的，以后的日子咱们再慢慢想办法，总能过得去的。人总有个命跟着，你哭也不顶用，咱们不会撒手不管她，你就别难受了，小心自己的身子……”

蕙儿想到自己身上好久没来了，该是怀孕了。听到仲良已有了安排，又这么实心实意地体谅，就止住了哭声，过了片刻才说：“你能劝别人，反劝不了你自己，这些日子人都消瘦了。”

三十六

芸儿家的日子像是掉在了黄连树下，捡起哪儿来都是苦的。自从革命队伍一进观津口，福庆和几个兄弟就担惊受怕了，尤其是老四连房当夜召集众家人聚议，明目张胆地要与革命队伍对着干。虽说福庆不赞成这种硬碰硬的办法，但在众说纷纭的谣言面前，又不想将辛苦一辈子积攒下的家业拱手让人，他也别无良策。就在他犹豫的这段日子里，一天后夜，革命小分队的临时住所着了一把大火。等老百姓们闻讯赶来将火扑灭，天都亮了。尽管人员没有伤亡，但是生活用的东西烧得干干净净。全村展开调查的时候，连房家的人就逃了。这不打自招地一跑，把贾家四兄弟连着保平、保济、保和、保全七八个子侄辈的都被推上了批斗台。老福庆从批斗会回来就病倒了，被人没收了田地和房屋，担惊受怕加上心疼，没半个月就挺不住撒手西去了。福庆老婆也是整日疑神疑鬼的，到了自秋入冬的转冷季节，染了伤寒死了。那兄弟三人商量好了一般，把事情一股脑儿全部推到大哥身上，倒是渐渐脱了干系。只可怜芸儿一家人不明就里担承了下来，被赶到了自家院外的长工房里。

有了仲良他们的接济，年总算是过去了。每到日子艰难的时候，芸儿都咬紧牙关，把泪水往肚子里吞咽。晚上纺着棉纱，在昏暗的油灯下，她自然而然地就会回想到李家的大院，经历过的人和事一遍遍不厌其烦地闪现在眼前，支撑着她活下去。她最怕回想到大少爷伯涵，因为那是她心中一块永不愈合又不敢触摸的伤疤。可是她真的控制不住自己，仿佛无边的黑夜是掩护她思想的最佳屏障，这些许的自由只能存活于不见天日的夜色中。沿着她的思路想下去，如果她与大少爷一起过日子又会怎么样？是不是会拖累他而害了他的前程？每次都是刚想到这个问题，她就惊醒过来告诫自己，只要大少爷过得好，自己无论如何受苦都要义无反顾地选择。因为她始终认为，苍天有眼，是不会辜负苦心人的。

清明节一过，天渐暖了。大地里的麦苗现出了鹅黄，平铺在四方工整的田埂地畦间，装点得宽阔的平原格外美丽。穷苦的百姓第一次以主人的身份站立在大地上，在乡间小路上往来穿行，那铿锵顿挫的远呼近应，让人听着都自豪而又幸福。芸儿一家也重新分得了田地。

这日，芸儿听到屋外的脚步声，赶紧放下怀里哄着的孩子出来，只见有人站在门前！“老太太们回来了，让我捎信儿来说叫你去住几天。”

“太太们都好吧，这一来二去地没闹不得劲儿吧？”没等立根说完，芸儿就似见了亲人一般。

“二太太要给二少爷补办个成婚的仪式，二少奶奶执意要请您去。她亲口说下的，认您是她的娘家姐姐，她没别的亲人，您可一定得去。”立根的话真把芸儿说愣了。

“二少爷不早就成亲了吗？少奶奶是杜家的小姐，怎么认我做娘家亲戚？”

“您不知道，原先的少奶奶早离开李家了，如今说的是蕙儿姑娘。”立根解释道。

芸儿听了一时回不上话来。她的心立时一劈两半，一半为蕙儿欣喜，一半为杜林月哀伤。

芸儿算计着还有两天就是蕙儿的喜日了，正巧赶上今天是良家镇的大集，她准备在集上给太太们买点儿东西，给蕙儿扯上几尺花布，算是自己的心意吧。

自从盐河干涸之后，平整宽厚的河床自然就成了两岸百姓过往的通道。劳动力富余的人家还在紧挨着河坡的地方开垦出了一块一块的土地，趁着开春，撒上了荞麦、苜蓿的种子。芸儿沿着河坡一路上行，当看到良家镇高高的码头时，偏南的日头迎着她照下来，短小的影子紧紧缩在了脚下。

因为盐河的干涸，货运码头也已丧失了它原有的功能。偌大的货场上挤满了做牲口买卖的生意人，又据猪羊牛马的不同自然划分出了各自的区域。在码头后面那条贯穿良家镇的大街两旁，摆的地摊、搭的天棚，连着上好的店铺里，都是从平原内外集散来的各式各样的物品。对于穷苦百姓来讲，买不买东西是另一回事，即便来转转看看也是大饱眼福了。

芸儿走得累了，在码头的石阶上坐下来歇息。面对着空旷的河道，四周望去除了风便什么也没有了。背后的孩子被牲口的嘶叫吓哭了，芸儿这才惊醒过来，解开包带，抱到怀里轻轻地哄着，脸上的泪珠正滴在孩子的唇上。小孩子愣住了，咂摸着咸涩的滋味，片刻，又放声哭号起来。芸儿知道孩子是饿了，看看天上的日头，快晌午了，她也觉得饿了。没有奶水，身上又没带吃的，她只好搜着自己的唾液，勉强喂进孩子的嘴里，而后艰难地站起身来，摇晃着孩子，向着良家镇集市的深处走去。

芸儿身上本来揣着几块钱，那是专门给太太和蕙儿买东西用的，她不敢轻易动用。来到卖花布的铺子里，她四处寻找即便宜又好看的布料。老板猜出了她的心思，就翻出了几块布头儿供她挑选。芸儿一眼看准了那块素花布，一量恰好三尺三寸多点。虽说布料略显单薄，但往后天气再暖和些，做一件对襟小褂儿，蕙儿穿上挺好看的。老板一边支应着，一边拿纸要包起来。芸儿不好意思地说:“麻烦你找张红纸写上喜吧。”

老板听了迟疑片刻才说:“你是送喜事，挑这么素的……”

“穷亲戚，也不会挑剔我的。”芸儿尴尬地说。

芸儿付了钱，老板回身到铺面后边写喜字去了。她倚靠在柜台边上转身面对门外站着，看着镇街上熙攘的人流从铺门前往来穿行，不经意间一辆人力车从人群中轻缓驶过，待芸儿回过神来，登时心突突地狂跳起来。她刚才分明是瞥见了大少爷离家时所带的箱子，还有那藏蓝色的包袱，就放在人力车的踏脚板上。车内的人被布帘遮着认不清楚，莫不是大少爷赶回家来为弟弟操办婚事？芸儿顾不得多想，一脚迈到镇街上来，远远地追赶着前方的人力车，脚不停步地来到了乡公所的门前。

车上的人下来后，拎起箱子和包袱直奔乡公所里去了。芸儿远远看着，车上的人不是大少爷，虽说多年不见，看身材就不是。可那箱子、包袱，芸儿确实看清楚了，真真切切是大少爷出门时的行李。包袱的一角隐约露出了自己给他织的围巾，刺绣的花与诗正是叠放在最上层。芸儿猜不透到底是怎么回事，但可以肯定事情与大少爷有关联。她便悄悄地跟进去听个究竟，一扇窗一扇窗地探听着屋内的些微动静。

突然，一阵呜咽声从前边的屋里传出来，芸儿吓得呆立在当地。

“王书记，你别难过了，咱们得想想办法通知他家人啊。”

“哎呀，李书记，你、你……真是太可惜了。他弟弟正准备办婚礼，还要我做主婚人呢，全家人正高兴的时候，怕是受不了这个打击啊。”只听到一个声音断断续续地哽咽着说。

“山区情况太复杂了，思想陈旧，匪徒凶顽。李书记就是在下去视察工作时，遭遇到山匪袭击的。这是他仅存的遗物，与工作相关的书籍、笔记，组织上都收藏起来了，他生活俭朴……”

如晴天霹雳，芸儿刹那间被震昏了。凶顽、山匪、袭击、遗物，这些像是一支支利箭射穿了她的心，她的胸腔中顿时蓄积了一股股洪水，顷刻决堤而出。

三十七

婚期临近了，李家全然没有了上一次结婚时的紧张气氛。依照王队长的想法，这次搞一个新式的婚礼，那些固陋的繁文缛节一概免去。而在家中，二太太若玉则怕太亏待了蕙儿，还是偷偷摸摸地准备齐全了风俗中必不可少的东西，一样样拿给蕙儿过目，更像是一位要嫁送闺女的母亲。

吃过午饭，仲良担心春寒来得猛烈，只怕小麦歉收，他想找王队长商量着给人们分些荞麦种子。

远望盐河道边集市上的地摊都还没撤净，赶集的人不似头晌那么多了。到乡公所门口时正碰上一个小兵从里面出来，就问："王队长在所里吗？"

"在呢，上面来了人，您过会儿再来吧。"小兵堵在门口，没有放仲良过去的打算。

仲良转身下了台阶，左右看看，就往集市上闲逛。他忽然想到蕙儿提起过，芊儿离开李家参加了革命宣传队，姐妹间想送给她一面小镜子作礼物，携带在身上用着方便。他正好就集市上看看，也算了却蕙儿一桩心愿。

沿街摆摊有认识仲良的，不住地跟他打招呼。仲良买完小圆镜子揣在身上，准备往回走了，忽听有人叫他："二少爷，正好您来了，我还说送到府上去呢，您快进来。"街边布店的老板满脸堆笑，在门口唤他。仲良走过去，不知道他说的是什么事。"这是头晌一个妇女来买的，说是给您贺喜送的，钱也付了，我前脚进去写喜帖，再出来人就没影了。"老板说着话，把那包封上喜帖的布料取出来。

"还有这事，那人长什么模样？"仲良疑惑地问。

"看年纪倒也不大，抱着孩子，不像是富裕人家。挑来挑去，选了这块布头儿，话里面说你们不会嫌弃她的。"老板断断续续地说着。

仲良听着心里明白了，接过布来说："那是我的远亲，劳烦你记着，她若是回来取布料，告诉她务必到家里去，我们都等着她呢。"在回乡公所的路上，仲良纳闷极了，芸儿既是到了良家镇为何又不进家门？什么事慌得连东西也不要了？我和蕙儿的婚礼会来参加吗？

仲良再回到乡公所里来，径直进到王队长的屋里，一眼便瞅见了哥哥的遗物。等王队长讲完事情的经过，他在心里估算一下，自己结婚的当天是哥哥的头七。他知道大太太和母亲都经受不住这个打击，便决定先隐瞒下来。

可哥哥的头七不能不祭奠吧，正好借着家里摆酒宴的事，就避开母亲她们，唤上王队长在迎宾堂里为哥哥摆一桌祭酒吧。仲良在乡公所的台阶上趔趄了两步，他感到外面阴沉的天空猛然扑落到他的头顶上，压迫得他根本直不起身来，他的双膝绵软无力，浑身冷得在心里哆嗦。

仲良跪倒在父亲的坟前，双手抱住冰凉的碑石，把头紧紧地贴了上去。此时他感到自己从内到外都解脱出来，像一位跋山涉水、日夜兼程的归乡人，在深夜里望见自家那一盏温暖的灯火。

婚礼进行得简短而又热烈。清早起来，蕙儿的心情更加忐忑不安。连续几夜了，她就没踏踏实实睡过觉，她心想着那一时刻的来临，可又担心到了眼前的好事再生些变故出来。自己被后娘狠心出卖，来到李家前后十多年了，这其中的辛酸苦楚只有自己心里最清楚。她哪里想得到还会有这么一段出头的日子等着她。她是真心爱着二少爷的，爱得越深就越是需要这样一个典礼来证明他们的这场姻缘。

听说李家院里有新戏看，下午连不相干的人都来了，满满当当地挤了一大院子人。他们被这一场春寒逼迫的无事可做，只有借机苦中作乐。一个个缩头袖手，只等着锣鼓一响热闹开场了。

打了一通家伙，人们自然都静了下来。这时只见王队长健步走上戏台郑重地宣布两件事：第一件事是仲良决定接受农民协会主席的职务；第二件事是仲良要给全镇发放荞麦种子，让人们在春寒之后抢种荞麦，保证分到土地后第一季的收成。穷乡亲们哪承想得到这意外的大好事，顿时整个院子里人人欢呼雀跃。这个消息像是一道波浪，从李家大院传到巷子里再到镇街上，一会儿便扩散到整个良家镇。人们慢慢地向着李家大院聚集而来，带着深切的感谢和诚挚的祝福。

按着仲良吩咐，喜宴分男女分开摆设。女眷们酒席摆在后院若玉的屋子里。论理应该是在大太太的屋子里，可她说自己嫌烦乱硬是推托了，若玉懂得她的心思，便顺从地自己应承下来，这正合了蕙儿的心思。天虚黑下来，门口的喜灯笼亮了，踩着碎了一地鞭炮纸来到若玉的小院，迎着门的堂屋里条几上一对银烛台，高高地燃着红烛，映照得四壁如锦。绣着鸳鸯的门帘，红线绳坠着玉钩，吐着香气的金猊背上贴着方喜字，兰花瓶上盖红纸花。中堂上那副《青门引》也已换了新调。

> 清风徐来韶光渐，杨花蒙蒙扑人面。整日思君不得闲。
> 蓬山此去高且远，几处相思频梦见。无语独立向小园。

清酒煮熟，果肴完备，人也到齐了。方、白、严三位太太，福来家的、福兴家的，加上蕙儿坐在上桌，芊儿也留下来了。娘儿们从来就喜欢热闹，更何况大院里已冷清得令她们害怕，趁着机会冲冲晦气。劝酒布菜，推杯换盏，不一会儿个个面色都朗润起来。蕙儿更是欢喜，三两盏热酒下喉，脸蛋儿和那桃花一般粉嫩了。心窝里的甜蜜一层层荡漾出来，人没醉心已先醉了。

三十八

一夜东风吹来，荞麦花开了。起先是零星的花苞，疑是迟醒的春天睁开了惺忪睡眼，就像是一眨眼，田野上已是处处开遍了。鲜红的秆儿，翠绿的叶儿，嫩白的花儿，如同一群穿着红裤儿绿袄儿的小姑娘，机灵地招摇着，咯咯欢笑着，把盐河上下装扮得那样惹人喜爱。

六月初七，蕙儿分娩困难，折腾了近乎一天，到了天擦黑儿熟饭的工夫，一个白白胖胖的小子这才生产出来。大太太、若玉都是满心欢喜，时隔这么多年，李家又添了人丁，必是祖宗保佑、举人老爷积德带来的福祉。月子里专门雇了产婆在屋里伺候，两个人天天带着丫鬟到家庙里焚香磕头。严氏见是如此也假意高兴，日日跟在她们身后。仲良劝说个只言片语，也便由着她们心意去了。自从王队长带着队伍撤离盐河转战山区，镇上的大小事全都落在农民协会头上。仲良一天到晚带着人们拓荒、挖沙、植树、种滩、丈量田亩，很少待在家里了。与此同时，村里的土豪劣绅如“活阎王”之类自然也不会闲着，他们派人到平原以外四处打探情势，还亲自到大青山里与土匪沟通联络，回来之后在暗处散布谣言，蛊惑人心。仲良还要分出一部分精力，关注着他们的举动，家里自是用心少了。

转眼到了满月，太太们商议着吃满月酒的事。蕙儿得了儿子自是高兴，正想热闹热闹，长长脸面。娘儿们几个在后院里就一五一十地凑起份子钱来。严氏虽说不愿自掏腰包，可也磨不开情面，咬咬牙随着太太们拿了头份儿。仲良听了蕙儿早上的嘱咐，今天特意回来早些，见太太们有这破费，心里虽不赞成可又怕扫兴，便不多言坐下与太太们吃起酒来。席间说起为孩子起名的事，一言一语就热闹起来，这个对孩子夸赞一番，那个过来称羡几句。蕙儿听了把儿子紧紧搂在怀里，真是比夸耀自己还要光彩。直到天近三更，外面淅淅沥沥下起了雨，众人才意犹未尽地散去。

“咱家的日子比不得过去，处处都要紧缩着点儿才是。”仲良擦拭完脸，蕙儿正在哄孩子睡觉。

“咱们天天一个锅里吃饭，我还能不知道日子紧巴？这是母亲和太太们的主意，她们添了孙子，心里高兴，我一个晚辈哪好拂了她们的心意。再说这个钱也没从家里出，是太太们从手里捐出来的，我就更不能说什么了。”蕙儿轻声细语地告知仲良。

“这么说人人都拿了份子？三婶她也……”仲良的语气有些担心。

“拿了。跟着太太们拿了头份儿。”蕙儿略有不解。

“咱怎么能花他们的钱？你不知道三叔这个人，平时还嫌月钱、粮食给得少呢，他们端着金碗吃惯了，哪知道这铁锅里没吃食。三婶也不是大方人，她为咱花一个，心里就敢想着要咱们俩呢。”仲良忧心忡忡地说。

“她说拿就取了来，伸着手递给你，你装着看不见？今天若是不接她的钱，她还不知道想到哪里去？”蕙儿听明白了仲良的意思，“不行的话，挑个时候我再悄悄还给她。”

“好。”仲良叹口气，家里也不是事事省心。

“别只说这些不高兴的话了，真格的，该给孩子起个名了。”蕙儿看仲良不甚痛快，一边抚弄着孩子的小脸儿，一边跟仲良说话，“你快看看，他睡着了还笑呢。”

仲良凑过身来看看孩子，心里稍稍舒坦了些。“你也睡吧，我翻翻书。本是好好的天，怎又下起雨来了？”说着话披衣起身到书橱里随手抽出一本就在灯下翻看。

“你不提我倒忘了，今天是七月七，牛郎会织女。”蕙儿说着说着睡着了。

翌日醒来的时候，蕙儿看到书桌上仲良写下的字：思林。

转眼已是中秋。这一个月来仲良脚不沾地地忙着。眼看着就要秋收了，农民协会里帮着乡亲们安排农具，收拾场院，核算赋粮，一大摊子事都堆到眼前来。回到家，烟鬼三爷也不让他轻闲，不是亲自找到书房来，就是派严氏到仲良跟前磨叨。他俩看到镇上的穷人一经农民协会写了新地契就有了自己的田地，也生心要回他那一套宅院，看能否让仲良以农民协会的名义写一张新房契，他就可以名正言顺地搬回去住了。仲良每次回绝他们，都把道理讲得清楚明白。农民协会从来没写过新房契，那样做只怕是要把革命搞乱了套。

仲良的态度让烟鬼三爷暗恨不已，心中痛骂他是吃里扒外不帮自家人，一心等着报复仲良的时机。

若玉在屋里看着蕙儿逗弄小思林玩儿，仲良低着头回来了。若玉也不劝他，只与他说：“今天是八月十五，你可想着一大家人凑在一起吃顿饭，在银亭里摆上茶点赏赏月？你是一家之主，整日里愁眉苦脸的，我们还去指望谁？”她说着话又摆弄着孩子的小手，“咱家又添了人口，我看着大太太也欢喜，该让人们乐一乐了。”

仲良一回到家就满脑子都是烟鬼三爷的纠缠，哪里想到往这上边用心思？可母亲说的也有道理，日子开开心心也是过、闷闷不乐也是过，自己顶门立户就是再烦再乱，也不能让老人们跟着操心了。想到这里他就抚平心情说：“母亲和我想到一块儿去了，今年春季歉收，可秋庄稼长得还不错，也算是个丰收年。今天晚上，咱们就庆贺庆贺。”

掌灯时分，月亮升起来了，可不大会儿它就躲进了薄薄的云彩后面，遮遮掩掩的，全是害羞的模样。李家逸和堂里烛光高照，人们聚在一起欢声笑语。大太太揽着小孙子边逗玩边指挥着丫鬟们摆放杯盘碗筷，刚不大工夫就被尿湿了裤子，她哈哈地笑着，一点也不嫌烦乱，反倒是兴致更高了。福来、福兴两家人也都在一旁赔着笑脸。菜肴摆齐了，白干儿烫热了，一大家人干巴巴地等着烟鬼三爷。仲良怕三叔挑理，派了门口的小厮到镇上去找，也没有他的消息。

大太太等着不耐烦了说："咱不等了，再等菜怕是要凉了，大家入座吧，老三来了我罚他多吃几杯。"

严氏听了略显不快，但她也跟着坐了。仲良心里有些忐忑，他本想借这个机会能缓和一下与三叔的隔阂，现在看来别再添什么事就不错了。蕙儿看着仲良的脸色，猜想他还有心事，可自己又使不上劲儿。若玉则想起了举人老爷在世时一大家人和和美美的情景，不觉有些伤心。大伙各怀心事地坐下，三巡酒喝下来，心情也就放松了，再加上小的哭老的笑，酒席上越发显得热闹。

烟鬼三爷闯进来的时候，人们兴致正高。大太太说着自己小时候在家过中秋节的老话，就看见老三歪斜着身子踉踉跄跄地撞进门来，便招呼他坐下喝酒。

"一家人吃饭就不叫我。"他醉醺醺地发着牢骚。

"你将就着吃吧，挑也轮不着你。"严氏也没脸地说，不知是冲着谁撒气。

烟鬼三爷被激火了，刚抓到手里的筷子正想夹菜，听了这句话照着严氏摔了过去。严氏仓促地抬起手来一迎，酒杯连着面前的菜碗都掉在了地上。

仲良赶紧站出来，想扶着三叔坐下，别让事情再闹下去："三叔，你别生气，开饭前我让人到镇上找你，可是……"

不等仲良的话说完，烟鬼三爷扭过脸来，喷着满嘴的酒气："你用不着猫哭耗子假慈悲。少跟我装好人，我还不知道你？"

仲良一时语塞，气得还想说什么，蕙儿走过来扯了一下他的衣袖叫他坐回去，自己进前来脸上含着笑说："三叔，你别是喝醉了，我给你倒杯水。"

"你叫我三叔，你也配！一个奴婢丫鬟，填个房你就想着成人了。"显然今天这出戏烟鬼三爷和严氏是有备而来，出言相当恶毒。蕙儿不想他如此无礼，红着眼圈坐了回去。

仲良伤心地忍着。这些年他遵守着父亲的临终嘱托，对三叔一家可谓是照料有加，明知他们好吃懒做，但他还是管的管了，让的让了，顾全着一大家人，为的是让九泉之下的父亲心安。没想到，到头来三叔竟这样对他说话，眼里根本没有了哥嫂情义。

若玉坐在那里脸色气得蜡黄，大太太也像是不耐烦了。烟鬼三爷见没人敢来阻拦，气焰嚣张地嚷着，骂的话越发难听了。

仲良腾地站起来，盯着烟鬼三爷那丑陋不堪的脸："三叔，你真能抗下老脸来。抽大烟，吃花酒，你一辈子干过一件正经事吗？若不是为了你，咱家何至于家破人丧？现在你还这样横着挑了竖着骂，你对得起我爹吗？"

"你个畜类，骂到老子头上来了！别人怕你，我可不怕。"烟鬼三爷跳起脚来指着仲良，"你欺上瞒下，你说，你私吞了多少王队长给的钱？"

大太太见没人把她放在眼里，颤抖地站起身来。

"大嫂，你不能走，有个事你可听真了。"烟鬼三爷转过身来当着大伙说，"他结婚当天晚上，你们大伙在后院里吃饭，我从外面回来正撞见他和王队长一伙人在前院办席吃祭酒。"

"祭酒！吃谁的祭酒？"大太太略感惊慌。

"三叔！"仲良想拦住话头，可已经来不及了。

"你说，你收了王队长多少银钱？我都听得一清二楚，那可是咱涵儿的抚恤金，是他的丧命钱！"

这句话像是一根绣花针那样穿越了每个人的耳膜，钻进脑子里不知踪影，几秒钟后突然从天灵盖上飞射出来。大太太停住了脚步，仿佛经过了片刻确认，便猝然倒地。

时隔六年，芸儿再一次踏进了李家的大门。福来到观津口给芸儿送信的时候，芸儿正坐在炕头上插花，炕里躺着不满周岁的孩子。孩子睡着了，脸上还没擦去泪珠。芸儿没想到会是福大爷，一时惊得不知说什么好。

"福大爷，你快坐吧，我给你烧水来。"芸儿往里堆了堆针线，用手抹了一把炕沿不好意思地说，"家里不干净，你别嫌弃。"

"你别忙乎了……"福来一看到芸儿就生出满心歉意，见到她过着如此清苦的生活，更是于心不忍了，“这孩子虎头虎脑的，是个小子吧？”福来看看哭着睡去的孩子，真不知话要从何说起。

“这孩子跟讨债似的，打从生下来就光哭。”芸儿麻利地洗了粗瓷碗，摆到桌子上，又架火烧锅去了。

“那得找人看看，再不行写张符出去贴贴，孩子就不哭了。”福来像父亲那样传授着自己的生活经验。

“找人看了，符也贴了，不管事。”灶膛里窜出了火苗，映红了芸儿的脸，“福大爷，你来有什么事吧？”

福来几次欲言又止，只等着芸儿问了。“我看你孩子小，怕离了你不行，没好意思说。你问我，我就实话说了吧。我来是叫你回去……”见芸儿用狐疑的眼神瞪着他，就又接下去说，“大太太病了，整天说胡话，喊你的名字，怕是要不行了。”

“这事你还不早说，咱烧什么水呀。我收拾两件衣裳，你到邻家把二树嫂找来，咱这就走。”芸儿从锅里舀了半瓢水泼进灶坑里，等不及火熄尽，一撩门帘进屋拾掇去了。

“那孩子怎么办？”福来匆忙问。

“撂家里死不了，有二树嫂呢。”芸儿干脆地说。

自打大太太从昏死中清醒过来，就一遍遍地喊着“涵儿啊涵儿”，几天下来不吃不喝，尤其到了晚上，她那悲痛欲绝的呼唤让整个宅院笼上了阴森可怖的气氛。烟鬼三爷、严氏见闯下了大祸，就躲在小院里不出来了。后来大太太忽地心疼起来，心瓣儿上似有万根针刺，一阵胜过一阵，最后人就昏死过去了。等她缓过神来，就又不住地哭喊：“我可怜的涵儿啊，你可把娘想死了，真儿啊，你就不回来啦，芸儿啊……苇儿啊……”伴着大颗的泪珠，直到又一阵心痛袭来，再次昏死过去。如此往复多日，消耗得人就没了半点儿力气。若玉每日过来探视，想不出解救的办法，眼看着大太太受罪，思量着往常的好处就躲在一边暗自垂泪，背后嘱咐仲良准备后事，免得到时候措手不及。仲良找来福大爷商议，福来才提出让芸儿回来，先解解大太太的疼心症。

芸儿一路上念着大太太的病，也难想象得出人已然病成了这般模样。待她看到蜷缩在被子里干瘪的人时，扑倒在床前哭泣起来。大太太像是辨别出了芸儿的声音，一把抓住她的手贴在了胸口上，胡乱地说："芸儿，真是芸儿你呀，我可再不放你走了。"

"太太你放心，我不走了，我再也不走了。"芸儿把头埋在太太的枕边，压制住自己的抽咽。

芸儿来了之后，大太太果然好转了一些，人也不糊涂了，有芸儿哄劝着也开始进点汤水，渐渐添了些精神。全家人都跟着高兴，严氏也过来走动，看到芸儿现在的样子，心里便有几分得意。

芸儿进了李家就再也不迈出大太太的屋子，白天陪着大太太说话，手上拾掇点针线活儿，也是为了大太太高兴扎的鞋样。到了晚上，她一边轻轻抚着太太的胸口，一边给她讲些自己村里的事。她们还说起苇儿，夸苇儿善良、能吃苦，针线活儿也好。大太太就急切地说："赶明儿让人去把苇儿叫回来吧，我也想她了。"

第二天仲良过来的时候，芸儿就悄悄地把大太太的话说了。其实家里只有仲良一个人知道苇儿的下落，他立刻把福兴叫来，商量着让立根他们到肃清县城西关跑一趟。

当天晚间大太太本来睡得好好的，忽然又哭醒了，她伸出干枯的手臂朝芸儿抓着。芸儿正坐在偏榻上瞌睡，猛听见太太哭出了动静，急忙接住太太的手坐到了跟前来。

"芸儿啊，老爷来叫我了，还有涵儿扶着我，我看见老爷在前面等着我们呢。"芸儿听着太太说话，浑身直打冷战。一阵风把门吹开条缝，桌子上的烛火也猛然抖动起来。

芸儿定下心来劝慰太太说："我也经常梦见他们，这么着紧的亲人，梦不见才奇怪呢。"

大太太转过头来定睛看着芸儿："芸儿，你恨我吗？你不恨我吗？"

听了太太语无伦次的话，芸儿的身子仿佛突然重又陷入了冰冷刺骨的江水中，她想起了心中的仇恨。这仇恨一旦醒来就像长出尖牙利齿般撕咬着她的心，可她不清楚这仇恨应该算在谁的身上。"太太，你待我跟亲闺女一样，我怎么可能恨你呢？你快别瞎想了，再睡会儿吧，天就要亮了。”

大太太好像心有不甘，依依不舍地攥着芸儿的手。芸儿慢慢地把她的手塞回被子里去。

自从芸儿回到李家，便日夜陪伴在大太太身边，尿了拉了，芸儿就给她换褥子换裤子，用温水清洗身子，脏衣裳拿到院子里洗净晾干收起来，一天不知折腾多少遍，夜里也要不停地换。她像亲闺女那样侍奉着大太太，为她擦脸、洗手、搓脚、梳头发。她让仲良把布买来，守着太太从里到外一件件一针针准备着寿衣、寿枕和寿鞋。清晨芸儿醒来后见大太太睡得挺安稳，就没去叫醒她。等送进饭来，大太太却再也叫不醒了。她的眼窝里凝了两汪慈悲的泪，表明她是多么留恋过去的生活。

三十九

苇儿赶在大太太出殡之前来到了良家镇。

福兴再次奔赴肃清县城。进城已是近午时分，福兴赶去二爷家报丧。听了福兴的话，跛脚二奶奶垂下头，用手帕在眼窝里揩了一把，算是表示了她的哀痛，然后淡淡地说：“你家二爷病了这些时日，也没人来瞧过他。现在身体还不够强健，我怕他知道了伤心难受，对调养不利，这事断不敢说与他知道。家里既然报了信来，我自会安排，我得留在二爷身边端汤送药，清儿在外面上学，你回去告诉家里，我们去人便是。我不能留你吃饭了，一怕二爷知道了起疑心，二是想必家里此时正用人手，等你回家再做安排。”

福兴本也没打算吃二爷家的饭，可是茶水也没喝上一口，二爷连面也没露一下是他预料不到的。就这样被小妇人打发了，心里着实憋了口气。他头也不回地出门来径直往西关。等来到苇儿家门前，家里无人，他就去邻家敲门，邻家大嫂出来听了他的询问，告知苇儿早已离开这个家了。那么好的姑娘嫁到这一家真是窝囊了，再问去了哪里，大嫂便说不清了，“问她男人吧，他这快回来了。”过晌不久，一个五短身材的汉子架了豆腐车子停到门前，福兴连忙上前施礼。果然眼前这个汉子就是苇儿的男人。他见来问苇儿的事，猜想是她的亲人，便如实相告了。苇儿带着孩子离家走了，你们过了清凉江到景州城里找吧，她在那里开了家成衣铺。得了这个消息，福兴便回家遣人直接去了景州接苇儿。

苇儿跪在灵前一阵痛哭，众人劝也劝不住，害得守在一旁的芸儿也是泣不成声了。苇儿哭过一阵觉得心里痛快了些，这才看见身边劝她的女子是芸儿妹妹。两人自是搂坐在一起，哭成了一团。二爷家的阴师爷当日来后，替二爷焚香烧纸后就躲到一边享清静去了，被看不惯的三爷臭骂了一顿。仲良本也不高兴看到他，生气二叔在这种时候还会做出这样绝情的事来，趁着烟鬼三爷地吵闹，打发阴师爷回肃清了。

停灵的几天，芸儿和苇儿同住在大太太的屋里。姐妹多年不见，又各自经了这么多的生活变迁，总有说不完的话，常常是你为我哭一阵，我又陪你掉一些眼泪，两人的心越说越近了。反倒是蕙儿，因她本就不是爱说爱笑的人，加上手中又有小孩子，对芸儿她们就照应得少些。出殡那日回来，众人各自歇息，仲良在前边忙着准备晚上答谢本家帮忙的爷儿们，就说与蕙儿要多照顾着后边些。为等第二天圆坟，苇儿和芸儿就留在镇上，说好明日多烧些纸钱，三七之内不便来了，以后什么时候再来祭扫更是说不准的事了。

离家大半个月，芸儿才又回到家里。她奇怪进了胡同口还没有听到孩子的哭号，怕不是生出别的事来，就三步并作两步迈进屋。屋里孩子正躺在炕上咿呀学语，闺女小织和二树嫂家的九红围着在玩。芸儿这才松了口气，解开包袱拾掇着衣裳问:“你爹哩？”

“盖房去了呗。”小织头也不抬，只顾哄着弟弟玩笑，她猜想娘会把家里问个遍，于是又补充一句,“哑巴跟九红她爹上地里干活去了。”

说这呆傻的保顺还会盖房？显然不是这么回事。保顺膀大腰圆，浑身有使不完的劲儿，芸儿不愿他闲在家里，哪家盖房垒墙了，就让他跟着本家的大保哥出去卖把子力气，无非是搬砖和泥扔坯头子这样的小工活，时间一长保顺倒练出一手功夫。房子盖到高处，坯头子别人都送不到位，唯有他能不停歇地给大工们扔上去。那坯头又稳又准地飞到人的手里，活像是长了一对眼睛，即便上边的人不接也能准确地落在架子板上，一块挨着一块，摞得整齐。这手艺一传出去，哪家盖房必来请他，其他的活儿也不计较，直等着欣赏他的这门绝技。

芸儿腾出手把孩子抱起来到处瞧瞧，她纳闷这孩子哭着哭着就一声也不哭了，别是随了保顺的傻脑子。孩子原先死闭着眼号啕不止，现在却瞪着乌黑晶亮的眼珠瞅着她，脸上多了几分灵气。孩子的小手不自觉地伸到脖子里抓挠，芸儿这才看见他脖子上戴着一个布嘎拉儿。小嘎拉儿的坠袋里装着个圆圆的石珠子。芸儿纳罕地问："这是谁给做的？"

九红跳到炕沿来，不等别人说话抢着说："那天我跟小织在门口哄孩子，就来了个白胡子老头。"

小织也抢白她："什么老头啊，一点也不老，就是白胡子白头发。"

芸儿猛然想起了良家镇上的疯子，就催促她们快说。

"他来到咱家门前，细细打量着弟弟就笑了。他这么一笑，弟弟就不哭了。他扒开弟弟的袄领看了看，从腰里摸出这个布嘎拉儿来，套在了弟弟脖子上。弟弟不但不哭，还冲那个人笑了，他就夸弟弟真好，找对人家了。再后来就笑着走了。"

小织忽地明朗了，接上去说："他刚走几步又踅回来，抓起弟弟的小手看着说，这孩子五行缺木，叫桂棋吧。"

"桂棋。"芸儿在心里默念。怀里的孩子像是听到了有人叫他，咿咿呀呀地应了一声，小手死死地扯住芸儿的衣襟，眼睛眯眯地笑了。

桂棋这样的名字有些拗口，村里人叫不习惯，芸儿认为那是他们不知道意思罢了。她很喜欢，这名字高雅，其中还似有护佑之意。芸儿只担心孩子脖子里的小嘎拉儿，一经传开立刻成了村子里的稀罕儿，任是谁见了都愿上来瞅瞅，伸手摸摸。她总想这要是哪天丢了或被别人偷摘了去，孩子的命根儿也就不稳了。她想来想去，拿出针线想把它与儿子的贴身内襟连在一起。可那看似轻巧的小嘎拉儿无论如何也捉不到手里，更别说穿针绕线了。一颗心这才放下来，不再顾虑此事。

果然小桂棋长到四五岁时，便显现出了同龄人少有的天赋。他擅长各式各样村童间的游戏，只说他赢来的枣木拐子扔在夹道里就堆了一小垛，留到冬天当柴烧。摔跤、摔宝、走方格，样样精通，天天拢着一大帮孩子来家玩耍。芸儿家的老院子里童声喧闹，人气旺盛，她看了心头欢喜。有时芸儿也把在李家跟真小姐学来的东西讲给儿子听，回回孩子都听得极为认真，隔几天问起来，尽管他不明白诗词之意，竟还能记得清楚。邻村有位开私塾的老先生，找上门来要把孩子领走，不收课费也行。可芸儿舍不得，推说孩子还小，等长到七八岁，一定带着孩子上门去拜师。老先生一副可惜的模样，爱不释手地摸着小桂棋的脑瓜对芸儿说，那咱可说好了，我就在家一直等着他。

有了小思林五年之后，蕙儿才又一次怀了身孕，恰巧这次生了个千金。仲良现在是儿女双全了，心里自是高兴。蕙儿也很知趣，随着仲良的心意，给女儿取名思月。

若玉的心态渐渐老了，她为孩子擦屎擦尿，一点也不厌烦，徜徉于天伦之乐，一天少了小孙女呀呀的哭声，她心里就不舒坦。她年轻的时候是最不喜欢小孩子的，连良儿小的时候也未必得到过她如此细心地照料。过去她焚一炷香，或摊开书卷，或研好清墨，读书吟诗才是每天必修的功课。可现在不同了，她在屋里四处看看，只觉得自己的屋子太阴沉了些，画的色彩是灰暗的，诗词格调是哀叹的，甚至生活起居用品也一律是素朴淡雅的，如今看来不能给人以生活的热情，她奇怪自己过去对这些竟浑然不觉。再端详熟睡中的小孙女，那笑就从心头荡漾而出。隔辈亲隔辈亲，这老话说得真是一点也没错。

立夏已过，小思月的生日就快到了，仲良也分出心来稍作打算。称多少肉，买什么点心，请哪些人，事情都在不慌不忙地准备着。这天仲良在镇上远远地看见疯子过来了。平时疯子不喜欢拉话就会扭头走开，今天他却主动凑近来，嘻嘻地笑着对仲良说："家里有喜事不请我吗？"

仲良见瞒不过就说："请谁还没定呢。"

"你给我准备一坛杏花陈酿吧，送到祠堂里。"疯子不客气地说。

仲良也笑了："我怕你喝醉了说胡话。"

“你放心吧，我保证句句是实。”疯子这时沉下脸来，很认真的模样。

“酒一送到，这请帖可就算你接着了，别吃了酒又耍赖。”仲良打趣地说。

疯子半真半假地说：“我哪能不去呢？我还想送份厚礼呢。”话说到这儿，疯子一转身走了，走出去没两步他又恢复了常态，嘴里咕咕叽叽的，再说什么也没人能听清了。

仲良回来跟蕙儿一说，蕙儿先是有些不快。她倒不是怕添双筷子，想那疯子穿得破烂不说，口里没个遮拦，本是母亲操心办的喜庆事，别最后惹得母亲不痛快。仲良不是没想到这一层，不过据他对疯子的了解，他感觉这个谱他还是有的。

“他一个疯疯癫癫的人，能有什么谱，就是明白理，他不按理行事，谁能拿他有办法？”蕙儿还是担心若玉接受不了，“我看你最好先跟母亲打个招呼，免得唐突，惹母亲烦。”

若玉清高一生，与疯子最是不相干的两类人，要她接受这样一位不速之客怕是不容易。仲良过到母亲屋里绕三绕四地试探，没想到若玉听清楚后出奇地爽快。“来吧，到那天咱敞开大门，进门都是客，有饭吃有酒喝，咱给孩子做这个生日，是为了什么？不就是积德行善图个孩子将来好吗？你放心吧，我保管乐乐呵呵的，说啥也不烦。”

母亲给他吃了这颗定心丸，仲良也便踏实了。他一五一十地布置妥当，只等着宾客迎门了。

四十

农历四月二十四清早，李家在大门口点响了鞭炮，宣告了这个喜庆日子的开始。

芸儿带着儿子早早地来了。思林与桂棋同年，只是月份上大些，两个男孩子不一会儿便玩到一块儿，相扯着跑到大院子里去了。芸儿与蕙儿抱着孩子一同来若玉屋里闲话。今天若玉的屋里也重新布置了一番，先看到迎门的字轴换了，这是若玉专门到老爷的书房里挑选的，读来是辛稼轩的《清平乐》。

茅檐低小，溪上青青草。醉里吴音相媚好，白发谁家翁媪？
大儿锄豆溪东，中儿正织鸡笼，最喜小儿无赖，溪头卧剥莲蓬。

一股趣味盎然的生活气息盈满了小屋，难得若玉能有这样的心态生活。再看她的床椅桌榻上，零散堆放着孩子的小玩意儿，书案上砚台也是干干的，里面放着个小红灯笼。芸儿知道，若玉的眼里最是看不得与诗词毫不相干的东西，被褥要叠得平整，幔帐要挂得对称，任何物件放在哪里，甚至连怎么放都是极为讲究的，哪容得这些零碎儿散落得到处都是？芸儿诧异地暗笑，随手拿着小拨浪鼓哄孩子玩。小思月像是跟芸儿有缘，伸出两只白嫩的小手来抓。蕙儿见孩子跟着芸儿不哭不闹，反倒很高兴的样子，就说："我看这孩子跟你挺亲，认你做干娘得了。"

若玉也附和道："好啊，孩子有干娘，就养得壮实了。"

芸儿不好意思地说："我们家连个像样的玩意儿都没有，你看我这干娘当的，纯粹是个应景的。"她低下头亲着孩子的小脸蛋，"别着急闺女，干娘以后备份大礼补给你。"

见芸儿没有推辞，若玉心里高兴，都说穷人家的孩子好养活，今天认了芸儿这个干娘就算对了。她兴奋地冲着小思月说："这是你干娘，叫娘啊，快叫娘。"

小思月体弱多病，本也没学说什么话，可这回突然张嘴不太真切地叫了一声"娘"，喜得芸儿、蕙儿同时应了一声。若玉乐得说："你们看这闺女多金贵，从来不张嘴，这一开口就叫应了俩。"

三人说着话，福来、福兴媳妇来了。她们各自买了六尺花布，在小思月的身上前后比画着，大家都说好看。俩人听了若玉的吹嘘自是又把小思月夸赞了一番。这小思月眉宇间透着仲良的模样，小嘴巴却随了蕙儿紧抿着。可是今天她仿佛知道自己过生日，总是忍不住咯咯地笑，谁到她跟前一站，还没等逗弄她，她就先笑着给大家看了。

思林和桂棋都顶了一头大汗跑回来，蕙儿端来水碗让他们一人一口地喝。芸儿叫儿子过来见过妹妹，桂棋好奇地走上前来冲着小思月挤眉弄眼做鬼脸儿，笑得小思月直往芸儿怀里拱。桂棋若一停下来，她就伸出小手去够他，怕他走开。

蕙儿正换着衣裳，小思月尿湿了芸儿一衽襟。福来家的过来插手帮忙，小思月不想让她抱就哇哇哭了。

芸儿推辞说："在家带孩子哪天不尿个三回两回的，走几步就干了，常有的事。" 蕙儿不答应，芸儿这才把身上青灰的大褂一脱换上新衣，衬得脸庞粉嫩了许多，人顿时年轻起来。

半头晌仲良惦记着叫人抬了一坛子杏花老酒送到祠堂里去，吩咐说不管疯子在不在，只与他放下便可。等把前边的事安排妥当，仲良回到书房里稍作休息。今天一进门，他就感觉整个书房里有了些微变化。他四处查看才发现，原来迎门墙上的中堂画换了。想必是母亲来过，别人是没有兴趣到这里来的。

这是一幅《野叟春戏图》。整幅画视野开阔，远山近水，层次分明，有小溪由远及近，出画去了。题诗云：

昨夜南窗风织雨，
喜得晴日鱼过溪。
篱外呼儿割春韭，
为沽杏花当新衣。

仲良走近前来，驻足画下久久凝视。这般美好的生活真是可遇不可求。想那画中的主人衣着简朴，生活定不宽裕，他却能不以物喜不以己悲，当有怎样达观的生活态度啊！

盐河上的习俗，给孩子过生日都讲究抓周，即在盘子里放些算盘、钱币、笔墨和书等杂物，任由孩子抓去，抓着什么就预示着孩子长大后能有什么出息。当然女孩子的生日就会放些绣线、针盒、胭脂香粉之类。

“抓周了。”人们听到一声叫喊，都围到小思月近前来。蕙儿抱着她等人呈上托盘来。此时人们忽然听到疯子高唱着“好啊好啊”的进得大门来。仲良迎出去将他接进屋，若玉从座位上站起来，颔首见面，其他人都退到后面去了。蕙儿抱着小思月来到盘子前，一手揭开盖布一手指着花花绿绿的东西给她看，盼望她看了哪个喜欢径直抓到手里来。小思月似不领情，左看看右瞅瞅就是不伸手，急得蕙儿从身上拿出个香囊在她眼前晃。这时疯子哈哈大笑，小思月转过头来，众人也一齐把眼光聚到他的身上，想他必有什么主意，都等着看下文。疯子果然不紧不慢地从怀里摸出一只手镯，红线绳编得精巧别致，正中央镶嵌着一颗亮白的石珠子，发散着润洁清纯的光芒。他眼睛看着小思月，轻轻地把手镯放入托盘里。小思月迫不及待地俯下身去，一把抓在手里。奇怪的是那光芒竟刹那间消失了，再看时手镯上的石珠子也变成了一块普通的玉石。

芸儿正站在蕙儿身后，她被小思月头上的亮光晃了一眼，就注意到孩子的后脑勺平空长出了一块红记，有孩子头发遮掩着，隐隐地不甚鲜明。

见疯子拿出了孩子喜欢的礼物，仲良上来连忙道谢。疯子又答非所问地说：“这闺女怀胎十月未满，按时辰我来得还不晚。”

仲良见他说话有些疯癫，忙不迭地说：“没人说你来得晚。走，咱们去喝酒，让她们娘儿们、孩子到后院吃饭去吧。”

“不忙不忙，我还有话要讲。”疯子却不理会，只一味说自己的。

“待会儿再说也不迟，酒菜都已备好了。”仲良赶紧截住话头，伸手向外谦让。

疯子生气了，怒视了仲良一眼，“你也只喜欢听那些诳语假话吗？”仲良被说得一愣一愣的，只听见疯子接着说，“这闺女怕是你养不大，她投胎投错了人家。”

若玉本打算带着娘儿们、孩子离开，听了这话心里一沉，重又坐了回去。仲良也如同被浇了一盆冷水，他虽知道疯子行事没谱，可也没料到他竟会说出这等话来。本是一件喜庆事，话说到这里已然是笼上了凶兆。人们都怔在那里，笑脸也僵了，退也不是，不退也不是，尴尬地彼此对望。

堂里一片静寂，只听到疯子的声音，“这孩子三五年内必有祸灾，但有我的棋子保佑，当无性命之忧。”他掐着手指，“能遇贵人相救，便可辛苦一生，老来得福。若无贵人伸手，自是水中浮萍，只好由她去吧。”

小思月此时也安静了，像是倾听着自己的身世。疯子走上前来，她主动将小手伸过去，疯子端详片刻说：“可惜啊孩子，你生在这里，命就太金贵了，易碎啊，须是落生在百姓家里，才不妨事。我就送你这一程吧，以后的路全靠你自己走啦。”

蕙儿嘤嘤抽泣起来，不顾一切地跪在疯子面前：“你就再给指条出路吧。”

疯子却哈哈大笑起来，听得人们心里寒栗：“你们信我最好，苦难便是出路。”

芸儿见疯子不肯明示，知道求他无用，劝了蕙儿起来，断然说：“这疯子的话你们也信？着三不着两的。”她指着疯子说：“你还不走吗？”

疯子见了芸儿眼前一亮，随即收起眼光，不急不恼地说：“是该走了。”便抽身迈出堂门去。

疯子只顾往外走，看也不看地说：“回堂里自己看吧。”他挣脱了衣袖，仰天长歌，走了。

仲良身后的迎宾堂里蕙儿在哭，芸儿在劝，若玉无语垂泪，严氏暗藏欢颜，几家子媳妇来回走动，说的话也都乱糟糟地搅在一起听不分明了。仲良赶紧回来，抬头一眼看到堂正中悬挂着刘梦得的怀古诗《乌衣巷》。

朱雀桥边野草花，乌衣巷口夕阳斜。

旧时王谢堂前燕，飞入寻常百姓家。

门口、桌边立了一大家子人，都在看着仲良，等他说话，而他却陷入了沉思中……

天津卫陷落！北平陷落！保定府陷落！可怕的消息接踵而至，战火离盐河平原越烧越近了。在这片平原上，良家镇的消息是最灵通的，短不了有周围村落派人来打探敌情，这无疑又增加了几分紧张的气氛。平原的人们听着日本鬼子一路打过来竟比风跑得还要快些，顿时慌了手脚。本以为蒋介石养着几百万大军，又有美国的飞机大炮支援，对付几个小日本还不是轻而易举的事？谁想到，刚一交手，那军队就丢盔弃甲，节节败退，溃不成军，一哄而散了。

老百姓没了主心骨，就无端传出许多鬼话来。传说那东洋鬼子披头散发，青面獠牙，喝人血，剥人皮，长舌头，绿眼珠，见了女人破腹开膛，逮住小孩子上笼屉蒸了吃。刚开始仲良还在族内纠集了青壮年成立了护卫队，日夜坚守在盐河岸边放哨巡逻，可随着谣言四起，青年们也各自跑回家里收拾家当，准备逃命了。

正在人心惶恐之时，二爷李维民会同杜家兄弟带着一干子人马回到了良家镇。这二百来号人个个荷枪实弹，乍一看有点奔赴前线的劲头，可他们是从肃清撤下来避难的。李家二爷听说保定府都沦陷了，按路程计算两三日内就能兵临肃清城下，不逃怕是来不及了。正在他吩咐家人收拾行李的时候，杜大爷登门了。

杜只平一踏进院门，便见满眼狼藉，人人行色匆匆，他心里已然明白了。他本是来向二爷讨教退敌之策的，看到这阵势，他立刻吩咐随行的家仆赶紧回家通报，把家软全部捆扎起来，随时准备起程。

二爷正六神无主地在书房里裹卷字画，冷不丁见杜大爷进来，把自己一副狼狈相瞅了满眼，心中自是不悦。他本想挖苦两句，转念又想此刻正是用人之际，哪能得罪人，便转了脸笑说：“咱俩可是好久不见啦。”

杜只平插脚走进来说：“我这次出门之所以耽搁这么长时间，主要是把外地的厂子铺子都关门歇业了，形势紧迫啊，不能干了。”还不等李维民提问，他又接下去说：“你想想，那日本鬼子专门侵占咱的大城市，这说明什么？他们根本没有那么多人马，这穷乡僻壤的盐河也就是拉网一过。咱正好躲起来，去享清福。”

一听杜只平想跟他一起躲到乡下来，李维民顿觉腰杆儿又硬了三分，于是亲近地说：“我正打算回家呢，你就跟我一块儿回去吧。”他没说良家镇，他说家，意在强调到良家镇是他的地盘了。

杜只平其实等的就是这句话。如果良家镇少了二爷这个朋友，多了二爷这个敌人，他还真不敢落身了，所以他必须把李老二笼络好，才躲得安稳放心。但他还不想这么爽快答应，他要让二爷明白，虽说良家镇是你的地盘不假，可是少了他杜只平的帮助，你李维民同样困难重重。

“咱就这么两手空空地回良家镇？”他双手一摊，把难题抛给了李维民。

李维民一时搞不懂他的意思，疑惑着等待下文。杜只平见关子起了作用，不紧不慢地说：“咱逃的可是命难，你县衙里那二百来的戍卫队，平日里白养了吗？”

李维民尴尬一笑：“白养？那可是要吃饭领饷的壮汉啊，这一回去三五年都说不准，我拿什么来养？”

杜只平哈哈大笑起来，满意地说：“到了用钱的时候，兄弟是干什么的，你怎么忘了呢？我保证给你养得个个身强体壮，专听你的指令。再者说，你还真打算在良家镇扎根啊，这不过是个权宜之计，等鬼子过了肃清，你还得回来当你的县太爷呢。”

李维民眼中闪过一丝希冀，随即又破灭了。他叹着气说：“有了东洋鬼子，还不晓得谁说了算，再有，这东洋鬼子的官可不是那么好做的啊。”

杜只平看出了他的顾虑，并不直接捅破，反而绕了小弯子来说：“双平有个朋友，听说在保定府里给日本人做了高参，挺吃香的，我打算让他去联络联络，对自己人也是个保全……”

李维民心里恰是拨算好了小九九，兵也要养，官也要做。两个人这才会心地笑了。

四十一

李家二爷回良家镇还不足半月，乡公所的门口就悬挂起了一面太阳旗。

镇上的百姓每行至此，都狠狠地啐几口唾沫，小声地在心里骂娘，远远地绕道而行。仲良心中更是痛恨至极，打从二叔与杜家联手对付父亲和自己，他就看清了二叔的心肠，今天二叔竟敢公然把太阳旗插到了良家镇来，这一副嘴脸看来是连遮掩都不想了。二叔的一干子人马每天在镇街上游荡，废除了农民协会。仲良日日懒得出门，不愿碰到那些大摇大摆的走狗，以免招惹是非。

这时二爷却登门造访了，仲良躲避不过，只好硬着头皮出来见客。但他并不与二爷寒暄，见面后远远地落座，一句话也不想说。这显然是有事便讲、无事走人的逐客令。

二爷干咳了几声，谨慎小心地说："我是来看看你们，我叫人找你三叔去啦。"

仲良坦坦荡荡地注视着他，意在听听他的下文，那目光颇有几分举人老爷当年的风采。李老二也觉察到了，脸上忙堆出一层模糊的笑纹。

烟鬼三爷进门一瞅，没有一个他爱见的人，便转身欲走。李二爷见此，上前一把抓住他的胳膊说："三弟啊，我这么老远来看你，你别走啊。"

"不稀罕。"烟鬼三爷冷冷地说。

趁着他俩拉拉扯扯的空儿，仲良站起身来一个字也不说地走出门去。李二爷不烦也不恼，反倒伸出另一只胳膊搂在老三的肩膀上，扳着他又坐了回来。烟鬼三爷气愤地把脸扭向另一边，懒得瞧他一眼。

显然李维民也是有备而来，他一边从内襟里掏着东西，一边侃侃而谈："兄弟，这些年让你受苦了，我这当哥的心里有愧啊。这些年哥嫂没了，咱哥俩就成了失群的雁，飞散了啊。你只当我在外边做官享福的，其实我也不容易啊……"说着话，他把手上的一张纸沿着桌面送到烟鬼三爷的肘边，并用手指轻轻地碰了碰。

烟鬼三爷听着他的话本不以为然，等回过头看到他送过来的那张纸，顿时满眼放光了。他略显迟疑地问："给我的？"

那是一张十亩的地契。老三在早年锦衣玉食的时候，从来没有觉得土地是这般金贵，现在不同了，自从他丧失了宅基和土地之后，他连做梦都梦见这些东西重新回到他的手里了。

“我慢慢地都给你赎回来。”二爷说得信誓旦旦，烟鬼三爷便不由得不信了。烟鬼三爷一把将地契抓在手里，上上下下地翻看。

李老二在一旁察言观色，不失时机地问：“良儿对你好吗？”

烟鬼三爷手上攥着人家递来的地契，心思又跳到了宅子上，他忙不迭地问：“我那宅子也能赎回来吗？”

“等事情办好了，这些就都是你的了。”二爷安稳地坐了回去。

烟鬼三爷高兴得有些忘乎所以地说：“你放心吧，你有什么事情只管说。”

严氏一见到烟鬼三爷回来时手里拿着的地契，魂魄差一点飞出壳来，一会儿举到眼前来左看右看，一会儿贴在胸口上爱不释手。听着老三叙说着老二的允诺，她更是马上催促着三爷带上她一块儿到中院里走动，来表示她的知恩之心。她捋着手腕上的翡翠玉镯，恨不能马上递到跛脚二嫂的手上去。只说这天他俩相跟着过来，烟鬼三爷自是找二哥摆话，严氏扭身向后院里去找跛脚二嫂了。刚进小院门，就听着二嫂屋子里有人说话，听声音便有几分熟稔。她一边在心里琢磨着，一边轻手轻脚地往屋里走。待走得近了，严氏躲在门帘后细细地听了一番。她到底是分辨出来了，那说话的人不是金香又是哪个？她一时气冲上来，顾不上许多，径直迈进屋去，扭动着腰肢，撇着嘴说：“这不是金香妹妹吗？”

金香倒是格外镇定，略回过身来看一眼，其实她不看也晓得是谁，低了眼皮沉稳地说：“是姐姐来了，快快请坐。”

严氏听她的话头里，在二嫂家中，她倒比自己还来得着实，更是浑身不舒坦。她紧挨着金香坐下，有点挑衅的意思，伸出手来捏着金香的脸皮说：“我看妹妹的面皮还是那样嫩，一点儿也不显老呢。”

金香毕竟理亏，略躲闪一下，不耐烦地站起身来，坐到旁边去了。

严氏本还想追过去挖苦一番，但听二嫂说：“这是杜家二奶奶，我请来的客人，你只管尊重些吧。”严氏一怔，听着风头不对，又乖乖地坐回了原地。

话一会儿家常，娘儿们家本也没什么要事，无非是在吃喝穿戴上扯闲篇。金香看到严氏手上的镯子，就想起了她无奈留给兰儿的那只手镯，便问道：“姐姐，怎不见兰儿跟你过来？”

“她不愿伺候我了，自己寻死了。”严氏说得轻重全无。

“那么憨实的一个人，怎么想着走了这一步？”金香有点不敢相信。

严氏伸出手腕来，晃动着玉镯子说：“看见没？我的首饰都被她偷净了，若不是我发现得早，恐怕连这只镯子都被她卖到外边去了。我从她的箱子底里翻出来，她怕受制裁，趁着良儿没回来，夜里上吊了。”

金香这才暗暗地松了一口气，补上一句说：“长了个憨实的模样，我早觉得她行为不端，合该这个死法。”

又过些日子，连下了几场大雨，盐河可通航了。从平原的边上不时有雷声滚过来，那是日本人的大炮在狂轰乱炸。盐河岸边骤时聚集了蚂蚁般的人群，蜂拥在良家镇的码头上，准备搭乘盐河里上下的船只，逃出这将死的囚笼去。

仲良也把福来、福兴叫到一起，紧急商议着全家人的生计。最后决定仲良留在大院里，福来和福兴各自看管自家的小院，由三爷带领着一家妇幼连夜从盐河上逃命出去。果然还没等到天黑，就有几支日本马队举着军刺在良家镇西的大道上疾驰而过，他们叫嚣着，横劈竖砍，扬起了高高的烟尘。全镇上的人立时吓傻了，整条街上传来的哭喊号叫声把镇子都抬了起来，人们再也顾不上锁门闭户，你推我搡地向码头上奔去。

等蕙儿携子抱女与若玉一家牵三扯四地赶到码头，才发现盐河上下到处都是黑压压的人群。人们拼了命向前挤靠，好像东洋兵的马蹄就要在后脑壳上踏落下来。可怜这一家老小，好似波浪中的一根布条，随着人流折来折去，不一会儿便被冲散了。蕙儿哪还顾得了大家体面，踮起脚来四处呼喊，好在三爷和严氏都被挤了过来，而福来、福兴两家媳妇就再也寻不见了。

若玉挤在人群里，四周都是臭哄哄的汗酸气味，她何曾受过这样的憋闷，死活都要回去。在她想来就是藏在家里饿死也不能受这样的委屈。蕙儿早就看出了她的心思，在身边不停地为她掩护，嘴里不停地劝着，并嘱托她一定要牵好孙子思林的小手。船来了，刚听到河上传来突突声，人群就是一阵猛烈的骚动。蕙儿自是没有力气挤到前面去，可想停住也是不可能的。等她看到一块长长的跳板搭到脚下来，她意识到这也许是今夜里唯一的机会了。她闪了身子，把若玉和思林让到身前来，示意她们赶紧上船，自己抱着小思月跟在后面。若玉的莲花小脚刚一踏上颤颤巍巍的跳板，身子就左右摇晃起来，思林的小手根本牵不住她，自己还被扯得踉踉跄跄，眼看着两人都要摔到河里去了。蕙儿顾不上多想，转身把小思月交到严氏怀里，两步冲过去扶稳了若玉，搀扶着护送到了船上。等她回身再想接思月，可就已经下不来船了。窄窄的跳板只容一个人来去，成群结队的人群脚踵相接地往船上拥来，哪里有她回身的余地？微弱的船灯照亮了一张张扑上船来的面孔，却不见抱着思月的三叔、三婶。船起动了，蕙儿疯了一般冲着乌黑的河岸上呼喊："三叔，三婶，我们在景州镇上等你！"若玉和思林站在她的身旁，紧握着她无助的手臂。

船到清凉江里，一路南上。天刚微明，惨白的月亮还挂在高高的西河坡上，相随着逃难的人们在树梢间无声穿行。除了船体自身发出的如牛般沉重的喘息，周遭一片寂静，困乏了一夜的人刚想合一合眼，突然从耳边响起了一阵渐行渐近的机动船声，紧接着便传来呜哇乱叫的喇叭喊话。这一下连船主也慌了手脚，他一手把马力拧到最大，同时呼喊船上的青壮年都到船舷上来随时准备跳船逃命。船上本来载了很多人，又是溯流逆行，在这紧要关头，根本就不见前进。船上的人眼看着后面的追兵越来越近，情急之下，竟有三三两两的人跳进河里游上岸去，爬上河坡逃走了。伴着河坡上窜动的人影，后面响起了清脆的枪声，吓得船上的人又缩回舱里去了。

船主见终归是逃脱不掉，便将船驶到近岸，鼓励人们弃船。水浅了，船更是如同卧牛一般。蕙儿瞅瞅若玉和孩子，知道在船里干等恐怕白白遭一番羞辱，到头来仍是死路一条，便横了心跳到河里去。若玉递了孩子，也俯身跳下来，三人相携着向岸上蹚过去。跑在他们前头的一个小伙子，随着枪响猛然跌进水里，再也没爬起来，汩汩的血水泛起，顷刻染红了河面。若玉浑身一激灵，不由得打了个趔趄，一屁股坐进齐腰深的河水里，眼瞅着小伙子的尸体从面前漂过，就站也站不起来了。蕙儿死死地揪住她的胳膊，一弯腰将她背起来，要思林拽住自己的衣角，头也不回地跟着人群向岸上拥去。

滚下河坡，人们向秋庄稼地里四散奔逃。靠着庄稼的遮掩，蕙儿他们没了方向地逃跑。若玉经了阴凉的秋水一泡，晨风一吹，再添上心里的惊吓，身上热如烧炭，强撑着走到一片菜地里，就耗尽了最后的一丝力气。跳船时包袱都丢在了船上，如今手里连件替换的干衣裳都没有。蕙儿寻着看到菜园的一处小屋，把若玉背到一个背风的墙角里，嘱咐思林看好奶奶，自己转到屋子前来讨点吃食，要点水喝。

蕙儿抬头看见这青砖灰瓦的小屋，只在屋子门楣上方写着三个字——明月庵。原是一处庵堂，可是又没有香火的迹象，门搭着链扣，分明有人住在这里。正在蕙儿犹豫不决时，她远远地看见在菜畦上走过来两位尼姑。尼姑们住在这偏僻荒凉的野地里，并不清楚江上来了日本兵，她们都拎了几棵打秧起下来的小白菜，步履走得不紧不慢。等离得近了，她们才看到靠在墙边的蕙儿，年岁略大些的那位尼姑紧走上前来施礼。

年轻的那位尼姑跟在身后，抬头看了蕙儿一眼，连忙低下头去。她们静静地听着蕙儿的诉说，等蕙儿把若玉背到屋子里来，小尼姑已经把床铺好了，正在灶堂里点火为他们烧水做饭呢。

若玉已是昏迷了，蕙儿麻利地为她脱去外衣，小尼姑扒下她脚上沾了河泥的绣鞋，与衣服一起拿到火塘边炙烤。看到锅里冒出热气，她用饭钵舀出水来，递到若玉的床前，让蕙儿为若玉擦脸擦手。小尼姑始终颔首敛眉，不说一句话，勤快地为若玉做这做那，就像侍奉自己的亲人，连蕙儿连声道谢也毫不在意，就像没听见一样。

小半晌工夫，小尼姑端上来两小碗南瓜小米粥，摆在蕙儿面前。蕙儿摇了摇若玉，捧起小碗来吹好了，一勺一勺地喂到若玉嘴里去。

蕙儿看到若玉安稳下来了，心里就开始恍恍惚惚地惦记着思月。这孩子还从来没离开过她的怀抱，真想不到在这逃命的紧要关头，竟是一挤两散了。她不知道三叔何时才登上逃难的船，船到了清凉江里能否顺利地开到景州城。孩子见不到她，肯定是一夜啼哭不止。她越想心思越乱，心里如同塞进了一团乱麻，理不出个头绪。她一口饭也吃不下，总感觉女儿就在她耳边哭泣，她坐在炕边上暗自垂泪。

年长的尼姑上来劝慰她，她才一五一十地把情况说出。她想今天赶到景州城去，可她根本不知道自己身在何处，而景州城又在何方？

尼姑顺手一指，从敞开的门里看出去，在远方一片林梢之中，有一座塔尖露了出来。她说：“你看到了吗？那就是舍利塔，景州开福寺里的舍利塔。我们的庵宇就在那旁边，这里是我们的菜园，离这里只有三里来地。”

看到景州城就在眼前，蕙儿一刻也坐不住了。见她立即起身就要出门，尼姑扯住她对小尼姑说：“净心，你带上菜跟这位施主一起回吧，路上照应着点。”

小尼姑并没站起身，一边哄着小思林吃饭，一边回话：“师父说找你商量事呢，你回庵里去吧，我留下。”

见是如此，尼姑也不再推辞，只管拿了菜与蕙儿上路了。

昏睡到下午，若玉醒过来了。太阳从窗格里照到她的脸上，格外暖和。她身上盖着棉被，衣服整齐叠放在枕边。她四处看看，并不知道自己这是躺在哪里。身上彻底暖和过来了，可起身的力气还是没有。她只好躺着，支棱起耳朵听着屋外的声音。

“你叫什么名字啊？”一个温柔的声音在问。

“思林。”小思林口齿尽管还不够清晰，但回答得十分痛快。“我妹妹叫思月。”

“你家是哪里的呀？”

“良家镇的。”他们一问一答，在一处玩耍，可见已经很熟了。

若玉在屋里听着那声音有几分熟悉，可没有精力细细揣摩。她印象中这个声音是躲在某个角落里的，从来不会这么自然畅快，尤其和着阳光一起听来，竟是如此全身舒坦。她想问问蕙儿，这个救了她一命的人是谁，可蕙儿没在屋里。她想见见这个恩人，便使出力气喊：“思林——”

外边突然没了动静，像是在等着她的声音。“思林——”她又叫了一声。

“思林，快回来——”那声音更大了些。

“干吗？”小思林跑得远些了。

“奶奶醒了。”声音听着就让人备感亲切。

小思林一只手里拿着一只小茄包跑进来，冲到若玉炕边，额上渗着晶莹的汗珠。跟在身后进来的是小尼姑，站在门口，穿着尼袍，微低着头脸。阳光从她身后照进来，涂满了她削瘦匀称的肩膀。

若玉冲她招了招手，希望她能走近一些。小尼姑迈进屋来，径直从灶锅里取出温着的饭菜，走向前来说："你该吃点东西了。"

若玉躺在炕上，正好能看到她低垂的脸，那眉眼仿佛在哪里见过，心里纳闷道，这是谁家的闺女呢？

小尼姑上前扶若玉半坐起身，斜靠在炕墙上吃饭。若玉还是禁不住地瞅着问："你不是——"

"施主，我叫净心。"小尼姑平静地打断了她。

若玉担心自己唐突，便不再多问。她用颤抖的双手端起碗来，手腕上一点劲儿也没有。小尼姑急忙坐下来，接过碗去，她做得如此自然得体，更让若玉对她的出身有了想法。

"你知道我喜欢喝南瓜米粥？"若玉的饭食与常人不同，由此她更坚定了自己的想法。不过，她懂得迂回一些了。

"我哪里知道，白菜还没下来，菜园里也只有这个。我们平时就吃这粥。"小尼姑回答得也滴水不漏。两个人陷入短暂的沉默。

"谢谢你救了我们的命。"若玉回头看看在地上玩耍的小思林，叹息说，"这东洋鬼子真没人性啊，我是老了命不值钱了，可是孩子们无辜啊——"

"你别心急，先调养好了身体要紧，这里偏僻得很，鬼子兵找不来。"小尼姑手上不停，嘴里尽说着安慰的话。

到了晚上，仍不见蕙儿回来，若玉开始担心起来。她猜想，蕙儿一定是没能接到小思月，这年月兵荒马乱的，什么事能有准儿呢？也许老三他们根本就没挤上船，还滞留在良家镇回了家里也说不定，这样一来倒是最好的结果了。

小尼姑从灶堂里掏出一块焐热的炕砖，裹上棉布塞到若玉的脚头，然后远远地坐到香案那边去了。小思林依偎在若玉的怀里睡着了，若玉靠在炕墙上，看着小尼姑坐在那里，枯守着一盏青灯，心里便产生了一股莫名的可怜与同情。

秋雨从菜地里一畦一畦地走过来，最后淋到窗子上，像是怨妇在诉说。她们无语相对，但在心里都听懂了。

夜深了，小尼姑劝若玉早点歇息。若玉说："你也来炕上挤挤，咱们一处睡吧。"

"我还有经文要念，你先睡吧。"她为若玉掖好被角，悄悄地退了回去。伴着夜雨，开始了她每天必修的功课。

四十二

今天是九月初三，观津口集。可是日头都爬上了一房高，满大街也不见几个赶集上店的人影。芸儿领着桂棋蹲在街边，面前摆着几根麻绳，家里实在没有什么东西拿得出来。

桂棋跟娘守了一会儿，也不见一个问客，便不耐烦地找小伙伴们闲玩去了。小半晌工夫，他又杀回马来，身后还跟着一个舔糖稀的小小子。桂棋磨着娘要糖稀吃，说有人煮糖稀了，小伙伴们都回家拿钱了。

芸儿知道儿子是在骗她，这年月谁家有钱给孩子买零嘴儿，怕是打油称盐的钱也攒不出来。她根本没往心里去，有一搭没一搭地任凭桂棋在腿边瞎磨。

旁边的小小子偷偷地乐了，故意把糖稀抻得老长在桂棋眼前显摆，他鬼鬼地说："你都骗吃两块了，看一会儿不来找你娘要钱。"

芸儿仔细看看桂棋的嘴角上，还真有残留的小黑胡。她从不娇惯儿子，但儿子跟着他们在苦水天天泡着，心也是疼得很。她没责骂孩子，可骗吃骗喝总归是不行的。她狠狠地剜了儿子一眼，拿根麻绳奔向卖糖稀的小院子去了。

那人是观津口的外来户，爹娘死得早，家里穷得说不上媳妇，村里也无亲无故，年岁大便成了老鳏夫。他一个人守着两间小土屋，在集上鼓捣点小玩意儿，从小孩子们手里赚点吃食儿，打发着日子。芸儿和本家兄弟有时接济他一点儿，不然桂棋这糖稀也不会一骗再骗了。芸儿可不能占他这个便宜，她想着家里没钱，就给他送去一根麻绳吧。

进到小院，不像桂棋说的堆满了小孩子，芸儿听着屋里有人说话，她便喊着径直朝屋里走去。

人刚到当屋里，那人神色惊慌地一掀门帘从里屋迎出来。芸儿随眼往屋里一扫，看见屋地上站着几个八九岁的小姑娘，墙角里还坐着一个，顶多只有两三岁的样子，抽咽着双手在抹眼泪。芸儿猜出他屋里可能是来了人贩子，才把小孩子们都赶跑了。这事乡亲们都装作不知，她刚想收回眼来，可小姑娘手腕上的一只手镯晃了她一下，红线绳穿的，中间缀着一颗白石珠子。天哪，这不是那日在良家镇上疯子拿出来的那一只吗？芸儿顾不上多想，一步冲了进去。

炕上果然坐了两个外乡人，惊诧地看着进来的这个妇女。芸儿不顾阻拦，上前抱起孩子，扳过头来一看，后脑勺果真有一块并不明显的红记。她这下弄清了，这个小姑娘不是别人，正是李家的小思月呀。

芸儿镇定了片刻，平消了脸上的怒气，对着两个人贩子恶狠狠的眼睛问："这闺女多少钱？"

人贩子看了看她的穿戴，不耐烦地说："你少打听，这里没你什么事儿。"

"这是我干闺女，你们到底是卖还是不卖，今天还想不想走出观津口？"芸儿碰上这种事，从来都不会示弱。

人贩子也怕露了马脚，毕竟这不是正当生意，他们一口咬定人是花了半兜子法币买来的，反正不能做亏本买卖，便退到炕上不作声了。

芸儿的衣兜里连一个大子儿也没有啊，就是东借西凑也一时备不齐这么多钱。生抢硬夺又不是这个规矩，她也想为孩子图个长远呀。前思后想没有办法，人急得泪在眼眶里打转。

人贩子知道这生意不好做成，便劝说："干闺女又怎么样？兵荒马乱的，人命还值几个钱。"

小姑娘趴在她的肩膀上，紧紧地搂着芸儿的脖子就不松开了。芸儿也是死死地搂着她，咬了咬牙说："我买不起，我用亲闺女换。"

两个人贩子没想到这个变故，一时惊得说不出话来。正好桂棋在外面等得不耐烦了，进来找娘。芸儿转过去吩咐他说："回家去把你妹妹领到这儿来，我给她买糖稀吃。"

桂棋不解地问："我呢？"

"把她领来了，也有你的份。"芸儿看到儿子一溜小跑儿出院去了，脸上不由得滚下两行热泪来。

蕙儿在庵前与尼姑分开，一个人径直走进景州城里来。进了城才知道，她们想来景州逃命是多么可笑。在景州的主要街道上，时不时会窜过几个牵着大狼狗的日本兵，横行霸道，放肆地叫嚣着。原来这景州城早就被日本人侵占了，临街的商行会所门前都插上了日本小旗。蕙儿吓得专拣小巷弄里走，贴着墙根儿，担心有半点声响被那吐着长舌头的大狼狗听到。东转西转，人就迷失了方向，更不晓说到哪里去找景州码头了。眼看着天一层层黑了下来，家家户户的房顶上开始飘出缕缕炊烟。蕙儿闻到了炊烟熟悉的味道，不由得眼泪涌了上来。

由于多了日本兵，街巷里一扇扇门窗紧闭，除了几只大狼狗在狂吠，城里没有任何动静，俨然一座死城。在这陌生的地方，蕙儿越发感到害怕，她好容易找到一扇门里露出一线灯光，便犹豫着推开了门，她想问问路，顺便讨碗水喝。

灯下是个女人，低头在新衣上缀着扣子，听见有人推门便从一堆散布角料里站起身来。刚与私闯进来的女子一碰眼光，她就觉得似曾相识，那举止神态，尽管遮盖在敝旧的衣衫之下，倒是在哪里见过。她怔了一下，还不及细想，就见对面女子不相信地问："你可是苇儿姐？"

苇儿一把抓住蕙儿的胳膊，往眉眼间细瞧："你是蕙儿吧？你怎么会到了这里？"

姐妹俩相携着坐在灯下，蕙儿这才把从良家镇一路坐船出来，路上遭遇日本兵弃船逃命，若玉和思林躲在明月庵，自己只身前来寻找思月的事讲了一遍。苇儿没想到李家也一下子荒废到了如此地步，唯有陪着蕙儿感叹一番。

她劝说："这景州城里怕是比良家镇还要荒乱，日本兵正在挨家挨户搜查抓丁，怕是没有一家能躲得过，青年汉子们都想方设法外逃了。近几日也没有从清凉江上过来的船只，你到哪里去接人啊？只怕三爷他们没能上船，还躲在家里是最好。”

蕙儿哪里死心，她非要在城里等上一天，说不定三叔、三婶就会带孩子找到城里来。苇儿理解她的心思，就留下她宿在铺子里。姊妹俩睡在大炕上，脸对脸地说话。半夜里下起了雨，更是浇得这对姐妹睡意全无，把闷在心里多年的老话都倒了个干干净净。

第二天，苇儿陪着蕙儿到码头附近转看转看，果然不见一艘船只来往。蕙儿这才放下心来，可随之又顾念起明月庵里的一老一小，想着带上她们赶紧回家团聚。苇儿强留不住，待天稍稍黑下来，收拾了几件自家的衣裳，在包袱里又揣上几个杂粮饼子才让蕙儿上路。

蕙儿赶到菜园子时天早已黑尽了，庵堂里亮着微弱的灯光。尚未进门她就听到若玉正和小思林一言一语地念叨，她的心里就又松弛了几分。她一直担心，依若玉的身子骨，万一有个三长两短，她是没法回家跟仲良交代的。她长长地舒一口气，悄悄地推动了庵门。

见蕙儿一个人进门，若玉似有预知，她像看透蕙儿心思一样即刻催促着回家。蕙儿当然已是归心似箭，可此时深更半夜里赶路就是年轻小伙子也要害怕三分，更何况是妇孺三人。蕙儿反说若玉的身体刚有好转，夜里风凉露湿的阴气太重，明早见了太阳再走也不迟。可若玉并不听从，执意要立时起程。

这时小尼姑悄无声息地走过来，仍旧低垂着头，不紧不慢地说：“她说得对，你这身体走路都是问题，更不消说赶夜路。若是病倒在路边，这时辰到哪儿找个人家？何不如再将息一晚，白天里路上遇到帮衬的人，到家来得快些。”

听了这话，若玉又安静了下来。蕙儿正愁说服不了若玉，见她对小尼姑这般言听计从，自是心里充满了感激。正想对着小尼姑道谢，只见小尼姑并不看她一眼，自顾退身回到了桌边，伸手蘸了清水，在桌上画了起来。

她仍是不看蕙儿，说：“你过来，我把回去的路画给你看。”

若玉也跟了蕙儿来到桌边，小尼姑看了她一眼幽幽地说：“你得披上件衣裳。”

蕙儿赶紧从带来的包袱里翻了件夹袄披在若玉身上，一起看着她在桌上画来画去，不禁问：“你认识到盐河的路？”

小尼姑脸色一惊，随即恢复了平静。

蕙儿从第一眼见到小尼姑就感觉像极了一个人，如今她更是坚定了自己的判断。她死盯着小尼姑的脸问：“你是我家少奶奶林月吧？”

小尼姑却是一句话不说，用枯井一般空洞幽深的眼睛看了蕙儿一眼，径直开门出去。若玉扯了扯蕙儿的衣袖，有些怪罪的意思。蕙儿顾不上这些，轻轻抚掉了若玉的手，紧接着跟出门来。

天亮的时候，蕙儿伺候老人、孩子起来，却早已不见了小尼姑。桌子上摆着一摞南瓜饼，温热的，刚摊出锅的。蕙儿到屋前屋后看看，大片大片的菜地里也没有小尼姑的身影。

只说那日夜间在良家镇码头，烟鬼三爷看到蕙儿扶着若玉走上跳板，便伸手扯着抱孩子的严氏往摇晃的人群里退缩。严氏哪里肯依他，冲他叫嚷道：“死鬼，这时候不往前挤，你不想逃命啦！”

烟鬼三爷瞅瞅四周的人，训斥道：“你懂个屁，这条船还挤得上人吗？那里不是又下来一条船，快去那边。”

等严氏他们挤上了船，头一条船早在河道里开得没影了。严氏咕哝着：“这命逃的，还没出家门，就散伙了。”

烟鬼三爷蹲在边上，不想理她，好像他心里有了盘算。果然船刚拐进清凉江，在一个前不着村后不着店的地方，他就嚷嚷着下船。船主自是不依，船上的人们也不答应，他偷偷地塞了把零钱给船主，船主才劝说着把船靠了岸。

严氏也只好跟了下来，心里不满意可嘴上又不敢多言。走了一阵子荒路，也不见有个人影。严氏心里敲着小鼓儿，小脚迈着深浅不等的步子说：“你这是要往哪里去？我可是走不动了。”

“走不动你就在这儿待着吧，把孩子给我抱。”烟鬼三爷才不管严氏的好歹，伸手夺过孩子走了。

严氏本想坐在路边的草窠里歇歇，哪承想烟鬼三爷头也不回地往前走，就一边趔趔趄趄地跟着，一边在心里骂街。烟鬼三爷不等她，把她远远地抛在了后面。严氏脚力不济，眼巴巴地望着他进了村连个人影都不见了。

她刚走到村口，便见烟鬼三爷从一个过道里拐出来，两只手揣进兜里，急急地迎着走来。等离得近了，她还没顾上搭言，烟鬼三爷扳起她的肩膀就往村外走。

“孩子呢？”严氏惊诧地问。

“你少在这里给我嚷嚷，你懂什么。”烟鬼三爷把揣在兜里的手晃了晃，半兜子铜钱发出了清脆的响声。

严氏一听就明白了，他这是把孩子卖了，就急赤白脸地说：“你这么做，咱哪里还有脸回家！”

“你个傻老婆，他们能赖到咱的头上来？到时候有我呢，你什么话也别说。”烟鬼三爷看来是早有谋划。

“有你？人家孩子是手递手交到我怀里的，你能说个啥？”严氏不信他。

“你可千万不能承认，人都乱哄哄的，你给他来个死猪不怕开水烫，就是不认账，没凭没据的，他们也不能把咱怎么着。”烟鬼三爷抓出一把钱来说，“这年头还有比钱更亲的吗？”

“就为这点钱，干这伤天害理的事？”严氏撇了撇嘴。

“这只是饶头，我三爷看得上这零碎儿？”烟鬼三爷神秘地说。

“那还能卖出宅子卖出地来？”严氏不屑地说。

“你就等着瞧好吧，有你乐的那一天。”烟鬼三爷满足地抹了抹嘴，好似酒足饭饱一样，又往前走了一程，两人雇了辆驴车回良家镇去了。

时隔一天一宿，仲良看到三叔、三婶风尘满面地跑了回来，身后并不见母亲等人，便惊慌地问：“你们怎么回来了？别的人呢？”

“在码头上就挤散了，个人顾个人。我们的船在清凉江上遇到了日本鬼子，跳船逃命了。老胳膊老腿的，还能逃到哪里去？我跟你婶子一商量，这么大年纪了，死也得死到家里头，就回来了。”烟鬼三爷说完，扯了严氏急急地回自家小院去了。

回到自家小院里，两人的心里才稍稍平缓了些。严氏一路上两只小脚倒腾得累了，洗了把脸就歪在床上歇息。烟鬼三爷只用手巾在老脸上焐了焐，随手扔在桌角上，人也不肯坐下来，在当屋里乱转。等他看到严氏眯上了眼，就向屋门走去。

“这刚逃回家来，你又往哪里去？”严氏本是假寐，像是专等着看看这个冤家的鬼胎。

“我去瞧瞧二哥他们。”烟鬼三爷又返身回来。

“把钱放下，你一兜子铜钱咣啷咣啷响，不怕人听见呀。”严氏嘱咐道。

老三随手从兜里摸出一小把儿，往严氏身上一撒，就像打发要饭的叫花子，嘴里咕哝着：“一个烟泡儿没了。”

那一把零钱从严氏身上滚得床上到处都是，严氏听了他的话哪还顾得上收拾，惊坐起来问：“你什么时候又抽上烟泡儿了呀，你哪里来的这败家的东西？”她慌着要翻身下炕，两只脚慌得像是找不到窝的小雏鸡，歪歪扭扭地钻不进鞋窝里去，“我这就告诉良儿去。”

烟鬼三爷把身子往门边一闪，愤愤地说：“你个傻娘儿们，我敲锣打鼓地送你去，你敢去见他？”

严氏猛地停在当地，一想到卖孩子的事儿，她的心又怦怦跳起来，想停也停不住。她一屁股坐在炕沿上，摸着胸口，上气不接下气地说：“你——你——你原来就为几个烟泡儿……”

听着她的话，烟鬼三爷又急又怕，走上来一把将她搡倒在炕上，狠狠地说：“你再提这事半个字，我就让你去见阎王爷……”在严氏目瞪口呆的当口，他倒揣上手摇摆着出门走了。

四十三

小织跑回观津口时天蒙蒙亮。芸儿蹑手蹑脚地起来解手，就听见门吱呀一声，一个人噔噔噔地跑进屋里去。她麻利地系着裤腰往屋里走，看见小织舀了一瓢凉水，站在水瓮边咕咚咕咚一口气喝了下去。

“你是渴死鬼投胎生的啊，也不管你大爷，一个人先跑回来。”芸儿本不想说啥，闺女跟着哑巴出去小十天，吃上口饭也不易。可见小织把哑巴丢下不管，就又数落了她几句。

“我大爷叫日本人抓走了，我一个人跑回来的。”小织一抹嘴说。

“什么？”芸儿像是没听清楚，又像是自言自语，“被日本人抓了？”

小织把事情的经过跟芸儿说了一遍。她趁天黑躲在旁边的胡同里偷偷地瞧着，听见几个大兵冲进去，过了一会儿他们押了大爷出来，沿着镇街往东边去了。小织悄悄地跟随在后面，看到押进了乡公所里，她进不去，只好远远地守着，她想在里面大伯挨一顿打也就放出来了，一个哑巴谁稀罕呀。可一天一夜还是不见人影，她有些害怕了，可她又不敢离开，怕万一大爷出来了找不见她。第三天，她看到来了一辆汽车，车斗上装了些绑了手脚的小伙子，大爷跟另外几个人才被从里面押出来，赶到车上去。她看见大爷四处瞅了瞅，分明是在找寻她。可她不敢出声，更不敢近前去。最后，大爷随着那辆车在一股飞卷的暴土扬尘中不见了。

芸儿一听，这人若是被捆在良家镇，或许还能想想办法，如今都不知道被载到哪里去了，想是没法救了。一个人呆坐在灶边，想着哑巴这些年为这个家出的力气，一个劲儿地唉声叹气。小织钻进屋里看弟弟桂棋，见弟弟的被窝里还睡着一个小女孩，比妹妹小得多，便出来好奇地问娘：“那个小闺女是谁呀？”

“还能是谁？刚出去十天八日的，就连你妹妹也不认识啦。”芸儿虎着脸说。

小织显然不信：“我妹妹哪长得这么俊？再说人也不能越长越小啊。哪里来的亲戚？”在穷人家孩子的眼里，走亲戚可是个大事。

“去去去，我正烦着哩，没工夫理你。”芸儿低头点着一把柴火塞进灶膛里，立时一股浓烟顺着灶口冒出来。桂棋醒了，在被窝头上喊娘，她随口使唤小织：“给你弟弟穿上衣服领出来，别让他折腾醒了你妹妹，要不这饭咱谁也吃不成。”

经小织这么一问，刚才哑巴的事儿还没琢磨清楚，芸儿的心里就又添上了闺女小绣。想想自己的亲生闺女落生在这穷家寒舍里，一口像样的饭都没吃上过，就被自己硬生生地交到了人贩子手里。那天小绣手里挑着糖稀馋馋地舔着舍不得吃，她偷偷地一掀门帘头也不回地往家跑。她在心里不住地责怪自己，我这心怎么就这么狠呢，泪水便吧嗒吧嗒地掉了下来。

冷锅嗞嗞地叫起来，芸儿这才想起锅里忘了添水。她舀了两大瓢水倒进去，盖好锅盖，不由自主地出门往那个卖糖稀的人家走去。她只想从那里问问闺女的消息，哪怕有一点儿对她也是很大的安慰，否则她不知道今天自己还能不能过去。

芸儿突然做出了一个连自己都感到吃惊的决定。小闺女抱回来以后，保顺并没有与她闹气，倒是看上去颇有几分欢喜。小闺女坐在他的膝上，这样他就可以以看孩子为名，不再到地里去干农活，整天在胡同和院子里转来转去，芸儿也不会对他的行为有所挑剔。这一日，她带上桂棋和小思月准备往良家镇去，嘱咐保顺守在家里。一路上，桂棋跑前跑后，逗着小思月高兴。娘儿仨沿着盐河一路南行，芸儿则思忖着把思月交给蕙儿时的情景，等日头升上头顶，远远地看见了良家镇的影子，芸儿却莫名其妙地停住脚步，再不肯往前走一步了。

桂棋跑出去老远了，见母亲没有跟上来，呼叫了几声也不见回应，又无奈踅回身来。等桂棋跑到芸儿的身边，芸儿一句话也不说，扭身就往回走。她突然不想把思月还给蕙儿了，这个决定突然出现并迅速占据了她的心，连她自己都感到害怕。

芸儿突然一屁股坐在路边，把头窝在小思月的身上号啕大哭，她的嘴里念叨着自己冻死的亲娘，夹杂着伯涵和大太太，还有怀里可怜的思月和换给人贩子的小绣。

桂棋吓呆了，一边委屈地扯着母亲的手，一边说：“咱们回家，娘，你别哭了，看妹妹都让你吓着了。”

芸儿像是被儿子打断了思路，抽咽着止住了痛哭，抚弄着思月的小脸：

"绣儿，娘不哭了，别害怕。"又在孩子的头心处摸了两把，叫了魂跟着一起回家。

"娘，她不是小绣，你弄错了。"桂棋认真地纠正。

芸儿刚才想得简单，以为在这令人吃惊的决定之后，这样也能蒙混过关，现在发现连儿子都蒙骗不了，更不用说前邻后舍的乡亲们了。于是她转了念头，说："看娘都快糊涂了，她是你妹妹不假，但她不能再叫绣儿了。"

话还没落地，就看见从前面的草坡后面走出一个破破烂烂的人来。芸儿在心里打了一个冷战，若是在这荒天野地里遇到劫道的坏人，他们母子是逃也逃不掉了。她担心是自己刚才的哭声把坏人引来了。这时间藏是来不及了，那个人趿拉着拖鞋向她这边晃荡过来。芸儿一把将儿子拨到身后，坚定地站在那里一动不动。

待近了细看，原来是良家镇的疯子。芸儿这才松了一口气，可脚下还是挪不动步，她看疯子只盯着怀里的孩子，便提高嗓门问："你这是到哪里去啦？"

疯子不搭话，直走到她的近前，冲着怀里的孩子点头微笑："合该，合该。"

芸儿听不懂他的话，只把孩子搂得更紧了，她不晓得这疯子会做出什么事情来，怕他一把夺了孩子送回良家镇去。疯子伸出脏兮兮的手指来刮小思月的脸蛋儿，芸儿本能地向后躲着。

四十四

蕙儿一手搀扶着若玉，一手领着思林迈进大门来。有人跑着迎过来，气喘吁吁地说："你们总算回来了，若再回不来，少爷就要派人去找了。"

等蕙儿为若玉铺好床被服侍她躺下，仲良也匆匆赶了过来，坐在母亲床前神情专注地关望，半天也说不出一句话。若玉闭着眼睛，仿佛连睁眼的力气都没有了。蕙儿轻轻碰了仲良一下，示意他先让母亲安静一会儿，两个人相跟到外屋里来说话。

“孩子呢？”仲良四下里瞅瞅问。

“跑着玩去了吧。”蕙儿含含糊糊地回答，她没太注意小思林，一进家门，她的心思都在若玉身上。她接着问：“三婶他们回来了没有？”

“早回来了，你们是回来得最晚——”不等仲良说完，蕙儿问，“那孩子呢？”

仲良不解地看着她：“你不说跑着玩去了吗？”仲良还没说完，就见蕙儿扭头往院门外跑去。仲良不清楚她如此着急忙慌所为何事，也在她身后跟了过去。

一进烟鬼三爷的小院门，蕙儿就高声喊：“三婶啊——”

屋里只有严氏一个人，她一听是蕙儿的喊声，顿时慌了心神，连忙扯过一床被子蒙倒在床上装病。

蕙儿进屋来看了看，便坐到她的身边来，小心地推了推她，轻声地说：“三婶，我们都回来啦。”

严氏忽然猛地掀开被角，露出蓬乱的头面来，唬唬地说：“遇匪了，落水了，都跑了……”

蕙儿一听跟她们的遭遇相同，便紧接着问：“什么都跑啦？”

“人都冲跑了，红的、绿的、花花的……”严氏一装开了头，就越发不可收拾了。

“那孩子呢？”蕙儿心想不妙。

“我没有孩子，我不能生，我没有孩子。”严氏双手一摊，无可奈何地一副无赖模样。

蕙儿耐下心来说：“我说的思月呀，我交到你怀里的。”

“没有，哪里有啊？没孩子。”严氏正舞着空空的双手给蕙儿看，见仲良进了屋门，她索性又一头蒙进被子里去了。

仲良还没站稳，就见蕙儿一肩撞开他跑出去。他不明白她们都说了些什么话，便又急急地跟着蕙儿往回跑。追到自家小院门口，见蕙儿埋在门框上哭得两肩发抖，他猜着家里肯定发生大事了。

他刚走近蕙儿身边，就见蕙儿返过身来，一声扑通跪在他的脚下，用头抵在他的腿上失声而泣：“闺女丢了，我把闺女弄丢了呀——”

仲良一时反应不过来，就那样怔怔地立在那里，仰头望着高天。不知过了多久，他看到母亲若玉走出正屋的门槛，指了指蕙儿，又戳了戳自己的心窝，呕出一口血来，扑通一声瘫倒在门台上。

连日里仲良已是身心交瘁，人熬得又黑又瘦。蕙儿病在屋里茶饭不思、滴水不进，母亲虽说有大夫的药维持着，也是整日以泪洗面。严氏那里疯疯癫癫的，满嘴胡言乱语，一点儿也得不到孩子的线索。仲良只好让立根兄弟几个在周围村落里寻找，并到处张贴寻人启事。可是半个月过去了，家里的人不见好转，外面的事也没有任何起色。

严氏装疯卖傻的劲头自打蒙上被子就再也没能缓过来，烟鬼三爷更是懒得待在家里陪她，整日里跑出去鬼混，直到天黑才醉醺醺地回转。

开春时节，李家二爷拉上队伍回了肃清，良家镇只留下杜双平一帮人留守。烟鬼三爷满指望二哥在临走时会将宅基地奉还与他，自己也便与仲良脱了干系，不必日日相对，出出入入心里打鼓。可李维民已全然忘记了自己的承诺，竟对他只字未提。看着杜双平霸占着自家宅院，天天在镇上耀武扬威，烟鬼三爷心里愤恨，可嘴里又不敢吐出半个字，还要像狗一样在杜二爷跟前跑动，为自己讨个吃喝。

仲良看到他的行为，恨不得将他赶出门去，又念他实在无处安身，便也待在书房里眼不见心不烦罢了。这一日蕙儿找到书房里来，说母亲要些书看。仲良按书单一一翻出，见都是些《牡丹亭》《西厢记》《长生殿》之类的杂书，心想，母亲有精力看书，说不定是件好事。他知道，依照母亲的情性，一旦沉浸在这样的书里，身边的凡尘俗事便一概抛于脑后了。

天气乍暖还寒，若玉旧疾未除新病又添，便躲在屋里日日捧读，间或轻咳几声，蕙儿便会送进一壶温水来，看她轻饮慢啜，再恭问两句，并不敢多打扰她。

仲良私下里认为这书正是医疗母亲心灵伤痛的良药，无论母亲多大年纪，她的心始终像小姑娘一样天真纯净，无时不渴望着那真挚情意带来的温暖和感动，她愿用毕生追寻，徜徉其中，不复出来。那么现在最好的办法正是让她安静地躲在里面，在她用心血吐成的蚕茧里，自行舔舐伤口。

蕙儿却不敢这样想，她提醒仲良：“你不觉得母亲的神情有些反常吗？”

仲良摇摇头，听蕙儿接着说：“早先母亲一开口就是思月的事，她总在自责埋怨，可现在一天天又闭口不言，对谁也没一句话了。”

“她喜欢看书，你是知道的。”仲良不以为然。

“母亲有多少年不摸书本了，你想想她怎么又沉迷到书里去了？我总觉得不对劲，她不理我，我也不敢打扰。你多陪陪母亲说说话，她总会理你的。”蕙儿无奈地说，“母亲哪年开春都犯一场病，去年冬天还在咳血，今年倒是显轻了，要不要再请大夫来瞧瞧？”

仲良又觉蕙儿说得有道理，便点头应着。

若玉独自来到荒废的东花园里，踩着野草漫掩的小径，推开浣香楼吱呀的门。回首怅望着满园的枯石瘦水，只有一声声哀叹。风自她身边掠进来，卷起了遍地的积尘，引着她向楼上走来。一扇窗在风中摇摆，一园的伤春景色在她的眼前开合无定。她伸出手扶稳了窗子，凭窗望去，花草褪尽了颜色，楼阁失却了光彩，到哪里去找寻往日的踪迹？

仲良闻知母亲不见了，会同蕙儿在院子里里外外找遍，还是见不到踪影。问过门口并不见太太出门，最后才找到东花园里来。等登上浣香楼，看到母亲孤零零地稳睡在风口上，他懂得母亲遭遇家里的变故，已是万念俱灰，这明明是在虐待自己。他万分心痛，恨自己连母亲都无法保护好。

若玉经了这一番折腾，身子骨已衰微至极，卧在床上，大口大口地咯血。大夫看过，个个摇头而去，留下的药方也自称于事无补，暗地里嘱咐仲良预备后事。

仲良日夜守在母亲身边，不离寸步。若玉清醒的时候就歪过清瘦的脸来看着他，神情黯淡，半天也不说话，脸上挂着绝决的去意。

仲良为她擦脸擦手，心疼地说：“娘，过几天天气暖和了，咱慢慢也就好了，你耐心点儿啊。”

若玉闭上眼，使出全身的力气来摇头，眼角上溢出两行清泪来，流到斑白的鬓发中去。

仲良捉住母亲的手腕，抚摸着若玉干枯的手背，宽解说：“娘，心痛伤身，你千万不要难过。咱会好起来的。”

“我的心已感觉不到痛了，它不在那里了。”若玉气若游丝。

仲良不知所措，他知道没有什么能劝慰母亲了。母亲自年轻时便爱憎分明，心路里一清二楚，只是在这样的家族中没有她说话行事的地方。她为了爱情选择了被动的生活，父亲走的时候，她的心就已跟着去了，只是放心不下儿子，再相扶相持一程。如今儿子长大，成家立业了，不再需要她的陪护了，她可以按照自己的意愿放心离开了。可是就在这短短的一程里，她又承受了多少痛啊，忍着，不流一滴泪，强作欢颜，以卑微之身站在儿子的身后，帮他支撑起这个风雨飘摇的家。在这样一个寒意尚存的春夜，她却没有一丝气力来把持自己的身体。那身体早已成了空空的壳子，轻飘飘的，像一只蝉壳在枝头随风荡来荡去，随时都会坠落到坚硬的地上摔个粉碎。

“把蕙儿叫来。”若玉朝窗外指了指。蕙儿本就躲在外间里偷泣，听到母亲唤她，急忙在脸上抹了一把，轻轻地进到屋里来。她坐在若玉的枕边，为了不让若玉看到她哭得红肿的眼泡。

“你们俩要好好过日子，日子越难越要好好过。”若玉想仰起头来看看蕙儿，可她动不了。

蕙儿的眼泪刷地流下来了，但她死死地咬住嘴唇不哭出声来。

“我的好闺女，娘知道你不易，可娘也没什么东西疼你，良儿是娘的心，就把他留给你。”若玉伸出手来，蕙儿赶紧把手伸过去，两只冰凉的手紧握在一处。蕙儿想到那个冬日的上午，二太太第一次像母亲一样握住她的手。

“娘，我知道，我知道，娘，你放心吧。”蕙儿一声声唤娘，心被一刀刀剖开了。

“养好思林，把思月给我找回来。”若玉嘴角抽了抽，泪已流不出来了。停顿片刻，若玉又倦怠地说，“我累了，你们也去歇息吧。”

话说完了，若玉半日没有动静，仲良和蕙儿悲痛欲绝地守在床边，直瞅着若玉一丝丝摒尽了最后的气息，那么平静，如夜里花落。

蕙儿控制不住自己，把头紧贴在若玉额上哭诉：“娘——娘——我的亲娘啊——”

仲良流着泪拿来包袱，在床边一一展开说：“别哭了，娘再也不用跟着咱受苦了，咱给娘穿衣裳吧。”

有《悼玉》诗曰：黯黯愁难释，绵绵病转成。哀蝉将落叶，一世为伤情。

烟鬼三爷趁着镇上大乱，仲良无心旁顾，便整日里躲在外面抽烟泡儿，喝花酒，丢下半疯半癫的严氏一人在家里不管。蕙儿看不下去，到了吃饭时就为她送些东西。刚开始严氏躲躲闪闪，目光游离，也没有只言片语。到后来，就猛地拉过蕙儿来，嘴里“兰儿、伶儿”地乱叫。看着蓬头垢面的严氏，蕙儿胆怯，不与她多言，只求尽快离去，等估摸着严氏饭吃得差不多了，再去取回碗碟来。

平常里蕙儿有时也与仲良絮叨两句，仲良除了叹气，也实无良策。三叔岂是他能管得了的？自小到大，父亲那么正派威严都拿他没办法，就连坐了大牢他还是那副狗改不了吃屎的肠肚，谁又能奈何呢？蕙儿倒是清楚明白这个道理，可一个妇人家有话还是愿与仲良说说，她也怕仲良整日憋闷在屋里，嘴里不吐一个字，心里再添什么毛病呢。

蕙儿并不指望仲良有什么理论，她见福来、福兴媳妇过来的时候，便扯住二位婶子的胳膊一起去探看严氏。一拐进烟鬼三爷的小院子，就有一股子腐烂之气冲鼻而来，福兴媳妇掩了脸面皱着眉头说：“呵，这老狐狸懒得生蛆了。”

三人进去，见严氏倒在炕上裹着一层薄被，只露着一头乱糟糟的长发。蕙儿轻轻地坐在枕边，低声唤她：“婶子、婶子……”

严氏半耐不烦地睁开眼睛，像是谁也不认识那样，挨个儿瞅了一遍，话也不说，只把脸藏到被子下面去了。

“你想吃点什么？中午我给你端过来。”蕙儿见她今天显得稍稍清醒，便讨好地问。

严氏摇着头却不说话，更不把脸露出一点儿。

“你快别卖老了啊，让孩子为难，怎么就伺候不下来你？”福来媳妇也在一边劝。

谁也没有注意，严氏冷不丁从被子底下伸出手一把捉住蕙儿的手。蕙儿吓得一哆嗦，听着严氏在被子底下哭着说："我对不起你，对不起你……"

蕙儿只当她又疯迷了，便哄她说："快别说傻话了，婶子，我们当小辈儿的哪儿不好，你打也使得、骂也使得。"

严氏往上一蹿，从被头儿上拱出两只枯黄的大眼珠子，真诚地瞪着蕙儿："我们真是对不起你呀！"

蕙儿更不信她了，面向福来、福兴媳妇苦笑着说："看见了吧，天天就是这样，药也不吃，大夫来了她就撵，把我们都折磨坏了。三叔根本不着家，我是没主意了。"

严氏听着提到了老三，撇嘴骂道："这个三孙子可是害了我一辈子呀，临了临了，还扯着我干这缺德的事体，阎王爷也不会饶了我的。"

"你干了什么事啊？说出来我们替你圆满圆满。"福兴媳妇逗弄她，也想引着她把话说下去。

严氏立刻警觉起来，她思忖片刻说："我要喝水。"

福兴媳妇就近给倒了水递过来，蕙儿接过一勺一勺舀到她的唇边。严氏咂吧咂吧嘴，神秘兮兮地问蕙儿："你们知道兰儿是怎么死的吗？"

蕙儿的勺子停在碗沿上，不知说什么好了。她心想，兰儿让你逼得上吊寻死，你倒是还没忘这事。

严氏伸出干枯的手指，指着下房屋里说："她吊死了，在那里吊着看着我呢。"随着说话，她的身体蜷缩成一团，躲到被子里，像是怕有人伸手将她捉去。

到了晚间，蕙儿端起饭碗往严氏那里去，刚走了几步想起严氏提到兰儿的话，后背冷飕飕的，便停住脚步让仲良一同陪着过去。两人进到里屋，处处黑黢黢的，想那烟鬼三爷又是一日未归。蕙儿摸索着点上灯，将碗放在严氏炕头上，劝她趁热吃下。

"你们不用劝我啦，赶紧回去吧，待会儿我自会起来吃的。"严氏把脸扭向一旁，无力地说。

仲良听着她今天说的话不觉有些生疑。自从上一次逃难返家，她吓得半疯半傻以后，还没听见过她用这样正常的口吻与人交谈。仲良连忙俯下身来说:“婶子，你是不是觉得好些啦?”一边说着一边示意蕙儿喂她吃两口。

严氏猛着劲坐了起来，披散着一肩乱发，那神情看上去要与仲良他们拼命一般。蕙儿吓得不由自主地向后倾了倾身子。严氏用手将碗往外一推，盯着仲良和蕙儿说:“我干了断子绝孙的事了，你们千万别这样伺候我，我不配。”

仲良被她说得莫名其妙，想到人在病中多理挑，便不介意她的挑剔。又想着原来一大家子人，到现在只剩下三叔、三婶两位老人了，无论过去他们如何行事，小辈总不能和他们计较，尽管家境艰难，还是要尽心尽孝侍奉才对。想到这里，他说:“我们都是后辈，要有不对的地方，你只管说。”

严氏眼角浸出泪来，握住仲良的手，抵在自己的额头，说:“良儿啊，你婶子不傻不疯，心里跟明镜儿似的。”

仲良看着她一反常态，又抽不回手来，便含糊地应着听她说下去。“我是没脸活着啦，等你们都寻仇寻上门来，我也得落个一头撞死，倒不如这样去了吧。”

“婶子，你净说傻话，谁敢来找你寻仇?我也不答应他。”仲良劝说。

“嗯，那就好，那就好。”严氏小孩子似的，把头点得像是鸡啄米。

蕙儿边听着边收拾屋子，她四处闻着霉馊味，果然在抽屉里、柜角里都翻出来倒的饭菜，就连被褥底下也沾染的全是。她回身看着那个处处胡搅蛮缠不懂得吃亏让人的三婶子，到头来却落得这般疯疯癫癫的下场，心里就生出几分怜悯。其实她还不是真坏，就是狡猾点、财迷些，爱吃人怂恿罢了，得小便宜的是她，最后吃大亏的也是她。

这时，从外面噔噔噔跑进来一个小伙子，仲良、蕙儿都不认得。他顾不上介绍自己，只说:“你家三爷躺在烟馆那里动不了了。”

四十五

五年中，盐河平原被折磨得像一位苟延残喘的老人，生气全无了。不时有八路军的几支小分队潜进来，在平原上打打游击战，随即又消失在茫茫的原野上。这不间断传来的消息像春风一样温暖着人们的心，他们坚信总会有那么一天，小日本会被赶出中国去，好日子就会降临。

恼羞成怒的日本鬼子从县城里派来了一个大队，把八路军的一个中队团团围在了任家角。经过一天一夜的激战，除了几名战士突围出来，其余的全部壮烈牺牲。为了斩草除根，日本人又兵分几路，顺着盐河一路追杀下来，所到之处，烧杀抢掠，无恶不作。老百姓都吓得舍家抛业，外逃他乡了。

跟着那个报信的小伙子，仲良拐到镇街上来，只见街边站了三三两两的人。他急匆匆地过去，嘴里不停地说着些什么。离烟馆子近了，昏黄的灯照着暗淡的门口，那里站了几拨人，三言两语地搭着话，眼睛四处里乱看，在瞧着什么稀罕。忽听得有人低声说“来了，来了”，人们把目光都集中到仲良身上来。

仲良一眼就瞅见在人们脚下横躺着一个人，浑身是土，一动不动，仲良跑上前去，认出了那是三叔，他伸手推推，人已经凉了。仲良一滴泪也掉不出来，只感到三叔可怜至极，死相如一只老家雀儿，脏兮兮的，糗了一身的衰毛。他把三叔抱在怀里，轻飘飘地像是抱着一团棉絮，穿过镇街回家。

在经过三叔的老宅时，门口张灯结彩，从院子深处不时地传来杜二爷等人吆五喝六猜拳行令的声音。仲良不禁低下头瞅着怀里的三叔，他耷拉着脑袋是不闻不问了。

严氏在仲良和蕙儿匆忙离开后，就坐在被头上梳头。她慢慢地梳理着头发，也一根根理出了心事。她自言自语:“兰儿啊，你可别怪我，这都怨你自己不争气。”“兰儿啊，你不用变成冤鬼来找我，咱俩没什么仇怨。”“思月啊，你是活着吗?”“害你都是你三爷爷的主意，跟我可是没一点儿关系。”“思月啊，你莫记着我的仇，你大恩大德忘了我吧。”“兰儿啊，思月啊，你们只管来找那个老烟鬼讨债，在阎罗殿里我也给你们做证词。”风飕地一声把门吹开了，桌上的灯忽地灭了，一股灯烟的焦味在屋里弥漫开来。

仲良抱了三爷直奔小院而来，蕙儿紧跟身后，还不等找个地方安放老三，两人就瞅见了仰躺在地的严氏。两只手死死地揪着脖领子，扣子扯掉了几个，吐着长长的舌头，大瞪着两只眼，屎尿顺着裤腿流了一地，她就这样活活地吓死了。

蕙儿与仲良拆了下房屋里的门扇，支起了灵床，然后把烟鬼三爷夫妻俩抱起来安置好，脸上盖好黄裱纸，又四角洒水把屋子收拾出来，点上长明灯。两人在火盆里先烧了一通纸钱，嘴里不停地念叨道：

“三叔，收钱啦，路上好花啊——”

“婶子，收钱啦，路上好花啊——”

四十六

日本鬼子投降了！清凉江笑了！老盐河笑了！

一夜之间，良家镇上的伪军汉奸作鸟兽散，遁入平原深处不见踪影了。在平原的一条条大路上，经常有一队队八路军开过，追击痛歼到处流窜藏匿的日伪余孽。在无数次大大小小的战斗中，百姓的口中开始流传着一位用兵如神的女政委。传说她用兵如神，百战百胜，只要听到她的名字，敌人就闻风丧胆。百姓们竖起大拇指说，人家可是上过日本鬼子悬赏榜的人物，一颗人头值好几百大洋哩。

仲良组织人们在镇上刷了新标语回来，蕙儿端着一盆洗脸水，高兴得看着丈夫。天地变了，丈夫也好似换了个人，他的心气儿又回来了，一天天脚不识闲地在镇上跑来跑去，招呼着人们垦荒种地，重建新生活。

蕙儿小声地说：“这几日家里也没什么事儿，我想走走亲戚。”

“去看看芸儿？”仲良停下手。

“是啊，闹鬼子闹的，亲戚都不走动了。我想先到景州城里去看看苇儿姐。”蕙儿其实还想去看一个人，但她话到嘴边还是没能说出来。

那个夜晚，蕙儿跟随净心师父走出庵堂，迎着习习晚风，蕙儿看着她的背影说：“你别在这里受苦了，跟我们回家吧。你不知道，你走了以后，二少爷就后悔了……”

“你不用说这些了。”小尼姑平静地打断了她的话。蕙儿明白，她更想去看看林月，心里对她实在放不下。

出了家门，蕙儿看到在镇街上、码头上到处张贴着缉拿杜双平的通告。一路乘船上行，行人们谈论最多的除了女政委，就是这千刀万剐也不解恨的杜双平了。景州城里也是如此，白纸黑字写得明明白白，这些人都是人民的公敌，必诛之而后快。蕙儿早已记不得苇儿家在的那个胡同，她不断地向人打听着城里的裁缝铺，才一家家找到铺子里来。

“苇儿姐——”蕙儿看到苇儿趴在裁板上打盹。

苇儿抬头见是蕙儿妹妹，忙不迭地从后面跑出来，拉住蕙儿一双手正儿八经地瞧了一阵子，满心欢喜、满嘴稀罕地说：“哟，你怎么来了，也不打声招呼。”

“今天就算来打招呼，以后我叫上芸儿一起来。天下太平了，孩子们也都离开手了，咱们姐妹也该亲近亲近了。”蕙儿抚弄着苇儿鬓角上闪耀在阳光里的几根银丝，心疼地说。苇儿一个人撑着日子，带着女儿度过了兵荒马乱的岁月，真够难为她的了。

苇儿高兴极了，一把扯起蕙儿就上街去。蕙儿也不好拒绝，只好一路跟着她在城里买这买那，打点着晚上的伙食。

“你能陪我去一趟明月庵吗？”蕙儿趁机说。

“到那里去做什么？”苇儿顾不得细想，随口回问。

“你忘了，前几年逃命多亏了一个小师父搭救啊。”蕙儿解释道，“要是没有人家，我们娘儿几个不定会怎么样呢。”

“想起来了，你来接闺女……”苇儿也想起了当年那一场事端，关心地问蕙儿。

“别提了，闺女丢了，找不着了。”蕙儿一下子神色黯淡下去。苇儿见触到蕙儿的伤心处，便赶紧转移话题说：“二太太身子骨还好吧？”

“她心疼孩子，回到家没多久，人就去了。”蕙儿轻叹了一口气。

“今天晚了，明天我再陪你去吧。”苇儿岔开话题，又挑了两个茄子塞在蕙儿臂弯里便往家走。

吃过晚饭，姐妹俩在灯下闲话，蕙儿又把家里这些年的变故一一讲与苇儿听知。说到二爷两口子在家里处事，苇儿恨得牙根都咬疼了，把自己在肃清县城里受的虐待，以及后来仲良为三爷的官司去求二爷，她自己如何送行，讲了二爷与杜家往来的那些话语之后，自己便不明不白地被配送了人家的事，也都与蕙儿说了。蕙儿听了惊讶万分，暗恨二爷竟如此寡义绝情，又心想仲良对二爷的卑劣行径其实早已心知，但在父母面前还要尽量不露痕迹，他心里的苦和难也便可想而知了。于是蕙儿又讲到了举人老爷死后，仲良与二爷的族长之争，二爷企图用婚姻挫败仲良的事，进而又谈起了杜林月的强嫁和休出。苇儿一旁听着，很为杜林月有这样的情义感叹。

“她就在明月庵里，救我们的小尼姑正是她。”蕙儿半是感激半是愧疚地说。

翌日清晨，二人早早地来到了明月庵。在缭绕秋雾中，踩着一脚的草屑潮泥，叩响了门环。良久，庵门闪开一条缝，一缕雾气也逼门而入，随即迎出一张白皙清瘦的脸庞。“两位施主，今日不开堂纳香，请改日再来吧。”小尼姑说。

“我们今日不烧香，是专程来拜见净心师父的。”蕙儿急切地说。

小尼姑扫视着二人问：“你们从哪里来？”

“盐河上的良家镇来，是她的自家姐妹。”蕙儿答道。

“二位施主，请你们稍等。”说完，小尼姑的脸缩进门里，门也随即关闭了。

半餐工夫，蕙儿站在门外，心里打起了退堂鼓。依照杜林月的脾气，有了上次的接触，她猜想这次一定会遭到拒绝的。她后悔刚才急切之中说出了良家镇，要知道那可是杜林月最忌讳的地方了，婚姻的羞辱之地、家庭的沦陷之地、生命的不堪回首之地，都集中在那镇上的高墙之内、大院之中和漫长夜里的烛窗之下了。

吱呀一声，门掩进半扇清雾，还不见人影，蕙儿欲待往里走时，只见净心一身淡青的尼袍裹着纤尘不染的姿态自雾中走出来。

蕙儿心里极想与她亲近，可她的一只手捻着佛珠立在胸前，拒人千里的模样，便一时不知如何是好，将伸出去的两只手停在半空。

苇儿也是无话可说，心疼地瞅着眼前这位容貌清秀又目如枯井的女子。

“你家闺女没事，我求过菩萨，十五岁以前到贵人身边，这是消灾避祸，你尽可放心。”净心对着蕙儿半低着头说。

“谢谢你还惦记着她。我不为这个来，我们是因为想你才……”蕙儿这次来还是想劝杜林月还俗回家。

“施主不必多言，若没有别的事，此处无须久留，二位请回吧。”净心说话不留任何余地，转身欲走时，又从袖口抽出一寸见方折叠的草纸来，塞进蕙儿手里，双手合十，口里念着经语，抽身退进门里去了。

回至裁缝铺，蕙儿匆匆展开纸条，上写十字：“戏子烧香，杜匿城郊江畔。”

即便是斩断红尘、身陷经堂、一心向佛，但当国难降临，又岂甘听之任之？杜林月，作为一名受新学影响的女学生，就算是被囚于封建牢笼，仍关注着国计民生，只不过她选择适其时而动适其可而止罢了。

蕙儿与苇儿道别时，说好此行回去就在良家镇上为苇儿寻好店铺，让她们娘儿俩都搬回镇上去，为以后行个照应方便。苇儿应承下来，说不日就折卖店铺，到良家镇去找他们。

仲良把情况上报以后，回到家里对着纸上的字体细细观看。蕙儿在一旁这才把清凉江逃命的事说了一遍，把杜林月的话原原本本地告诉了仲良。见仲良不发一言，她便知趣地退出屋去。

八路军王团长非常重视这个信息，专门派人到家里来与仲良取得联络，协商捉鳖计策，最后确定派遣一个小队连夜摸到清凉江边，设法找到净心尼姑，由她引领着前去。蕙儿自告奋勇要再赴景州城，可仲良把她拦下了，要她留在家里多为苇儿的事操持，其实他知道这次弄不好就得交火打仗，时时处处都有人命危险。他说：“你脚程不行，还是我去吧。”

入夜，一行人自盐河岸边消失在茫茫的夜色之中。为了不引人注意，苇儿只身一人来到明月庵，进得庵里与净心见面，然后引着她来到自家的裁缝铺里，在铺子里见到了仲良和小队长。

“你能带我们去吗？”小队长迫不及待地问。

净心不说话，只是点了点头。小队长见她不十分坚定，也有些犹豫起来，怕一旦行动再生什么事端。

“他前两日刚回来，正好在家。”净心抬起眼帘。

“他上哪里去啦？”小队长问。

净心摇了摇头。

“你怎么认得他们？”小队长问。

“布告上都有。”净心回答。

“你认得准吗？”小队长问。

净心半天没言语，然后一字一顿地说：“他是我亲爹。”

仲良就站在一旁，看着这位坚毅的女子，与原先那个生活在他身边逆来顺受的杜林月大不一样了。也许这才是真正的杜林月吧，这才是他所喜欢的那种自立自强的女子。造化弄人啊，他没想到，一个男人对一个女子的认识要经过如此曲折残酷的方式才能完成。

净心始终没看他一眼，或者是说他在她的心中没泛起半点涟漪。他本打算跟着他们一同前去，但在门口被小队长截住了脚步。他目送着晚风里削瘦的背影，心湖上泛起了一层忧虑，像浮萍那样稠密，又无根无依，时散时聚。

一个振奋人心的消息不胫而走，伴随江上的清风吹送到盐河两岸——盐河上最大的汉奸头子杜双平落入人民法网，认罪服法，宣判大会开在清凉江边。老百姓们欢呼雀跃，都相约来看走狗汉奸的最后下场。

区委对这次宣判大会极为重视，一是这杜双平确实在保定府以南、冀州府以北是最大的汉奸，日伪时期他是无恶不作，真可谓十恶不赦，活捉了他是整个冀东南抗日肃反工作的一件大事。二来为百姓铲霸除奸，表明共产党的军队真心为民，与日伪汉奸决战到底的信心和决心，同时对盐河两岸的日伪残余也是一个强有力的威慑。

这日天还没亮，平原的大路小道上聚满了人，他们都向着一个方向拥去，向着红旗飘扬的审判场而来。

红彤彤的太阳从江边缓缓升起，又跃上了林梢，洒上清凉的江面，洒上清爽的人颜，洒上清新开阔的平原。空气清明透亮，让人真想大口畅饮，每一个胸怀都是从未有过的清净明澈，整个人好似只要张开双臂就能飞起来一样，就连空中的鸽哨也那样清脆嘹亮。这个世界啊，是如此清清朗朗！

恰在此时，从遥远的江面上突然传来了一阵撼天动地的欢庆锣鼓，叫人听了不由得心头为之一振。那鼓点十分老练，带着一帮小鼓撒欢似的在江面上跳荡翻腾，开审的时辰未到，就引得岸上的男女老少一齐向江边拥去。人们齐刷刷往来处观瞧，不一会儿就见江面上劈波斩浪快速驶出一只龙头船。船头上站立着一个少年，身姿挺拔，挥动着双臂，正在敲击着船头上的一面大鼓。每一次落槌，仿佛那江水都跟着抖动起来，整条江一起一伏都在他的韵律之中。渐渐地近了，人们这才看清在头船后面相跟着十余条小船，都装饰得龙鳞闪耀，俨然是游在江中的一条巨龙。随着少年的鼓点和身姿摆动，那条龙在江面上左扶右摇，好似欲腾云驾雾而去。那少年有两道鲜红的绸缎披身，斜扎进宽宽的腰带里，又逶迤到膝盖上下，下身穿葱绿的灯笼裤，时不时跃起的鞋尖儿上缀着大大的粉绒球，好一个潇洒风流的美少年！

岸上的人都看得啧啧称赞，继而欢呼起来。有人说："这小子不是观津口的儿童团团长吗？"经他这么一说，人们还真从记忆中找到了印象，便附和道："还真是他，一看这股子精气神平原上断不能找出第二个人。"有的说："真想不到才两年工夫，都快长成大小伙子了，个子蹿了一大截。"有的问："这是谁家的孩子，从小就这么大出息。"

"娘，你快看啊，那不是我哥吗？"一个小女孩兴奋地叫嚷道，使劲牵扯着母亲的衣袖，踮起脚，拔高了身子抻长了脖子往河里看。

"不是他还是谁？我早就知道这小子背着我就要捣鬼，喊他几回，他都不跟咱一块儿来。"听得意的口吻，她的眼角、眉梢有藏也藏不住的幸福和知足。

身旁的人听见她的话，有的扭回头来看，尽管互不相识，可那眼神满是羡慕，瞅得芸儿有些不好意思。

四十七

这时几辆军车开进了会场，随着绿车篷帘子一掀，从车斗里跳出来上百名荷枪实弹的士兵，列队看齐，一阵口令之后，迅速左右散开，每隔十步一兵一哨，把整个会场围了个严严实实。圈里的百姓一看这阵势，顿时肃静，专等着宣判大会开始。

片刻，一辆吉普车驶进会场，在台口停了下来。车门打开，从车上下来几位干部。人们的目光都在那一瞬间集中过去，定定地瞅着他们健步登上高台。

有人私下里问身边的人：“那走在最前头的女的是谁呀？”

边上的人摇摇头，再去问另外的人，也还是不知道，人们的目光里都充满了这样的疑问。人们翘着脑袋，向前探着腰抻着脖子，身体形成了一个大大的问号。

几名干部坐定以后，仿佛也看出了百姓们最关心的问题，住持人走到话筒前说的第一句话就是：“我猜想你们都想知道这位女同志是谁，对不对？”

台下立刻响起了山呼海啸般的回应。

“这就是咱们的李——政——委——”住持人故意拖着长音。人们一听，这便是日日夜夜在口中念叨了成千上万遍的女英雄，毫不吝啬地伸出双手，掌声如同阵阵雷鸣滚过江畔。

人群中只有两个人惊得忘记了拍手，她们怔着双眼，看着李政委站起身，迈着矫健的步伐走到话筒前，简练地说了几句安抚百姓的话，立刻又引起了人们的一阵叫好声。倒是苇儿先反应过来，用胳膊捣了捣身旁的蕙儿，指着台上的李政委说：“她……她……”

“是真小姐。”蕙儿不敢相信似的，替她说出了下半句。两个人额头抵在一起，又是哭又是笑，再也说不出半个字来。

押来了！押来了！所有的目光都在那一时刻射向了会场口。只见杜双平被五花大绑地架在两名士兵中间走了进来。他低着头，浑身软瘫瘫的，两条腿像面条一样没劲，几乎是被士兵拖进了场内。在他的后面，还有几个早被逮捕的小汉奸，最后押出来的是那个曾经红遍盐河两岸的红翠衫。她灰头土脸地跟在后面，不知羞耻地左顾右盼。相距这次登台，她已经多少年没经过这么大的场面了。

苇儿拉着蕙儿的手，本想到台上与真儿相认，可两个人裹卷在人流里，根本甭想分离出来，只能眼睁睁地看着真儿走下台又上了车，向刑场开走了。

李政委向后一挥手，冲着士兵们斩钉截铁地说：“行刑——”

清凉江听到了，盐河听到了，那几声清脆悦耳的枪声。

蕙儿与苇儿一同返回了良家镇，苇儿的裁缝铺也跟着搬了过来。等仲良从她俩口中得知流传在百姓们中间的李政委就是真儿时，心情自是万分激动。妹妹出走了这些年，竟是一点儿消息也没有，他真的不敢奢望还能有与妹妹重逢的这一天。于是他叮嘱蕙儿，把家里的吃食提前预备好，说不定哪天妹妹就会抽个空回家来。

就在蕙儿紧锣密鼓地张罗着迎接真小姐回家时，仲良又听到消息说，平原外战事吃紧，盐河的队伍又被调走了。这个消息两天内就被证实了，李家二爷伙同杜只平从肃清县城闻风而来，拉起一干子人马占据了良家镇和大青山。杜只平拿了银票在良家镇大集上公开叫嚣着招兵买马，真的有三里五乡的地痞青年闻风而动。仲良则在暗地里联络着平原上的抗战组织，他又让蕙儿、苇儿挨村挨户发动妇女自救会，分发一些材料到农户家里，规劝人们千万别上敌人的当。

就在这革命形势错综复杂的时候，仲良接到南场里送来的信儿，说李政委派了人来打探盐河的情况。仲良正要出门，便听到门外响起了一阵杂乱的脚步，他感到事态不妙，赶紧让蕙儿藏起来，瞅机会去为真儿的人通风报信。

蕙儿就躲在举人老爷辞世的卧榻后面，听着仲良被捆绑起来带出了大门。蕙儿等到天黑尽了，才摸着夜路赶到了后南场，可是真儿派来的人早在晚饭前就撤走了。虽说消息没能送到，可真儿的人没事，也就预示着真儿不会因走露消息发生意外，蕙儿心里踏实下来。回到家里几天里，她又开始为仲良担忧。送饭送衣都不让见，她无法想象仲良如今被折磨成了什么模样。她知道家里那个二叔，多少年前就把仲良看成眼中钉了，公仇私仇都加在仲良身上，恐怕仲良是难逃这一劫了。想到这里她更是心急如焚，便决定明天去会会李维民。

第二天，蕙儿把思林领到苇儿的铺子里，把仲良被逮走的事情说了一遍，就转身直闯乡公所。李维民的身边站着一个穿着时髦的女子，低头只顾把弄红指甲，对蕙儿进来一眼也不看。蕙儿也觉得这女子有点儿面熟，可此时哪顾得上她，便对着李二爷问道："仲良犯了什么罪，你派人把他逮起来？"

"什么？这是什么时候的事？"李维民一脸狐疑。

"你会不知道？"蕙儿显然不相信。

"我怎么会知道？这良家镇可是人家杜大爷说了算，我去替良儿求求人家。"李维民靠在椅子里，慢吞吞地说道。

"那我们还得知你的情了，"蕙儿说着说着就气不打一处来，"我告诉你，你少装得没事似的，谁不知道你是什么人，你现时作威作福，那也是兔子尾巴长不了——"

李维民没想到上来就被蕙儿骂了个脸面全无，顿时脸色铁青，撕破了面皮，怒冲冲地向外喊道："来人，把这个疯婆子也给我关起来！"

身边的女子端了一杯茶来，殷勤地劝说："人都给你治个半死了，还为两句话生气，犯得着吗？"

李维民啜了两口茶，缓了缓气才笑着说："清儿啊，这些年你在外面上学不知道，他让爹没少受了窝囊，这次逮在我手里，治个半死哪里行啊。"

"那你还真想把他整死啊，他怎么说也是你侄子。"李清话里没有轻重，但她在心里不得不重新看待这个国民党的大县长了。

"我可不认这个共匪做侄子，他跟我根本就不是一路人。"李维民狠狠地说道。

两人正说着，杜只平推门进来。李清连忙坐到一边，把谈话的空间让出来，把弄自己的指甲去了。

杜只平神秘地说："跟你说个好事儿。"

李维民不说话，诧异地望着他。

"第八幅《仕女图》现身了——"他故意拖长了调子，不往下说了。

李维民一听眼放绿光，忙追问："在哪里？"

杜只平抬起胳膊往东南一指："景州城开福寺舍利塔里。"

"这是真的？"李维民像是问杜只平又像是问自己。他已然在心里开始盘算了。

"我可是一番好意，那本就是你们李家的东西。"杜只平坐下来，点上烟眯着眼睛看他。

"都有谁知晓？"李维民不安地问。

"没人知晓，我辛苦安插的眼线，可全都是为了你。"杜只平略显讨好地说。

尽管景州城还不是李二爷的辖制范围，但这一幅《仕女图》对李二爷的诱惑太大了，他迅速做出决断，今夜二更天军队开拔，夜袭开福寺，夺占景州城。

跛脚二奶奶差人来唤二爷回家吃饭，李二爷美滋滋地就着两条盐河白鲢喝了两口小酒，就倒头睡到床上去了，他要养足精神好待夜里行动。李清翻出一条真丝旗袍包到包袱里往外走。

"你要去哪里？"跛脚太太问。

"袍里儿开了线，找个裁缝铺子修一修。"李清说着话，并没停下脚步。

"你刚回来几天呀，人生地不熟的，我叫人陪你去吧。"跛脚二奶奶担心地说。

"用不着，我去去就回，这小小的良家镇……"后面的话跛脚二奶奶没听清楚，李清已经走到门外去了。跛脚二奶奶想着，就是一件破衣裳，坏了不穿也便是了，何必缝来补去地自找麻烦。可是没等她的话出口，屋里就只剩下她一个人了。她没趣地歪倒在椅子里打盹。

果然就在一个小盹的工夫，李清又夹了包袱回来了，各处看看不作声，就躲到自己的屋里去。晚饭的时候娘儿俩一起吃的，李清倦巴巴地没有胃口，匆忙扒两口饭就回屋睡觉了。

半夜里镇上响起了枪声，镇街里冲杀声四起，不到一个时辰又静了下来，仿佛刚才只是一个稍纵即逝的梦境。胆小怕事的人们都爬起身来坐到天亮，竖起耳朵听着外面的动静，随时准备出逃，可又害怕引火烧身，没有人敢打开门户出来看个究竟。

天亮了，人们听到了打扫镇街的铁锨和簸箕声，还有清水泼地声，扫帚划过砖石的声音，一声声都清晰地传到了百姓的耳膜中。这声音是那样熟悉、那样亲切，一扇门敞开了，立即就有几个小战士跑过来扫院子的扫院子，跑在最前面的在门洞里就挑了扁担去挑水。一扇扇大门敞开了，百姓们都从屋里跑到镇街上来，挨个儿胡同口呼喊道，“咱亲人八路军回来了喽——”

在乡公所西北角的刑房里，李真找到了绑在刑架上的哥哥。文弱的仲良被打得皮开肉绽，血肉模糊的蕙儿也晕厥在冰凉的地上，他们都两眼呆呆地望着真儿，如同做梦。时隔这些年，兄妹相见竟是这番情景，真儿心疼得眼泪刷地流了下来。

等把仲良、蕙儿送回家里，真儿一路行至东花园，望着颓景处处、残垣连连，心里更不是滋味。想着她和大哥离家以后，二哥独自支撑着这个风雨飘摇的家，如恶浪中行船，每一浪打来都可能是船覆人亡，内外交困，危机四伏。自己干革命求解放，却不能帮着二哥保全这个家，让他们吃苦受罪不说，还累及他们遭受不明不白的祸灾。想到这里，真儿心里无可名状地难受，独自坐在廊桥上落泪伤心。

当夜景州城里也有一场枪战。守城的另一股国民党军大部分是从热被窝里爬出来的，看不清攻城的有多少人，便以为是八路军神兵天降，还未交手先有了几分胆寒。他们不敢正面迎击，只在城墙上冲下乱放了一排子枪，就一股脑儿从东门落荒而逃了。李维民和杜只平进城之后，便率队直扑开福寺。

和尚们听得外面响了一阵枪声，知道城里城外又有人打起来了。这景州城几年来几次易手，早已不是什么新鲜事了，他们才不愿为这等杂事劳神，养足精神，明天还有早经要读呢。可等枪声落下去后，寺门就被擂响了，伴着枪把子捣门，寺墙外传来了一阵阵狂笑和匪语。

寺门一开，兵匪们前呼后拥着李维民鱼贯而入。李维民径直带队来到舍利塔下，团团围住。这时，一个贼眉鼠眼的和尚悄悄走到杜只平跟前，朝住持歇息的殿里指了指。李维民和杜双平正要推开殿门，不想殿门自里开了，住持镇静地出现在他们面前，住持目视远方，目光开阔，对站在面前的这两个人根本不屑一顾。

李维民上前几步，与住持仅一槛之隔。他轻声地要挟到："把那幅画交出来，免你寺庙之灾。"

住持仿佛没听见一般，走出殿门面向众僧道："佛法无边，回头是岸。"

李维民退身将他逼住："现在景州城都是我的，你不要敬酒不吃吃罚酒。"见住持仍是不为所动，情急之下命手下将住持结结实实地捆了，然后一挥手，兵匪们四散开去，窜至正殿、偏殿，借着搜的机会，打砸抢掠。全寺上下一阵鸡飞狗跳，到处嘈乱不堪。

天大亮了，仍没发现那幅画的踪影，狗急跳墙的李维民再也沉不住气了。他命令手下拉出两个小和尚，跪在住持的脚下，分别用枪抵住他们的后脑，凶残地问住持："你想好了吗？"

就在住持稍作犹豫的当口，李维民抬起的手一落，两声枪响，小和尚的血便溅满了住持的僧袍。两具尸体扑倒在院中，鲜红的血汩汩而淌，升腾着丝丝的热气。

住持怒目而视，看着眼前的恶魔。李维民轻蔑一笑，煞有介事地挥挥手，立刻又有两个小和尚被押了出来。"你想好了吗？"李维民步步紧逼。

住持深叹一声，用大悲大悯的目光望着满院的人说："善恶有报，你们跟我来吧。"然后迈步向塔内走去。

李维民和杜只平紧跟其后进入，顿觉周身阴冷。塔内乌黑一片，只见一架悬梯沿塔壁盘旋而上。住持回身笑了笑说："来吧。"便径直走入了阴暗之中。

四十八

李维民进入塔内，用脚跺跺地上铺砌的青石，隐约听到传来了砰砰回音，环绕塔内，如洪钟大吕，震聋发聩。

地宫门打开了，一筐筐东西运上地面来。在大大小小的金佛和装满了经书的檀木匣子中，李维民一眼认出了那个盒子跟他家里珍藏着七幅《仕女图》的盒子一模一样。他如获至宝，躲到背人处匆匆展开观看。

李维民一把将盒子揽在怀里，命令把其余的东西倒入麻袋里带回城里驻地。临出寺门，李维民得意地对随从们大声说："我要论功行赏。"

杜只平回身看到目瞪口呆的僧众，提醒李二爷说："这些和尚可是后患，你看？"

这些无辜的和尚还没明白过来，就被一阵乱枪打死在当场。

回到驻地，李维民气还没能喘匀，就有兵卒来报，良家镇失守，八路军又杀回来了。

与此同时，李真也正在谋划下一步的部署攻略，根据盐河上下抗战组织掌握的情况，她对彻底击败这股立足未稳的顽抗之敌充满了信心。

这时，李清敲敲门进来。她早已换了行装，一身洗得发白的灰军装衬得整个人干净白皙。她爽快地说："希望组织给我安排新的任务。"

李真拉着李清的手说："你来得正好，这个任务只有你才能完成。"

石家庄的战役打完了，王仁中团长带着整编过的队伍开回了良家镇，屁股还没坐热，李真和仲良就迫不及待地把一张盐河平原图摆在了他的面前。

王团长瞅了一眼，笑笑说："李政委，你小瞧我了，这清凉江、老盐河我就是闭着眼也走不差一条道。"

三天以后，李清的密信送回良家镇。当天夜里，杜只平要率领二百来人护送银车，从景州城出动押付大青山，交接地点就在苗小庄炮楼。

杜只平消息灵通，明白如若再坚守下去，无异于坐以待毙。他此次主动押付银车，实是在心中暗寻着退身之机。果然车一出城，他对交接之事做了交代，就只身一人策马向龙华车站跑去，经过一番乔装改扮，在石德铁路线上消失了。

得知大青山失守的消息，李维民顷刻明白自己已是插翅难逃。他就像站立在江水中的小洲上，环顾四周，都是人民军队汹涌而至的革命浪潮，自己连一点儿反抗的资本也没有了。他想选择投诚，可他清楚自己早已失去了谈判的时机，更不消说他背负着一身的罪孽，拿什么来交换这一条暴露在人家枪口之下的老命呢？

他在屋子里转来转去，心里痛骂着生死关头舍他而去的杜只平。这个浑蛋，看我是百无一用了，竟然弃如敝履，丝毫不念当初的情分。

他突然心生一计，趁着八路军对景州城尚未形成合围之势，他何不学着杜只平也来个潜逃出城？此时恰好李清推门进来，哭丧着脸说："我娘还在良家镇呢，这可怎么办哪？"

"你少跟我提她，她一个小脚妇女，人家不会把她怎么着。你倒是替你爹我想想吧。"李维民怒气冲冲地说。

"你不替我们着想，还让我们想着你，反正我不管，我要找我娘。"李清耍起了小孩子脾气，根本不看他爹的脸色。

"要去，你自己去。我可顾不上这么多了，不过清儿啊，你要是明白，你就跟爹走。"李维民已然拿定了主意。

李清听出了他的口风，思索如何拖住他，半是耍赖半是威胁地说："你打算带我去哪儿？咱们出了景州城可是寸步难行，四周都是人家的地盘，哪如留在这里好啊。"

"这景州城已是漏底的船，坐不稳几天了。咱们还得赶快行动。你这就去换换衣服，我拾掇拾掇，马上就走。"李维民说着话，就翻出个柳条箱来装东西。

李清一看不走是不行了，她一时也没有更好的主意，便回屋里拔掉满头的饰物，拎着随身小包跟在李维民身后，借着黄昏向西北方向摸索出城。

李清一路走着一路思考着对策，她只想拖住李维民的脚步，因为她知道李真姐率领部队今天夜里就会赶过来。她清楚眼前这个人已经罪不可赦，可他毕竟是自己的亲爹，真要她来做这个了断，她是无论如何也下不了手的。

她没想到也许是李维民嗅出了什么味道，就在这紧要关口生生地想要脱壳。她在自己的小屋里留下了字条，她相信八路军很快就会追上来。在黑黢黢的夜里，她忽然看见了一扇掩着灯光的窗口，她暗暗地长舒了一口气，有人，那就好。

她一屁股坐在地埂上，“哎哟”了一声，疼得人一丝丝地吸气。

李维民本能地回过头来，怒斥道：“叫你换衣裳，你偏偏穿这么一双鞋，七扭八歪的，真是要命。”

李清疼哭了，不满地说：“你那么着急走，我早让你吓糊涂了，你还怨我。”

李维民真想一走了之，后悔逃命还拖着这样一条尾巴。李清看着，心里泛上一层凉意，她不失时机地说：“你不会不管我吧？”

李维民叹了口气，看到前方有一间屋子，就退回身扶起李清来，想把她放在屋子里完事走人。他们艰难地走过几畦菜地，叩开了屋门。

开门的正是净心尼姑，她短短地扫了一眼他们，本想拒之门外，可李维民已不由分说地挤进来了。就在目光交错中，李清也认出了她。很显然对于自己的身份，她肯定是误会了，毕竟搀扶的人是李维民。

李维民没在意她的存在，他只想着放下李清自己赶紧逃走。李清坐在炕上的同时，一把拽住了那只柳条箱。

李维民着急忙慌地问：“你想干什么？”

“你不能走，把我一个人留在这里。”李清固执地说。

李维民根本不想解释，哄骗她说：“我先走，再回来接你。”

“你骗人。”李清不依不饶。

见说不通，李维民猛地一夺，把李清从炕沿上抻了下来。随着李清摔在地上，箱子砰地一声开了，里面的金佛和画轴散了一地。

净心尼姑站在灯下，看到这一幕略有吃惊。一把手枪滚落到她的尼袍下，在两个人迟疑紧张的目光里，她弯腰捡在了手中。

随着枪被缓缓拾起，两个人的目光也从地上被拾了起来，最后又定格在她的脸上。从他们的目光中，她感觉自己又一次成了左右局势的一枚棋子，而主动权从来就不掌控在自己手中。平心而论，她是有一些倾向于李清的，毕竟从小一块儿长大，形同亲姐妹。可是话又说回来，两人天各一方这些年，谁又知道谁变成什么样了呢？在这个夜晚，她挎着小姐包，穿着高跟鞋，满脸涂得粉白粉白的，与李维民形影不离，为了一箱子财宝闹得父女成仇，哪个又会是好人呢？她真的拿不准，她感觉正是因为手上的这把枪，自己才被卷了进来，本来她完全是个旁观者，可现在突然成了不可或缺的主角，她却不知下面的戏如何唱了。

李维民趁她稍有迟疑，袖子一甩，愤愤地往外走。他不想因小失大，与女儿纠缠不清，耽搁了路程。不承想，李清半坐在地上一把搂住了他的裤腿，死死地抱在怀里。

李维民不清楚女儿为什么这样不明事理，一时急火攻心，拔脚狠了一些，鞋帮把李清的脸划破了。他无暇顾及，抬腿就要出门。

谁也没看清李清是怎么从地上爬起来的，她光着脚一步蹿了过去，横挡在李维民的身前。“你走不掉了。”她较父亲矮了半头，微仰着脸，说得凛然无惧。

净心在一旁看明白了，这父女俩绝不是为了一只箱子。

“你这是什么意思？”李维民不相信地问。

李清听到了景州城里的枪声，脸上浮现出了不易察觉的笑容。李维民狗急跳墙，将李清一掌掴倒在门旁，欲待脱逃，可他看到小尼姑已将枪口抬起来对准了他。他没有片刻犹豫，顺手从腰里一摸，还不待李清反应过来，小尼姑的身子一震，仰倒在桌子上，油灯被扑灭了。

李清迅速从挎包里掏出枪来，对着刚刚闪出屋门的黑影射出了精准的子弹。

四十九

桂棋被一阵浓烟呛醒，听着母亲在堂屋的灶上忙活，他起身下炕，撩门帘一看，母亲正往嗞嗞冒气的锅里贴饼子。芸儿见门帘一动，抬起熏得流泪的双眼，对桂棋说："看什么看，还不快来拉风箱。"

桂棋坐到灶塘里，扯动了风箱，火苗子立刻从灶眼里窜出来，舔到了锅台上。

"咱怎么一大早贴饼子？"桂棋不解地问。

"娘今天得走趟亲，多年不走了，不能空着手啊。"芸儿贴满了一锅圈，把锅盖盖好，漏缝的地方用湿抹布堵严实，然后拍打拍打沾了面的手，把桂棋从灶塘里替下来。

桂棋并没有急着离开，他磨磨蹭蹭地在原地打转。芸儿烧着火，心里装满了别的事，没心思搭理他。

桂棋又蹲在娘的身边，突然冒出来一句："娘，我想去考学。"

"去去去，别在这儿烦我，一大早就胡诌八扯。"芸儿用面手搡了他一把，不允许儿子再往下说了。桂棋愣怔了一小会儿，又撩起门帘进屋里了。稍过一会儿，满院里飘起了玉米的香甜气味。

芸儿过了盐河一路向西，路上顺便搭一段老乡的牛车，颠簸了整整一上午，正晌午时分过了滏阳河，来到了冰消村。

芸儿在一家临街的大门前，盘坐下来，摆出了粗细不等的各色麻绳。不一会儿村里的婆子媳妇们都围了上来，挑挑拣拣，叽叽喳喳，好不热闹。这时从大门里出来个十四五岁的姑娘，也围在人群后羞羞答答地往里瞧。芸儿看了她一眼，又连忙低下头来照顾生意。到了烧火做饭的时候，人们便渐渐地散开了，那个姑娘倒也往后退了些，倚在大门边也不回家去。

"你是这家的闺女？"芸儿扭头问她，她就点点头。

芸儿从包袱里掏出一大挂细麻绳来递到她跟前："给你娘拿进去，看她稀罕不？"

那闺女果然接过去，转身进了家门，不一会儿又跑出来递给芸儿说："俺娘说了，绳子好是好，家里没钱。"

芸儿不接，又推了回去说："告诉你娘，这绳子不要钱，我占了你家的风水宝地，买卖才这么好。"

那闺女就又拿了麻绳回去。片刻工夫从院子里出来个妇女，捋着两只袖子，声音洪亮地说："大妹子，这可不行，咱可不能白要你的东西。"

芸儿站起来跟她推让着说："我占了你家门口，你没撵我走，这挂绳子算个什么呀。"

那妇女比芸儿大七八岁，见芸儿死活不接绳子，就一把攥住芸儿的胳膊说："妹子，我听你是东乡人，家远回不去，这绳子我要了，你就进来喝碗面汤吧。"

芸儿极力推辞："我带着干粮呢，做小买卖讲的不是吃喝。大姐，你赏我碗热水就行了。"

"那不行，你都到家门口了，这么一挂绳子还不值个饭钱？我不客气，你倒见外起来了。"那妇女转身往门里喊，"春梅，来帮你姨收拾收拾。"

芸儿见妇女始终不放她的手，再也推辞不过，就只好跟着家去了。春梅的家里拾掇得干干净净，摆设不少，眼瞅着日子就比东乡富裕。芸儿坐在炕沿上，直到吃饭也没见家里有个男人。她心里纳闷，可又不好多问。那妇女倒是心直口快，一边舀饭端碗一边说："妹子，你看俺这日子不难过，就是一年到头也不来个客。俺春梅她爹前些年让日本人抓了丁，这些年也没个音信，怕是回不来了。"

"你可别瞎想，说不定就在咱八路军里。"芸儿宽慰她说。

"那敢情好。"妇女听了也不往心里去，想必她早把这事看开了。

盛的饭碗里，芸儿看到春梅和自己的都比妇女的稠了不少，她就抢过妇女的碗跟自己的匀了匀，瞅着春梅羡慕地说："看这闺女长得多好啊，叫你养得跟朵花一样。"

"俺就这一个闺女，不疼她还疼谁。"那妇女也不避讳，"俺还指着她养老呢。"

吃了饭又拉一阵子闲话，芸儿抬腿要走了。她把一兜子饼子倒在面板上，卷起布兜子塞进怀里拔腿就走。那妇女过意不去，赶紧拉住她说："不行，不行，喝两口面汤，你撂下这兜子干粮，够俺娘俩吃半个月了。"

芸儿拉扯半天好歹出了村，一个人走到漫场洼里，双腿一软，"扑通"一屁股坐在碱地上，大放悲声："绣儿啊，我那绣儿啊，你别怪娘心狠啊——"芸儿看到闺女在人家没受委屈倒是放心了，可她也懂得，人家待闺女有如亲生，她一辈子也张不开认亲的嘴了。

五十

年节前，李真把冀南区的各项生产视察了一圈，又对安保和防特工作进行了专门的布置，直到年根儿下才回到盐河。坐在吉普车上，她眺望着一马平川的大平原，心中涌上了无限的遐思。这生我养我、厚实温暖的热土啊，这浸透着故乡亲人心血的热土啊，养育了多少人，又掩埋了多少人，如父如母忠诚朴实的乡亲们啊，世世代代行走在这片土地上，又长眠在这片土地里。这土地上流淌着咸涩的盐河水啊，滋养了多少坚硬的皮肤，又灌溉了多少顽强的灵魂！这是我们的土地，是我们滚烫而又冷静、苦难而又多情、贫瘠而又丰饶、酝酿着幸福的泪水，虽历尽千回百转而生生不息的土地！

车一驶入良家镇，立刻就有一大群孩子围了上来。司机不得不鸣笛才能缓缓前行。镇上的孩子一年也见不了几回汽车，自然不肯放过这近距离接触的机会。

年节过了，李真要回到工作岗位上了。区里的车子来接，一家人在镇口依依话别，等车子一拐弯儿出了人们的视线，李真才明白为什么整个年过得心里空落落的，因为在她想见的亲人中唯独少了一个人。她看看日头，时间尚早，便吩咐司机掉转车头直奔观津口驶去。

李真一路打听来到了芸儿的门前，隔着矮矮的土墙，她看到有位小姑娘坐在阳光照耀的门台上绣花儿。小姑娘梳着两根油亮油亮的大辫子，嘴里哼着盐河上的小曲儿，或许是手冷了，她停下来往手心里哈气。这一抬头正与墙外的李真瞅了个正着，那眉眼，那神情，李真好像看到了年轻时的自己。

"你找谁？"小姑娘说着话，站起身往墙边走过来。

李真先是笑了，正不知如何答言，只见芸儿从屋里拍打着身上的土走出来，便冲着芸儿一仰脸，那意思是跟小姑娘说，我找她。

芸儿何曾想到突然出现在自家门外的人是多年离家出走的真小姐，虽说也知道她领导队伍闹革命时不时会从盐河经过，可她做梦也想不到真小姐没忘了专门来看望她。她满眼含泪地冲出门去，激动地说："小姐、小姐，真的是你啊！"

李真的眼里也是一阵热潮，她一把攥住芸儿的胳膊，细细地打量着芸儿这些年来的变化。她的手指从芸儿的鬓间划过，那里白发比黑发多了。

两个人走回到院子里来。李真说："你这闺女长得好，心灵手巧，可真喜人。"

芸儿爽快地说："你喜欢，就送给你了，一会儿你就领走吧。"尽管是一句随口的玩笑话，可忽然在芸儿的心里掠过了一个不甚成熟的念头。如果真能送还到真儿的手里，这些年她报复李家自行昧下思月的罪恶感多少得到了解脱，就像当初有人生生把她和大少爷伯涵分开那样。这么多年的报复并未给她带来任何快感。

李真看芸儿神思不定，逗她说："闺女我还没领走呢，你这当娘的就跟掉了魂似的，真是小气鬼。"

芸儿借着这句玩笑回过神来，对着女儿说："去烧点水来。"

两个人到了屋里，芸儿心中还是没有放下刚才的事，她便有意地把话题往这里引。她悄悄地问："小姐，你从家里走了，到南方找到秦越没有啊？"

"找是找到了，可是后来我们又分开了。"李真无奈地说。

"分开了？"芸儿不相信似的，她当然不明白，小姐是多么崇拜和爱恋秦越，离乡背井，跋山涉水，出生入死，好不容易在一起了，为什么还要分开？

"芸儿，你可能想象不到，两个人在一起是怎么回事。"李真看着芸儿说，"可是你有你的苦难，我也有我的。"

芸儿瞅着小姐沧桑的面容，便知道她身边少个人疼。她抚摸着李真的手说："你身边有个知冷知热的人疼你就好了。"

李真深深地长叹了一口气："孩子也跟着他到台湾去了。我这颗心里谁也装不下了，就这么凑合着过吧。”

女儿把烧好的水端了上来，轻轻地放在李真的面前，笑了笑，一扭身走了。

芸儿看看女儿，再看看真小姐，凑到李真近前，小声说：“你看这闺女像不像你？”

这一问恰好问在了真儿的心坎上。她一看见这闺女，就想到年轻时的自己，继而又会想到自己那远在天涯的女儿。她何尝不想身边有个孩子，可是她不敢有这个奢望啊。

“让她跟着你，给你做饭去吧。小姐，你看我这里有儿有女的，也不差这一个。你身边没个人，自己病了，连个端汤送水的都没有，我也不放心啊。”

李真也觉得和这闺女有缘，其实心里有所活动了，可她不了解闺女的想法，还是不敢夺人所爱。芸儿一心想促成这件事，于是紧跟紧地说：“你领走这闺女，她可是修下八辈子的福了，跟着你，她能念书识字，奔个好前程。你要是不领走她，她就只能跟着我在这坷垃地里刨刨捡捡一辈子。”

“看你说到哪儿去了，这闺女就是不跟着我，我也管定了。”李真这一表态就算是答应了。她说先回去把工作安排好，再把住宿的地方安排一下便回来接。

芸儿说：“你甭来回跑了，我那儿子考上了冀南建设学院，一开春就要开学，到时候让他直接送过去。”

姐妹俩又说了好一阵子话，只到日头偏西，李真才不舍地离去。芸儿送走了李真回到家里，女儿躲到西屋里不出来也不理她，芸儿明白她是心里别扭，自己也就硬下心肠，像没事一样。芸儿清楚，人这一辈子真是不容易，尤其是女人，心肠若是硬不下来，说不定哪个坎儿闯不过去，人也就撂倒在那儿了。

芸儿意识到，女儿留在身边，终究是自己的一块心病。盐河太平了，她不可能再也不与仲良、蕙儿相见，真到了见面的那一天，她如何自圆其说？芸儿倒是急切盼望着赶紧把闺女送走，她好腾出手来，一边为儿子开学做准备，一边为女儿裁剪两件像样的衣裳。可是等桂棋开学的日子一天天近了，芸儿，想一想孩子们走了之后，整个院子里空荡荡的，她又有些割舍不得。

开学的日子到了。这一个多月别别扭扭的母女二人，谁也没有主动找谁说话。过晌时分，问好的船就要到了，两个人的行李也早已收拾妥当，只等着芸儿发话。

芸儿强忍着，嘴角抖得厉害，冲着门帘外的桂棋摆摆手。

儿女在前面出了家门，芸儿偷偷地跟到家门。儿女在前面出了村口，芸儿偷偷地跟到村口。儿女上了船，船撑一篙离了岸，芸儿又颤巍巍地追到渡口。她的眼睛涩得难受，泪水被盐河上料峭的寒风吹干了。

芸儿伫立在岸边，面向良家镇的方向，怅望着奔流不息的盐河，久久没有离去。

橘黄色的斜阳挂在西天上，毫不吝惜地把万点碎金洒上河面，似鱼虾不停地跃动着，随着夜幕缓缓降临，渐渐沉入了水底。天空在劳累一日之后合上了眼睛，广袤的大平原在黑色的笼罩下比以往任何时候都更加平整宽阔。一群早宿的鸟雀被良家镇的钟声惊醒，在林子上空盘旋鸣叫着。那钟声澒洞不息，空旷清凉，穿越了永恒的时空……